SÉLIM NASSIB

Le tumulte

ÉDITIONS DE L'OLIVIER

Pour l'écriture de cet ouvrage, l'auteur a bénéficié d'une résidence à l'IMEC – Institut Mémoires de l'édition contemporaine – soutenue par la DRAC Normandie et la Région Normandie au titre du FADEL Normandie.

ISBN 978.2.8236.1764.1

À la femme que j'aime, dont la belle obstination
a fait que ce livre est devenu ce qu'il est.

« Vous pensez que le passé, parce qu'il a déjà été, est achevé et immuable ? Ah non, son vêtement est fait d'un taffetas changeant, et chaque fois que nous nous retournons sur lui, nous le voyons sous d'autres couleurs. »

Milan Kundera, *La vie est ailleurs*

L'âge d'homme

1956

C'est une bonne que maman a engagée, une Kurde, je ne sais même pas son nom. Elle a attendu que toutes les lumières soient éteintes pour se coucher, on lui a mis une paillasse dans la cuisine, la largeur du couloir sépare nos deux portes. Je n'entends pas son souffle, aucun bruit. C'est comme si elle n'était pas là, mais moi, je sais.

Son père était assis sur le divan pour discuter. À côté de lui, debout dans sa robe colorée, plantée là, elle avait attendu qu'on la bouge. Un voile blanc transparent couvrait ses nattes épaisses. C'est une enfant, avait dit maman, et lui, prenez-la à l'essai, une semaine, vous verrez. À la fin, il avait rangé les billets dans une poche intérieure, je me souviens de son geste ample et sûr. Il était parti et nous l'avait laissée. Quand la porte a claqué, elle est restée sans réaction, dans son silence. Elle s'est mise à suivre maman à la cuisine, partout. Maman semblait plus désemparée qu'elle. Elle voulait une bonne, elle avait une petite fille. Pour moi, c'était une extraterrestre, une envoyée du monde extérieur, à domicile. Fille et Kurde, un double mystère.

Là, dans le coin de la cuisine, à quelques mètres. Elle pourrait soupirer, se retourner sur sa couche. Quelque chose de trouble s'est glissé dans mon territoire, sa présence, la simple idée de sa présence.

Il y a la maison d'une part, la chambre de papa de l'autre. Cette chambre est à lui, le reste est collectif. Les grandes sœurs de maman viennent tout le temps, elles enlèvent leurs chaussures, personne ne peut dire je suis chez moi. Aucune porte ne ferme à clé hormis celle de papa. Mon lit se transforme en divan pendant la journée et la table de la salle à manger est celle où je fais mes devoirs. Un seul espace, la maison, un seul corps, la famille de maman, composée surtout de femmes qui se ressemblent et baignent dans un même mélange. N'importe qui peut faire irruption, la porte de la rue reste ouverte, on est obligés de vivre sous les yeux de tous. Je n'ai que la nuit pour moi seul, dans la salle à manger, des heures et des heures, sans risque d'être surpris.

Elle est peut-être aux aguets elle aussi, les yeux ouverts, retenant sa respiration. Mon lit grince à chacun de mes mouvements, elle doit l'entendre. Avant, quand elle n'était pas là, je pouvais me réveiller au milieu de la nuit, déambuler pieds nus dans la maison, sortir sur le balcon pour contempler la rue déserte. J'enlevais ma veste de pyjama, je me couchais sur le sol frais, dans le courant d'air, je restais les yeux dans le vague sans me soucier de ce que devenait mon expression. Je me dissolvais lentement. Et les grimaces, l'horreur, tous les monstres qui habitent en moi pouvaient librement remonter.

Maintenant je pèse de tout mon poids sur le lit, mon esprit ne peut plus se dilater pour occuper l'espace. Je la sens. Je suis obligé de passer à côté d'elle pour aller pisser. Ce n'est pas que cette fille me dérange, elle me retient prisonnier.

Elle dort. Ses bras serrent son oreiller. Une goutte de salive au coin de sa lèvre. Si étrangère. Une peau mate, plus sombre que la nôtre, un corps formé par l'effort physique, souple, ferme, mais relâché, redevenu enfantin dans le profond sommeil. Je m'accroupis au-dessus d'elle. Ses cils sont très longs, comme couchés sur sa joue, ils tremblent à leur extrémité, elle respire par le nez. Les lèvres au repos ont pris de la chair, on dirait qu'elles boudent.

Je me demande comment elles sourient, si elles sourient. Peut-être qu'elle fait seulement semblant de dormir, peut-être que ça lui plaît d'être regardée. On reste comme ça, une minute entière. J'approche mon oreille. Son souffle est régulier. Elle dort vraiment. J'avance lentement la main et saisis le coin du drap qui lui couvre le ventre. Avec douceur, je le soulève. Ce que je découvre en dessous, c'est qu'elle ne porte pas de culotte comme nous mais toutes sortes de bizarreries. C'est peut-être normal puisqu'elle est kurde. Une étoffe grossière lui passe entre les jambes, fait le tour des hanches et se noue autour de la taille. Incroyable que ce tissu plié sur plusieurs couches soit le seul barrage. Il est un peu lâche, il suffirait de l'écarter un peu. Je le tire, il bouge à peine. Mais elle sent la pression, elle se retourne, et gémit. Elle est découverte à présent, couchée sur le côté, les jambes disjointes comme si elle marchait dans son rêve.

Si c'était une cousine, une voisine, je n'aurais pas osé. Mais elle, son père l'a vendue, aucun fil ne la tient, elle n'appartient à personne. J'écarte l'étoffe. En dessous, c'est obscur. À la place de ce que nous avons, nous, les garçons, il n'y a rien, une ombre, à peine une ombre. Mon regard remonte vers son visage. Ses yeux sont grands ouverts, et ils me fixent.

Une secousse immobile. Elle ne crie pas, elle reste la tête sur l'oreiller, elle n'a même pas l'air étonné, elle n'a aucun air du tout. Elle est. Des yeux ouverts, qui me regardent. Une Kurde, une petite fille kurde, presque une autre espèce. J'ai pourtant la main sur son sexe, ou quasiment. C'est trop intense. Je devrais avancer encore ou reculer. Mais quoi que je fasse, elle restera comme ça, j'en suis sûr, avec ces cils interminables, ces yeux très grands, très noirs, ce visage où il est gravé, dans la forme même des os, qu'elle se soumettra à tout. Et que rien ne pourra l'atteindre. Je la reconnais, cette expression. Elle l'avait quand son père l'a fait entrer dans la maison, quand il l'a lâchée. Elle se laisse faire depuis qu'elle est née, elle ne peut imaginer autrement. Un animal docile, avec du feu dans les pupilles.

Lentement, je retire ma main d'entre ses jambes, je la pince sauvagement. Elle a un cri très bref, qu'elle réprime aussitôt. Je vois sa colère, je suis sûr que c'est à cause du cri, elle s'en veut de l'avoir poussé. Au moins j'aurai entendu sa voix. Elle n'a pas cessé de me regarder. La douleur a simplement rendu ses yeux plus humides, plus brillants. Je la pince encore plus fort, elle ne crie pas. J'avais raison. Ses mâchoires sont serrées, elle s'est calée dans le défi comme ces poissons de roche à qui il est impossible de faire lâcher prise. Aucune défense, aucune rébellion. L'habitude de subir, une puissance terrible. Plus forte que moi. Je me déchaîne, de mes deux mains, sur ses épaules, ses jambes, de plus en plus fort, penché au-dessus d'elle, appuyé sur mes genoux. Le bruit des claques résonne, elle ne bronche toujours pas.

Quelqu'un s'est levé dans la chambre. Je m'interromps et j'écoute, elle écoute avec moi. Immobiles et silencieux, pour la deuxième fois, tous les deux. On respire fort en essayant que ça ne s'entende pas. C'est inutile. Rien ne se passe. La maison dort profondément. Je continue à guetter, elle guette aussi. Elle se jette de tout son corps, soudain ses deux bras sont autour de mon cou. Je suis tellement surpris que je tombe à la renverse, et elle sur moi, complètement plaquée, et son corps s'adapte au mien avec une force et une exactitude incroyables. Elle me serre autant qu'elle peut, cachée là, son souffle dans mon oreille, comme un sanglot, et elle continue d'avancer, si bien agrippée, collée, confondue. Pendant ces quelques secondes, j'ai le temps de sentir cette chose étrange, son empreinte. La chaleur passe de son corps au mien, elle me paralyse. Je m'appuie sur un coude et la repousse. Je réussis à la faire pivoter en donnant un grand coup de reins, j'ai le dessus mais elle ne lâche pas, elle lutte comme une forcenée, elle pousse de petits cris à peine audibles, elle se laisse traîner par terre, peau nue contre le marbre du sol. Je la bourre de coups, elle est trop proche, ma prise est mauvaise, la panique me gagne. Je donne toute ma force, je me dégage enfin et me relève.

Je me vois par ses yeux, debout, pâle, les cheveux en bataille, le pyjama ouvert, dans cette cuisine, à bout de souffle. Et elle qui reste là, aux trois quarts nue, son regard dur et mouillé toujours levé vers moi.

Je suis revenu dans mon lit. Je n'en ai parlé à personne. Le lendemain, maman l'a rendue à son père.

Ils ont profité de ce que je ne pouvais pas me défendre pour sacrifier une partie de moi, une partie intime, soi-disant pour que le reste puisse vivre et se souvenir de son alliance avec Dieu. J'ai assisté à la circoncision d'un cousin, j'ai vu comment ça se passe. Avec le père qui rit, la tante qui tient écartées les petites jambes, le rabbin qui s'avance le couteau à la main, les fillettes qui se bousculent et la mère, pauvre mère, dans la pièce à côté, qui défaille en entendant les cris. Une partie pour le tout, c'est le principe. Un simulacre d'émasculation, vécu dans une bonne humeur complice, pour que l'enfant soit vigoureux comme un arbre qu'on élague. Ils disent qu'ils obéissent à l'armée des morts qui nous ont faits, à Dieu lui-même, et ils coupent en toute bonne conscience, comme si ce n'étaient pas eux qui marquaient l'appartenance. Les enfants oublient, paraît-il, mais il y en a qui le prennent très mal. Par exemple, moi. Je refuse ce qu'on m'a fait, je veux qu'on me rende le bout qu'on m'a pris sans me demander mon avis. C'est peut-être lui qui me manque.

Je suis enfermé depuis une heure dans la salle de bains, c'est le seul endroit où je peux être seul pendant la journée. La porte est munie d'un crochet en fer, même pas un verrou, mais ça suffit. Dans un coin il y a le trône du W-C ; dans l'autre le réservoir d'eau cylindrique en fer-blanc, chauffé par le bois qu'on enfourne dans le socle de fonte. La tuyauterie serpente jusqu'au plafond et se termine par une douche franche, dix centimètres de diamètre. L'eau qu'elle envoie est si chaude que l'air se sature de vapeur et qu'on n'y voit plus rien. Je suis assis sur le tabouret, évitant de me faire asperger, je pose les mains sur les genoux et j'attends. Le nuage enveloppe mon corps et l'humidifie. J'examine mon sexe, je me demande à quoi il ressemblerait s'il était resté entier.

Elles me caressaient la peau, me pinçaient les joues, glissaient sur mon ventre et s'attardaient sur mon sexe ridicule. Tante Olga, tante Stella, tante Guilsom, et toute autre parente de passage. Grand corps féminin aux doigts indistincts, et dont les rires et les parfums me donnent la sensation d'être une pâte à délices passant de main en main. Maman restait en retrait, timidement, elle me prêtait un moment avant de pouvoir me reprendre. Ses trois grandes sœurs m'entouraient et me parlaient comme au garçon que je devais être, que je serais un jour, et me cajolaient en même temps comme une fille. J'étais le seul mâle et pourtant leur fille à elles en quelque sorte, une fille au second degré. Car c'est en hommes qu'elles agissaient : elles prenaient l'initiative et me demandaient seulement de me laisser faire. D'ailleurs, elles ne demandaient pas, elles se servaient. Le centre de leur intérêt était de toute évidence mon sexe à moi, mon sexe circoncis, féminin par sa blessure. Elles l'appelaient colombe, elles lui donnaient toutes sortes de noms. Fille ou garçon ? Ni l'un ni l'autre, entre les deux, ou même les deux à la fois. Je n'avais pas d'objection, pourquoi en aurais-je eu ? Je vivais dans une jouissance permanente et les caresses faisaient courir sur ma peau un frisson qui m'unifiait.

Quelqu'un frappe à la porte. Le crochet résiste, mais à peine. Je me cache le sexe avec les mains.

– Il y a quelqu'un ?

Je ne réponds pas. C'est Victor, mon oncle, le frère de maman. Dans cette famille, ils sont les deux petits, elle et lui. Entre eux et les trois autres sœurs, il y a des années. J'ignorais qu'il devait venir à Beyrouth aujourd'hui. Je l'entends qui rejoint mes tantes au salon, ce sont elles qui l'ont élevé. Ma grand-mère est morte en lui donnant naissance, il l'a tuée, elle voulait tellement un garçon, pour finir. Il est resté seul parmi les femmes. Moi aussi. Jusqu'à un certain jour. J'étais nu, je me penchais en avant, je montrais mes fesses et les balançais, mais on ne me touchait plus. Maman regardait de loin sans oser intervenir. Victor était là. Il m'a pris contre lui et m'a habillé. Le cercle des femmes s'est rompu pour me mettre dehors, j'ai mis longtemps à admettre que ça ne reviendrait plus. Nous sommes allés au jardin public, le seul de la ville. C'est un héritage des Français. Des gardiens veillent à maintenir les bosquets taillés et les pelouses interdites mais tous ces règlements leur sont étrangers, ils ont du mal. Le bassin central est toujours à sec. On l'utilise comme piste pour tricycles. Victor a loué une bicyclette. Dans la rue qui longe le jardin, il court derrière moi en tenant la selle.

La synagogue, dans les dernières heures de la fête de Kippour, juste avant la rupture du jeûne, quand les hommes sont épuisés, affamés, et que les frontières entre eux s'estompent. Ils sont pâles, leur haleine est infecte parce qu'ils ne se sont pas brossé les dents depuis la veille, les oranges hérissées de clous de girofle qu'ils portent à leur nez ne sont plus d'aucun secours. Ils prient dans une sorte d'extase où tout le corps se donne, avec sa sueur, son sperme, sa salive, ses odeurs... Quelque chose d'indécent mais attirant, une obscénité qui fascine et pousse à se laisser absorber, une familiarité organique, agréable, un peu répugnante, loin des yeux du monde. Comme eux je me suis caché sous le taleth, comme eux je me suis fondu dans la chaleur nauséeuse des corps. La masse humaine ondulant sous les châles s'est pétrifiée au moment où le grand rabbin a pris le chofar, la corne du bélier qu'Abraham a sacrifié à la place de son fils. Quand elle a vu Isaac revenir sain et sauf, sa mère a poussé un cri et elle est tombée morte. La victime, c'est elle, Sara, elle et le bélier. Le son du chofar est double. L'un uniforme, régulier, qui veut dire : le monde est en ordre, le soleil se couche et se lève, il y a un avenir ; et l'autre, saccadé, heurté, c'est le cri de Sara qui signifie : le monde est un chaos dépourvu de sens, un désordre effrayant dans lequel les pères sont capables d'assassiner leurs fils sans broncher. Le rabbin souffle dans le chofar pour marquer la fin du jeûne. Il ne faut pas lever les yeux parce qu'un ange descend à ce moment et porte le son jusqu'au ciel. Évidemment, je n'ai jamais vu d'ange, seulement l'alignement des hommes sous le châle, déguisés en femmes.

À ma droite, il y a un *jurn*, un récipient de pierre ou plutôt un bloc de pierre creusé pour former un récipient. C'est une masse lourde, arabe, agréable au toucher, alimentée par deux robinets situés à soixante centimètres du sol. Je peux y plonger l'écuelle de cuivre et m'asperger par vagues, à l'ancienne. La douche représente l'irruption de la modernité dans la salle de bains, l'irruption de l'Occident. Je peux aussi utiliser les deux systèmes à la fois. Les aiguilles brûlantes de la douche continuent de battre le sol en diffusant leur vapeur opaque, j'ouvre l'eau froide au-dessus du jurn et laisse longuement ma main sous le filet. L'association du chaud et du froid hérisse mes poils humides, redresse mon sexe et le durcit. Je ferme les yeux à moitié et me laisse glisser.

Un jour j'ai réveillé maman au milieu de sa sieste. Elle a eu un regard d'épouvante, comme si un danger immatériel était suspendu sur sa tête, derrière elle, un coup imminent. Elle m'a reconnu et sa figure a repris son expression aimante, de tous les jours, mais le changement avait été trop brusque. L'éclair de terreur irraisonnée, je l'avais surpris, et cela rendait plus inquiétant encore son effort pour le masquer. La peur et sa négation acharnée. J'ai pensé que la menace était tellement honteuse qu'on ne pouvait dire son nom, ni même admettre son existence. Je me suis dit que maman ment peut-être toujours, quand elle sourit, quand elle caresse, et que tous ses gestes d'affection ne sont peut-être qu'un envers. Le monde apaisant qu'elle dessine chaque jour ne serait alors qu'une écorce. Et en dessous, il y a quoi ? J'ai commencé à faire attention. Derrière les visages lisses et souriants de ma tante Olga, de ma tante Stella, de toutes, j'ai reconnu des signes équivalents. Ce n'est pas qu'elles vivent dans la peur, loin de là, plutôt dans les rires et la volupté, mais la peur existe, fondue dans la sensualité, formant avec elles un alliage aux éléments indissociables. Peur de quoi ? J'aimerais le savoir mais chaque fois que je nomme une peur particulière, ce n'est pas ça. Sans limites parce que sans objet, on dirait qu'elle a oublié son origine mais continue de circuler, de corps à corps. C'est comme ça qu'on me l'a passée, parmi les caresses, en contrebande.

L'été, quand je ne suis pas à la montagne, je passe mon temps à me jeter dans les vagues, à plonger dans le vide, à me fracasser contre les rochers. Je remue bras et jambes pour me faire ensevelir, descendre au plus bas dans le gouffre. Parfois, je suis au diapason de la masse liquide et le remous qui me prend derrière les reins me soulève d'un coup au-dessus de moi-même. Il me fait épouser sa cambrure parfaite, toujours plus haut, et me porte jusqu'au point où il accumule toute sa puissance. J'arrache mon plaisir avec férocité, je le dispute à l'attraction du trou, je l'agrippe comme un avare qui croyait avoir tout perdu. Depuis le sommet, je fixe le rocher plat aux crêtes coupantes où je vais m'écraser, je n'y peux plus rien. Ce moment d'arrêt où je suis chaudement tenu prisonnier, ce court instant de lévitation est précisément ce que je cherche. Une seconde de suspens, une seule, volée au cours normal du temps, et la décharge prodigieuse me précipite la tête en avant. Elle me roule dans l'écume et me fait rebondir sur les couteaux dissimulés dans les algues vertes, arrachant progressivement mes membres, annihilant toute mémoire. Le déferlement se prolonge puis meurt brutalement. La vague se retire, m'abandonnant au monde de la gravité, m'obligeant à me recomposer. Et le trou en moi se creuse de nouveau. Sans reprendre mon souffle, je me relève et me jette encore. Plus la mer est agitée et plus je m'élance, jamais découragé, les lèvres bleuies, claquant des dents, désespéré de m'en sortir indemne à chaque fois.

L'eau de la douche est tiède, le feu s'est presque éteint. Je prends des bûchettes pour l'alimenter, elles sont trop longues, je les enfourne en laissant ouverte la porte de fonte. Les flammes soufflent hors du foyer et scandent sa respiration à l'extérieur.

Le nuage de fumée devient tellement dense qu'en levant les yeux je ne distingue plus que le pommeau de la douche, on dirait que la vapeur en sort directement. Et revient l'histoire terrifiante de ces hommes reconnaissables à leur sexe à qui l'on demande de se déshabiller pour entrer dans de grandes pièces, et les portes se ferment derrière eux, ça ressemble à des bains publics mais les douches, ce n'est pas de l'eau qui en sort. Je n'arrive pas à y croire, c'est une légende destinée à terroriser les enfants. Elle n'est pas d'ici mais de là-bas, d'Europe, ce continent imaginaire. Moi je suis ici. Assis sur le tabouret, j'avance la tête et la passe sous l'eau chaude. La vapeur m'enveloppe, la volupté gagne de proche en proche et m'innerve. Je me lève et me dissous tout nu dans le brouillard tiède et les bruits de ruissellement, cette histoire ne me fait pas peur – mais je ne peux m'empêcher de regarder avec méfiance le pommeau qui fume. Si je prends mon sexe et le coince entre mes cuisses, j'ai un corps de fille, on ne voit plus la différence. Je me savonne entièrement, j'ouvre les bras et, sans desserrer les jambes, j'exécute une danse du ventre sous le jet bouillant.

La rue, voilà l'ennemi, qui enseigne toutes les mauvaises choses, comment on se bat et comment on baise, comment, petit garçon, on se fait détourner par des mains qui caressent vos jambes nues. La rue mélange le pur et l'impur, elle baise dans les cages d'escalier, elle résonne d'injures et de grossièretés, la rue est arabe. Il y a parfois des hommes qui regardent les garçons comme on regarde les filles, est-ce que tu comprends ? Bien sûr que je comprends. Dans la rue, j'essaye de deviner derrière la mine des passants des signes indiquant qu'ils pourraient me convoiter. Me convoiter, moi, quelle qu'en soit la raison, me distinguer en tant que garçon, en tant que fille, qu'importe. Mais rien ne se passe, personne ne me veut, c'est désespérant.

À la maison, je n'ai que le balcon. Nous habitons au premier. Le feuillage de l'arbre planté au pied de l'immeuble me camoufle à moitié. Dès que j'ai un moment libre, c'est ici que je viens. J'observe la rue. J'aurais préféré qu'elle soit comme on m'a dit, dangereuse, pleine de regards. J'aurais pu être témoin des violences et des haines, des gestes indécents. Mais cette rue tranquille, proche du centre, n'appartient à personne, c'est pour ça qu'on y habite. Il y a deux épiciers, l'un chrétien et l'autre musulman, un salon de coiffure pour hommes tenu par un Arménien, un menuisier, un boulanger, un repasseur, une famille de Russes blancs qui fabriquent des parpaings ultra-légers dans le jardin de leur maison.

Tous me voient passer depuis que je suis né. Le repasseur s'appelle Ali *le kawwa.* Depuis que je suis petit, maman m'envoie porter chez lui robes, chemises et pantalons. Elle me dit de les déposer et de revenir, mais je préfère m'asseoir dans un coin pour le regarder. Il est jeune et frêle, chauve pourtant, avec un demi-sourire toujours accroché à ses lèvres. Chaque fois qu'il pose son fer sur un vêtement, un nuage de vapeur l'enveloppe et s'élève. Lui-même devient flou, j'ai l'impression qu'il pourrait se dissoudre dans le nuage et s'envoler. C'est magique.

L'autre attraction est le couple d'épiciers chrétiens, Farid et Marie. Tous les soirs, ils sortent des tabourets sur le trottoir à l'entrée de leur boutique et prennent le frais en plaisantant avec les voisins qui rentrent chez eux. Lui, on ne l'entend pas beaucoup à vrai dire, c'est un taiseux, mais elle, *sitt* Marie, *madame* Marie, son babil ponctué de grands éclats de rire règne sur ce coin de rue jusque tard dans la soirée. Elle raconte qu'ils ont acheté, Farid et elle, une concession au cimetière, deux tombes côte à côte qui vont leur permettre de bavarder et rire pour l'éternité… « N'est-ce pas qu'on va continuer à se tenir compagnie pour les siècles à venir ? » lui demande-t-elle tous les soirs – et cette boutade qu'elle répète inlassablement provoque toujours chez elle un accès d'hilarité.

Tant que je reste là-dedans, des mains invisibles me protègent, il ne m'arrivera rien. Nous sommes entre nous, parents, famille, voisins, dans ce boyau où les mères fusionnent pour n'en faire qu'une, où les hommes ne sont pas vraiment des hommes. Sous le balcon, il n'y a que des gens ordinaires qui passent. Une paysanne avec sur l'épaule un ballot plus grand qu'elle, bourré de thym, elle arrive de la campagne (les trois quarts de la ville arrivent de la campagne). Des écolières en uniforme bleu marine, des ouvriers du port, des comptables, des portefaix, des hommes aux costumes usés. Où est-elle, *l'autre rue* ?

Chez nous, on parle français. Sauf papa qui ne parle jamais, ou rarement. Le français, c'est maman. La *frangié*, c'est comme ça que ses sœurs l'appellent. Ça lui est égal : elle continue de me pousser vers le français comme s'il était son seul miroir, mon seul avenir. Elle s'y retranche. La France a quitté le Liban depuis plus de dix ans mais même de loin elle reste « la tendre mère » qui veille et protège, la source qui pourvoit en images, en rêves. L'arabe, lui, est réservé aux échanges avec les épiciers ou les bonnes, mais c'est aussi la langue de tout ce qui est sale. Niquer, bite, putain, maquereau, masturber, enculer, tous ces mots n'existent pas en français. Le français est une langue aussi bien élevée que moi, en costume de velours à bretelles et chemise de satin, innocent petit garçon à sa maman, respectueux. L'hébreu aussi est un peu arabe. On nous l'enseigne à l'école pour la prière, je suis aussi mauvais en hébreu qu'en arabe, je me fous de l'un comme de l'autre. Moi, c'est Paris.

Papa, lui, est arabe, ou plutôt il ne se pose pas la question, il est ce qu'il est. De temps en temps, il m'invite dans sa chambre. L'atmosphère y est complètement différente, on dirait une autre maison. Il y a un coin cuisine et un cabinet de toilette. Les meubles bas recouverts de tissu rayé, le grand plateau de cuivre monté sur pieds, la radio qui diffuse en permanence des chansons d'Oum Kalsoum ne laissent aucun doute : nous sommes bien en Orient. Il me fait asseoir à sa table et dispose devant moi toutes sortes d'assiettes, il me traite en invité. Il pèle les fruits et les petits concombres, me les présente cérémonieusement puis s'adosse longuement, un verre à la main, et me regarde manger. Il y met beaucoup d'attention, c'est je crois le seul moyen qu'il ait trouvé pour me dire quelque chose. Autrement, il ne dit rien. Même quand il m'interroge sur mes résultats en classe, il écoute d'un air distrait. Je crois que c'est *me voir* qui l'intéresse. Alors je le regarde aussi. Il a des doigts de musicien, longs et fins. Parfois, il les agite et les examine comme des instruments de travail. Son métier c'est l'import-export, je n'en sais pas plus. Quand j'ai fini de manger, il m'emmène sur son balcon pour me faire admirer les plantes qu'il fait pousser dans de petits barils en fer-blanc. Du basilic, du thym, du jasmin, il me les fait sentir. Mais il ne me dira pas pourquoi il ne parle jamais avec maman, pourquoi il est fâché avec elle, et avec la Terre entière.

Pour moi, c'est normal : je ne l'ai jamais vu autrement. Élégant, distant, impassible, avec un masque sur le visage.

Papa est né à Bagdad, sa famille vit à Londres ; maman est née à Alep, elle ne rêve que de Paris ; il y a aussi ce pays mystérieux, Israël, qu'on désigne entre nous sous son nom de code, *Eretz*. C'est comme si le vrai monde était ailleurs et que j'étais condamné à vivre ici, c'est-à-dire nulle part, ou alors seulement dans ma tête. Condamné à cette rue où il ne se passe jamais rien, à cette langue d'Occident qui ignore la laideur du monde. Ma peau éprouve pourtant toutes les sensations, je suis immergé dans un air lumineux et tiède chargé de senteurs, j'entends les marchands qui poussent leur charrette et crient en arabe, ils chantent plus qu'ils ne crient, patates, tomates, oignons ! et vantent leurs concombres « petits comme des doigts de bébé » ou leurs pastèques « au couteau », si rouges à l'intérieur. Nonchalance, insouciance, langueur marine, tout concourt à la douceur. Le Liban est un non-lieu, mais délicieux.

Une rousse passe, ses yeux sont cernés de bleu, elle a un pantalon collant. C'est une fille qui travaille dans les cabarets du bord de mer, on en voit souvent, toutes étrangères, grecques, turques, égyptiennes, elles marchent sans regarder personne, elles glissent parmi les gens. Elles logent à l'hôtel Princess, au fond de notre impasse, et tout le monde les appelle *les artistes*. Celle-ci est comme une tache de couleur. Avec ma bicyclette, j'ai un jour dévalé l'impasse à toute vitesse, j'ai freiné pour l'éviter et je suis tombé. Elle s'est penchée pour me relever, son corsage a bâillé, j'ai senti son parfum. J'ai fait semblant de dormir, j'ai vu comme elle s'inquiète pour moi, comme elle s'affole. Ses doigts aux ongles rouges me parcourent le corps, me caressent en secret, s'assurent qu'il n'y a rien de cassé. J'ouvre les yeux, elle me sourit, émue elle aussi. Elle va avec les hommes pour de l'argent, moi je suis gratuit. La rue est ouverte à ses deux extrémités.

Un cordonnier ambulant apparaît, une silhouette voûtée qui dérive au milieu de la chaussée sans lever la tête vers les étages, sans appeler. Le barda qu'il transporte est comme un ballon qui le soutient, ses pieds touchent à peine terre, il zigzague parmi les passants sans les heurter.

– Youssef !

Je ne réponds pas. Elle n'y peut rien. Sur le balcon je suis hors de portée. Elle appelle le cordonnier et lui demande de monter. Je vais à la porte. Il s'installe sur le palier, encerclé par les chaussures à réparer. Les rides se perdent sur son visage, il garde les yeux baissés. Ses mains sont longues et larges, elles bougent toutes seules, on voit les veines sombres qui serpentent sous sa peau. Il serre le cuir ruisselant contre son tablier, en amoureux, et lui coupe la gorge en même temps. Son couteau aiguisé fait dans la matière un bruit mat, attirant. D'une boîte ronde, il extrait une poignée de clous qu'il met dans sa bouche, des clous à tête ronde et plate qu'il avale. Il se laisse conduire comme les aveugles par le toucher. L'une de ses mains lève le marteau, l'autre exécute un rapide aller-retour. Un clou est apparu dans un pli de sa lèvre, il est passé entre ses doigts, frappé d'un coup unique, enfoncé dans la profondeur du cuir. Un autre suit aussitôt. Maman sort sur le palier, me prend par le bras et m'entraîne.

– Ne reste pas là. C'est un Palestinien.

Une ombre passe dans son regard, je suis sur la piste. Ce cordonnier sans yeux fait partie de la nébuleuse dont il faut avoir peur. Je tiens une fraction du mystère, je ne le lâcherai pas.

Il n'a pas bougé, je m'approche de lui. Très lentement, il relève la tête et me regarde. Ses paupières sont ramassées en plis lourds, ses yeux sont rouges, de minuscules veines y ont éclaté. Ce regard, c'est vrai qu'il est terrible, mieux vaut qu'il le soit. Je me livre avec défi, décidé à savoir. Mais je ne vois qu'un cordonnier assis à réparer des chaussures. Est-ce que c'est ça, un homme ? Palestinien, j'ai déjà entendu ce mot mais je ne sais pas ce qu'il veut dire. Maintenant, je retiens que ce sont des êtres bizarres, mangeurs de clous et plus ou moins voleurs d'enfants. Et je comprends soudain que j'ai envie d'être volé.

Victor a promis de passer à six heures pour m'emmener à la montagne. Il a un client pour la Chrysler, c'est ce qu'il a dit, on en profitera pour passer la nuit au Grand Hôtel, là-haut. Il m'a invité. Ce n'est pas qu'il me trouve formidable, je ne crois pas, mais quand il me regarde, il voit un garçon qu'il imagine et qu'il prend pour moi. Je ne fais rien pour le détromper mais j'ignore comment il est, ce garçon qu'il a dans la tête.

Je suis assis sur le sol du balcon, les yeux fixés au bout de la rue, à l'endroit où la Chrysler doit apparaître, c'est un sens unique, elle ne peut venir d'ailleurs. Il n'est que six heures moins trois. J'ai emprunté le réveil de la cuisine et je l'ai posé sur le rebord. Pour être ponctuel, il est en train de prendre la rue qui remonte depuis la mer. De toutes mes forces, j'imagine qu'il le fait. Je le vois, il est au volant, il roule doucement, six heures moins une, il aperçoit le carrefour. Il ralentit parce que la Chrysler est trop longue. Elle prendra lentement le virage, elle viendra de face, avec son museau chromé qui montre les dents. Toute noire, si brillante qu'on dirait un miroir liquide, elle renvoie la lumière dans tous les sens. J'y suis déjà monté. Sa portière se ferme sèchement, elle est chargée d'odeurs de cuir, de luxe, d'Amérique. Chrysler, rien que le nom. Six heures cinq.

On ne peut pas appeler ça un retard. Il doit suivre la côte et arriver par la corniche, la route est longue depuis Saïda. Victor s'est réfugié là-bas pour fuir ses sœurs, elles se sont consolées avec moi. S'il avait pu aller plus loin, je crois qu'il l'aurait fait. Mais il faut un permis spécial pour dépasser Saïda parce que après c'est zone militaire, et après : Israël. Victor s'est donc installé au bout de la route permise, aux confins. Il a loué une maison qui lui sert de garage, il retape des voitures et les revend, toutes américaines. Je l'ai vu au volant de Chevrolet, de Pontiac, de Plymouth, même de Cadillac. Il n'a pas assez d'argent pour s'en offrir une, alors toutes sont à lui. Dès qu'il en cède une, il court se consoler dans les cuirs d'une autre. Mais la Chrysler, c'est différent. Il est avec elle depuis trois mois.

Elle prend forme d'un seul coup, tout entière là, noire, miraculeuse, ramassée sur elle-même et pourtant longue, glissant sans bruit jusqu'à l'entrée de l'impasse. Je ferme les yeux à demi. La Chrysler. Je suis sûr qu'à la seconde où je la sentirai exactement, elle apparaîtra. Je murmure : maintenant elle arrive, maintenant elle ralentit et elle tourne, maintenant je la vois, à cette seconde.

Six heures et quart. J'espère qu'il n'a pas changé d'avis.

Il a complètement oublié. D'autres voitures ont tourné dans la rue, des blanches, des grises, des beiges. À présent, c'est désert. Les aiguilles tournent, c'est la seule chose qui change, et la lumière aussi. Tout le reste est pareil, le balcon, la rue, moi. Quelle différence entre le maintenant-maintenant et le maintenant où cette foutue Chrysler se montrera ?

Six heures trente-cinq. Certaines voitures ont leurs veilleuses allumées. Je ne quitterai pas le balcon, je continuerai d'attendre. Si je rentrais, si je laissais la nuit arriver, la Chrysler n'aurait plus aucune chance.

Il a *dit* qu'il passerait me prendre pour aller à la montagne. À six heures. On devait y passer la nuit.

Elle est toute noire, la Chrysler, comme la mort qui ne vient pas. J'ai glissé mon visage entre deux barreaux, je pousse. Il est sept heures moins dix, c'est la nuit, c'est tous les jours la nuit à cette heure-là. Je ne vois plus que les phares des voitures. Il faut attendre qu'elles passent sous le balcon pour reconnaître leur couleur et leur marque. Je déteste chacune d'elles.

Le balcon est soudain un lieu hostile, abandonné dans le noir. Je me lève et m'accroche à la balustrade. Une lumière de phares au bout de la rue, la dernière, elle brille et déborde. C'est elle, j'en suis sûr. Elle avance, elle est noire, elle va ralentir. Une Simca.

La Chrysler n'arrivera plus, ça fait longtemps qu'elle n'arrivera plus. Et moi ici, comme un idiot, habitant chaque seconde de l'attente, suspendu pour rien. Derrière les portes vitrées du balcon, je regarde l'intérieur de la maison. Les lumières sont toutes allumées, papa est dans sa chambre. Maman sort de la cuisine, les bras chargés, un soir ordinaire, horrible, et tout à l'heure il faudra se coucher.

Je me glisse entre les portes, je m'y adosse, le salon est devant moi. J'ai appelé la Chrysler de toutes mes forces et mes forces n'ont pas suffi. Le désir n'a aucun pouvoir. Maman dispose le dîner sur la table basse, une série de petits plats, elle a fait du thé. Tous les soirs, je mange avec elle. Papa dîne dehors, ou alors dans sa chambre. Tous les soirs, elle laisse la table servie, en pure perte. Elle débarrasse au moment d'aller se coucher. Quand il rentre tard et que la maison est endormie, il lui arrive de manger ce qu'elle a préparé, debout dans la cuisine. Au matin, elle cherche des signes dans les casseroles.

J'ai abandonné le balcon, elle évite de regarder dans ma direction. L'odeur du thé creuse une cavité dans mon estomac, ça y est j'ai faim. Je vais aller m'asseoir sur cette chaise, nulle part, maintenant tout est fini.

Sept heures vingt. Victor est là, la Chrysler est stationnée dans l'impasse. Apparue quand j'avais cessé de l'attendre, quand il n'y avait plus personne.

Je suis assis sur le siège avant, à côté de lui. Nous sommes sortis de la ville, la route grimpe, c'est la nuit. La réverbération des phares éclaire faiblement son visage, ses mains sur le volant, comme détachées, flottant dans le noir. La radio est allumée, on dirait que c'est la musique qui conduit. Je sens l'odeur unique, le cuir, le mouvement, les arbres derrière les vitres, le monde entier. Ce moment, maintenant. Il est entré, il ne m'avait pas oublié. Personne ne peut me prendre ce que j'ai. Je suis dans la Chrysler.

Les quelque mille élèves de l'Alliance israélite universelle se rangent dans la cour de récréation qu'une courte barrière grillagée divise en deux, côté garçons et côté filles. Ils s'alignent deux par deux, classe par classe, les plus jeunes en blouses beiges censées effacer les différences sociales. Chaque professeur se tient devant sa classe en attendant que M. Préciado, debout au milieu de la cour, ventre en avant, donne le signal. Les élèves entonnent alors à pleins poumons l'hymne de l'école qui commence par « Vivant espoir de l'Alliance... » et finit par : « Au progrès marchons avec elle / Avec elle à la liberté ! » Les paroles ne disent pas qu'il s'agit d'une école juive, mais tout le monde le sait. L'école est *israélite* – comme si *juif* était déplacé – mais aussi *universelle*. Fondée par des Juifs français laïcs, elle est destinée à l'élévation de nous autres, petits Juifs du Moyen-Orient. Tout ça me hérisse. Quelle idée de mettre tous les Juifs en un même lieu !... Pour moi, l'hymne n'est qu'une logorrhée chantée par des voix de fausset et dont il faut attendre la fin avant que M. Préciado, notre cher directeur, crie de sa voix zozotante : « Avancez ! » Alors les classes, des plus grandes aux plus petites, s'engagent tour à tour dans les escaliers, les garçons dans le bâtiment de droite, les filles dans celui de gauche. C'est pareil tous les matins.

Le voilà qui m'appelle, moi, à la sortie de l'école – mais qu'est-ce qu'il me veut ? Rocco, il s'appelle Rocco, il est en classe de troisième. J'aurais préféré qu'il continue de m'ignorer, qu'il reste ce type qui va et vient de loin, sans danger. Mais non… Cheveux frisés tirant sur le roux, barbe naissante laissée à l'abandon, yeux marron moqueurs, il se balade comme s'il se fichait de tout. Surtout, c'est le seul garçon de l'école qui possède une mobylette, ce qui ne compte pas pour rien. Il me parle de sa voix douce et amicale en apparence, mais l'étincelle qui brille au fond de son œil est maléfique. C'est Méphistophélès, diable à la barbe pointue qui cherche à vous *ravir* en vous proposant un pacte impossible à refuser. Après tout, pourquoi pas ? Quel est son prix ? Rien, presque rien, une chose toute simple, il n'arrive pas à faire démarrer sa mobylette, rangée là-bas, un peu plus loin… Avant même que je décide de le suivre, mon corps marche derrière lui.

Cheveux hirsutes, chemise ouverte, pas de lacets aux chaussures, il cultive soigneusement son apparence rebelle. Ses professeurs détestent ça, mais il a de bonnes notes. Le tuyau d'échappement de sa mobylette, on l'entend de loin. Il y a de l'essence, il a vérifié les platines, c'est peut-être le carburateur qui est encrassé. Il me consulte du regard. Ses cils ont l'air maquillés mais ils ne le sont pas. Il *croit* que je connais quelque chose aux mobylettes. Il démonte un truc, la bougie, il faudrait du papier de verre pour nettoyer l'électrode… Je ne sais même pas de quoi il parle.

À l'école, garçons et filles des grandes classes font connaissance accoudés à la barrière de la cour de récréation. C'est là qu'ils conviennent de se retrouver à la sortie, et les garçons peuvent éventuellement proposer aux filles de porter leurs livres jusqu'à leur porte. Les parents ne sont pas contre : tout le monde est juif dans cette école, pas de mauvaise romance à craindre. Moi, il ne m'est jamais rien arrivé de tel. Ni *conversation à la barrière* ni *accompagner les filles chez elles* ni, a fortiori, *mauvaise romance à craindre*. La seule chose, c'est aujourd'hui : Rocco et moi accroupis devant sa mobylette au milieu du brouhaha des élèves qui nous contournent.

– Tu es juif quoi, toi ? me demande-t-il soudain.
– Comment ça ?
– Juif de quelle nationalité ?
– Juif iranien. Mais c'est bidon.
– Je sais. Je suis juif iranien aussi...

Avec son prénom, Rocco, j'imaginais qu'il était au moins juif italien. Bidon là aussi, certes, comme tout le monde, originaire peut-être d'Égypte ou de je ne sais où, mais juif iranien comme moi, c'est un choc. Mais comment fait-il ? Je relève la tête et remarque que les élèves qui passent me dévisagent. Grâce à Rocco, je suis pour la première fois visible aux yeux des filles, aux yeux de tous. D'ordinaire, personne ne me remarque, personne ne m'embête.

– J'essaye encore une fois. Tiens-la !

Il grimpe sur la mobylette, attrape fermement le guidon, se lève sur le kick et retombe de tout son poids. Son corps se soulève et recommence, une fois, deux fois. Il s'interrompt, tourne des boutons, elle est peut-être noyée. Il la chevauche encore, ses fesses ne touchent plus la selle, il tient en l'air, arc-bouté en cerceau, ses coups deviennent violents, un cri très bref s'échappe de ses lèvres à chaque fois. La mobylette vacille, je suis obligé d'agripper la selle à deux mains. J'aimerais qu'il finisse. Il retombe, le front couvert de sueur, la chemise trempée.

– Pousse-moi, je vais la démarrer comme ça...

Quatre ou cinq élèves de ma classe sont là, je connais leurs têtes, j'ai déjà vu ces sourires pendant les heures de français. Le professeur, M. Chahine, est très grand, presque deux mètres, il ne sait trop quoi faire de son corps. Il pose parfois sa chaise dans l'allée, à ma hauteur, et reste là pendant toute l'heure. Il n'ose jamais me parler directement. C'est pour ça qu'ils m'en veulent. Ils sentent un courant qui passe silencieusement entre nous, je ne sais pas ce qu'ils insinuent, je ne veux pas le savoir. Je les emmerde. Mais j'aurais préféré ne pas pousser cette mobylette devant eux.

– Pousse, pousse plus vite ! crie Rocco.

Dix mètres plus loin, la mobylette démarre en pétaradant. Rocco freine, se retourne, lève le pouce, mais le moteur cale aussitôt. Je dois pousser la mobylette dans l'autre sens, vers l'école, cassé en deux, toujours au pas de course. Le moteur repart, la mobylette se cabre, je glisse et tombe. J'entends des applaudissements et des rires dans mon dos. Rocco accélère, il s'éloigne sans un signe. Je me relève et me retourne. Je ne sais pas qui est qui. Je prends le premier, celui qui sourit le plus, et je vois soudain la trace de mes doigts sur sa joue. Deux élèves rient, pas les autres. Le garçon que j'ai frappé est bouleversé, il est rouge, il est blanc, il se dégage avec brutalité de ceux qui font mine de le retenir. Ses lèvres tremblent, il ne sait pas se défendre. C'est tombé sur Fouad, le gros Fouad. Qu'est-ce que j'avais besoin de le gifler ? Il souriait au milieu des autres, il se croyait protégé. D'ordinaire, personne ne lui parle. Il est le seul musulman de la classe. Son père est notre professeur d'arabe. Le concierge qui sonne la cloche et sa femme qui vend des friandises dans la cour sont musulmans eux aussi : leurs enfants sont inscrits à l'école juive parce que c'est gratuit pour eux. Personne n'avance, ni Fouad ni moi. On ne se cogne pas, on ne s'empoigne pas, on ne roule pas par terre. Les autres ne disent plus un mot. Ils ont l'air plutôt déçus. Un temps passe. Il n'y a plus qu'à tourner les talons et s'éloigner avec un goût d'inachevé dans la bouche. La mobylette est tout au bout de la rue. Rocco parle à une fille, je les vois d'ici. Il a éteint la lumière sur moi, l'ombre me happe de nouveau. J'aurais pu être sa préférée. La fille monte derrière lui et le tient par la taille. Les voilà qui filent !

Je rentre lentement. Ma bar-mitzvah est dans six semaines, c'est elle qui décidera. Je l'attends avec hargne. Elle est censée me faire traverser le rituel cabalistique qui me transformera en homme. Premier enroulement des serpents sur mon bras, première étreinte de la couronne de cuir autour de mes tempes, avec le doigt de Dieu pesant au milieu du front, enfermé dans une capsule de bois noir. La foule masculine se solidifiera sous les lustres, elle m'ouvrira son corps au son des litanies. J'avancerai parmi les rictus, les odeurs de lavande, et les plus vieux tomberont en poussière pour céder la place au sang neuf. Mon père ouvrira la cérémonie en proférant d'une voix à faire dresser les cheveux sur la tête : *Yitgaddal veyitkaddash chémé rabba, bealma di vera khirouté...* Non. Je me trompe. Ce galimatias-là, c'est la prière des morts. Il en existe un autre pour la bar-mitzvah, mais lequel ? Il n'empêche. Je serai couvert de mon linceul, j'en baiserai les franges après avoir murmuré la phrase idoine. C'est moi qui tirerai le rideau et ouvrirai les portes de l'armoire sacrée. Je prendrai dans mes bras l'obus d'argent, je le coucherai sur mon épaule, des enfants y planteront des banderilles ressemblant à des seins métalliques ornés de figurines qui cliquetteront les unes contre les autres. Mon fardeau m'ouvrira le chemin du retour, les hommes se jetteront pour poser leurs lèvres sur l'ogive et rebondiront dans le néant. Depuis la galerie, des ombres féminines pulvériseront sur nous leurs lourds parfums, leurs larmes fécondes. Les filles pousseront de petits cris en serrant les cuisses.

Je gravirai les trois marches de la tribune centrale. Je fendrai la carapace argentée et la ferai tourner sur ses gonds, je mettrai à nu la peau de mouton parcheminée enroulée de part et d'autre et les graffitis qui la couvrent me sauteront au visage. Je ne me laisserai pas intimider par l'écriture sans rature. Je brandirai à bout de bras le cylindre coupé en deux et l'offrirai en adoration. À chaque quart de tour de mon corps impubère, les fidèles auront un mouvement en avant, ils tendront leurs mains vers le Livre et leurs lèvres articuleront la clameur montée du puits sans fond. Au paroxysme, l'arc lumineux jaillira entre les deux charbons. La décharge gonflera mon sexe d'une sève nouvelle. Ça ne durera qu'une seconde, c'est cette seconde que j'attends. Le compte à rebours s'arrêtera là, un autre commencera ensuite, entre les deux il y aura eu cette seconde qui n'appartient pas au temps normal. Et après, je serai de l'autre côté.

Dans le silence, le grand rabbin m'indiquera alors la ligne avec une petite main dorée, doigt tendu au bout d'une tige de métal. Je ferai semblant de lire à même le texte, à même la peau. Ma parole s'élèvera pour la première fois, je ne saurai même pas ce qu'elle signifie. J'aurai simplement appris par cœur une série de sons, la formule magique qui marque la traversée de la frontière. Mais ma voix sera autre, plus grave, plus ferme. En fouillant à l'intérieur, je ne trouverai plus trace de la moitié féminine de moi-même. J'aurai mal mais ce sera fait. Et ce qui restera prendra toute la place.

Je suis dans ma rue. L'épicier me regarde passer. Il n'y a rien de spécial. Je monte les marches. Si ça ne tenait qu'à elle, maman m'aurait gardé en petit garçon, et encore mieux en petite fille. Quant à mon père, je ne saurai jamais. Ils n'y peuvent rien, personne n'y peut rien. C'est tout l'intérêt. Treize ans est l'âge fixé par Dieu lui-même, des forces supérieures se conjugueront à la seconde dite et me feront changer d'état. Alors j'entrerai dans le monde de Rocco, libéré de toute tutelle, responsable de mes actes, comptant dans le *miniane* et la prière des morts, sexuellement puissant, faisant partie de la tribu, libre de la quitter enfin.

Sitt Odette est là, *madame* Odette. À cinq heures de l'après-midi, elle a grimpé la douzaine de marches qui séparent son appartement du nôtre et poussé notre porte, moitié comme si elle entrait chez elle. Un mètre quatre-vingt-cinq, elle n'est pas grosse, Odette, elle est *forte*. C'est notre voisine, certes, mais surtout notre propriétaire. À cause d'une loi héritée du Mandat français, nous lui payons un loyer ridicule et elle n'y peut rien. Il lui faut réprimer son trop évident désir de nous voir déguerpir tout en faisant bonne figure devant maman qui toujours l'accable d'une politesse et d'une chaleur excessives, genre *ahla wa sahla*, pourquoi une si longue absence, Odette, je te prépare un café, par sainte Rita je ne fais que passer, une citronnade alors ?

Pendant que maman est à la cuisine, elle prend le temps de me demander comment ça va à l'école, si j'ai de bonnes notes et pourquoi je ne descends plus jouer avec ses enfants qui m'aiment tant. Elle fait les questions et les réponses, je suis tranquille – mais les tête-à-tête avec elle me rendent toujours nerveux. Les enfants s'appellent Roro (pour Roger), Riri (pour Richard) et Roland (resté sans diminutif). Avec leurs cheveux coupés court, ils vont par trois comme des triplés, indissociables. Quand ils s'adressent à mes parents, ils leur donnent du « oncle Kamel » et du « tante Laura » pour souligner la proximité presque familiale qui existerait entre nous. Mais en dépit des recommandations pressantes de ma mère, le « *tante* Odette » n'a jamais pu traverser mes lèvres.

Son invisible mari est vendeur de polices d'assurance. On murmure qu'il préfère passer son temps à Tripoli, à soixante-dix kilomètres au nord de Beyrouth, parce qu'il appartiendrait à la nombreuse (et néanmoins honteuse) communauté homosexuelle de la ville. Mais ce n'est qu'une rumeur. Ce qui est clair, c'est qu'Odette, pieds nus, se défoule chaque semaine en lavant à grande eau la cour que notre véranda surplombe. Elle le fait avec une rage démesurée et une certaine forme de jouissance. Autrement elle passe l'essentiel de sa vie en compagnie de son chat acariâtre et de ses trois rejetons adorés. Quand j'étais petit, c'est vrai, il m'arrivait de descendre jouer avec eux. À cache-cache, aux gendarmes et aux voleurs, à je ne sais quoi… Roro, l'aîné qui a mon âge, possède un fusil à plomb dont il se servait pour canarder les dizaines de vitres de la belle maison abandonnée qui surplombe la cour de l'autre côté. Il m'avait invité à tirer à mon tour, et je l'avais fait. Mais à chaque fois je m'étais senti vaguement coupable de presser la détente et de voir dans la seconde une vitre exploser. J'avais toujours l'impression que *quelqu'un* derrière mon dos m'observait et s'apprêtait à me pincer les oreilles. Roro se rendait compte que le tir au fusil à plomb ne me donnait pas un plaisir égal au sien. Du coup, il m'avait entraîné dans la chambre à coucher de ses parents et, après avoir fermé la porte à clé, m'avait montré *le revolver de son père* caché sous le matelas. Ça m'avait fait un choc. C'était la première fois que je voyais une arme, chargée de surcroît. Ce gris sombre métallique, l'agencement parfait des pièces, le cliquetis de la culasse que Roro faisait jouer avaient quelque chose de très attirant – mais là aussi, ce n'était pas pour moi. En toute innocence, j'avais demandé pourquoi cette arme était cachée là, et à quoi elle pouvait servir. « Mais… à nous défendre ! » m'avait-il répondu avec un regard d'incompréhension – comme si je n'étais pas un homme, comme si je ne me préparais pas à en être un.

Pas découragé, il avait entrepris de me raconter avec des termes particulièrement crus comment on s'y prend pour *faire des enfants*. Que mon zizi familier servant à faire pipi puisse se transformer pour jouer un rôle radicalement différent m'avait paru si improbable que j'avais refusé tout net de le croire. « Est-ce que tes parents ne s'enferment pas certains soirs dans leur chambre et font la sourde oreille quand on frappe à leur porte ? » m'avait-il demandé insidieusement. Je lui avais répondu que non, absolument pas, mes parents ne sont pas comme ça, ils dorment toujours dans des chambres séparées, chacun la sienne ! Il s'était moqué de moi de telle façon que plus tard, quand j'ai dû reconnaître qu'il avait dit vrai, j'ai obstinément continué de lui en vouloir.

Odette a fini par me lâcher. Elle reste assise à regarder rêveusement notre salon. J'imagine le sien, à l'étage du dessous, encombré de bibelots et de figurines saintes en plâtre ou en plastique. On y voit des Jésus et des Vierges Marie en pagaille, avec parfois une couronne de lumières autour de la tête pour cette dernière, on y voit aussi saint Charbel, le moine maronite faiseur de miracles, saint patron du Liban, mais surtout sainte Rita, la sainte des cas désespérés, pour qui *sitt* Odette éprouve une tendresse apparemment infinie. Non qu'elle soit croyante, Odette, elle ne va même pas à la messe, mais sa religion lui permet d'appartenir à la tribu maronite sans laquelle elle serait perdue. Par exemple, elle dit couramment « nous les chrétiens » ou « eux les musulmans » – mais jamais « vous les Juifs », parce que ça ne serait pas délicat. Car elle est parfois délicate, Odette, il ne faut pas croire, en dépit de sa corpulence de taureau.

Peut-être que j'exagère. Elle était venue nous voir en début d'année pour demander à maman d'intercéder en sa faveur afin de faire inscrire Roland, son petit dernier, à l'école de l'Alliance. Elle était rougissante, désolée de déranger, se forçant pour simplement *oser*, et j'avais senti ce jour-là que sous ses airs de matamore elle nourrissait une secrète admiration pour nous. Car on entendait parler français dans notre maison, il y avait plein de livres, parfois de la musique classique, et maman prenait des cours d'anglais au

British Council et parlait de Paris comme si elle connaissait cette ville de toute éternité. L'ascendant que notre propriétaire s'efforçait d'exercer sur nous était sans doute l'envers d'un sentiment d'infériorité paralysant. Hélas, discrètement sondé par ma mère, M. Préciado avait douché ses espoirs et découragé sur-le-champ un projet qui, disait-il, risquait de menacer à terme l'identité juive de l'école.

Maman revient de la cuisine un plateau entre les mains, ce sera donc citronnade. Parmi les tintements de glaçons et le léger parfum de fleur d'oranger, Odette et elle se mettent à parler de choses et d'autres. Tel est le code ordinaire des visites d'après-midi à Beyrouth. Et lentement, sans avoir l'air d'y toucher, Odette fait glisser la conversation vers le sujet qui l'intéresse. Une fois de plus, elle raconte l'histoire de son père, que Dieu ait son âme, qui avait renvoyé en le traitant de voleur l'architecte qui demandait d'être payé pour dessiner les plans de notre petit immeuble. Le cher disparu l'avait construit tout seul, sans fondations mais avec l'aide de Dieu, en posant une pierre sur l'autre comme cela s'était toujours fait dans la campagne d'où il venait. La technique avait conduit, comme nous le savons tous, à cette maison sans un seul angle droit, et c'est miracle si elle tient encore debout. C'est sûr que, de là-haut, sainte Rita doit veiller sur nous…

La fragilité de notre demeure est un thème inépuisable. Le jour de mes sept ans, une demi-douzaine d'enfants, cousins et cousines, étaient venus à la maison fêter mon anniversaire. Après la cérémonie du gâteau et des bougies, les parents étaient sortis chacun de leur côté, nous laissant seuls. Nous nous étions mis à courir de long en large dans l'appartement, à nous bombarder à coups de serpentins et, l'après-midi avançant, à organiser une bataille rangée d'oreillers. Odette avait fait irruption dans notre salon, hors d'elle, les yeux injectés de sang. Sans préambule, elle nous avait crié au visage en nous promettant que la maison allait tomber sur nos têtes et en demandant où diable mes parents étaient passés. Apprenant leur absence, elle s'était retournée contre moi, un enfant, unique responsable présent, pour m'agonir d'injures. Mais ce n'était pas tout : Odette voulait nous montrer ce que nos galopades insensées provoquaient dans son appartement à elle. Elle nous ordonnait donc de descendre à l'étage du dessous pendant qu'elle resterait, elle, chez nous. Trop effrayés pour ne pas obéir, mes cousins et cousines avaient obtempéré sans moufter. Moi, rassemblant le peu de courage qui me restait, j'avais obstinément refusé de quitter le domicile. Je m'étais donc retrouvé seul avec elle. Prenant une grande inspiration, elle s'était aussitôt mise à sauter de tout son poids sur le sol, à sauter tout en traversant le salon aller et retour, et ses bonds de kangourou géant faisaient trembler l'immeuble sur ses inexistantes fondations. Le lustre valsait de gauche et de droite, les meubles se dérobaient, un tableau s'était même détaché du mur pour tomber à mes pieds. Fasciné par le spectacle, j'imaginais la danse de Saint-Guy qui devait avoir saisi sous nos pieds saint Charbel, sainte Rita et toute la compagnie. Mais rien n'arrêtait l'ogresse qui volait au-dessus du sol et sautait comme un fol animal dans notre maison. Seconde après seconde, la scène s'imprimait de façon indélébile dans mon esprit et menaçait de perturber à jamais mes éventuelles relations futures avec la gent féminine.

– Nous savons tous combien cet immeuble est fragile, dit ma mère, sans doute désireuse d'accélérer le mouvement.

Odette est contente que maman en convienne. Elle explique alors qu'elle a décidé, avec son mari (mauvais signe quand elle cite son mari), de commander un *rapport d'expertise* afin d'évaluer la solidité de l'immeuble. Et ce rapport, justement, vient de leur être remis : les fondations du bâtiment doivent impérativement être renforcées et d'importants travaux entrepris sans délai…

– Merci de nous en avertir, dit calmement maman, consolider la maison est certainement une bonne idée.

– Oui, mais ce n'est pas tout… Nous avons pensé…

C'est à ce moment que mon oncle Victor fait son apparition. Il prenait une douche dans notre salle de bains et le voilà qui en sort propre, rasé de frais, tout à fait charmant. Il salue notre visiteuse avec chaleur et s'assied en s'excusant d'avoir interrompu la conversation, qu'est-ce que vous disiez déjà ?… Secrètement contrariée, Odette reprend – mais d'une voix soudainement moins assurée :

– Eh bien, nous avons pensé que… qu'il serait peut-être plus prudent que vous déménagiez pour la durée des travaux… Ça ne prendra pas plus d'un mois ou deux… L'immeuble pourrait s'affaisser, voyez-vous… et nous serions beaucoup plus tranquilles si vous étiez à l'abri.

– Ça c'est la meilleure ! s'esclaffe aussitôt Victor. Cet immeuble qui tient debout depuis cinquante ans risque soudain de s'écrouler ?

– Ce n'est pas ça du tout, se défend Odette. Les travaux eux-mêmes, le fait qu'il va falloir creuser pour renforcer… Vous comprenez, c'est ça qui risque de… Bref, ce serait mieux, par prudence…

– De quelle prudence parlez-vous ? renchérit Victor, toujours hilare. C'est une question purement technique. Qui vous a donné cet avis ?

– La commission, l'expertise…

Il balaye sa réponse d'un geste.

– Bon. Écoutez. Voilà ce qu'on va faire. J'irai demain voir à son bureau mon beau-frère Marco qui est ingénieur en chef à la municipalité de Beyrouth. Il enverra dans l'heure les experts de la ville qui évalueront sur des bases scientifiques la solidité de l'immeuble. Après cette visite, croyez-moi *sitt* Odette, il ne sera plus du tout question de déménagement !

Je n'avais pas encore été témoin d'une scène où *les méchants* sont à ce point *confondus* (mais Odette est-elle vraiment méchante ?). Mon oncle Marco est le mari de tante Guilsom, la sœur de maman. S'il occupe un poste élevé à la municipalité, c'est qu'il appartient à la branche libanaise de la communauté, la branche avec de vrais papiers, dûment enregistrée comme l'une des dix-huit communautés qui composent ce fichu pays. Et voilà que je me retrouve pour une fois du *bon côté.* Si effrayante d'ordinaire, Odette se lève avec un pauvre sourire et bredouille quelques mots à propos de l'affaire qu'il faut continuer de suivre… Maman s'empresse de lui donner raison, oui, bien sûr, tenez-nous au courant, il en va de notre sécurité à tous… En même temps, par un mouvement tournant du corps, elle enclenche le rituel de séparation et pousse insensiblement Odette vers la sortie. Cinq minutes plus tard, notre propriétaire a disparu – partie sans demander son reste, sans même avoir touché à sa citronnade. Sa tentative de nous éjecter de la maison a une fois de plus échoué.

Je dois rester debout et attendre, bercé par le chant sacré, les odeurs de soupe. Les assiettes décorées, les couverts en argent, le tissu en satin recouvrant le pain, chaque élément porte en lui la cérémonie entière. Ce n'est pas aujourd'hui, ce n'est pas la semaine dernière, c'est n'importe quel vendredi soir, même avant que je naisse. Un théâtre fixe, une plongée en apnée, trois minutes et demie sans respirer. La fumée des bougies monte droit, l'air paraît tellement épais. Tout se répète exactement. Soupe de poulet aux vermicelles, même les plats sont pareils. Les syllabes se succèdent suivant la mélodie rituelle, si familière que je n'ai pas besoin d'écouter. Nous sommes autour de la table, et Dieu nous entend et nous regarde. Papa tient la coupe d'argent à la main, il chante la bénédiction qui ouvre le shabbat, on dirait une musique arabe. Il ne s'adresse à personne, maman garde les yeux baissés, nous sommes ensemble tous les trois.

Dans un moment, ce sera fini. Il boira à la coupe et me la tendra, j'y boirai et la passerai à maman. C'est comme ça. Puis ils échangeront leur baiser de la semaine, en l'air. Ce n'est pas eux qu'ils embrassent, c'est la loi. Je les embrasserai l'un et l'autre, tout sera dit. On s'assiéra sans un mot et on se mettra à manger.

Papa ralentit pour qu'on dise *haïm*, « nous sommes vivants », mais c'est un épouvantable grondement qui lui répond, un hurlement dont le souffle secoue les murs. Les meubles se mettent à bouger, le lustre valse et les ombres avec lui. Comme si on avançait, comme si la maison creusait sa voie dans la terre. Une force plus grande que Dieu a interrompu le rituel. Papa n'a pas lâché la coupe, son tremblement semble n'être que la prolongation muette de sa prière. Des gouttes de vin débordent et se répandent en auréoles sur la nappe brodée. Il se passe quelque chose à la mesure de ce que j'éprouve, l'exaspération immobile et sans objet s'exprime enfin. Le monde devrait toujours trembler. Le tapis du salon s'est mis en pente, ses arabesques colorées se décomposent, les rideaux verts, les tableaux, nos propres âmes sont aspirés vers la sortie. Mais nos corps ahuris restent cloués sur place, à danser.

Tout s'arrête soudain. La salle à manger reprend sa place. La secousse s'est inscrite dans la fumée des bougies qui serpente vers le plafond, dans le niveau de la soupe qui monte et descend. On se regarde, on est blancs. Papa pose la coupe de vin, maman s'appuie des deux mains à la table, j'ai un goût de métal dans la bouche. C'est un tremblement de terre, dit papa. Puis, après un silence : on aurait dû se mettre sous la table, mais tout a été trop vite. Nous attendons. Maman s'assied, nous l'imitons. On aurait pu mourir. Elle ne songe pas à nier, elle ne cache rien. Pour une fois. Elle lève les yeux et les baisse, en fascination, en complicité secrète avec les désordres qui montent du ventre de la Terre. Je me tais moi aussi. Je ne saurais dire si ça s'est passé vite ou lentement. C'était une autre durée, une déflagration lente qui laissait le temps de vivre chacune de ses fractions. Plus fort encore que le sommet de la vague. J'ai eu l'impression d'un calme suprême, sans distance, comme une intuition.

– On va manger, dit maman en se relevant. Il faut finir la bénédiction.

Elle n'a pas fini de parler, le tremblement reprend. Le shabbat se refuse. Et maintenant, je sais ce qu'on risque. La maison est de nouveau prise dans l'étau, elle se cabre horriblement pour trouver une position, au risque de casser. Je pense à me jeter sous la table mais ça me semble ridicule. Avec une sombre jubilation, je reste debout à trembler avec l'univers. Et tout s'arrête une nouvelle fois. Le silence dit la vérité : personne ne peut rien pour personne et si on doit mourir, on mourra. La trêve dure quelques secondes, le tremblement revient, annoncé par un piétinement de troupeaux. C'en est trop. Je sors de la salle à manger sur le tapis en pente. Je le vois glisser vers la porte. Les murs grelottent. Je me retourne, les parents sont derrière moi, canards maladroits traversant une surface qui se dérobe. Ils ne font plus semblant.

Comme nous, la ville entière a été saisie au milieu de son geste et jetée dans la rue. Chacun sur sa ligne de fuite, la foule se heurte sans savoir dans quel sens courir. Les mains de mes parents sont sur mes épaules, l'une à gauche et l'autre à droite, ils me tiennent fermement, je suis ce qui les lie. Tous ces gens insensés nous écartèlent, ils pèsent sur nos bras, je pourrais si facilement me dégager de leur emprise. Ils me font avancer sous le ciel obscur, les cris, les pleurs, la fin du monde. J'ai tant attendu ce moment. Quelqu'un crie qu'on doit s'éloigner des maisons et aller vers le bord de mer, il y a là-bas un cimetière, l'air libre. Le flot humain s'engouffre entre les immeubles.

Le mur d'enceinte fait de pierres friables nous isole du monde des vivants. En levant les yeux, j'aperçois le sommet des cyprès et, au-delà, le ciel légèrement blanchâtre. Les voisins russes sont là, avec la belle Mika, qui est blonde. Des camarades de classe, des *artistes* du bord de mer, l'épicier, le coiffeur, des jeunes, des vieux, des couples en robe de chambre, des nourrissons enveloppés dans des couvertures, des hommes sortis du restaurant la serviette autour du cou. Et moi avec eux.

Les familles restent agglutinées, petits groupes dupliqués à l'infini, séries de cercles tangents se côtoyant parmi les tombes. Les enfants se regardent, ils pourraient peut-être jouer ensemble, en attendant. Mais dans la débâcle, les parents tiennent la corde serrée. On vit avec eux et avec eux on meurt. C'est la règle.

Quelqu'un vomit, une vieille femme. Un homme en pyjama la soutient de ses deux bras, toutes ses phrases commencent par

« maama ». Maama nous resterons ensemble, maama c'est passé, maama je te jure que c'est passé, maama les séismes c'est tous les vingt ou trente ans seulement, maama crois-moi, il pleure presque. Son impudeur est telle que ce sont les gens autour de lui qui se sentent honteux. Sa mère est toute petite et lui très grand, il se penche à son oreille et crie en arabe. Elle a l'air de ne pas l'entendre du tout, elle a l'air de *partir*, et seule sa voix à lui peut encore la retenir. Je le reconnais soudain : M. Chahine, notre professeur de français. Je n'imaginais pas une seconde qu'il parlait arabe, ni qu'il avait une mère, ni qu'il pouvait être en pyjama.

Une heure s'écoule. Des nouveau-nés ont été chaudement bordés entre les tombes. Le ciel s'est dégagé. C'est une belle nuit. La secousse la plus forte était la première, les deux autres étaient des rappels, comme les vaccins. Séisme se dit *zilzal* en arabe, c'est bien trouvé. Quelqu'un prononce le mot raz-de-marée. On attend. Papa se tient au milieu d'un groupe d'hommes que je ne connais pas, ils parlent à voix basse. Je me serais bien approché. La mère de M. Chahine s'est assise sur une pierre tombale, elle a l'air de s'être endormie. J'espère qu'elle n'est pas morte. Son fils lui tient la main, silencieux maintenant. Cette nuit ne compte pas, les lois du monde sont abolies, elles marchent sur la tête. Demain, on verra.

Les étoiles ont encore bougé. Quelqu'un dit qu'il est minuit et demi. Il ne se passe rien. On s'ennuie un peu. La terre ne se décide pas à trembler de nouveau ou à dire qu'elle ne le fera plus. En même temps que beaucoup d'autres, nous rentrons nous mettre au lit, papa dans sa chambre et moi dans celle de maman, sur un matelas.

Victor nous trouve comme ça une heure plus tard. Il circule dans l'obscurité de la maison en disant qu'elle s'écroulera à la prochaine secousse, c'est de la folie. Sa Chrysler est en bas. Le client en avait offert un bon prix mais il n'a pas pu la vendre. Il veut nous emmener, il a fait la route depuis Saïda. Maman est surprise au lit, elle pleure dans son cou, je me demande si c'est parce qu'un homme, son frère, est venu la chercher. Il la presse, lève-toi, on n'a pas le temps, se tourne vers moi, toi aussi, prépare-toi. Nous nous rhabillons dans le noir. Je vais enfin connaître Saïda.

Seuls sur la route qui longe la mer, seuls dans cette clarté. À chaque impulsion, la Chrysler répond. Elle montre ce qu'elle a dans le ventre, et comment elle file quand on a besoin d'elle. Aux premiers minarets, je crois voir un nouveau village mais c'est la ville. Saïda, capitale du Sud. Ce ne sont que maisons basses, hangars, bâtisses, garages fermés. Pas une lumière, une cité à l'abandon. Victor ralentit à peine. De loin, il m'indique la citadelle, masse sombre émergeant de l'eau, fierté de la ville. Elle a soutenu je ne sais combien de sièges, combien de séismes. Il freine soudain parce qu'il y a des gens au milieu de la chaussée, des ombres noires, de plus en plus nombreuses. Nous sommes encerclés par une foule indifférente qui nous empêche d'avancer, une masse compacte qui erre. Les maisons ont été désertées comme à Beyrouth, plus qu'à Beyrouth. On a entendu dire qu'un peu plus au sud, dans la zone interdite, des villages entiers se sont écroulés sur leurs habitants. Saïda est devenue méfiante. Dans les terrains vagues, les espaces dégagés, les gens grouillent, allument des feux, s'agglutinent. C'est leur silence qui est imposant. Nous les dépassons. J'ai l'impression que nous roulons vers le danger.

On l'aperçoit de loin parce que la nuit est lumineuse. Une petite maison plongée dans le noir, en pierre de taille, perchée sur une colline au sud de la ville. Elle a l'air terriblement solide. Depuis le sentier emprunté par la Chrysler, on peut entendre les vagues sur les galets. Une lampe torche s'allume et nous fait des signes, Victor y répond par des appels de phares. Nous arrivons. Le jeune homme à la lampe est pris dans nos lumières.

– L'électricité est coupée, la panne est générale.

Victor nous présente. Anis est son employé, il travaille au garage, lui aussi a trouvé refuge ici. Il a quelque chose d'enfantin, ravi de nous rencontrer, enthousiaste même. Il salue cérémonieusement, la maison est la vôtre, je vais préparer le thé. Quand je descends de voiture, il me sourit comme s'il avait entendu parler de moi et me reconnaissait. Victor donne le bras à sa sœur, nous entrons derrière eux. Anis allume des bougies.

Nous sommes à peine assis, Victor annonce qu'il va ranger la Chrysler. Je l'accompagne. Le garage est à cent mètres, c'est un bâtiment en parpaings. À l'intérieur, éclairées par nos phares, apparaissent les américaines, une bonne dizaine. Des chambres à air sont suspendues autour de chacune d'elles, comme ces bouées qu'on accroche aux embarcations pour amortir les chocs. On dirait les soutes d'un bateau sur le point de couler. La première secousse a jeté une Pontiac contre une Studebaker. Victor me montre les dégâts et caresse amoureusement les blessures.

Nous revenons à la maison perchée sur la colline. D'autres hommes sont arrivés, inquiets pour Victor, surpris de rencontrer sa sœur, son beau-frère, son neveu, agréablement surpris. Nous sommes l'attraction. Le thé est servi, le whisky aussi. Il est trois heures du matin, la soirée ne fait que commencer. Anis a déniché deux lampes à huile. Il reste collé à Victor. En fait, il a très peur. De nouveaux visiteurs entrent comme s'ils étaient chez eux, ils vont dans la cuisine, ouvrent le frigo. Papa boit sec, curieux de la situation, parfaitement à l'aise. Maman jette des coups d'œil timides et effarés. Victor lui-même reste distrait, la tête dans ses voitures, comme ces parents préoccupés par leur enfant malade dormant dans la pièce à côté.

Que le grand rabbin ait disparu ne m'étonne pas, il n'avait qu'un millimètre à faire. Je ne l'ai vu de près qu'une seule fois. Il sortait de la synagogue et des élèves s'étaient précipités pour lui baiser la main. Je m'étais approché, pour le regarder. Il avait la peau aussi transparente qu'une aile de libellule, une barbe si blanche qu'elle n'avait plus de couleur, le premier coup de vent aurait pu emporter ce fantôme flottant dans ses robes noires. J'avais remarqué ses doigts qui tremblaient, noueux comme des racines, mais surtout son visage. Ses yeux voyaient tout autre chose que la cour de la synagogue, ils contemplaient un rêve que son esprit créait au fur et à mesure. Je l'ai observé avec envie, j'aurais voulu savoir comment il s'y était pris. Tel que je le voyais, rien de lui n'était présent, il était complètement évadé. Dieu, la religion, c'est trop abstrait pour moi. Mais cette ombre lumineuse était tangible, à peine tangible. Elle semblait n'être plus attachée à la réalité que par un fil.

Pour ma bar-mitzvah, j'aurai droit à un jeune rabbin en costume de ville, un homme ordinaire. Et peut-être que le passage ne se fera pas, ou alors pas aussi bien.

M. Préciado est venu pendant le cours nous parler des funérailles, notre classe marchera derrière le cercueil, l'école sera fermée. Le professeur d'arabe baisse les yeux, il est musulman, l'enterrement ne le concerne pas.

– Toute la classe doit venir, dit le directeur.

– Même Fouad Farchakh ?

Il me regarde interloqué, l'énorme M. Farchakh aussi. Fouad est à l'école juive parce qu'il est le fils de son père. Ils ne prennent même pas la peine de me répondre.

Dans la cour, les élèves me regardent comme si je les avais compromis, même Fouad. Il me rattrape sur le trottoir, un filet de sueur lui a coulé dans le cou.

– Je ne viendrai pas.

C'est la première fois qu'il m'adresse la parole. Rien ne l'obligeait à m'avertir. Qu'il vienne ou non, je m'en fous. Mais il me scrute d'un air anxieux comme si moi seul pouvais le libérer. Il attend. Ce genre de choses, on n'en parle jamais. Je ne veux pas comprendre.

– Si tu n'y vas pas, je n'irai pas non plus.

– Fous-moi la paix avec cet enterrement, ce n'est pas mon grand rabbin !

Il crie en arabe, son arabe est superbe. Son col l'étrangle, sa respiration est saccadée. Il est un peu dégoûtant, ce Farchakh, et si gros que sa chemise déborde tout le temps.

La cour de la synagogue a disparu sous l'amoncellement des fleurs et des couronnes. Dans la rue, les rideaux de fer sont baissés, la foule empêche de passer. Tout le monde est là, le ban et l'arrière-ban. Les gens se bousculent comme pour une distribution gratuite. Fouad n'est nulle part. Dommage. Des policiers en grand uniforme s'efforcent d'ouvrir un passage aux voitures officielles. On nous a placés de part et d'autre des portes grandes ouvertes. Nous voyons arriver des prélats et des cheikhs, des ambassadeurs, des Occidentaux, des députés, le ministre de l'Intérieur. On leur a distribué des calottes, ils sont entrés dans la synagogue, *chez nous*. Il s'agit de tout autre chose que d'un enterrement.

Nous, les élèves, sortons du quartier derrière le cercueil, encadrant un espace vide d'une vingtaine de mètres, le cortège ne commence qu'après. Les Juifs apparaissent au grand jour, au milieu de la rue du tramway, ils traversent la ville de part en part. Il n'y a plus que le bruit des pieds sur le pavé. La circulation s'est arrêtée. Les gens demandent qui on enterre. Personne ne semble au courant. Nous arrivons au centre-ville, place des Martyrs, paralysée elle aussi. Les tramways désertés sont immobiles sur leurs rails. Ça me dépasse. Le cortège remonte la rue de Damas, le quartier musulman de Basta. Les policiers saluent, main à la casquette.

La foule sur les côtés se fait plus dense. Soudain, j'aperçois Fouad Farchakh au deuxième rang. Je cours vers lui. Personne ne remarque mon départ, sauf l'élève qui marchait derrière moi. Fouad tourne les talons et détale. Je me cogne aux gens qui font barrage et perds plusieurs secondes. Quand la voie se libère, je distingue un pan de sa chemise qui disparaît. Je cours aussi vite que possible, plus vite que lui, je suis sa chemise à la trace. Il connaît le quartier, c'est le sien, mais il est lourd. Ses coups d'œil deviennent de plus en plus fréquents, il perd du terrain. Je lui tombe sur le dos. Il se retourne, je lui immobilise les bras.

– Qu'est-ce qui te prend ? Laisse-moi !

Des gens s'arrêtent, intrigués. Je respire un peu plus calmement.

– Je suis venu te chercher.

Il me glisse entre les doigts. Je le rattrape par sa chemise, qui se déchire. Je lui donne un petit coup amical sur la tempe, soudain je me découvre en train de cogner vraiment. Paumes ouvertes, je frappe de plus en plus fort, sans pouvoir m'arrêter. Il lève les bras pour se protéger mais ne répond à aucun de mes coups. Ça m'enrage plus que tout. Il cherche seulement à m'échapper. Un coup l'atteint en plein visage, son nez se met à saigner. Des mains me saisissent par-derrière. Je me retourne. Quatre ou cinq hommes sont sur moi. En sang, les boutons de sa chemise arrachés, Fouad s'interpose.

– Laissez-le, je le connais. Ne le touchez pas !

Les autres restent interdits. Des hommes moustachus, des femmes avec de fines écharpes sur la tête, des enfants avec la morve au nez qui regardent d'un drôle d'air mon pantalon bleu marine et ma chemise blanche chiffonnée. Les yeux pleins de larmes, Fouad crie encore :

– Que personne ne s'en mêle !

Il m'entraîne. Je suis complètement perdu. Je m'arrête pour mesurer le mal que j'ai fait. Son nez ne saigne plus. Il repart, je le suis. Sans un mot, il me conduit. Sa chemise tachée de sang attire l'attention, nous marchons vite. Je glisse entre les barbes mal rasées, les exclamations en arabe, les femmes voilées. C'est aussi Beyrouth. Les ruelles succèdent aux ruelles. Les trottoirs sont comme dans mon quartier, gris avec de petits carreaux qui donnent le vertige. Les immeubles sont pareils, murs sales de couleur crème, balcons ventrus, colonnades, portes d'entrée ouvragées. Même poussière, même sable rouge entre les pavés. Je ne suis jamais venu ici, j'en suis sûr. C'est ça qui est troublant. Tout est familier et inconnu, on dirait une projection de mon quartier en beaucoup plus grand, une ville adulte par rapport à ma ville d'enfant. Comme si je marchais dans un rêve où je reconnaissais tout sans rien reconnaître. *L'autre rue*, c'est peut-être ici.

Fouad s'est fatigué, il marche à ma hauteur. Je pourrais lui dire quelque chose. Son front est buté, rouge de transpiration. Je me demande où nous sommes, peut-être à la limite de Basta. L'air a changé, les immeubles sont en meilleur état, la ruelle que nous empruntons est moins fréquentée. Elle débouche sur la rue du cimetière. On est passés par-derrière. Mais nous arrivons trop tard. Les Juifs sont déjà entrés, si nombreux qu'il reste une petite foule devant le portail. Je les regarde depuis l'autre trottoir, je n'arrive pas à traverser. Fouad m'observe. À l'heure qu'il est, le grand rabbin est en train de se faire enterrer. Sans nous.

Il arrive sur moi dans la rue qui descend. Deux voitures vertes séparées par deux tampons qui cognent l'un contre l'autre. Je reconnais son odeur de métal et d'électricité. Ses roues se bloquent et sa masse glisse sur les rails dans un crissement suraigu. Je n'ai jamais pris le tramway seul.

Le receveur a les yeux opaques, il me donne un ticket en échange de mes cinq piastres. Les passagers ne me prêtent aucune attention. Le wagon est à moitié vide, je choisis une place dans le sens de la marche. Nous dépassons Bab Edriss. Les devantures défilent, et les passants. Place des Martyrs, rien ne se passe, personne ne me retient. La place est si grande. Le tramway franchit la frontière du dernier territoire connu. J'ai réussi.

J'aurais voulu que les passagers disparaissent et que le tramway file à toute vitesse. Il peine dans l'interminable montée de Basta, entre les immeubles qui se penchent et lui font de l'ombre. Je ne retrouve rien. Un contrôleur avance dans l'allée en vérifiant les billets. Il passe sans poser de questions. J'ai le droit d'être là. Mon univers s'est déjà élargi.

Un replat. Le tramway accélère et se met à tanguer. Je cherche un signe. Les murs et les boutiques me restent étrangers, le paysage ne me parle pas, il va trop vite. Le conducteur inverse le courant, les freins grincent horriblement. J'aperçois une maison d'angle en pierre grise qui réveille quelque chose. J'ai l'impression de reconnaître vaguement une image, elle ne se dérobe pas. Fouad avait disparu au coin de cette maison. Je descends.

Premiers pas dans l'à peine connu. Derrière la maison grise, il y a une rue qui monte puis descend. Ça ne me dit rien. Fouad et moi avons couru longtemps, je n'espère pas retrouver le chemin. Mais la sensation étrange de familiarité me reprend un peu plus loin, elle me sert de boussole. Je me laisse guider par elle, plus forte, moins forte. Il y a un peu plus de calligraphie arabe sur les devantures des boutiques mais tout se ressemble, même les chaussées défoncées, même les terrains vagues, même les cris des marchands ambulants. J'aime la légère appréhension qui me dessèche la bouche.

Un homme en pyjama est assis sur une chaise dans une entrée, un vieillard élégant coiffé d'un tarbouche appelle devant un immeuble une jeune fille voilée qui me heurte, ses yeux crient au secours, une femme traîne quatre enfants derrière elle, un commerçant triste s'ennuie derrière sa vitrine, un barbier rase son client et lui arrache les poils sur les pommettes en actionnant un système de fils, un instrument de torture. Les passants me regardent curieusement. Je suis peut-être trop jeune pour marcher seul, ou alors ce sont mes habits, mon air. Il faut absolument que je sois comme tout le monde, mais comment est tout le monde ? Je regarde les gens. Ils sont chez eux dans cette rue, leur allure est tranquille, leurs portes ouvertes. Je ne dois pas donner l'impression de chercher, il faut que je marche comme si j'allais quelque part.

Un marché aux poissons au milieu du trottoir, improvisé. Les marchands hurlent comme s'ils écoulaient le butin d'un hold-up. Ils pèsent le poisson sur des balances géantes à deux plateaux, soulevées à hauteur d'homme. L'argent de la main à la main. Les femmes ne se laissent pas intimider, elles acceptent le corps à corps, certains poissons font presque un mètre de long. L'eau coule abondamment, chargée d'écailles et de viscères. Je patauge dedans.

La rue redevient tranquille. Dans un renfoncement, un portail dont les deux battants sont ouverts. Vu l'alignement des chaussures, sûrement une mosquée. Je jette un coup d'œil. Quelques formes en blanc prient vers le fond. Pas le moindre meuble, juste des nattes recouvrant le sol et des piliers qui se rejoignent en arcades à intervalles réguliers. Un espace aussi calme que la synagogue est agitée, aussi vide que la rue est pleine, un contrepoids parfait. Le minaret est juste au-dessus de ma tête, on y a installé un haut-parleur qui se met à grésiller atrocement. *Allaaaaaaahou Akbar, Allahou Akbar !* La voix répète chacune des syllabes en lui faisant décrire une longue modulation. Cette musique, je la connais, je l'ai entendue mille fois, mais toujours comme un bruit venant d'ailleurs. Je suis soudain au centre de cet ailleurs. Ce qui se diffuse sur l'ensemble de la ville est concentré ici. Trop concentré. La puissance est mal réglée, ça me vrille les oreilles. D'autres appels se font entendre, les uns proches et les autres lointains, comme ça jusqu'à l'horizon. *Allahou Akbar !* Le *Al*, les *lah*, les *Ak*, les *bar* saturent l'air en un canon sans fin et me disent interminablement où je suis.

Des hommes arrivent des deux côtés, des jeunes, des vieux, ils répondent à l'appel de la prière et convergent vers la porte de la mosquée, c'est-à-dire vers moi. Je choisis le groupe le moins compact et me dirige vers lui. Les corps s'effacent pour me laisser le passage, je remonte la foule des fidèles à contre-courant. Ils me bousculent, me contournent. S'ils se rendaient compte, ils se jetteraient sur moi. Mon courage est épuisé pour aujourd'hui, il faut que je sorte d'ici.

– *Ya chab !*

C'est un type qui m'appelle. Il n'y a personne, lui et moi seulement. Un gros en djellaba assis sur une chaise à la porte d'une boucherie, pieds nus posés sur un tabouret. Il me fait signe d'approcher en agitant un billet d'une livre. Son sourire découvre une dent en or, le vent s'engouffre sous sa djellaba et la gonfle. J'avance vers lui. Le billet de banque, le sourire, la djellaba, les quartiers de viande pendus derrière, tous ces détails s'assemblent pour former une image précise. L'Arabe par excellence, moustachu et despotique, assis sur le trottoir, les couilles au frais, le dégoûtant

Arabe qui attire les enfants, parle fort, l'injure à la bouche, mais garde au fond de lui une douceur parce qu'il aime les loukoums.

Je ne peux plus reculer, je suis venu pour ça. Il me demande comment je m'appelle, je le lui dis. Youssef Hosni est un nom qui ne trahit pas, ça pourrait être n'importe qui. Il ramène sa djellaba sur ses jambes, glisse ses pieds dans des pantoufles, se frotte le sexe au passage, si exactement semblable au cliché qu'il en devient imaginaire : c'est peut-être moi qui l'ai inventé. Il n'y a que sa voix qui cloche, éraillée, trop fine pour son corps massif, une voix de châtré. Il ne peut pas quitter sa boutique et me demande d'aller lui acheter un kilo de pain à la boulangerie. Il secoue la livre sous mon nez d'un geste impatient. Si je la prenais, j'accepterais beaucoup plus que ce qu'il me demande. Ma paralysie semble l'amuser, il doit penser que Dieu m'a crié au visage, une fossette se creuse dans sa joue mal rasée. Son œil, sa dent en or brillent. La livre change de propriétaire.

À la boulangerie, tout se passe facilement. J'en ressors avec un kilo de pain brûlant. Le paquet dans les mains, je n'ai plus besoin d'aller vite. J'ai une fonction, je suis d'ici. On dirait un garçon du quartier qu'on a envoyé faire des courses et qui revient sans se presser. Je n'ai que deux cents mètres à parcourir mais c'est assez pour que ce bout de trottoir devienne chez moi. Des travailleurs avancent avec de longs sacs pleins d'oignons sur le dos, comme des vers aussi grands qu'eux, traînant jusqu'à terre. Je sens leur sueur, leur échine baissée.

L'homme n'est plus assis devant sa porte. Il est à l'intérieur, il sert un client. Il a passé un tablier de boucher par-dessus sa djellaba. Je n'ose pas entrer.

– Viens, n'aie pas peur.

La viande rouge se tord sous son couteau. Il la saisit, la retourne, la jette sur l'établi de marbre et l'attaque de nouveau. Son instrument s'immisce entre la chair et l'os et suit la ligne invisible où toute résistance est inutile. Ses gestes sont d'une grande précision, presque de la douceur. Le ventilateur tourne au-dessus, au plafond. Je reste à la porte, attendant qu'il finisse. Mais ça dure. Il brandit le morceau de viande vaincu sous l'œil du client avant de le poser et d'en prendre un autre.

Il vient vers moi, les mains rouges. Il les essuie vaguement à son tablier, prend le pain et me dit de garder la monnaie. Je pose les pièces sur le comptoir.

– Je ne peux pas… Je n'ai pas le temps.

Il éclate de rire et son client aussi. Il me prend la main, la sienne est poisseuse, étrangement fraîche. Il glisse les pièces au creux de ma paume et referme mes doigts sur elles. Il sourit de nouveau, ses doigts boudinés me pincent affectueusement la joue, je suis marqué. Il me demande si par hasard je ne suis pas syrien, à cause de mon accent.

En courant vers le tramway, je jette les sous qu'il m'a laissés. C'est péché, je sais, comme jeter le pain. Même si un morceau de pain tombe par terre par accident, il faut le poser une seconde sur sa tête avant de l'embrasser. Parce que c'est Dieu et parce que c'est le travail.

Je me lave les mains à l'évier de la cuisine, et même le visage. Maman me regarde d'un air caressant, je lui rends son sourire. Il suffit de ne rien dire. La preuve est faite.

Je demande à maman si nous ne sommes pas syriens. Elle dit pas du tout. Un peu quand même puisqu'elle est née à Alep comme toute sa famille, parents, grands-parents, ancêtres, aussi loin qu'elle remonte. *Ton père*, lui, vient d'Irak. Elle appuie toujours sur ces mots, *ton père*, et quand elle s'adresse à une tierce personne, elle dit *lui,* sans jamais l'appeler par son nom. Mais tu n'es pas irakien ! Je ne comprends pas. C'est quoi, alors, être syrien, être irakien ? C'est avoir les papiers, et nous ne les avons pas. Mais l'accent, est-ce que nous l'avons, l'accent ? Ça dépend. L'accent d'Alep est chantant alors que celui de Bagdad, on dirait des rochers dans la bouche, c'est comme l'accent druze, encombré de *k*. D'accord, mais quand tout ça se mélange, est-ce que c'est différent de l'accent libanais ? Sûrement, encore que l'accent chrétien-libanais ne ressemble pas à l'accent musulman-libanais. Et même, tous les accents musulmans ne sont pas pareils. Par exemple Victor a maintenant l'accent de Saïda…

– Mais nous, quand on parle arabe, quel est notre accent ?

– L'accent juif.

– Et d'où vient-il ?

– Il est un peu syrien, il faut reconnaître.

– Tes parents, ils avaient quels papiers ?

– C'est difficile. J'avais treize ans quand j'ai quitté Alep pour Beyrouth, le Liban et la Syrie étaient quasiment le même pays, on n'avait pas besoin de papiers. À l'époque de mes parents, il y avait les Turcs, l'Empire ottoman, on pouvait voyager. On aurait pu demander des papiers libanais, je crois que c'était possible à un moment... Certains l'ont fait. D'autres sont devenus italiens, d'autres anglais... Nous, nous sommes devenus iraniens. C'est bien, parce que l'Iran n'est pas un pays arabe.

– Donc je suis iranien.

– Pas vraiment. Seulement par les papiers. Comme beaucoup d'autres, on les a achetés à l'ambassade. De vrais passeports. Le Shah s'en est rendu compte et il a voulu tout annuler. Mais une femme d'ici est allée le trouver dans son chalet en Suisse, à Saint-Moritz. Elle s'appelait Selly Sasson. Elle était très belle. Le lendemain matin, il avait changé d'avis.

Je comprends que j'existe par la grâce de cette femme, enfin, sur le papier. C'est toujours ça. Mais il faut que je me débarrasse de mon accent. Fouad Farchakh est le seul qui puisse m'aider. Il me suffit de l'écouter et de lui voler le sien.

Il m'accueille avec méfiance. J'ai apporté mon cahier dans la cour. Qu'est-ce que je cherche à savoir au juste ? Surtout les déclinaisons. En arabe, les noms comme les verbes se déclinent et je n'arrive pas à déterminer dans quel cas le même mot, *choubbak* par exemple (« fenêtre »), se dit *choubbakone* et dans quel cas *choubbakane*. Il m'explique que c'est une histoire de sujets et de compléments, de terminaisons, il traduit en arabe simple chaque terme grammatical. Il cite quelques vers en exemple :

Si mon cœur était à moi
Je n'aurais pas choisi
Un autre que vous
En échange.

En échange se dit *badala* et non pas *badalane*, je ne saisis pas bien pourquoi. Mais le poème me touche. Pour une fois j'en comprends tous les mots, leur musique serre le cœur. Avec ce *badala* à la fin, inattendu, qui rééquilibre tout. Je demande à Fouad de répéter. Il le fait, un peu surpris. Cette langue fermée à moi, et moi à elle, comme il l'aime ! Ses explications me passent au-dessus de la tête mais ça n'a plus d'importance. Je reste ébahi. Autrement, ses voyelles sont beaucoup plus fermées que les miennes. Là où nous disons *choubbak*, il dit *choubbèk*. Il me suffirait peut-être de remplacer tous les *a* par des *è*. Le problème, ce sont les *r*. Le son est produit par un roulement de l'extrémité de la langue contre le palais, alors que chez moi il vient du fond de la gorge. Et ce grasseyement n'a rien à voir avec l'accent arabe, syrien ou autre, il est français.

– Et moi si j'ai besoin de quelque chose... je pourrais venir te voir ?

Il a rougi, prêt à se rétracter au moindre signe de tiédeur. Plus curieux encore, il a ouvert ses voyelles comme s'il essayait d'imiter... l'accent juif !

– Quelque chose comme quoi ?

– Mais je ne sais pas.

Il n'y avait pas du tout pensé, il voulait seulement savoir s'il *pouvait*.

– Si tu veux, on verra.

Il me dit merci. Mais qu'est-ce qu'il croit ? Je ne m'attendais pas à ce qu'il me demande quoi que ce soit, je ne m'attendais même pas à ce qu'il existe !

– Est-ce que tu as l'accent musulman ?

Il devient presque agressif.

– Pourquoi tu demandes ?

– Tu es le seul musulman que je connaisse.

Il n'a pas l'air d'aimer ça, que je le traite de musulman. Mais qu'est-il d'autre ? Froidement, il me dit que l'accent sunnite n'a rien à voir avec l'accent chiite. Par exemple, les chiites ne savent pas prononcer le son *li*. Au lieu de dire *Libnani* (« Libanais »), ils disent *Bnani*. Quant aux Palestiniens, ils s'entêtent à prononcer *bandoura* pour « tomate » au lieu de *banadoura*, ils sont pourtant sunnites pour la plupart. Même les sunnites du Sud, ceux de

Saïda, ne parlent pas comme les sunnites de Beyrouth. Ça veut dire qu'il y a un accent spécial du Sud ? Oui, mais celui des chrétiens du Sud est différent de celui des musulmans du Sud tout en étant distinct de celui des chrétiens du Centre ou du Nord, lesquels d'ailleurs ne se ressemblent pas tellement. Si on a l'oreille, on peut même distinguer les accents de deux villages voisins. À Beyrouth, tout le monde se mélange, on ne sait plus qui est qui. Il reste l'accent, qui révèle l'origine. Il dit *asl*, origine, essence, racine, il fait claquer le mot. Et celui qui *nie* son origine, *yinkor aslo*, fait la chose la plus méprisable du monde. Il dit ça pour moi. Sûrement. C'est mon tour de rougir, ce qui m'énerve. Je le punis de la façon la plus simple : je m'en vais.

Le soir, enfermé dans la salle de bains, j'essaye tout bas mon nouvel accent. La fermeture des voyelles fonctionne assez bien, mais les *r*, pas du tout. En essayant de faire rouler ma langue, j'obtiens un son mouillé qui ressemble plus à un *l* qu'à un *r*. Et même quand le résultat devient acceptable, c'est autre chose de dire *rrrrrrr* de façon ininterrompue que de glisser un seul *r* bien roulé dans un mot. À la limite, c'est possible dans le cas d'un *r* simple qui vole au-dessus des syllabes (comme dans *marhaba*) mais pour les *r* redoublés sur lesquels il faut s'arrêter (comme dans *barri*), impossible. Il y a une solution, remplacer un mot par un autre où le *r* ne figure pas. Ça laisse le choix entre un *'mel maarrouf* redoutable et un *minefadlak* tout simple. Mais je sens que ça ne suffira pas.

Je suis derrière Fouad. Il marche au milieu du trottoir en serrant de ses gros doigts la poignée de son cartable. Quatre jours que je l'ignore et qu'il me guette. Ses hanches roulent. L'appeler par son prénom me paraît extravagant, je lui tape sur l'épaule. Il se retourne, son visage s'éclaire. Ça lui fait *trop plaisir*. Les plis de son double menton sont striés de rouge, il respire difficilement, je ne peux m'empêcher de voir ça. Je dis la première chose qui me vient :

– Ta chemise dépasse par-derrière.

– Pourquoi tu me parles comme ça ?

– Comment comme ça ?
– Avec cet accent bizarre.
– On peut arrêter de parler si tu veux...
– Ce n'est pas ce que j'ai voulu dire.
– Tu as voulu dire quoi ?
– Rien.

Nous restons en panne. Il sourit vaguement. Le duvet au-dessus de sa lèvre se plisse et lui donne une ombre de moustache. Je n'ai plus envie de lui demander quoi que ce soit.

– Je vais y aller.
– Moi aussi...

J'avance, je le sens dans mon dos.

– Je peux te donner des cours d'arabe si tu veux.

Il serait prêt à me donner n'importe quoi. Je me déteste, je devrais lui foutre la paix. Mais la fermeture des voyelles n'est pas aussi simple que je le pensais. Il devine mon hésitation, le tramway arrive.

– Personne n'en saura rien.

Il dit ça et saute dans le tramway. Son poids ne l'a pas gêné. Il me fait signe de la main.

Les jours suivants, nous nous retrouvons en classe pendant les récréations. Je le laisse devant le tableau, la craie à la main. Il pose lentement les bases, en même temps il essaye d'aller vite, il a peur que je m'ennuie. Il parle comme s'il devait se défendre, un peu affolé. Je ne l'écoute pas vraiment, mais je l'entends. C'est la *sonorité* de l'arabe qui m'emplit, cet arabe-là, le sien, dit avec un empressement qui le rend presque poignant. Il a une belle voix, Fouad, c'est tout ce qu'il a. Musicale, souple, qui résonne dans la classe vide.

Au bout d'un moment, il s'arrête et s'assied sur l'estrade, tourné vers moi, à quelques mètres.

– Ces classes sont quand même plus grandes que les autres...
– Quelles autres ?
– Celles de l'ancienne école.

– Quelle ancienne école ?

– Ben… l'Alliance, mais d'avant !

Je n'y comprends rien et il s'en rend compte. Je lis dans ses yeux que je devrais savoir quelque chose que je ne sais pas. Qu'est-ce que c'est ? Je ne vais tout de même pas lui poser d'autres questions ! Mais ce n'est pas la peine. Il baisse les yeux et me raconte toute l'histoire à voix basse, comme en confidence :

– Avant… il y avait une autre école… mon père m'y a emmené une fois, j'avais trois ou quatre ans… Mais cette école a explosé un jour… une bombe… qui a tout détruit… On ne sait pas qui l'a mise… Mon père m'a dit que si elle avait éclaté une heure plus tard, à huit heures du matin, les enfants auraient été présents et il y aurait eu des dizaines de morts… Là, il n'y en a eu qu'une seule… Mme Penso, la directrice de l'école.

Il se tait. Je fais comme si de rien n'était. Mais quelque chose remue à l'intérieur de moi, quelque chose tombe. Sans le savoir, j'étais adossé à une explosion assez forte pour détruire un immeuble entier, tuer des dizaines d'enfants qui me ressemblent. Et maman ne m'en a jamais rien dit ! Je comprends tout à présent. Pourquoi il fallait toujours être prêt à lever le bras pour se protéger. C'est tout maman, ça. Surtout ne rien dire, ne pas effrayer l'enfant, serrer les lèvres, serrer les dents.

Fouad m'observe par en dessous.

– On n'a pas le droit de s'isoler !

C'est le concierge, apparu à la porte, celui qui sonne la cloche. Il s'en prend à Fouad, il a l'air hors de lui.

– On ne s'enferme pas chez nous, on ne s'isole pas, jamais, ni avec un garçon ni avec une fille, et seul c'est encore pire ! Il n'y a rien à cacher, qu'est-ce qu'il y a à cacher, nous sommes tous faits pareils, il n'y a pas de honte. Il faut vivre sous les yeux de tous, ce n'est pas parce que tu es dans cette école juive que tu dois l'oublier. Celui qui craint Dieu n'a pas peur de la lumière. Si tu crois que je ne te vois pas… C'est une honte ! Je dirai à ton père qu'il ne te laisse plus jamais seul !

– On ne fait rien de mal ! se défend Fouad, mais le ton de sa voix laisse entendre que ce n'est pas tout à fait vrai.

– À d'autres ! répond le concierge. Tu es un peu jeune pour essayer de me tromper et me faire avaler des mensonges. Vous autres, les *matawlé*, vous ne savez pas rester à votre place !

J'admire l'accent de l'un et de l'autre, je commence à connaître. Entre-temps, ils m'ont presque oublié. Mais *matawlé* ? Je n'ai jamais entendu ce mot. Je vois que Fouad est blanc de rage. Il jette la craie contre le tableau.

– Viens, Youssef, on s'en va.

Il m'appelle par mon prénom pour la première fois. Au bout du couloir, je l'arrête.

– Ça veut dire quoi, *matawlé* ?

Il rougit à la question, il rougit de colère. Les larmes lui montent aux yeux, il est sur le point d'exploser. Il répond entre ses dents :

– Laisse tomber, c'est rien… C'est pas intéressant !

Ma curiosité est piquée d'autant, évidemment. J'insiste, il secoue la tête de gauche et de droite. Je refuse de bouger. À l'autre bout du couloir, le concierge qui a fermé la porte de la classe se dirige vers nous. À contrecœur, Fouad lâche :

– C'est comme ça que les sunnites nous appellent, nous, les chiites. *Mitwali*, *matawlé* au pluriel. C'est un mot de mépris, une insulte raciste.

J'ignorais totalement que Fouad était chiite ! À vrai dire, je n'ai jamais vu la différence. Je savais qu'il existait des musulmans sunnites et d'autres chiites, c'est tout. Je n'avais jamais imaginé que les premiers puissent se sentir supérieurs aux seconds. Au point que l'inculte concierge de l'école se permette d'insulter ouvertement le fils du professeur d'arabe…

– C'est quoi la différence entre sunnites et chiites ?

Il lève les yeux au ciel, exaspéré, mais je tiens bon. Il soupire longuement, puis :

– Je ne vais pas t'expliquer une division qui date du septième siècle… Je te dis juste que les sunnites appellent leurs enfants

Omar ou Oussama et les chiites Hussein ou Ali. Comme ça, tu as un truc pour les reconnaître.

Alors le repasseur de notre rue, Ali *le kawwa*, est chiite ! Tout un univers s'ouvre à moi. Mais je ne veux pas en rester là.

– Et… Fouad ?

– Ça peut être sunnite ou chiite, et même chrétien. C'est un prénom qui veut dire « cœur »…

Soudain je le regarde d'un autre œil. Mais il est pareil à lui-même, Fouad, Fouad Farchakh, tout rouge, obèse, transpirant, avec ce regard terrible de chien battu. Vraiment il me dégoûte.

Je descends devant lui. Je lui en veux, et je m'en veux de lui en vouloir. De toute façon, cette histoire n'a que trop duré. Nous n'avons plus d'endroit où nous retrouver, c'est donc fini. Au bas des marches, je me retourne vers lui. Ce que je viens de penser, il l'a pensé aussi. L'aventure s'arrête là. Mais avant de disparaître, il faut que je le tue.

– Merci…

– Ça va, fous le camp, c'est ridicule, tu n'as pas besoin de dire ça !

Son menton se met à trembler, j'espère qu'il ne va pas pleurer.

Je tourne les talons. Voilà, c'est fait. Je lui ai pris ce que j'ai pu. Je sais reconnaître un sunnite d'un chiite. Mon accent hybride est devenu difficile à identifier. Je suis paré. J'irai n'importe où, ils me prendront pour l'un des leurs. Ils m'accueilleront avec indifférence puisque rien ne me distinguera. Un garçon comme les autres. Ils ne demanderont jamais qui c'est celui-là, d'où il vient, comment s'appelle son père. Rien ne me trahira, ils verront qui je suis.

Mon père est irakien et ma mère syrienne, je suis né à Paris. Nous habitons du côté du phare, à l'autre bout de la ville. Je rends visite à un ami, il s'appelle Fouad. Fouad Farchakh. Ma religion ? Musulman, c'est trop risqué. Mettons chrétien. Sur le christianisme, je dois en connaître plus qu'eux. Mon père est irakien et ma mère syrienne, je répète encore une fois... Je viens de dépasser la boulangerie de Basta où j'avais acheté le pain. Mon pays imaginaire est sous mes pieds, sous mes yeux, c'est l'autre à présent qui devient une chimère.

Je reconnais la couleur des murs, l'établi, le ventilateur qui brasse l'air inutilement. La boucherie est déserte, le boucher se tient accroupi devant. Je ne l'avais pas remarqué, des femmes avec de longues robes et des écharpes nouées faisaient écran. Il apparaît et disparaît entre leurs hanches. Aucune ne fait attention à moi, elles regardent le mouton couché sur le trottoir, tête pendante au-dessus du caniveau, pattes entravées. Le boucher a son tablier de boucher, taché de sang. Genou à terre, il fait glisser le couteau sur un long aiguisoir qui ressemble à une dague. Son geste est régulier, sans émotion, métal contre métal. La peur figée dans l'œil du mouton, tout le monde a l'air de s'en foutre, je ne peux rien pour lui. La main du boucher le saisit par la corne, l'autre décrit un aller-retour si rapide que son mouvement est invisible. Un flot de sang jaillit du cou tranché, éclaboussant le bas des robes, un jet saccadé, une respiration liquide et gluante, une succession de vomissures. Les femmes reculent, le boucher dirige le flux vers le caniveau. La tête tient par un lambeau de peau mais le corps se débat et les pattes ligotées ruent. Le boucher change de prise, saisit l'échine en enfonçant ses doigts dans la profondeur de la laine. Il dénoue les liens pour permettre au mouton de se vider. Les spasmes se font moins violents et plus espacés, la mort s'étend comme une marée. Les vapeurs de sang me soulèvent le cœur. Le mouton a un dernier sursaut, son corps se raidit pendant une longue seconde avant de se relâcher. La main du boucher maintient fermement la bête jusqu'à ce que la langue lui sorte de la bouche. C'est fini, pas tout à fait, le mouton bouge encore un peu, c'est nerveux. Le boucher le dépèce comme une femme endormie qu'il faudrait déshabiller au plus vite. Il n'y a que des robes autour de moi, robes noires et robes sombres, foulards et voiles. Je suis juste devant le cadavre.

– Youssef, qu'est-ce qui t'arrive ? Tu es tout pâle !

Une main me sort du cercle, je respire un peu mieux. C'est Fouad. Il habite là, au bout de la rue, il m'indique une vague direction… Il me demande ce que je fabrique dans son quartier. Je me balade, *'am bit macha*, des mots sans *r*.

– Fouad, prends un cabas. Dis à ton ami de nous aider à porter. On passe à la pâtisserie.

C'est sa grand-mère, l'une des femmes du cercle, visage ovale sur fond de tissu noir. Les autres sont ses sœurs, ses cousines, ses belles-sœurs. Le mouton est leur mouton. C'est sa famille. Et sa famille ressemble à *ça*. Des musulmans. Mais qu'est-ce qui m'étonne là-dedans ?

Le mouton démembré a été fourré dans les cabas, on m'en a donné un. J'avance en l'écartant de mon corps, j'ai reçu la tête en partage. Son œil mort me regarde par en dessous, c'est à moi qu'il tire la langue. D'autorité, la grand-mère m'a confié la main de son petit-fils de quatre ans, Zeid, le frère de Fouad. Le marmot est insupportable, il n'arrête pas de geindre et de tirer sur mon bras pour essayer de s'échapper. Avec le mouton d'un côté et ce nabot de l'autre, je suis bon. Mais qu'est-ce que je fabrique parmi ces femmes qui marchent dans les rues toutes voiles dehors ? Elles n'ont pas essayé de savoir qui je suis, elles n'ont pas posé de questions. Un ami de Fouad, ça leur a suffi. Un enfant. Je me laisse dériver, énervé contre moi-même. Je ne suis pas venu ici pour retrouver une nouvelle famille, je ne suis pas venu pour me taire. Ce n'était pas du tout l'idée. J'ai envie de filer. Mais c'est difficile, je porte la tête, je traîne le petit Zeid et Fouad ne me lâche pas.

– Est-ce que tu as des ennuis ?

– Pas du tout.

– C'est pour la fête que nous avons acheté ce mouton...

– Quelle fête ?

– La fête du mouton... Tu sais, moi aussi, parfois, j'ai envie de disparaître.

Fouad, le gros Fouad, avec sa belle voix. Je pensais en avoir fini avec lui. Une des femmes a ralenti, une jeune fille plutôt.

– C'est Nawal, ma cousine. Lui, c'est Youssef, de l'école.

Il me dénonce tout de suite, et tout de suite elle comprend. Très bas, elle me demande si je suis juif. Je me déteste de rougir. Elle a un petit rire, excuse-moi, tu es le premier que je rencontre.

Nawal et Fouad ne se ressemblent pas du tout. Elle est maigre, presque osseuse. Sa robe flotte autour d'elle et, dans son visage triangulaire, je ne vois que ses yeux. Les autres femmes sont rondes mais aucune n'a l'énormité de Fouad ou de son père. À croire que dans la famille Farchakh, c'est l'école juive qui rend obèse.

À la porte de la pâtisserie, les femmes prennent leur temps, la rue n'est pas seulement un endroit où l'on passe. Fouad me dit que je ne dois pas avoir peur – mais est-ce que j'ai peur ?

La salle est immense, on dirait une usine. Il y a des miroirs géants couverts de calligraphie arabe, de petits tableaux où sont reproduits des sourates du Coran, des ventilateurs qui tournent au-dessus des têtes, des néons très lumineux. Dans le vacarme incessant, des moustachus en tablier blanc hurlent les commandes pendant que d'autres, derrière le comptoir carrelé, débitent à toute vitesse des douceurs arabes de toutes sortes, des crèmes saturées de sirop, des délices parfumés aux pétales de rose, à la poudre de pistache. D'énormes pyramides de gâteaux durs qui ressemblent à des paires de lunettes occupent le devant de la scène, les gâteaux de la fête. La grand-mère passe la commande et nous restons debout à attendre, les cabas à nos pieds. Le spectacle est dans la salle. Ici on mange sans complexe, on n'est là que pour ça. Les garçons courent de toutes parts, leurs vestes sont chiffonnées, les plateaux tiennent par miracle au bout de leurs bras, pourvoyeurs infatigables, serviteurs zélés du temple où l'on vénère le doux, le sucré, le délicieux. Leur corne d'abondance semble en permanence à la limite de la rupture de stock. Car la salle est exigeante. Elle en veut pour son argent et connaît son plaisir comme elle connaît la saveur de sa bouche. L'orgie se déroule sans culpabilité. On s'empiffre avec délectation, avec science, on communie sans façon. Personne ici ne fait de geste pour se cacher.

Voilà comment ils sont entre eux. Je suis debout et je les vois. Et eux continuent d'agir sous mes yeux *comme si je n'étais pas là*. Le hasard a accepté de jouer avec moi, il m'a introduit par un passage secret. La seule chose qui m'embête est le petit Zeid qui me donne à présent des coups de pied dans le tibia et exige que je l'emmène pisser – ce que je ne ferais, bien entendu, pour rien au monde.

Mon cabas s'est alourdi. Notre arrêt à la pâtisserie a mystérieusement détendu l'atmosphère. Les femmes de la famille de Fouad ont l'impression de me connaître, je fais partie du décor. Ma gêne a fait place à une curiosité dévorante.

Nous arrivons. C'est un immeuble en forme de barre, récent mais déjà dégradé, alignant plusieurs cages d'escalier. Nous gravissons les marches parmi les odeurs de cuisine. Des portes sont ouvertes et, même quand elles ne le sont pas, tout s'entend. L'appartement est surchauffé, encombré de meubles. Je reste dans l'entrée. Les hommes sont absents, au travail, nous sommes seuls. Les femmes se répandent dans toutes les pièces, les écharpes se dénouent et libèrent les chevelures, les chaussures volent, les hidjabs tombent et révèlent des robes aux couleurs criardes, des décolletés. Loin des regards masculins, tout ce qui était caché se montre. L'intimité s'étale, inconsciente de ma présence.

– Ne reste pas là, comment tu t'appelles ? Porte ton cabas à la cuisine.

C'est la sœur aînée de Fouad, elle est en combinaison. Je trouve la cuisine envahie. Le mouton est débité en petits morceaux, les pâtisseries sont déballées et disposées dans des plats géants, des marmites chauffent sur tous les feux, j'entends couler l'eau de la douche.

– Va dans le salon. On apporte les gâteaux.

Où que je tourne les yeux, je ne vois que chairs débordantes, corps enroulés dans des serviettes, cheveux lâchés, ongles vernis. Fouad me fait asseoir à côté de lui à la grande table. Les pâtisseries arrivent, des montagnes de gâteaux. Les parts qu'on nous sert sont énormes. Nawal s'est mise à ma droite, elle ne décolle plus. Pour une raison que j'ignore, Zeid ne cherche plus du tout à m'échapper. Il a grimpé sur mes genoux et exige sur un ton sans réplique que je le nourrisse. J'ignore à quel moment il a entendu mon prénom mais il m'appelle à présent *'Ammo Youssef*, oncle Youssef. Les autres prennent leur assiette et vont s'asseoir où bon leur semble. C'est la curée. La communauté est conviée au festin. Le pire, c'est Fouad. Le nez dans son assiette, il dévore sans jamais reprendre son souffle, livré à une passion plus forte que lui. Le sirop lui coule au coin des lèvres sans qu'il y prête attention. Il mange avec les mains. Sa bouchée n'est pas encore avalée qu'il en enfourne une nouvelle comme s'il avait peur de manquer. Sa ferveur me fascine. Il est gros, j'en comprends pour la première fois la raison, ce plaisir d'engloutir qui l'intègre aux siens et transforme son corps en pâtisserie onctueuse.

Nawal me dévisage. Elle a surpris mon dégoût et mon émotion, elle a compris que j'avais des yeux pour voir. Elle touche Fouad qui s'interrompt et lève vers nous une tête effarée. On dirait un somnambule brutalement réveillé. La bouche luisante, il demande quoi, qu'est-ce qu'il y a. Il essaye en vain de se soustraire à l'appel impérieux. Mais le magnétisme de la pâtisserie est tel que ses yeux ne cessent d'aller et venir. Il regarde mon assiette presque pleine.

– Tu n'aimes pas ?

– Si.

Je souris comme si tout était bien. Il s'y remet, exactement comme avant, peut-être même avec un peu plus de précipitation et d'inquiétude.

Il reste Nawal, nous sommes quasiment seuls à présent. Son buste a un mouvement de fierté, une brève cambrure qui révèle soudain la pression de tout petits seins sous sa blouse. Deux monticules pointus à peine visibles. Je me penche sur mon assiette pour qu'elle ne perçoive pas mon trouble, je prends mon temps. Mais quand je relève les yeux, les siens ne m'ont pas quitté. Elle m'attendait. Avec sa fourchette, elle découpe un bout de pâtisserie crémeuse. Elle le pique et le promène dans son assiette pour le gorger de sirop et de poudre d'amande. Légèrement baissée comme ça, sa blouse ne laisse deviner qu'une poitrine plate. Ses cheveux sont courts, son corps tout en muscles secs n'a pas grand-chose de féminin. J'ai pourtant vu deux pointes, là, j'en suis sûr. L'hésitation sur le sexe elle aussi, fille *et* garçon, sur le fil. Ses lèvres fines sont mouillées, elle mange vite. Sa respiration se fait plus saccadée, elle continue de me fixer. Pas comme une fille qui essaye de séduire mais d'un air carrément *mauvais*. Il faut que je la regarde. Froide, dure, sévère. Elle m'en veut. Ses dents sont si fines, on dirait des dents de lait. Sa bouche s'entrouvre pour laisser passer l'air, son souffle s'accélère encore, sans pouvoir s'arrêter, je ne sais pas si c'est d'énervement ou d'excitation. Elle mange. La saveur de sa bouche passe dans la mienne. Un désir goutte en elle, sur sa colère. Elle m'a démasqué. Mais elle ne dira rien.

Ma bar-mitzvah est dans trois semaines. Les adultes s'éclipseront avec des sourires entendus, cette nuit sera ma nuit. Les meubles seront poussés contre les murs, le tourne-disque s'égosillera dans les pièces vides. On aura peut-être tamisé les lumières, les tables seront couvertes de petits-fours et de boissons gazeuses, il y aura des cotillons. Déguisé en homme, je serai maître des lieux. Maître des filles surtout, aucune ce soir ne pourra se refuser, c'est la règle. Je m'avancerai les bras ouverts en disant prenez-moi, apprenez-moi. J'aurai prononcé à la synagogue les mots qu'il faut, le taleth aura recouvert ma carcasse transparente, j'aurai surmonté ma terreur de ce continent étranger, ce sexe inconnu, invisible, qui saigne paraît-il à chaque pleine lune. J'aurai le droit de passer de l'une à l'autre. Je pourrai les serrer, toujours la même ombre. Leurs étreintes successives me déclareront amant potentiel, désormais puissant. Mais c'est pour rire. La hantise de la virginité veille, la hantise en général, l'œil intérieur, les yeux de tous. Il s'agit seulement de nous mettre en appétit, nous prendre au piège, et que le désir ne trouve à s'exprimer que dans les filets. C'est ça qu'ils veulent. Qu'on naisse de nous-mêmes et de personne d'autre.

Maman m'appelle. Il faut récupérer le gâteau à la boulangerie, il doit être cuit. Ce n'est pas la course qui me dérange mais d'aller demander quelque chose *pour ma mère.* Elle s'en rend compte. Je perçois une note de découragement dans sa voix, elle n'y croit déjà plus. Elle se tait, perdue au milieu de la salle à manger, les bras ouverts. On dirait une enfant abandonnée. Je lui prends l'argent des mains et sors.

La boulangerie est pleine de gens qui se pressent autour du comptoir. Ils parlent politique. Quelque chose ne va pas, je le sens tout de suite. Hommes entre eux, atmosphère étouffante, je ne devrais pas être ici. Je me glisse entre leurs corps, dans la sueur de leurs vêtements. Ce ne sont pas leurs voix catastrophées qui m'impressionnent mais la vibration de leurs poitrines. Je ne suis pas l'un d'eux. Je veux seulement accéder au comptoir et prendre le gâteau.

Le boulanger ne m'entend pas. C'est une bagarre mais je ne vois pas bien entre qui et qui. Ils ont l'air révoltés et abattus à la fois, comme s'ils s'en voulaient. Je redemande le gâteau. Le boulanger me jette un regard. Quel gâteau ? Il le cherche sur les étagères, ouvre le four. Sur les briques brûlantes, il aperçoit le moule circulaire soigneusement fermé. Il le sort et le jette sur le comptoir. Je n'ai qu'à le faire glisser sur le plateau et payer.

À la maison, ma mère soulève le couvercle et ne trouve qu'un cylindre affaissé et calciné. Elle en pleurerait. Son poignet s'est épuisé à battre les œufs, c'est son propre corps qu'on a brûlé. Sa peine tourne à la colère. Elle arrache son turban, prend le gâteau au passage et se dirige vers la porte. Elle sort telle qu'elle est, avec la blouse lie-de-vin qu'elle ne porte qu'à la maison, sans se coiffer, sans se poudrer d'un air inquiet.

Dans la boulangerie, c'est l'étuve. Elle me tire dans son sillage, la foule est devenue plus dense encore. Elle jette le moule ouvert sur le comptoir. Sous le coup de la colère, son arabe d'Alep ressort comme jamais. Regarde tout ce qui reste, Mohammad-Ali, j'achète mon pain chez toi tous les jours, tu vas me le payer. Ma mère, ma propre mère. J'ignore ce qui s'est passé mais un tabou est brisé, on a enfin le droit de crier. J'ai peur d'une drôle de peur, et honte en même temps. Je la trouve un peu mégère soudain, sa blouse lie-de-vin, ses cheveux défaits, voici venu le vrai visage. Je ne le connaissais pas. Une vulgarité qu'elle ne cache plus, soudain à l'aise, parfaitement à l'aise, petite fille de Syrie criant d'égal à égal. Elle a raison, c'est son gâteau. Cette idée simple me donne envie de pleurer. Les hommes sont abasourdis, on dirait que ce sont eux qui se font engueuler.

Le boulanger fait le tour du comptoir, la foule le laisse passer. Il prend le moule à gâteau et le flanque dans les bras de maman.

– Sors d'ici, c'est mieux pour toi.

– Je ne bougerai pas. Tu me feras un autre gâteau.

Le boulanger éclate en imprécations adressées au ciel, au destin, à la vie telle qu'elle est. Il crie en agitant la main ouverte au-dessus de sa tête, il dit qu'il se retient, il prie le ciel... Sa patience est soudain épuisée : les injures jaillissent, tous ces mots arabes interdits, ces mots où il est question de con, de bite, de mère, de celui qui nous a faits, de malédiction, ces chapelets d'infamies au sens obscur qui s'enchaînent comme des formules cabalistiques. Pour finir, il arrache le moule des bras de maman et le balance par terre.

– Et si je te revois chez moi, je te casse une jambe ! Prends ton fils et va acheter ton pain ailleurs, je n'ai pas besoin de ton argent ! Un jour comme aujourd'hui, il ne me manquait plus que toi !

La plupart des hommes savent qui nous sommes mais n'en parlent jamais. À leur silence répond le nôtre, c'est la règle. Je la vois vaciller. Ça commence par la nuque qui se casse puis les épaules et tout son être s'affaisse. J'ai l'impression qu'elle se baisse pour ramasser le gâteau. Non, elle ne fera pas ça. Je la prends de vitesse, je me rue contre le ventre du boulanger, des larmes de rage me dévorent les yeux, mes poings fermés frappent à l'aveuglette. Mohammad-Ali est une tour de chair, rien ne peut le bouger. Il me repousse violemment. Je tombe au milieu des gens, qui me rattrapent. Je prends appui sur eux et repars à l'attaque. Je réussis à lui décocher un coup de pied au tibia, ma mère se jette sur moi, m'entoure de ses bras, essaye de m'immobiliser. Mais c'est impossible. Plus personne. Je ne contrôle plus mes membres qui cognent dans tous les sens. Plusieurs hommes veulent m'agripper mais ils ne font pas le poids. Je frappe tout ce qui se trouve sur mon passage, même ma mère, même le garçon du repasseur qui, pour arranger les choses, a ramassé le gâteau et le tend humblement. Rien ne me retient. La démence qui m'habite se révèle au grand jour, et elle agit. J'ai droit au respect superstitieux qu'on doit aux enfants et aux fous. Le boulanger résiste encore mais l'opinion s'est retournée contre lui.

– Tu t'en prends à un enfant. On voudrait te voir là-bas !

Je me suis écroulé, à demi inconscient. Je sens que maman me relève et m'entraîne. Un murmure désolé nous entoure sur le trottoir, il nous accompagne dans la rue, jusqu'à l'entrée de l'impasse.

Je suis couché tout habillé dans la chambre de maman, elle m'a juste enlevé mes chaussures. Les rideaux sont tirés, je suis censé dormir. J'ai chaud et froid tout à la fois. Des frissons mais pas de fièvre. Je ne crois pas que j'irai à l'école cet après-midi. Ni demain. Je n'irai pas demain.

La maison est totalement silencieuse. Je me déshabille sous les couvertures.

Elle a dit je reviens dans dix minutes, elle ne reviendra pas. Toute seule, elle n'a pas tenu. Dans la boulangerie, la promiscuité des hommes ne la gênait pas, elle y trouvait même du plaisir. Quelque chose d'obscène, qu'elle acceptait. Elle a crié, son châtiment a été immédiat. Elle aurait dû rester avec moi, on aurait peut-être parlé. Je lui aurais dit que dans sa vulgarité, elle m'avait plu. Je n'ai rien dit. Elle ne savait plus quel visage m'offrir, sa peur est revenue, elle m'a abandonné. Elle reviendra ce soir avec Olga, la goule, qui se chargera de tout, et les autres sœurs dans son sillage. Bruit de fond obsédant, sorcières.

Mon reflet dans le miroir du salon. Torse nu, cheveux en bataille, yeux rouges, trop grand pour son âge.

Aucun bruit ne monte de la rue, je n'ai même pas envie de sortir sur le balcon. Ça ne me dit plus rien. Le boulanger a fait ce qu'il a fait. Mohammad-Ali, je le connaissais pourtant.

Mes cahiers sont restés ouverts sur la table. J'examine le contenu du buffet qu'on n'ouvre jamais.

Je m'assieds à la coiffeuse. J'ouvre le pot de crème, la lotion, le parfum, la poudre pour faire pâlir les joues, la poudre pour les rosir. Je fais jouer la molette du bâton de rouge, il monte et descend. Je me regarde dans la glace. Je me prends à la gorge, je serre à pleines mains, de toutes mes forces.

J'ouvre le frigo, un mur de nourriture. L'air frais me glace le visage, les épaules, le ventre. Je baisse mon pantalon de pyjama, je me tends en avant. Le moteur redémarre, son ronronnement me donne la chair de poule. Du bout des doigts, je touche la montagne de viande crue découpée en morceaux, pour les brochettes. Molle, froide, humide. Je prends un morceau et le glisse entre mes lèvres. Un morceau de chair. Il se réchauffe dans ma bouche. Je le coince pour en éprouver la consistance. Je mords. Quelque chose gicle contre mon palais. Je mâche, mais il est tout petit. J'en enfourne un deuxième, un troisième, une poignée. Ça n'a pas de saveur. Ou alors le sang. Je prends la jatte et la pose par terre, au pied du frigo ouvert. Je me penche jusqu'à ce que mes lèvres touchent le monticule, je les promène longuement à la surface. Elles caressent, décrivent le relief. J'ouvre les mâchoires aussi grand que possible, je laisse tomber mon visage dans la viande, je mords sauvagement. La masse informe m'emplit la bouche et la gorge, elle comble tous les interstices. Je déglutis et j'enfonce les dents, je m'étouffe dans le rouge sang, incapable d'arrêter avant que la jatte soit vide. Je l'empoigne à deux mains pour l'empêcher de bouger, j'avale sans plus mastiquer.

La porte claque. C'est papa. Je suis en face de lui, dans le salon, mon pantalon est relevé. Ses yeux ne s'arrêtent pas sur moi. Il pousse la porte de sa chambre, il la laisse ouverte.

Il s'est assis devant la petite table. Il allume son poste de radio. Toutes les stations diffusent des musiques militaires, des communiqués. C'est la guerre. Là-bas, ailleurs, tout près. Des armées déferlent, des parachutistes tombent du ciel, il y a des explosions, de la mitraille, de vrais morts et de vrais blessés. J'écoute. Ici, rien. De toute façon ce n'est pas chez nous, on est là en attendant. Juste les oiseaux dans l'arbre en face, juste la radio. Nasser, désert d'Égypte, canal de Suez… Je ne comprends pas grand-chose sinon que les Juifs ont attaqué. Ça doit être d'autres, que je n'ai jamais vus. Ceux que je vois à la synagogue, je sais bien qu'ils n'attaqueront jamais.

Le front de mon père reste baissé. Le sol est froid sous mes pieds nus, je ne bouge pas. Il éteint enfin. Il se lève, se sert un verre, se retourne vers moi, grave comme une mauvaise nouvelle. Les Français et les Anglais sont avec nous, le Sinaï est conquis. Il me dit ça. Je me vois dans le miroir derrière lui, je ne me reconnais pas. Un jeune homme en pantalon de pyjama, le visage et le haut de la poitrine barbouillés de sang.

Nous avons gagné la guerre. Ces soldats triomphants, c'est nous, nos corps rêvés, notre complément exact, aussi forts que nous sommes faibles, des hommes, ils n'ont pas peur de tuer. Rangés dans la cour de l'école juive, garçons d'un côté, filles de l'autre sont montés en classe avec des sourires invisibles aux lèvres. On a gagné mais on ne doit pas le dire. Nous sommes les plus forts mais secrètement. En territoire ennemi. Nains dans ce pays, géants dans l'autre. Même entre nous, il faut feindre. Feindre de feindre. La dissimulation fait partie du plaisir. Il suffit que les regards se croisent, la jubilation déborde, les visages s'éclairent, comme lavés, comme vengés. Mais *de quoi* ?

Je n'ai pas ce regard. Ça ne me vient pas. Je m'approche, j'ai l'impression que les conversations s'interrompent. Je ne fais pas partie d'eux, je n'y arrive pas, ils le sentent comme moi. Ils ont gagné, ils croient avoir gagné.

Fouad est à deux bancs de moi. Avant il ne parlait à personne, maintenant on ne voit même plus ses yeux. Même mon regard, il l'a évité. Il a bien fait. Il ne suffit pas d'être vaincu. On est restés chacun de son côté. Je suis sûr qu'à un moment ou un autre il viendra vers moi. Il ne se décide pas. Je perds quelques minutes avec mon cartable, peut-être qu'il restera lui aussi. Mais la classe est déserte. Je ramasse mes affaires. Il est debout dans le couloir, il parle à son père. Peut-être qu'il m'attendait et son père est venu. Je descends. Au bas des marches, je traîne un peu. Il arrive, seul. Je me tourne vers lui, il est bien obligé de me regarder. Ses yeux ne sont pas vaincus du tout. Au contraire. Durs, arrogants, avec de la colère. Surtout, ils ne supplient plus, ils ne veulent plus être amis, toute soumission les a quittés. Comme s'il était passé de l'autre côté, Fouad, comme si c'était lui, eux, qui avaient gagné. Gagné ou perdu, ça n'a d'ailleurs pas d'importance. Il est pris dans ce ciment, gagné, perdu, avec eux. Je comprends en un éclair, je n'ai plus rien à lui dire.

Devant l'école, il y a un attroupement devant une très belle voiture, une Buick, toute longue et blanche. Une pareille, ça ne peut être que Victor. Stationné là à m'attendre. Venu maintenant. Venu me prendre. Après avoir disparu des jours et des jours. J'écarte les gens, je me fraye un passage. C'est… *papa !* Assis au volant. Il voit mon mouvement de recul, son visage ne montre rien. Papa. Il me fait signe d'approcher. Les regards sont sur moi. C'est tout ce qu'il a trouvé. Venir me chercher en Buick, un jour comme aujourd'hui. Mais où l'a-t-il prise ?

– Monte et attends-moi.

Toujours aussi causant. Il me laisse là, sur la banquette avant, il franchit le portail de l'école et s'enfonce plus loin, et chaque élève qui sort se croit obligé de se baisser pour voir qui est assis dans la Buick. Voici Fouad, accompagné de son père, aussi gros, aussi graves l'un que l'autre. Les Farchakh, père et fils. Ils passent comme s'ils n'étaient pas sur le même trottoir que nous, ni dans la même ville. Ils ne m'ont pas vu. Fouad se retourne pourtant en s'éloignant, plusieurs fois.

Papa revient, se met au volant, démarre. Nous quittons la rue de l'école. Nous roulons un long moment sans un mot. Une promenade. Voilà ce qu'il essaye de faire. Il vient en Buick et m'emmène en promenade.

– Ça te dirait, quelques jours à la montagne ?

– Quand ?

– Tout de suite.

La Buick lui appartient, elle est presque neuve. Il me regarde.

Comme si je l'intimidais, comme s'il réalisait qu'il m'avait laissé seul trop longtemps. Je me tiens le plus loin possible de lui. J'enrage d'avoir envie de pleurer.

Nous sommes partis, c'est l'essentiel. Je voudrais pour toujours. Que dans ma rue, ma maison, à l'école, on ne me trouve plus jamais. Qu'à ma place, à la convergence des regards, il n'y ait qu'un courant d'air, rien.

Une semaine à la montagne avec maman. Et tante Olga en prime. Il fait ça, *lui.* Beyrouth a disparu.

Il avait dit une maison, c'est un palais. Luxueux, en pierre de taille, tout au bout, au sommet, sur la frontière qui sépare le village de la montagne. Il y a cinq chambres autour d'un salon vitré du côté de la vallée. Chacun pourrait avoir une chambre mais maman partage la sienne avec sa sœur. On avance dans la lumière et les pièces sont si vastes que les lits à baldaquin, les armoires et les coffres ont l'air de petites choses sur la surface des dalles. Je me sens tout de suite bien, en voleur. Papa est redevenu comme avant, fermé dans sa chambre fermée.

Ma double fenêtre donne sur les arbres fruitiers du jardin. Depuis le balcon, je vois les pelouses du Grand Hôtel, l'enseigne clignotante du casino et, au-delà, les tuiles rouges des ruelles. La plupart des maisons à louer sont fermées. Les gens du village nous regardent avec respect, de loin. Par le sentier de derrière, c'est très vite les champs en terrasses, les odeurs de purin, les bois. Je les traverse au pas de course. J'escalade les collines jusqu'à ce que mon corps se couvre de sueur, je dévale les pentes en faisant rouler les cailloux, je me laisse entraîner, la montagne tombe dans mon dos. Je me relève et reprends ma fuite, changeant de direction à chaque occasion, abandonnant les sentiers, m'enfonçant dans les sous-bois. Je tourne en rond, je découvre pays sur pays et aucun ne me satisfait. Je rentre le soir les jambes en sang, enrageant de toujours retrouver le chemin.

Les coins qui m'arrêtent sont les plus sauvages. Mares à grenouilles, enchevêtrements végétaux, roches abruptes surplombant des maquis.

Aucune trace d'être humain, des lieux de nulle part. J'accepte enfin de m'asseoir. Au bout d'un long moment, l'humidité de la terre se répand en moi et m'imbibe. J'observe les verts trop verts, les insectes qui se dévorent, l'humus qui se décompose, les couleurs acides. Mon corps absorbe et se laisse absorber, il prend lentement sa place. Je respire fort, de plus en plus vite, jusqu'au vertige. Je me renverse en arrière, je reste sur le dos. Mes poumons peuvent aspirer le ciel. Nuit-jour, nuit-jour, le temps avance en continu comme un organisme qui pousse. Mes mâchoires se desserrent petit à petit.

La nuit tombe quand j'aperçois la maison. Maman est sur le pas de la porte, elle rentre dès qu'elle me voit. Demain nous retournons à Beyrouth. Je m'arrête et scrute l'obscurité, je me convaincs que c'est la dernière fois. Elle a disposé mon repas sur la table du salon, elle ne s'occupe pas de moi. Je suis affamé, je pique au hasard, fromage, artichauts, salade. Je mange. Elle est à la fenêtre, elle n'est plus qu'une ombre. Demain, Beyrouth.

Elle s'est assise à la table. Elle me sourit, m'effleure la joue, maman. Son regard n'est pas comme d'habitude. Elle semble étonnée, émue comme si elle comprenait pour une fois l'énigme. Tout de suite présente, tout de suite en moi, sans bouger. Je suis pris par surprise. Pas le moindre mouvement brusque, aucune question. Comme si j'étais un étranger. Peut-être est-ce la douceur de l'instant. À voix très basse, elle se met à parler des étés de son enfance à elle, là-bas, en Syrie. Un village où il y avait des chèvres et des champs de coton. Elle ne me prend pas à témoin, elle raconte en passant, les yeux dans le vague. C'est un murmure apaisant.

Elle s'est tue, elle rêve. Elle dit c'est drôle les maisons et se tait de nouveau. Elle demande si celle-ci me plaît, elle n'attend pas de réponse.

– Elle ressemble à celle qu'on avait louée en 48, il y avait un jardin, on n'occupait qu'une seule chambre, au rez-de-chaussée, avec un paravent pour séparer les lits. Tu avais un an et demi, tu ne peux pas te rappeler. On partageait la cuisine avec une autre famille, un homme et une femme sans enfant. La femme t'aimait beaucoup.

Tu marchais à peine. Je lui avais commandé de petits travaux de couture parce que son mari ne travaillait pas. Ils étaient venus sans rien. Ils pensaient qu'après l'été ils pourraient retourner chez eux, en Palestine… Ça a duré trois longs mois, un été magnifique. Ni chaud ni humide, du vent frais, des arbres lourds, une lumière où l'on n'a pas peur de mourir, c'est ce qu'elle disait. Elle avait quelques années de plus que moi mais se comportait comme une gamine, surtout avec toi. Elle venait te demander, elle t'emmenait dans les collines, vous reveniez à la nuit, on entendait de loin son rire. Un jour, vous étiez en promenade, le temps s'est gâté. Le brouillard a envahi la montagne en quelques minutes, on n'y voyait plus à cinq mètres. Le soir tombait, vous n'arriviez pas. J'ai couru chez son mari. Il a alerté ton père et ils sont partis tous les deux à votre recherche. Je les ai accompagnés jusqu'à la sortie du village, je les ai vus s'enfoncer puis disparaître dans le blanc. Ton père criait ton nom et l'homme celui de sa femme, le brouillard me glaçait. J'ai attendu. Je distinguais à peine mes pieds sur le bitume, vos noms continuaient de résonner, Youssef ! Fayza ! Même la nuit n'est pas venue à bout de cette blancheur. J'ai tourné en rond en me répétant que vous aviez trouvé refuge quelque part, dans une maison quelconque, sûrement… Ça a duré des heures. Vous êtes arrivés à minuit, enveloppés dans des couvertures, elle marchant derrière avec son mari, toi dormant contre l'épaule de ton père. Il t'a couché sur ses bras et t'a tendu vers moi. La femme s'est jetée à mes pieds en pleurant, elle se mangeait les mains, elle s'excusait, elle s'en voulait à mort. C'est moi qui ai dû la consoler… Je n'ai jamais su ce qui s'était passé dans le brouillard. Tu étais à l'âge où l'on attrape tout. Quelques jours plus tard, nous sommes retournés à Beyrouth. C'est là que tu t'es mis à parler arabe. Il t'a fallu des mois pour oublier.

Ses lèvres tremblent légèrement. Je baisse la tête et me glisse entre ses bras. Elle me serre. Cette femme, Fayza, je sens son odeur.

La porte claque. Maman se dégage avec souplesse, le visage soudain ouvert, transformé par le plaisir. Papa la voit venir. Il s'arrête, stupéfait. Elle comprend, elle freine, éberluée elle aussi, ne sachant pas comment elle a pu. Papa s'est repris. Ses yeux acérés vont d'elle à moi, quelque chose lui échappe, une émotion. Peut-être qu'il veut dire quelque chose à ce moment-là, il suffirait d'un mot.

Je suis sorti dans le jardin, je suis monté sur le prunier. La vallée n'est plus qu'un abîme obscur. Tout en bas, une multitude de lumières agglutinées forment comme une tête scintillante qui s'avance dans le noir de la mer. Je suis hors d'elle, elle existe sans moi. C'est Beyrouth.

Une grande maison druze est accrochée à la même colline, toutes ses lumières sont allumées. Des cheikhs ont aligné leurs chaises le long des murs du salon, habillés de capes noires avec des liserés d'or, un tissu blanc enroulé autour du tarbouche, comme un cylindre sur le crâne. On m'a raconté que les druzes croyaient en la métempsycose. Chacun d'eux est convaincu qu'il n'est pas seulement lui-même mais la réincarnation d'une autre personne, disparue parfois depuis longtemps. Un enfant peut dire à une étrangère : c'est toi ma mère, et tout le monde l'accepte.

Je m'étais endormi. Les cheikhs n'ont pas bougé. Assis en carré sous le grand lustre, ils ne se parlent pas. Un autre arrive. Chacun se lève à son passage pour lui donner l'accolade. Sans un mot, sans un sourire. Quand il a salué, il s'assied.

À côté de lui, il reste une chaise vide. Je m'y mets. Les cheikhs n'ont rien remarqué. Je suis l'un d'eux. Maintenant, je sais. Nous sommes là à veiller un mort. Il gît dans la pièce à côté, étendu sur une table. Cette nuit, son âme va partir pour un autre corps. Il nous suffit d'être là, notre immobilité dessine une force dans le carré vide. C'est cette force qui va l'accompagner. Elle passe par moi. Si ça continue, je pourrai devenir quelqu'un de mon vivant. Bien sûr que je le peux. Beyrouth me revient en tête, une seconde, ça suffit pour tout casser. Je peux voir le siège que j'occupais, vide de nouveau. Un autre cheikh arrive. Il salue à la ronde et va s'y asseoir. L'anneau se referme, ils sont au complet. Et peut-être que maintenant je suis dans la pièce à côté, nu sous le linceul, prêt à partir.

Depuis que je suis revenu de la montagne, deux jours déjà, ce n'est plus pareil. Ils se sont tous mis à me parler, même les filles. C'est à cause de mon départ en Buick, ma disparition pendant une semaine, mon retour le teint hâlé... et surtout mon silence. Je suis crédité d'un mystère. Ce genre de choses arrive toujours quand ça n'a plus d'importance. Quand nous sommes rentrés à Beyrouth, c'était le soir, papa nous a déposés devant la maison. On ne l'a plus revu depuis.

À l'école, le rituel du matin est toujours le même, mais toute la scène semble avoir rapetissé, les classes alignées dans la cour, les professeurs devant, et cet hymne insupportable, « Vivant espoir de l'Alliance... » Bon. Ça va finir. Voilà. Il n'y a plus qu'à attendre le signal de M. Préciado, mais il ne vient pas. « Écoutez-moi ! » crie-t-il à la place, et c'est tellement inhabituel que tout le monde écoute en effet. « J'ai une information à vous transmettre... » commence-t-il d'une voix forte qui ne fait qu'accentuer son zozotement. Il n'est pas à son aise, c'est visible, il rougit, cherche ses mots, son gros ventre rend sa respiration difficile. On dirait qu'il retarde autant qu'il le peut l'annonce qu'il doit faire, c'est peut-être grave, c'est peut-être la guerre. Il se racle bruyamment la gorge. « J'ai le regret de vous apprendre que l'un de vos camarades, un élève de troisième, pourtant bon élève, inscrit au tableau d'honneur deux fois cette année... » Il s'interrompt de nouveau, un chat dans la gorge et, finalement, au prix d'un effort visible : « Cet élève donc, Rocco Saltiel, s'est rendu coupable de tricherie… je veux dire… il a réussi à fausser les résultats du brevet blanc que les classes de troisième ont passé la semaine dernière. » Voilà, c'est craché. Le directeur accélère alors le rythme et devient plus véhément à chaque phrase : « Il n'a pas seulement triché pour lui-même, il a fait profiter de sa tricherie quelques-uns de ses camarades ! C'est… intolérable ! Il a terni la réputation de l'école, classée comme l'une des meilleures du Liban ! Il a trahi les règles d'honnêteté et de dignité que nous nous efforçons de vous inculquer jour après jour ! Il va sans dire que les épreuves du brevet blanc sont annulées et renvoyées à plus tard. Tous les complices de Saltiel ont été punis. Quant à lui, le conseil de discipline a décidé de le renvoyer pour une durée de sept jours. Il a également reçu un blâme et un avertissement : s'il récidive, son renvoi sera définitif. Que cela serve de leçon à tous ! »

Il s'arrête enfin, tremblant de rage, comme groggy. Pendant plusieurs secondes, le silence reste total. Puis M. Préciado se reprend et, d'une voix toujours chargée de colère, prononce le mot qui fait invariablement commencer la journée : « Avancez ! »

Évidemment, l'école entière ne parle plus que de ça jusqu'au soir. Mais que dire ? Personne ne sait en quoi consistait cette « tricherie » évoquée par le directeur et les seuls élèves au courant, les fameux complices, se gardent bien de se faire connaître. À la récréation, cinq ou six filles agglutinées à la barrière me font signe d'approcher. Au milieu d'elles, il y a Aviva, la plus jolie de l'école, celle-là même qui était montée derrière Rocco sur sa mobylette. Elle dont le seul nom fait naître de mauvaises pensées me sourit effrontément en me regardant dans les yeux et rit même carrément en me voyant me retourner pour m'assurer que son invite ne s'adresse pas à un autre que moi. Je finis par m'approcher et toutes, aussitôt, m'assaillent de questions. Est-ce que j'étais au courant ? C'était quoi, son truc, pour tricher ? Est-ce que je l'ai vu depuis ? Et qu'a-t-il l'intention de faire à présent ? L'excitation que suscite Rocco chez elles semble se reporter miraculeusement sur moi – en ma qualité de double, en tout cas de disciple. Pour ne pas voir fondre ce capital de désir inespéré, je donne des réponses vagues – comme si j'étais tenu au secret. Et je m'empresse d'ajouter :

– J'aurai plus d'informations demain. Je vous dirai.

– Oh, merci ! s'écrie Aviva. On se voit demain alors... Ne nous oublie pas !

J'aurais voulu *ne pas* rougir à ce moment, tourner les talons et m'éloigner dignement, mais c'est raté. Après l'école, au moment de m'engager dans ma rue pour rentrer, j'entends derrière moi la pétarade de la mobylette que je connais. Quelques secondes plus tard, Rocco s'arrête à ma hauteur et coupe le moteur.

– Ça va ? crie-t-il avec un grand sourire.

Je le regarde : lui-même a l'air d'aller très bien, il est même triomphant, pas gêné, pas puni, pas honteux pour un sou. Il veut tout savoir. Comment s'est passée *la cérémonie* de ce matin, comment ont réagi les élèves...

– Raconte-moi d'abord comment tu as triché.

Son visage s'éclaire d'un sourire sardonique, Méphistophélès en personne.

– C'est simple : j'ai appris l'alphabet sourd-muet, *a*, le poing fermé, *b*, la paume ouverte et le pouce en travers, *c*, la forme du *c* avec tous les doigts... Pareil pour les nombres... J'ai enseigné cet alphabet à trois autres élèves, et voilà...

– Mais c'est impossible de tricher avec ça : écrire une phrase entière doit prendre un temps fou.

– Oui, sauf quand la réponse tient en un mot, oui ou non, ou un chiffre, comme en maths par exemple.

– Comment ils ont fait pour vous attraper ?

– C'est cet empoté de Robert ! Il a fait les signes de façon si visible que le surveillant lui a demandé ce qu'il fabriquait avec sa main. Robert s'est embrouillé : « Je regarde mes ongles... »

Le surveillant n'est pas idiot, il a débusqué les deux autres... qui m'ont dénoncé.

Mon air admiratif le remplit de plaisir.

– Il faut que tu me répètes le discours du directeur.

Je m'exécute, mais il n'est pas satisfait.

– Il a vraiment dit que j'avais *terni la réputation* de l'école, *trahi* mes parents ?

Je réponds oui, oui et oui, et je vois son air triomphant laisser progressivement place à une mine ulcérée.

– Une école de merde ! Ils prétendent enseigner l'honnêteté et la dignité, ils me font rire ! La vérité, c'est qu'ils apprennent le *tenez-vous à carreau*, le *rasez les murs*, le *surtout ne vous faites pas remarquer*... Tout ça parce qu'on est juifs ! Ne dis pas que tu n'es pas d'accord ! Tu sais que c'est vrai ! C'est le *contraire* de la liberté, cette école !

Je reste interdit quelques secondes, puis :

– Qu'est-ce que tu proposes ?

– Je ne sais pas encore... Je peux organiser... par exemple... une attaque contre lui. Quand il rejoint sa voiture en fin de journée, il voit trois garçons surgir de nulle part pour le bombarder de boules pleines d'eau, grosses comme des ballons de foot...

– Tu es fou. Tu vas les sortir d'où, ces garçons ?

– Des petits voyous musulmans de mon quartier, ils seraient ravis de faire ça pour moi. Ils pourraient aussi l'attaquer à coups de pétards, je ne sais pas, n'importe quoi qui l'humilie !

– Tu cherches les ennuis...

– Non seulement ça, mais tu vas m'aider.

– Moi ?

– Oui, toi. Il est temps que tu fasses quelque chose qui te sorte de ton train-train.

– Quoi par exemple ?

– Donner le signal. Ça ne nécessite pas un courage extraordinaire, c'est dans tes cordes. Quand tu vois Préciado sortir de son bureau et traverser la cour, tu apparais à la fenêtre du premier… Mes amis comprendront.

– Ça ne tient pas debout. S'il est dans la cour, c'est que l'école est finie, je ne peux pas être à l'étage.

– Je trouverai autre chose. Je vais y réfléchir cette nuit. Retrouvons-nous ici demain matin avant l'école. Je te dirai quoi faire.

L'aube point à ma fenêtre quand mes paupières commencent à papilloter. Soudain lourd, je sens que mon corps est entraîné vers un puits sans fond. Quand le sommeil m'a-t-il englouti, pour combien de temps ? Je n'en sais rien – seulement à un moment, je ressens comme un mouvement d'ombres, de légers bruissements, des pas qui tournent en rond, des objets qu'on déplace. Les bruits deviennent progressivement plus forts, raclements de gorge, échos d'une forte respiration, un sanglot peut-être. Je me réveille tout en gardant les yeux mi-clos. C'est maman. À travers mes cils entrouverts, je l'aperçois qui erre dans ma chambre. Sa fine robe de chambre flotte, cordons dénoués, promenée dans chacun des coins de la pièce. J'ouvre un œil et lui demande d'une voix pâteuse ce qu'elle cherche. Ses yeux tombent sur moi, elle ne répond pas. À son air hagard, à l'angoisse que je lis dans ses yeux, je comprends : papa n'est toujours pas rentré.

Elle s'assied distraitement au bord du canapé, petite forme fermée sur elle-même. Des gouttes de sueur brillent sur son front, on dirait qu'elle tremble de froid. Ça fait trois jours maintenant que nous sommes revenus de la montagne. Et alors ? Elle grimace une souffrance. Elle se reprend. Je suis son fils. Il lui reste cette fidélité. Depuis que je suis né, elle me garde à l'extérieur. Elle ne me met pas entre elle et lui, elle ne me demande jamais de prendre parti, cette histoire n'est pas la mienne. Elle a maintenu la règle en serrant les dents, des années, des années.

Elle n'y arrive plus. Peut-être que papa m'a dit quelque chose avant de partir, peut-être que je sais. Mon silence l'accable. Je disparais dans sa tristesse. Elle croise les bras et se recroqueville. Papa agit à sa guise depuis toujours, il n'avertit pas. Qu'il découche ou non, ça ne change pas beaucoup. Sauf que cette fois, *son absence* est là. Elle l'a flairée de pièce en pièce. Trois jours d'affilée sans venir se changer, il ne l'a jamais fait. À moins qu'il ait des habits ailleurs. Il en a sûrement. Il n'a pas de famille, on ne connaît pas ses amis, sa seule adresse est ici.

À moins qu'il lui soit arrivé quelque chose.

Je me souviens soudain de l'histoire avec Rocco, comme elle me paraît lointaine, et futile tout à coup !

On frappe. Elle blêmit, ses jambes sont coupées. Il est sept heures et quart du matin. Qui diable peut venir à cette heure ? Elle se lève d'un bond, elle court à l'entrée. C'est une lettre. Une lettre recommandée. Ça y est. Le malheur est là. Elle me la rapporte en la tenant par un coin. Elle a peur. C'est officiel. Elle me la tend pour que je l'ouvre. Je déchire l'enveloppe.

– C'est une lettre de renvoi. Ils me renvoient de l'école.

Elle s'éclaire comme si elle venait d'échapper au pire. Une seconde, je me demande si cette lettre n'est pas liée au renvoi de Rocco, mais c'est absurde. Il est dans un monde et moi dans un autre. La lettre dit que papa n'a pas payé la scolarité et qu'ils ne veulent pas me revoir avant que ce soit fait. Maman intègre lentement l'information et son visage change de nouveau. Elle pense que s'il était parti vraiment, disparu vraiment, ça se passerait exactement comme ça : on reçoit une lettre demandant de l'argent, il n'est plus là. On ne le verra plus. Il a laissé femme et enfant. Elle a du mal à y croire. Elle m'arrache la lettre puis referme la main sur elle comme si elle lui serrait le cou.

– Lève-toi !

Elle est déjà dans sa chambre. Je me lave le visage au lavabo, je passe mes vêtements de la veille. Maman ressort, superbe. Elle a mis sa plus belle robe mais ce n'est pas seulement ça. Elle est en mouvement, elle a enfin quelque chose *à faire*. La lettre est toujours dans son poing. Elle a ce prétexte, elle y va.

Nous sortons. À cent mètres de la maison, j'aperçois Rocco qui m'attend, appuyé contre sa mobylette. Maman marche d'un pas si décidé, elle a tellement l'air de me traîner derrière elle sans même avoir à me toucher qu'il m'est impossible de m'arrêter pour dire à Rocco ce qui se passe. Je le double en ouvrant les bras dans un geste d'impuissance. Il a l'air éberlué. Mon prétendu choix cornélien est devenu dérisoire.

Nous arrivons au pas de charge à l'école et traversons la cour d'un trait, les élèves déjà présents nous regardent passer. M. Préciado est dans son bureau, sa porte ouverte. Maman traverse l'antichambre sans se soucier de la vieille qui réussit à me couper la route. J'essaye de passer en la bousculant mais elle résiste. La lettre, c'est cette vieille peau qui l'a tapée. J'ai le temps de voir maman la jeter en boule sur le bureau du directeur. Celui-ci se lève, traverse le bureau et me ferme la porte au nez, une porte matelassée.

La vieille s'est remise à sa machine avec colère. Une carte de France est suspendue derrière elle. J'ai longtemps cru que le Bassin parisien était plein d'eau, comme tous les bassins. La preuve, c'est qu'il y a une île en son milieu. On m'a raconté des histoires sans réalité pendant des années, et maintenant la réalité est là. Est-ce qu'on serait devenus pauvres tout d'un coup ? Non, pauvres, je ne crois pas. Ce serait le comble. J'ai toujours vécu sans imaginer que les choses avaient un prix. La nourriture, les habits, l'école, le minimum du monde était gratuit. Il devait l'être. Pauvres, non, ce n'est pas possible.

La cloche. Les cris de la cour se taisent. Ils sont en train de se mettre en rangs, ils vont attendre M. Préciado et recommencer avec lui leur ridicule cérémonie. La vieille se mouche par petites secousses. Je la laisse se débrouiller avec ça, je me lève et pousse la porte avant qu'elle ait le temps de réagir. Maman et le directeur sont debout devant le bureau.

– Quand on n'a pas d'argent, madame, on s'arrange avec le Talmud Thora.

Le Talmud Thora est une école gratuite, derrière la synagogue, pour les enfants sans moyens, les orphelins, les *nécessiteux*... Leurs blouses marron avancent en rangs deux par deux, ils ont les yeux des bêtes prises au piège, plusieurs exemplaires du même. C'est la *bienfaisance* qui fait ça. Elle se venge de la pauvreté en la forçant à dire merci.

– Mon mari est absent pour quelques jours, dit maman qui n'a jamais su mentir, il revient bientôt.

– Quelques jours, madame Hosni ? C'est drôle, j'ai cru l'avoir vu hier soir au Chamaat.

Elle tressaille à peine. Ni à l'hôpital ni à la morgue, *il était au café.* Au Chamaat. Hier soir. Je vois comme elle se pétrifie, comme elle se glace.

– Pour la scolarité, concède M. Préciado, je vous donne quelques jours.

Il est maintenant pressé d'en finir, mais elle ne l'écoute plus du tout. Nous restons silencieux. Il ouvre les mains, toute l'école l'attend dans la cour, l'entretien est terminé. Mais personne ne bouge.

– Tu peux rejoindre ta classe, me dit-il.

Elle reste sidérée, perdue, et ses ongles qui grattent convulsivement l'étoffe moirée de sa belle robe produisent un bruit qui donne la chair de poule. Soudain, comme en réponse à un appel, elle tourne les talons et file droit vers la sortie. Sans dire au revoir au directeur, sans un regard pour moi.

La nuit. J'ai enfilé mon manteau par-dessus mon pyjama. Il pleut à verse, j'ai toute cette eau dans les yeux sans vraiment savoir si je vais le trouver. Je cours. Il est minuit et demi, les rues sont luisantes et désertes, noires. J'en avais tellement marre. L'averse redouble de violence sur l'avenue qui borde la mer. Je ralentis, tant pis, de toute façon c'est impossible d'être plus mouillé. J'aperçois les néons du Chamaat tout au bout, on dirait un bateau de verre. Les chaises sont renversées sur les tables, les serveurs poussent à coups de balai la sciure chargée de mégots et de papiers gras. Ils s'interrompent en me voyant surgir, trempé jusqu'aux os, hors de moi. Je leur demande s'il y a encore quelqu'un et ils me désignent du doigt le fond de la salle. Forêt des chaises superposées, alignement de narguilés, odeurs de tabac froid. Mes semelles font sur le marbre un bruit de ventouse. Près des cuisines, il y a deux tables entourées d'hommes qui jouent au trictrac. Je vois leurs crânes baissés. Claquement des pièces, fin de soirée. Il n'est pas parmi eux. Un serveur au tablier blanc noué autour de la taille tient le long du corps un grand plateau rond. Il dort presque debout. L'humidité me paralyse les mâchoires.

– Je cherche mon père… M. Hosni.

Ses yeux sont rouges, sa barbe mal rasée.

– Je ne connais pas… Viens voir quand même.

Je longe avec lui le mur de la cuisine. Tout au fond, il y a un escalier en colimaçon, une seule porte à l'étage. Il frappe. Un autre serveur, au tablier identique, nous ouvre. Nous entrons. L'atmosphère est toute différente. Le sol est couvert de tapis, un lourd rideau masque le fond de la pièce. Il l'écarte.

C'est une salle de jeu. Dans la fumée des cigarettes, j'aperçois autour d'une table ronde quatre ou cinq personnes qui officient, entourées d'autres qui observent, une dizaine en tout et pas le moindre bruit pourtant, pas le moindre mot. Au-dessus du tapis vert, trois lampes en cloche éclairent violemment les mains serrant les cartes, et une succession de forteresses : des tours de jetons, des bunkers de plaques gravées de chiffres arabes, des billets de cent livres entassés en désordre ou empilés en liasses toutes neuves, avec leur ruban.

– Alors ? demande le garçon.

Les visages sont dans l'ombre, je les distingue quand même. Le plus impressionnant est un vieux monsieur élégant, tête d'œuf, presque chauve, en trois-pièces beige, avec des lunettes en écaille et l'ongle du petit doigt très long. Il ressemble à un oiseau de proie. Un autre, moustachu, manches relevées, les avant-bras disparaissant sous les poils, quelque chose de poupin dans le visage. Un jeune homme osseux, halluciné, des yeux énormes entourés de noir, un costume trop grand pour lui. Ses jetons sont très bien alignés, il n'arrête pas de les ranger. Un autre fume cigarette sur cigarette, il est jeune mais ses cheveux sont blancs, ses doigts tremblent, il a l'air de vivre une catastrophe. C'est leur *dissemblance* qui est remarquable, elle rend visible la chose immatérielle qui les réunit. Il y a aussi un monsieur d'une quarantaine d'années, je le vois mal, le magot posé devant lui concentre toutes les haines. Il a desserré sa cravate, ses yeux sont allumés, il sourit. C'est papa. Je le reconnais et, au même moment, je comprends pourquoi je ne l'avais pas reconnu : *il a une expression.* Elle reste fermée, il est à la guerre, mais de légers mouvements donnent à son visage des lueurs d'ironie, de défi. Le vieil élégant abandonne la partie, le fumeur aussi. Il ne reste en lice que le moustachu et le jeune homme fiévreux. Ils scrutent les mains de papa, ils scrutent son visage, chacun d'eux finit par pousser deux plaques supplémentaires au milieu de la table. Papa étale son jeu sur le tapis. Il referme les bras sur la fortune qu'il ramène à lui. Sans trahir la moindre émotion, il ramasse les cartes.

– C'est lui ? demande le serveur.

Je regarde sans répondre. Il comprend.

– Mais c'est le baron !

– Quel baron ?

– C'est son surnom, tout le monde l'appelle comme ça.

Il entre à pas feutrés dans la pièce et se penche à son oreille. Le visage de papa est lumineux, sous tension, et en même temps prodigieusement *amusé.* Il demande au serveur de répéter. L'autre s'exécute en me montrant du doigt. Papa regarde dans ma direction, mon apparition entre les plis du rideau lui paraît invraisemblable, au sens propre : il n'arrive pas à y croire. Sa surprise dure longtemps. Et puis arrive cette chose terrible : il efface d'un seul coup son visage. L'expression mouvante qu'il avait deux secondes plus tôt se pétrifie et je vois en un éclair *le masque de la maison* reprendre le contrôle de ses traits. Cette fois, c'est lui. Papa. Il se lève avec brusquerie.

– Servez à ma place.

L'argent et les jetons restent sur la table, en tas, devant sa chaise. Je lui présente ma tête de naufragé. Je recule pour qu'on passe de l'autre côté du rideau, il m'en empêche. Il ne veut pas quitter la salle.

– Qu'est-ce qui s'est passé ?

– J'ai l'impression qu'elle t'attend.

– *Tu as l'impression ?*

– Oui.

Il se met à réfléchir, enfin, je crois qu'il réfléchit. Parce que, en suivant son regard, je réalise qu'il demeure fixé sur la table, à surveiller son argent immobile sous les lampes, à le surveiller avec une attention incroyable, pour surprendre des gestes invisibles. Je crie :

– Tu n'as pas payé. Ils m'ont renvoyé de l'école.

Il me serre le bras, il me fait mal.

– C'est combien, tu sais ?

– Huit cents livres !

Il va jusqu'à la table, compte huit billets. Son tas n'a même pas diminué.

– Prends ça.

– Tu ne viens pas ?

– Certainement pas.

– Et maman ?

– Donne-lui l'argent.

Il me tourne le dos et va se rasseoir. Mais moi, au lieu de partir, je reste derrière le rideau. Les cartes sont distribuées par le vieil élégant, elles tombent sans bruit sur le tapis. Papa ramasse les siennes et les regarde longuement. Alors, très progressivement, son masque s'effrite, son sang circule de nouveau, il reprend sa place dans le monde mélangé où l'on joue, où l'accent n'a aucune importance parce qu'on y parle le langage d'une passion, sans mots, sans interprète. Je m'attarde pour ça, uniquement pour ça : le voir revenir à la vie. Et il m'apparaît soudain que cette maman immobile dans son fauteuil, droite, honnête, amoureuse du devoir, qui attend avec toute la force de sa violence passive, je ne suis pas pressé d'aller la retrouver moi non plus.

En arrivant à l'école, je découvre comme tout le monde le graffiti qui s'étale en lettres géantes sur le mur, de part et d'autre du portail : « A-VAN-SSSEZ ! » Pas de caricature, pas de sous-titre, mais l'allusion à M. Préciado et son défaut de prononciation est si clair, tous s'esclaffent en traversant le porche. Rocco tient sa vengeance. Dans la cour de récréation, une fois l'hymne de l'Alliance expédié, notre cher directeur prend une inspiration pour prononcer par réflexe son fameux « Avancez ! », mais il s'interrompt à la dernière seconde. Sa tête décrit un mouvement assez comique de droite et de gauche, il expire bruyamment, recule d'un pas, puis, furibard, nous invite à monter en classe par un grand et silencieux geste du bras.

Dès la sortie de l'école, je retrouve Rocco appuyé contre sa mobylette sur le chemin de la maison. Le voilà qui se met à me parler… de politique, de Nasser, de ce qui se passe dans la région. Je ne sais quoi répondre, je n'y connais rien. Et lui, ne trouvant rien à ajouter, me donne une tape amicale sur l'épaule et murmure : « Si tu as besoin de quoi que ce soit », avant d'enfourcher sa mobylette et de repartir en pétaradant.

Chez moi, je retrouve le salon dans le désordre où je l'ai quitté, verres sales sur la table basse, vêtements abandonnés sur un coin de canapé. Connaissant maman et son obsession de l'ordre, j'y vois le signe d'un profond désarroi. La porte de papa est fermée comme toujours, quatre heures de l'après-midi, il n'a sans doute pas encore montré le bout de son nez. Quant à maman, elle est en grande discussion avec son frère Victor. Ils sont tous deux debout à l'extrémité du salon, c'est à peine s'ils ont remarqué mon arrivée. J'entends maman dire avec une fermeté et une véhémence que je ne lui connaissais pas :

– Je ne suis pas ça, Victor ! Je me fais horreur ! Va lui dire ! Vaut mieux qu'il s'en aille et ne rentre plus du tout ! Je n'ai pas besoin de lui ! J'ai trente-trois ans !

Elle ne crie pas, elle parle fort, presque calmement. Chemisier noir, jupe serrée, cheveux tirés en arrière. Il suffit de la regarder, elle a franchi une limite. Elle a cessé de se plaindre. Après ma visite au Chamaat, au milieu de la nuit, je n'ai pas pu me recoucher. Je me suis assis dans un fauteuil et j'ai attendu papa. Il est arrivé au petit jour. J'ai couru vers lui. À cause de l'expression qu'il avait eue, que j'avais vue, je me sentais reconnaissant, je crois. Je voulais qu'il le sache. J'ai couru à l'aveugle, vers lui, mais c'est une autre expression qui m'a accueilli, ou peut-être la même retournée comme un gant. Une passion aussi forte que celle que j'avais surprise dans la salle de jeu, aussi irradiante – mais en négatif. Ça m'a arrêté net. Il a eu un rire très bref, même pas un rire, une espèce de cri étranglé.

Maintenant je laisse glisser mes affaires d'école par terre, je longe le mur sur la pointe des pieds et parviens à me faufiler sur le balcon, il est toujours à moi. La rue est déserte, fraîche après la pluie, ensoleillée. À travers la porte vitrée, je peux observer maman et l'oncle Victor. Je vois celui-ci se diriger vers la chambre interdite et frapper à la porte. Papa apparaît. En peignoir blanc, rasé de frais, la tasse de café à la main. Il a remis son masque. Rien que de le voir comme ça, si maître de lui, me rassure. Quand j'étais petit, j'avais écrit une histoire, ma première – que j'ai perdue. Elle commençait comme ça : « Je bois mon verre de lait et je tombe mort. » Toute la famille arrive et se lamente autour de moi. Je les vois, je les entends – ce sont eux qui ne m'entendent plus, ni ne me voient. Ils pleurent et ils pleurent. J'en ai assez, je me lève. En me retournant, je vois mon corps toujours couché par terre. Je passe entre eux, ils ne font pas attention à moi. Je descends dans la rue. Je suis peut-être devenu invisible. C'est formidable. Un policier règle la circulation au milieu du carrefour. Je lui donne un coup de pied au cul. Il se retourne et me casse la gueule. Mon histoire finissait comme ça. Rien d'autre. Mais devenir invisible est resté mon rêve impossible.

Sur le balcon, le vent m'apporte soudain une clameur pleine de trous. Comme si des gens hurlaient puis se taisaient. Par-dessus le bruissement ordinaire de la rue, j'entends une voix aiguë, solitaire – et un cri collectif lui répond, on dirait qu'il monte vers moi. Je me penche par-dessus la balustrade. C'est une foule qui arrive sous le balcon, surtout des hommes, en rangs serrés. Une manifestation. Un homme est juché sur des épaules, à contre-courant du serpent humain. Il crie : *Ya habib al-chaab !* et le groupe auquel il fait face lui répond : *Ya Nasser !* Le même échange se répète à plusieurs reprises, comme si l'orateur et son public cherchaient ensemble l'inspiration. Puis l'homme lance un slogan, une phrase en arabe criée à pleins poumons, et la foule improvise aussitôt une réplique qui respecte la rime, on dirait une joute poétique. J'aurais tellement voulu savoir pourquoi ils manifestent, et ce qu'ils crient ! Mon arabe n'y suffit pas. Le seul mot qui m'est familier est le nom du président égyptien, Nasser, mais j'ignore ce qu'il a fait pour mériter qu'on l'invoque et qu'on l'acclame. Et les explications que Rocco m'a données tout à l'heure me reviennent comme une pièce de puzzle manquante : Nasser a nationalisé le canal de Suez ; Israël, l'Angleterre et la France l'ont attaqué. Je me souviens de ce moment, c'était il y a trois mois, où « les Juifs » avaient crié victoire. Maintenant, c'est l'inverse : ils ont été obligés de reculer, et Nasser triomphe ! La voix du premier crieur s'estompe mais, vingt rangs plus loin, un autre a pris la relève, lui aussi juché sur des épaules, lui aussi occupé à haranguer la petite foule qui le suit. Sans banderoles, sans porte-voix, la manifestation s'étire ainsi en petites tribus conduites chacune par un meneur qui flotte au-dessus des têtes. J'aurais voulu comprendre la langue, *Bil roh, bil dam, nifdik ya Gamal*, je n'ai que la musique. Le ruban finit de s'étirer, il va maintenant d'un bout de la rue à l'autre. Les sons se mélangent, les proches et les lointains, provoquant un canon géant, et comme une décompression dans les tympans. Dans un éblouissement, je comprends que *l'autre rue est enfin arrivée* dans la mienne !

Ils disparaissent. Je les entends encore. Et lentement, tout redevient comme avant, la rue, les épiciers, les gens. Comme s'il ne s'était rien passé, comme si j'avais rêvé. Je me retourne : Victor vient de me rejoindre sur le balcon.

– Ton père a perdu beaucoup d'argent…

Je le savais. Quand j'ai couru vers lui et que son expression m'a glacé, j'ai compris qu'il avait perdu. En grand. À la mesure de son plaisir. Je ne me suis pas senti désolé pour lui. Absolument pas. Il avait trouvé des gens avec qui *jouer*.

– Il a perdu tout ce qu'il a… et aussi ce qu'il n'a pas.

En arabe, ça veut dire : il a beaucoup désiré. Victor essaye de m'expliquer que papa est *ruiné* et n'y arrive pas. Ruiné est un mot qu'on ne trouve que dans les romans. Ruiné, ce qui s'appelle ruiné, au point que Victor ne sache plus comment me parler.

– Tu m'écoutes ?

– Je n'irai pas au Talmud Thora.

– De quoi tu parles ? Il faut trouver de l'argent. Une somme impossible. On n'y arrivera pas.

– Maman est au courant ?

– Pas encore. Elle est assez agitée comme ça. Mais je te le dis, à toi.

– Qu'est-ce qui va se passer ?

– Ça, mon vieux, je n'en sais rien.

Je n'en sais rien non plus. Mais ça ne s'arrêtera plus. Victor était venu cet après-midi pour qu'on aille ensemble choisir un costume, mon costume. Ma bar-mitzvah est dans dix jours et tout le monde semble l'avoir oublié, même moi.

C'est l'aube. Mon pyjama est trempé de sueur. J'ai cru entendre un cri. Les premières lueurs soulignent le contour des choses et les rendent plus sombres encore. Tout ce qui s'est passé hier me saute au visage. Victor et papa sont sortis, je suis resté seul avec maman. Le vieil élégant est arrivé à ce moment, le joueur, chez nous, à la maison. C'était incroyable. Maman a cru à une erreur. Mais non. Il est entré et lui a tout révélé. La dette de jeu, la ruine, tout.

Ça, c'était hier soir. Ce matin est différent. La maison est calme. Je m'assieds au bord du lit, pieds nus sur le tapis. Quelqu'un marche dans le salon. J'entends un murmure. Il se transforme en une lamentation inhumaine, effrayante, une voix totalement déformée qui mâche les mots tout en pleurant. Je risque un œil. La lumière est pâle, papa est assis dans un fauteuil, la tête droite, pendant que maman arpente le salon d'un pas de somnambule. Elle a passé sa robe de chambre par-dessus sa chemise de nuit, elle avance sans dire un mot. Quand elle touche le mur, elle repart dans l'autre sens, comme si elle était aveugle. Papa est immobile. Parfois ses yeux suivent le mouvement erratique de sa femme mais il n'essaye pas d'intervenir. Qu'est-ce qu'ils ont encore inventé ? C'est tellement irréel, on dirait un théâtre, une pantomime lente jouée par deux automates. J'ai l'impression de commettre un sacrilège, je ne suis pas censé voir ça. Dans l'entrebâillement, je fixe l'interdit, la nudité, l'heure obscure où mes géniteurs se transforment en loups-garous. Leur rite continue de s'accomplir en silence. Le murmure sort des lèvres de maman, des mots qui ne s'adressent à personne. Ils montent très vite, en quelques secondes, et deviennent l'affreuse lamentation qui m'a jeté hors du lit.

– J'ai vu son geste, ça ne pouvait pas être autre chose, je l'ai vu, comme une caresse, et il souriait, et j'ai vu ses yeux, son ongle très long, votre mari, *dites* à votre mari – comme si j'en avais un !

Elle se tait, elle marche, se cogne aux murs, j'entends sa respiration sèche. Le murmure est en elle.

– On dirait qu'il a trois mains, il soulève son chapeau, donne sa carte écrite en arabe, joue de sa canne, sa tête est immobile, ses yeux sont partout, pas une tache sur son costume, je me demande ce qu'il veut, il s'est trompé d'adresse. Mais *j'ai vu son geste.*

Le type de la salle de jeu, le vieil homme à la tête d'oiseau, il a réussi à l'impressionner. Quand il a frappé à la porte, je l'ai reconnu tout de suite. Ça m'a presque fait plaisir : le monde de papa débarquait. Maman est sortie de sa chambre, ensommeillée. Elle se tenait où elle se trouve maintenant, en face de la porte.

– Le baron ? Je ne connais pas de baron. Il demandait le baron. Il a dit c'est curieux, je l'ai cherché partout, vous êtes sûre ? Tellement affable. Il me traitait de *menteuse* et je ne comprenais pas. Un homme très séduisant. Si rapide. Tout de suite, il était à côté de l'enfant, il le regardait comme s'il le connaissait. *Et il le connaissait !* Un homme comme ça connaissait mon garçon à moi ! Il y avait une familiarité ! Et moi j'étais debout, à un mètre. Ses yeux ont changé de couleur, les mêmes yeux mais avec une autre couleur. Une jubilation glacée, c'était sur son visage, il tenait une preuve. J'ai compris qui était ce baron. *Dites* à votre mari, nous sommes samedi, je l'attends samedi prochain. Et il a avancé sa main vers l'enfant !

Sa voix s'étrangle, un râle étouffé, elle se tait parfaitement. J'ai vécu la scène qu'elle raconte et c'est comme si elle en racontait une autre. C'est formidable comme elle exagère. Mais qu'est-ce qu'elle a *vu* ? Elle marche. Quelque chose bout en elle et monte, guettant le prochain souffle.

– Et l'enfant a tendu son cou ! Il a penché la tête comme s'il offrait son cou, comme s'il voulait ! Et l'autre l'a caressé, il lui a passé la main sous le menton, avec son ongle long, et il a souri en me regardant. *Dites* aussi à votre mari que j'ai vu son enfant. Il comprendra.

Elle se cogne, elle change de direction, elle tourne autour du fauteuil de papa, son seul point fixe. Elle ne le regarde jamais. Son murmure reprend très bas et monte, comme une musique qui finit chaque fois par un hurlement.

– Il n'y avait que cet enfant, mon enfant. *Son père* n'en voulait pas, il a cru que je l'avais fait pour qu'il m'épouse, il m'a épousée. Mais c'était pour me tourner le dos. Des années et des années, têtu comme un Irakien. Il n'y avait plus personne, un vide à peupler, toute seule, un monde entier qui devait sortir de mon ventre. Il est né du vide, cet enfant, je n'ai pas su comment le remplir, du sable entre mes doigts…

Sa voix vire à l'aigu, ses mots deviennent incompréhensibles, recouverts par les sanglots, elle les crie quand même. C'est comme une langue étrangère, la langue des larmes, des syllabes qu'elle roule dans la salive et recrache. Papa ne réagit toujours pas, il n'est pas là.

– Et maintenant la menace est sur sa tête. Je l'ai porté neuf mois, je l'ai élevé treize ans pour qu'à la fin *son père* mette la menace sur sa tête. Il l'a conduit, lui, son fils unique, le seul. Traîné là-bas, présenté à des gens, offert en sacrifice au jeu. Le jeu, le jeu, son seul dieu. Il a joué son fils. Et l'enfant était consentant, il a tendu le cou !

Elle s'arrête face au mur et se balance d'avant en arrière comme les hommes quand ils prient. Elle pleure. Le front appuyé. Ça va passer. Il suffirait qu'elle aille dormir. Ce n'est rien. Un mélodrame, une crise de nerfs. Il ne s'agit pas de moi. Le vieil homme n'est qu'un prétexte, un accident qui a rouvert la plaie. C'est entre elle et papa. Et elle se trompe. Ce n'est pas elle qui a vécu seule, c'est lui. Et quand il m'invitait dans sa chambre et épluchait des concombres pour moi, je ne peux pas dire qu'il ne voulait pas de moi.

– Quel jour sommes-nous ? Dimanche ? Combien de jours il reste ? Il faut partir avant qu'il revienne. Immédiatement. Nous n'avons aucune protection, nous sommes nus. Il peut entrer chez nous et faire ce qu'il veut, j'ai vu son geste…

Elle se promène dans la zone infâme, la sainteté de sa peur. Elle a enfin un objet, une image. Elle m'y enferme. Si j'en sors, ce sera au prix de sa folie.

Lentement, papa se lève et s'avance vers elle. Elle recule jusqu'au coin du salon, il lui fait face.

– Arrête maintenant. L'enfant n'a rien. C'était carré de dames contre carré de rois, quitte ou double, un jeu. J'ai joué ma partie et j'ai perdu. Maintenant il peut se passer ce que tu voudras, moi j'ai fini. S'il faut partir, on partira.

Il lui *parle*. Pour la première fois de ma vie, je le vois lui *parler*. Mon estomac se révulse, il fait la chose la plus interdite – il lui *parle* ! Et avec quelle douceur, quelle lassitude… Une indignation sans bornes me secoue. Elle aussi. Elle n'a pas entendu, elle a juste vu, dans son effarement, elle a vu qu'il lui parlait, *à elle*. D'un geste hypnotique, elle lève les bras très haut et les abat sur sa tête. Le mouvement est donné, elle se met à se frapper, au visage, sur la poitrine, elle se tire les cheveux. Comme si la douleur physique devait la convaincre de sa propre consistance. Et elle gémit. Papa essaye de la retenir. Il la touche aux épaules et c'est comme un choc électrique. Elle se fige, le découvre en face d'elle, le fixe d'un air éberlué… et sourit.

– Toi aussi, toi aussi, pourquoi pas ? Tu m'emmèneras à Paris toi aussi…

– Mais qu'est-ce que tu racontes, Laura !

Il l'a appelée par son nom. Des coups retentissent. La maison est si fragile, ils font trembler les murs. Ce sont les voisins. Ils crient qu'on les empêche de dormir, ils crient que ça suffit. Le sourire de maman devient méfiant, ses yeux cherchent dans les coins de la pièce.

– Qu'est-ce que vous attendez ? Qu'est-ce que vous regardez ?

Elle referme sa robe de chambre et court hors du salon. Je peux la voir. Elle se glisse dans son lit et disparaît sous les couvertures.

Papa reste un long moment sans bouger. Puis il se met à tourner autour du fauteuil qu'il vient de quitter, il tourne comme il l'a vue tourner. Il s'arrache à l'orbite et va jusqu'à sa chambre, sa chambre à elle. Il s'immobilise une seconde. Puis, d'un pas titubant, d'un pas de vaincu, il entre et ferme la porte derrière lui.

J'éternue très fort. Des élèves se retournent et rient, mais un cri épouvantable prolonge l'éternuement, il sort de ma gorge sur une seule note, la plus extrême, jusqu'au bout du souffle. Je n'entends plus rien. Le bruit de ma respiration saccadée, les battements de mon cœur. La douleur était si forte… Elle a cessé brusquement. Et maintenant, calme plat. Je me dis que l'os de mon épaule est sorti de sa place et qu'il refuse d'y revenir. La luxation a coincé les nerfs qui descendent dans le bras, absolument tous, comme entre deux meules. Le plus infime mouvement écrase la pelote.

Ils font cercle autour de moi. Je les avais oubliés. Aucun n'ose approcher, aucun ne trouve un mot. Je ressens une nostalgie absurde. Une vague de pitié me traverse. Je voudrais leur dire de ne pas trop s'en faire, ce n'est que moi… mais le cri ressurgit et bouscule les mots, jaillissant d'un endroit de l'âme trop enfoui. Ce n'est pas moi qui crie, un monstre en moi, un enfant défiguré, horrible, roué de coups, recroquevillé sur lui-même qui arrive pour une fois à faire entendre sa voix, et quelle voix, tous ceux qui sont à portée ne peuvent que s'enfuir. Mais ils ne fuient pas. Je les tiens. Je reste immobile, la main droite fermée sur mon épaule comme sur un oiseau agonisant, avec sous mes doigts le gouffre creusé en elle. Le plus curieux est que je me trouve aussi parmi eux, le cri m'est à ce point étranger que je regarde avec effarement, comme tout le monde, l'enfant immobile rendu fou.

– Dis-moi ce que tu as, dis-moi ce qu'il faut faire.

C'est Fouad à mon oreille. Il porte son pull vert avec un col en V, c'est la première fois qu'il me reparle. Il le fait si doucement. Je me sens très calme. M. Chahine était assis à côté de moi, il est toujours là, il ne peut même pas tendre la main. Je m'efforce de ne pas bouger, pas un millimètre, les yeux seulement. Je croise ceux de Fouad. Je chuchote :

– Surtout, ne pas me toucher.

Le monde devient plus cotonneux. J'entends des cavalcades, les autres classes peut-être. Si seulement la douleur pouvait ne plus revenir. Je gagne une minute, une autre. Je crois que le directeur est là, son solitaire à la hauteur de mes yeux. Les autres ont reculé, j'ai entendu Fouad les repousser. Sa voix forte, son accent.

– Tout va aller, respire avec moi, ne t'en fais pas, on a téléphoné, ça ne va pas tarder…

Ses mots perdent leur sens. Je suis indifférent. Je me suis toujours protégé des coups en levant le bras mais rien n'est venu. Mon bras est resté à mi-chemin. Ça m'a fait une épaule plus basse que l'autre. Pendant toutes ces années, j'ai réussi à dissimuler la bête honteuse qui m'agrippe au ventre et ne me lâche jamais, cette souffrance muette. J'étais presque bien, presque dans ma peau, presque heureux, je devais seulement accepter ce presque. Je l'ai accepté, j'avais tout prévu, sauf que mon corps me trahirait. Je guette la sirène de l'ambulance, je ne l'entends pas, ça m'est un peu égal, c'est bizarre, comme si c'était quelqu'un d'autre qui guettait. Soudain, ça crie. Je me retrouve au milieu. La bête sauvage a perdu tout contrôle d'elle-même. Ce n'est pas moi, c'est ma bouche ouverte. Seul ce cri a une réalité, la douleur est fondue en lui. Il se tait et repart, il se tait et repart, combien de fois ? J'ai perdu le compte, ballotté d'un hurlement à l'autre, comme endormi.

Le cercle s'ouvre. Une blouse blanche, un homme à la peau sombre et épaisse, trapu, moustachu, animal, qui sourit. Lui seul garde un visage impassible devant le cri. Il ne perd pas de temps. Une seringue apparaît entre ses doigts, il me pique au bras. En quelques secondes, je sens mes muscles se liquéfier, je n'ai plus mal du tout, ma faiblesse est infinie. L'infirmier me passe une écharpe autour du cou, autour du bras. Un brancard m'emporte.

Je n'ai pas droit à la sirène. Sur les rideaux bleus masquant les fenêtres de l'ambulance, le visage de Fouad. On dirait qu'il a maigri. La concentration me manque. Cette piqûre m'a mis dans un état bizarre. C'est presque drôle. Mon épaule semble assoupie au point de ne plus exister, je nage, rien de mal ne peut m'arriver.

On m'a couché sur un chariot, je n'ai qu'à me laisser faire. Fouad avance en me tenant la main. D'autres têtes sont apparues, elles m'accompagnent le long des couloirs. On s'arrête devant une porte. Une infirmière découpe dans le sens de la longueur la manche de mon pull et celle de ma chemise, la chemise bleu clair que j'aime bien.

On m'a abandonné dans la chambre aux rayons. J'y suis en tête à tête avec une machine pourvue d'un œil de verre géant. Elle est posée sur des rails coulissant sur une longue table entourée de manettes, une piste d'envol. Mon chariot et elle coexistent pacifiquement. Côte à côte, ils vont à la dérive, plus aucune importance. Je claque un peu des dents. Un petit homme est apparu. Il porte une veste blanche, il se lave les mains vers le fond, là-bas, sous un filet d'eau que j'entends interminablement.

– Est-ce que vous pouvez vous asseoir sur la table ?

J'essaye de lui sourire mais il est déjà reparti. Gardant au chaud mon épaule dans ma main immobile, je donne l'impulsion. À ma grande surprise, mes muscles répondent. Je parviens sans plus de difficulté à me redresser et à faire glisser mes fesses sur la table, tout est si coulant. Le petit homme revient et, sans me regarder une seule fois, commence à défaire le nœud de l'écharpe qui me soutient le bras. Je lui dis tout bas : « Attention, ça fait extrêmement mal », mais il ne répond pas. Avec dextérité, il dégage l'écharpe et la fait glisser. Tout le poids de ma blessure se retrouve dans mes bras. Il approche la main de mon torse nu, me saisit l'épaule et la fait pivoter de façon à la mettre en face de l'objectif.

Le cri repart avec une force tellement sauvage que l'homme recule de plusieurs pas, sidéré, châtié sur-le-champ. Le hurlement ne veut plus s'arrêter, l'air me manque, je me sens devenir bleu. Le petit homme ouvre la porte dans son dos et disparaît. Plus rien ne suspend la douleur qui me fouille. Je la laisse s'exprimer tout son saoul, guettant la fraction de seconde où je pourrai reprendre mon souffle, et le cri retentit de nouveau, dense, uniforme, sans variation aucune. Son onde traverse toutes les cloisons, chasse en bourrasque les patients de la salle d'attente, mais aussi le personnel, infirmiers et infirmières, standardistes et filles de salle, malades et mourants. Sauve qui peut. Toute l'aile de l'hôpital s'évacue d'elle-même. À moitié nu, seul sur la machine à rayons X, je me tiens au milieu d'un cercle vide, concentré seulement sur la nécessité de remplir mes poumons afin que le cri puisse sortir, arrachant sur son passage trachée-artère et cordes vocales. Je me serais évanoui, je suis probablement évanoui, au-delà de l'évanouissement, mais le cri lui-même me garde en éveil et oblige mon corps à rester conscient, carcasse dont la seule fonction est de lui servir de soufflerie. Il ne se taira plus. Le plus profond, toute la lie, il la fait jaillir par ma gorge comme une vie entière qu'on vomit.

Un point qui gratte, qui creuse, qui fait mal. C'est à l'intérieur de mon épaule, je ne sais plus où elle se trouve ni comment l'atteindre. Mes membres reposent séparément sur ce drap râpeux que je ne connais pas, dans cette chambre entraperçue, rêvée, avec un crucifix au mur. L'odeur d'éther est dans mes narines, c'est elle qui rend tout nébuleux. Sauf ce point là-bas, fiché dans un autre continent, qui gratte horriblement. J'ai localisé ma main droite, je peux la bouger. Elle rampe dans l'obscurité des couvertures, elle touche un bras, mon bras. Mon épaule a doublé de volume. Une minuscule roue à aubes fixée sur un tuyau plonge dans le pansement, dans la chair, et pompe tout ce que j'ai à l'intérieur.

Mon visage est enfoncé dans l'oreiller, un filet de salive a coulé.

Je sens chaque ombre qui passe sur mon lit. Je crois que mes fesses sont découvertes, pour rien au monde je ne m'éveillerai.

Une tôle d'acier déchirée, un gémissement métallique, des déflagrations en cascade. L'orage. Il fait irruption dans la chambre. Mes tantes sont là, la lueur stroboscopique est dans leur dos. Des spectres à mon chevet. On dirait des serpents transparents dressés droit, s'enroulant les uns autour des autres, se chevauchant. La frontière entre leur grouillement et l'obscurité n'est pas nette. Je les vois proliférer, secouer au-dessus de moi leurs têtes emmêlées comme une chevelure. Je sens leur fourmillement dans ma poitrine. Derrière la peur, il existe un espace où je respire encore.

Je reconnais le claquement du briquet. L'odeur de papier brûlé me soulève le cœur. J'ai dû gémir. En tout cas j'ai entendu un gémissement. La main de maman est sur mon front. Papa regarde ailleurs. Au moins, il ne fait pas semblant d'être avec elle. Pas devant moi.

Il y a quelqu'un assis sur la chaise, on dirait Fouad. Maman ne lui prête aucune attention, Victor éteint sa cigarette sur le rebord de la fenêtre.

La chambre est pleine d'élèves, la classe entière. Personne ne leur a dit que ma bar-mitzvah était annulée. Je ne sais même pas si elle l'est. Je n'ai rien à leur dire. Je rouvre les yeux et c'est Rocco qui est là, tout seul. Il est assis sur la chaise métallique et me regarde avec une douceur que je ne lui connaissais pas. Rien de moqueur dans les yeux, rien qui vrille le cœur. Il doit croire que je suis endormi, c'est pour ça.

Un gant mouillé passe dans mon cou, sur ma poitrine, ça sent bon. Les draps sont soulevés, le gant glisse sur mon ventre, va jusqu'à mon sexe. C'est une jeune fille, vingt-cinq ans à peine, tout en blanc, avec le nom de l'hôpital sur sa blouse. Des mèches blondes dépassent de sa coiffe. Une fossette se creuse dans sa joue, elle me sourit sans arrêter de me toucher.

Victor est là. Il y a un petit déjeuner sur la haute table à roulettes, une vague compote. La fenêtre est ouverte, le soleil arrive jusqu'à moi. Victor dit qu'on est mardi. Ça fait presque deux jours, je n'arrive pas à mesurer ce temps-là. Ça m'épuise. Papa vient me chercher ce soir, mon épaule restera en place, c'est définitif. Ce soir me semble étranger. J'aurais préféré rester un peu plus longtemps. Je ne sais plus ce que je pense. Tout est en bribes.

Le vent se prend dans le rideau et le soulève. Je tendrais la main, je pourrais le toucher.

– Elle dit que c'est pour toi qu'il faut partir. Ton père m'a demandé de l'aider. Je connais des gens à Saïda. On vous fera traverser la frontière.

On s'en va. Papa, maman, moi. Je crois qu'il dit ça. J'ai toujours rêvé de partir. Il a parlé d'Israël. Là-bas, il n'y aura que des Juifs, comme à l'école, et tout sera gratuit.

– Un camion viendra vous prendre à quatre heures du matin, il vous emmènera. Un bateau attendra à Saïda... une grosse barque de pêche. Je vous aiderai à charger. Deux heures plus tard, vous y serez.

C'est une histoire qu'il me raconte, de plage déserte, d'embarquement secret...

– Il ne faut pas que ça se sache. Personne ne s'étonnera de vous voir disparaître. Tes parents disent à tout le monde que tu as besoin de quinze jours à la montagne.

Il m'observe avec tristesse, il a l'air d'avoir de la peine.

– Vous arriverez là-bas samedi matin...

– Le jour de ma bar-mitzvah.

– Qu'est-ce que tu en penses ?

– Rien.

– Tu ne veux pas savoir ?

– Ce n'est pas ça.

– Si vous êtes pris, vous risquez six mois de prison.

– On reviendra quand ?

– Jamais, je crois.

– Tu crois ou tu es sûr ?

– Je t'aurais bien gardé ici avec moi.

Les mots que je devrais dire demeurent imprononcés. Il va rester, lui. Il est au bord du lit, malheureux, j'aurais voulu pouvoir l'aider.

– Est-ce que tu pourrais tirer les rideaux avant de sortir ?

La porte claque, tout de suite les larmes. Sans un sanglot, sans un bruit, comme un robinet ouvert. Je m'en fous. Je peux même m'occuper d'autre chose. Il y a une auréole sur l'oreiller. Avec le vent ça s'évapore. Les larmes ne tarissent pas, il y a quelque chose dans ma poitrine, au niveau du sternum, qui est crevé. Ça commence à couler par le nez. La porte s'ouvre derrière moi. Je veux attraper un coin de drap pour m'essuyer le visage, mais je ne fais rien.

– Qu'est-ce que tu as ?

Fouad. Il tient un paquet à la main, avec un ruban ridicule. Curieusement, je ne suis pas gêné. Il déchire l'emballage. Il ouvre la boîte et me la met sous les yeux. Des boules dans du papier doré, alignées dans leurs alvéoles. Il en prend une, moi aussi. Le goût du chocolat se mélange très bien avec les larmes. On lui a raconté que c'était toujours comme ça quand on sort d'une opération, on est fragile, on pleure plus facilement. Bouche barbouillée, yeux confiants : il a trouvé l'explication. Lui, c'est par les papilles gustatives qu'il sait que Dieu existe. Les larmes redoublent. Il arrête de mâcher, il n'ose plus avaler. Ses doigts restent en l'air.

– Ce n'est pas ça, Fouad, c'est mes parents, ils partent en Israël, il faut que je les emmène, vendredi soir.

– En Israël ?

Plus que de la surprise, c'est de l'admiration, quelque chose qui y ressemble, une admiration stupéfaite. Comme si j'étais sur le point de me métamorphoser en surhomme.

– Et c'est *toi* qui dois les emmener là-bas ?

Ses yeux brillent. Ce corps couché devant lui est susceptible de partir pour le pays interdit, dès cette semaine. Il n'a pas encore compris que c'est un voyage dont je ne reviendrai pas. Moi non plus d'ailleurs. Je ne peux pas croire que *plus jamais*... Je voudrais seulement que les larmes cessent.

– C'était ma bar-mitzvah, j'aurai treize ans ce jour-là, c'est idiot mais c'était devenu important. J'avais l'impression que... oui... il devait se passer quelque chose à ce moment-là, à cette seconde, et maintenant toutes les cartes vont être brouillées, je vais rater le rendez-vous, ça ne reviendra jamais, tout ce qu'ils organiseront là-bas ressemblera à un simulacre, je voulais être un homme.

– Chez nous, à treize ans, c'est la circoncision.

– Chez nous, c'est à la naissance.

– Moi, c'est dans huit jours.

– Ils vont te circoncire ?

– Je m'en serais bien passé. Ils veulent que je me sente fier, il y aura de la musique. Mais ça fait mal, cette connerie.

Il a pris un air tellement épouvanté que j'ai ri. Et puis je me suis tu. Je n'ai plus rien trouvé à dire. On est restés comme ça sans bouger, dans la chambre d'hôpital, avec le vent et les rideaux.

Serrements de cœur, asphyxie familiale, tout y est, on se croirait cinq minutes avant la fin du monde. Le désastre est refoulé, enseveli sous les effusions. Ils sont venus dire adieu à ceux qui sont ruinés, acculés à la fuite, et ils se forcent à sourire. Je suis le pivot du mensonge, la pièce à conviction. Avec mon bras en écharpe et mon nouveau costume, Victor me l'a fait livrer cet après-midi.

Tout le monde joue son rôle, la dissimulation devient presque comique. Je ne peux même pas rire d'eux. Ils se présentent pour que j'emporte leur dernière image, elle me serre le cœur. Eux qui ne sont jamais sortis de chez eux, tous fils d'Arabes se voyant autrement, se projetant ailleurs parce que la vie réelle, ce n'est pas assez. Ils ont passé leur vie à rêver de *l'autre pays*, là-bas où se trouve le côté pile d'eux-mêmes, et ce rêve leur a suffi, ils veulent croire qu'il leur a suffi. Ils vont mourir, ils sont mortels, mais ils ont vécu un paradis sur Terre, dans leur tête, là-bas. Et nous qui y allons pour de bon, dans quelques heures, ils nous considèrent avec une espèce d'effroi. Nous prouvons que ce paradis existe, nous stimulons sa réalité, et leur foi. Mais peut-être que ce paradis n'en est pas un, ils ne veulent pas le savoir, au fond ils sont pressés de nous voir partir, qu'on disparaisse. Ils avaient déjà acheté des cadeaux pour ma bar-mitzvah, ils me les donnent furtivement, objets d'un culte qui n'aura pas lieu.

Je ne suis qu'un leurre. La vedette cachée, c'est maman. Il n'y a que sa famille à elle, forcément. Olga mène le deuil, mène la charge, et les autres s'organisent autour pour réconforter *la petite.* Dont la vie est gâchée, brisée, à cause de *lui...* On n'en dit pas plus pour ne pas l'accabler. Mais aussi parce que, mystérieusement, *elle l'aime.* Allez comprendre. Et lui, où est-il ? Dans sa chambre, enfermé, comme toujours. Un soir comme celui-là. En même temps leur peine est réelle, sinon il serait facile de les quitter.

Encore un peu de patience et j'échapperai à ces bouches carnivores. Victor se tient à l'écart, il m'observe de loin, discrètement, il consulte sa montre de temps en temps. Je sais qu'il doit s'éclipser pour aller nous attendre à Saïda.

Tous les fourneaux sont éteints dans la cuisine. C'est parfaitement rangé. Je fixe les veines noires du marbre de l'évier, l'escalier de bois qui monte au grenier, les fenêtres à guillotine, le frigo, l'espace lui-même, dans ses proportions. J'entre dans la salle de bains. Le jurn, le réservoir cylindrique en fer-blanc, le socle de fonte, froid. C'est propre, impeccable. J'ai l'impression de revenir de voyage, de redécouvrir les lieux, mon costume a fait de moi un étranger. Il est en velours noir, on dirait que je l'ai toujours eu. C'est moi plus tard.

On frappe à la porte. Anis, l'employé de Victor. Le chauffeur du camion et lui sont passés cet après-midi. Il est dans le coup. Victor l'entraîne sur le palier. Un rai de lumière lui coupe le visage en deux. Un visage fin, en lame de couteau, enfantin en même temps. J'ai l'impression qu'ils se serrent les mains dans le noir. Victor revient vers moi.

– Tu diras que je suis parti...

Il veut ajouter quelque chose pour moi, il ne trouve pas.

– On se voit là-bas, à Saïda. Dans quelques heures...

Il lève le poing, un pauvre sourire, il s'en va. Je le rattrape par la manche, je le laisse partir.

Dans le salon, la dissimulation a atteint ses limites, l'assemblée se désagrège et papa n'est toujours pas là. Je me dirige vers sa chambre et tends la main vers sa porte, il apparaît. Il a mis son costume de joueur, avec une calotte sur la tête. Il avance avec un léger sourire, il ouvre les bras. C'est shabbat, tout le monde l'avait oublié. Il me prend par l'épaule. Nous entrons ensemble, je suis presque aussi grand que lui.

Mes tantes debout ont mis maman au milieu d'elles, petite sœur pour la dernière fois. Elles ont placé le pain sur la table, elles l'ont recouvert du tissu de satin brodé de mots hébraïques. Dans un silence halluciné, papa lève la coupe de vin. Elles l'écoutent, soumises malgré elles à son geste, à la Loi. Sa voix s'élève, réveillant la mélopée familière. Je l'ai toujours entendue comme une succession de sons dénués de sens mais devant ces visages graves, dans cette tension extrême, elle prend mystérieusement corps. On dirait que l'électricité va jaillir. Comme si la famille comprimée avait atteint une masse critique et que le précipité était imminent. Les corps, les yeux, les fronts sont écrasés par la bénédiction. *Haïm.* Nous sommes vivants. Ce n'est plus la réincarnation d'une oraison archaïque, c'est cette oraison même, revenue au présent, célébrant, devant cette table nue, la séparation et l'absence. Papa finit en prolongeant la dernière note, comme une menace. Il boit. Puis, sans un regard pour la famille vaincue, ignorant le rituel qui fait passer les hommes d'abord, il tend la coupe de vin à maman.

Je n'ai pas attendu le moment terrifiant du tête-à-tête à trois. La famille était encore là, j'en ai profité. J'ai des amis à qui je dois faire mes adieux, ma mère n'a rien trouvé à dire. Mais j'ai lu sur ses lèvres, dans son regard perdu, je l'ai embrassée, ne t'en fais pas, je reviens, de toute façon je ne peux pas dormir cette nuit. Elle m'a caressé le visage et m'a laissé partir.

Tout se voit, le centre-ville la nuit, cafés, restaurants, cinémas, la vie qui va sans moi. Enseignes multicolores, journal lumineux qui défile, vacarme des voitures. Fouad m'attend. À cause de mon costume, il se sent d'un coup petit. Il est là, nous sommes tous les deux, c'est l'essentiel. J'y ai pensé sans arrêt. On a fixé ça il y a un siècle, dans la chambre d'hôpital. Pour *devenir des hommes*, nous savions pertinemment ce qu'il fallait faire. Il a dit qu'il faudrait un peu d'argent, je lui ai répondu que j'en aurais. Mais il ne s'attendait pas à me voir sortir de ma poche une telle liasse.

– D'où tu as tout ce fric ?

– Je l'ai gagné au jeu.

Il n'en croit pas un mot, c'est pourtant vrai. Ce sont les huit cents livres de la scolarité, je ne les ai jamais données. Prise de guerre, ma première. Et maintenant, habillé comme je suis, j'ai la ferme intention d'être un prince dans sa dernière nuit, et que Fouad soit mon invité. Ses yeux sont un peu paniqués.

– Tu as peur ?

Il fait signe que non. La première ruelle à droite, nous y sommes tout de suite. C'est le moment qui coûte, cette seconde précise où, au prix d'un pas de côté, on quitte le monde normal pour basculer dans le quartier à part.

Tout ce qui arrive ensuite, je le vois comme une succession d'images, une visite dans l'irréel. C'est une poche que rien ne signale du dehors, un embrouillamini de rues et de ruelles étrangement éclairées. Les murs des maisons sont garnis de tubes de néon jaunes, rouges, bleus, toutes les portes sont ouvertes, l'envers et l'endroit se mélangent. Les musiques arabes se chevauchent de fenêtre en fenêtre. Il y a des cafés et des boutiques, des rires sans fin, des rumeurs de dispute. Une fausse petite ville fermée sur elle-même, éventrée, qui étale sur le pavé tout ce qui d'ordinaire est caché. De grosses femmes assises dans des fauteuils posés sur le trottoir montrent leurs seins aux passants, des filles édentées font tournoyer leurs langues et se mettent la main au sexe. J'avance parmi les ombres qui me ressemblent, rien que des hommes. Ils observent par en dessous, s'arrêtent et reviennent sur leurs pas, repartent en se retournant, gardent leurs mains dans leurs poches. Ça sent le désir, l'argent, l'immonde complicité. Je me laisse attirer et repousser, je reste au milieu. Moi aussi je voudrais être comme eux, moi aussi ressentir ce dégoût de moi et l'accepter.

Je pense à papa, son allure, la morgue légèrement ironique qu'il affiche. Je pense à Victor, et comment il se fond dans ce qui n'est pas lui. Mais ça ne suffit pas, ni l'apparence ni l'argent.

– Écoute, c'est toi qui devras parler.

Fouad acquiesce sans poser de questions. Il a compris que c'était trop arabe pour moi. Son expression reste craintive. Je lui glisse un billet de cent livres dans la main.

– Pourquoi tu fais ça ?

– C'est toi qui conduis. Il faut qu'on ressemble à ce qu'on veut être : pleins aux as et décidés à *tout dépenser.*

C'est un jeu, il est d'accord. Pour moi aussi, c'est plus facile.

Il marche devant, son corps s'est redressé. Je me contente de le suivre.

Nous gravissons un escalier de pierre, nous entrons dans un salon. Ici se trouvent en principe les plus jolies filles, les plus chères, vingt-cinq livres.

Une grosse femme au décolleté extravagant vient nous accueillir. Elle a évalué d'un coup d'œil notre jeunesse et notre situation de fortune, son sourire est en conséquence. Il n'y a que nous. La soirée n'a pas commencé mais tout est en place. Impression de coulisses. Fleurs, musique en sourdine, fauteuils qui attendent, maîtresse de maison. Il y a une deuxième salle dans le prolongement, éclairée par une lumière rose. Là, des filles bavardent, étendues sur des sofas. Belles comme des apparitions mais tellement maquillées qu'elles font peur. Elles sont *en chemise de nuit.* Fouad parle avec la mère maquerelle.

Un autre salon. Quelques hommes sont alignés comme chez le dentiste. Ils attendent leur tour sans un mot. La musique arabe qui sort du juke-box n'emplit pas le silence entre eux, au contraire, elle le rend plus épais, poisseux. Je ne m'assiérai pas avec eux.

Une autre maison, une autre encore, maintenant nous tournons en rond. Qu'est-ce qui ne va pas, qu'est-ce qui manque ? Je n'en sais rien, ça m'enrage. Dix heures et quart, il ne reste plus beaucoup de temps. Depuis la rue, je devine des silhouettes de femmes sur un balcon carré. Le rougeoiement de leurs cigarettes les trahit et, de temps en temps, un rire. La lueur intermittente révèle des courbes qui dessèchent la gorge, des hanches, des seins dénudés. C'est d'ici qu'elles sont belles, qu'elles pincent le cœur. Il suffirait que nous montions pour qu'elles se métamorphosent. Elles attendent avec bonne humeur et indifférence, la distance jusqu'à elles est infranchissable.

Le café occupe tout le toit de l'immeuble, à ciel ouvert. Nous avons pris une table proche de la balustrade et commandé à boire. Les gens viennent ici avant d'aller baiser, ou alors après. La salle est pleine, personne ne s'occupe de nous. Il y a bien quelques filles perchées sur des tabourets autour du bar, mais elles sont loin. On peut souffler. L'échec de notre première errance ne me préoccupe pas. Nous reprenons des forces pour repartir. Après les orages des derniers jours, la nuit est limpide. L'air a la même température que l'intérieur de mon corps. Je sens comme une vague qui gonfle et s'arrête tout au bord, une latence sur le point d'atteindre une crête de volupté. Le glissement de mes bras contre mon torse, d'une jambe contre l'autre, et même l'irradiation de mon épaule blessée provoquent des éblouissements de plaisir. L'écharpe me permet de me prendre moi-même dans les bras.

Une musique de luth monte peu à peu. C'est un orchestre oriental installé de l'autre côté de l'espace, non loin du bar. Le chanteur est assis devant, il pince les cordes sans s'occuper du reste. Les voix se taisent. Il commence à chanter, ô nuit, et le luth lui fait écho. Il relance, devançant parfois l'instrument et parfois l'attendant, multipliant les variations sur ces deux syllabes. *Ya Leil*, ô nuit. Cette chanson est de celles que papa écoutait dans sa chambre sous mon regard étranger. Je l'ai toujours entendue comme un bruit de fond. C'est la première fois que je la *vois*. Je reconnais soudain le climat et le timbre, les bruits et les odeurs, et jusqu'à la chair de poule que me donne le sentiment d'être chez moi. Ma gorge se serre d'une nostalgie imbécile pour ce que j'ai sous les yeux, que j'ai toujours eu, et que j'ai manqué.

Le solo de luth n'était qu'un préambule pour imposer le silence. L'orchestre donne ses percussions et ses tambourins sur un rythme beaucoup plus rapide, libératoire. La salle se laisse emporter, elle frappe des mains. Les paroles de la chanson deviennent vulgaires et une ovation accueille la danseuse du ventre dans le faisceau du projecteur. Ses formes sont généreuses mais aussi, étonnamment, l'expression de son visage. Elle a l'air de s'amuser vraiment, elle prend du plaisir à faire jouer ses épaules, ses seins, ses hanches, ses bras interminables chargés de bracelets. Elle aime danser. Dans sa façon de provoquer les hommes, elle plaisante. Il y a une table de Français, peut-être des touristes ou des coopérants. Je vois leur enthousiasme, je vois de l'extérieur le spectacle qu'ils contemplent : une scène des *Mille et Une Nuits*, une image exotique de l'Orient. Et moi, à cheval sur la frontière, je me demande encore si je dois être dehors ou dedans. Fouad a renversé la tête en arrière, il chante à tue-tête et applaudit, les bras levés. J'essaye moi aussi, mais timidement, à contretemps, les gestes noués, et je n'ai qu'un seul bras. Nos regards se croisent, il me sourit. Je vide mon verre et me laisse glisser. Cette main qui frappe sur la table, cette voix qui scande et répète avec tous, c'est moi. Dans la clameur générale, on ne m'entend plus. Nos verres sont vides, je commande une bouteille de champagne à la serveuse qui passe. Vingt-cinq livres. À la deuxième coupe, Fouad et moi sommes frères pour toujours. L'ivresse cogne à mes tempes, la musique est à l'intérieur de moi. Ce qu'on n'avait pas prévu, c'est que le champagne attirerait l'attention sur nous. Des filles sont apparues autour de notre table, à nous frôler, à laisser traîner leurs mains. Tout rouge, Fouad m'interroge du regard sans arrêter de rire. Mais le pire, c'est la danseuse. Après être passée de table en table, elle monte sur la chaise vide à côté de nous. Elle est à moitié nue, elle danse pour moi. Je ne sais plus comment la regarder. Le projecteur l'a suivie et offre à tous le spectacle de mon visage cramoisi. Dans l'affolement, je tire un billet de ma poche. Un billet de cent livres, forcément : je n'ai pas plus petit. Il faudrait que je le glisse comme je l'ai vu faire, je n'ose pas. Son sourire est lumineux. Je lui tends le billet. Elle le prend et l'introduit sous le tissu de sa culotte, le plaque contre son sexe puis se penche vers moi et, au milieu des acclamations, m'embrasse à pleine bouche.

Un bouchon saute, une nouvelle bouteille. Deux filles se sont assises à notre table, je ne sais pas si c'est Fouad qui les a invitées. Je me souviens seulement qu'elles sont brunes toutes les deux, bien en chair, et que leur parfum est musqué.

Je me réveille dans une chambre inconnue. Sous la lumière rouge, les meubles et les objets sont en sang. Je suis seul, Fouad a disparu. Je me lève en sursaut. Mal à l'épaule, mal au crâne, l'histoire me revient. Les parents, le départ, les filles… Je me jette sur ma montre : minuit cinq. Ça va encore. Et soudain je réalise. Minuit cinq, ça y est, c'est mon anniversaire. J'ai treize ans dans une chambre de bordel, une drôle de bar-mitzvah.

Je me rassieds sur le lit et me présente mes meilleurs vœux. Ma veste est toute chiffonnée, mon pantalon est par terre, je ne trouve plus un seul billet. Est-ce qu'on m'a fait les poches, est-ce que j'ai tout dépensé ? Quelqu'un a dû me déshabiller, forcément, mais après, si ça s'est passé, je devrais me souvenir de *quelque chose…* Un frisson me parcourt, je claque des dents. La colère et la déception se mélangent. Je me suis endormi au moment décisif, j'ai tout raté. C'était ma dernière chance, gaspillée. J'ai peut-être vécu ce que je suis venu chercher mais *je n'étais pas là.* Maintenant il ne me reste plus qu'à retrouver Fouad, les mains vides. Je passe une jambe de mon pantalon mais le tremblement devient trop fort. Je me rassieds une nouvelle fois, anéanti.

La porte s'ouvre sans bruit et une fille entre. Je la reconnais tout de suite, je lui ai commandé le champagne, la serveuse du café. Elle me découvre là, sur le bord du lit, un bras en écharpe, une jambe engagée dans le pantalon et l'autre nue. Elle éclate de rire.

– Alors, tu es réveillé ?

Elle n'arrive plus à s'arrêter, son rire est terrible. Sonore, sans honte, sûr de soi. Plus j'ai l'air triste et plus elle rit. Petite, le corps noueux, la peau brune, les cheveux très noirs. Je l'ai entendu, ce rire, alors qu'elle servait une table. Elle avait crié : « Le premier qui me touche prend ma main sur la gueule », et les hommes avaient baissé la tête. Une qui sait se défendre, et se moquer. Je me détourne, elle se calme. Je n'ose pas enfiler la deuxième jambe de mon pantalon devant elle.

– Tu as froid ?

Je secoue la tête sans pouvoir la regarder.

– Mais alors qu'est-ce qu'il y a ?

Pas un seul mot.

– Tu ne te souviens pas ?

Elle s'accroupit devant moi.

– Tu t'es saoulé, tu t'es mis à offrir à boire à tout le monde. Et ensuite, quand les deux filles vous ont emmenés ici, tu es tombé.

– Et mon ami, où est-il ?

– Il dort à côté.

– Il faut que je m'en aille.

– La nuit n'est qu'à son début.

– Je n'ai plus d'argent, je dois partir, on m'attend.

Et brusquement, sans arrêter de trembler, je me mets à pleurer. Il ne manquait que ça. Elle a refermé ses bras sur moi, j'essaye de me dégager.

– Laisse-moi, je ne sais pas ce qui m'arrive...

Elle ne m'écoute pas du tout, me serre contre elle et me berce. Mon corps se hérisse et recule, je me déteste de renifler dans son cou, c'est lamentable. Si seulement elle me lâchait, je pourrais me reprendre. Mais elle n'arrête pas de me dire des choses, des mots en arabe, et ses doigts courent sur ma nuque et trouvent les points qui libèrent les larmes. Son corps est sec et musclé, elle a de tout petits seins, la force de ses bras me contient. Tant pis, j'arrête de lutter. Je me laisse aller contre elle. Mais à ce moment précis, elle se lève.

– Attends.

Je l'entends aller d'un pas vif jusqu'à la porte. J'entends un claquement métallique. Elle a mis le verrou.

Je lis 3 h 40 à mon poignet mais ça n'a aucun sens, je ne vois pas le rapport avec l'heure qu'il est. Je me souviens qu'il faudrait que je me presse, je pourrais même dire pourquoi, mais c'est une voix lointaine dans ma tête, sans prise. Le pavé est mouillé, il a dû pleuvoir, les lumières brillent dans le caniveau, cette ruelle sent l'urine, très étroite, comme un sas entre deux mondes. Elle met le verrou et revient, elle me débarrasse de mon pantalon et recule. Dans la lumière rouge, elle croise les bras, saisit sa robe à la hauteur des hanches et la fait passer par-dessus sa tête. Soudain nue, entièrement. Comme un cadeau qu'elle me fait, comme un coup de poing au ventre.

La place des Martyrs est déserte, lavée, ses enseignes ne clignotent plus que pour moi. J'ignore comment j'y suis arrivé, j'ai dû refaire dans l'autre sens le pas de côté. Ça signifie que la frontière s'est refermée derrière moi, qu'elle est désormais invisible. J'ai donc réussi. Ce n'est plus à faire, c'est fait. Maintenant je fais partie. J'ai l'impression que même ma joie marche à côté de moi.

Fouad est là, on est sortis ensemble, on est arrivés ensemble jusqu'ici mais je ne le voyais pas. Il doit aller vers le haut de la place et moi vers le bas. Je lui touche le bras en m'efforçant d'échapper à la sensation d'absence pour un instant. Elle saisit sa robe en croisant les bras et la fait passer par-dessus sa tête. Nue, sans transition aucune. Nue entièrement, rouge sous la lumière.

C'est donc comme ça. Mon sexe se rétracte au point de disparaître. Fouad me parle. L'effort pour revenir m'épuise. Il a l'air content, il rit timidement, qu'est-ce qu'il était en train de dire ? Il répète puis s'interrompt devant mon regard vide. Il rit de nouveau. Nous nous donnons l'accolade et c'est déjà un souvenir, un présent déjà passé, vécu avec les yeux de plus tard. Je lui souris dans le lointain, je lui dis adieu mais c'est comme un mensonge, une comédie, j'espère qu'il ne s'en rend pas compte. C'est peut-être pareil pour lui. Il n'arrive pas à s'en aller, il voudrait ajouter quelque chose. La séparation est soudaine, il n'est plus là. Je le cherche et le vois qui s'éloigne. Il se retourne une fois et me fait signe. Je comprends brusquement que c'est cette image de lui que j'emporte, une silhouette boulotte seule au milieu de la place mouillée qui regarde en arrière et lève la main. Je lui réponds, le cœur soudain serré, avec lui pour la première fois. Il tourne les talons et s'en va. Je le suis des yeux longtemps, jusqu'à ce qu'il disparaisse.

Je marche sur les rails qui brillent, ils me conduiront. Je m'efforce de regarder les rues avec l'œil d'une *dernière fois* mais elles sont comme d'habitude, ce ne sont pas elles que je vois. Elle s'étend sur la couverture sans rien cacher, ses jambes entrouvertes. Elle me dit d'enlever mon slip et de me coucher près d'elle. Elle n'a pas peur des mots, elle dit slip, elle dit coucher, ou plutôt dormir. « Dors à côté de moi », je l'entends. Nous restons immobiles côte à côte, sans nous toucher. À l'autre bout de la chambre, la radio diffuse tout bas une chanson d'Oum Kalsoum. Elle fredonne avec elle, rêve éveillée, me parle de choses sans importance, la nuit est longue, il y a du vent. À l'écouter prendre son temps, je me détends. Elle a posé sa main sur ma cuisse.

Il est quatre heures, je ralentis encore. Je viens de pénétrer dans le dernier cercle, celui dont la maison occupe le centre. Mon corps me tire en arrière à chaque pas. Les rues n'ont plus rien d'anonyme, je passe sous les balcons de mes tantes, de mes professeurs, de mes camarades de classe, dans ce décor désert où je suis le seul survivant. Un sentiment de panique coexiste étrangement avec ma langueur. Elle me demande de me coucher sur elle, « Dors sur moi », dit-elle, et je le fais. Il y a un miroir à la tête du lit. Si je lève les yeux, je peux me voir. Je cache mon visage dans son cou. Ses deux bras m'étreignent, ses hanches remuent et me conduisent, elle me fait tout d'un coup entrer en elle. Je suis tellement surpris que je n'ose plus bouger. C'est elle. Lentement, elle serre ses cuisses et les relâche, provoquant une succion chaude et humide qui m'aspire progressivement et m'introduit au plus profond. Le moindre mouvement pour lui échapper stimule en moi une étrange envie de pisser, une envie d'exploser qui va croissant et qui m'affole, c'est terriblement honteux mais je ne parviens plus à m'arrêter, comme sur un toboggan qui monte au lieu de descendre. J'ai les yeux fermés, il n'y a que sa voix. Elle chuchote des mots en arabe, elle me rassure et m'encourage, me pousse à aller jusqu'au bout comme si elle voulait *ça*, comme si elle l'acceptait d'avance.

Je m'arrête. Après ce tournant, je serai dans ma rue. Mon cœur se met à battre, mes jambes me lâchent. Je m'adosse au mur et serre mon épaule bandée contre mon torse. Mon souffle s'accélère, des vagues de chaleur me montent au visage. Quand la brûlure est au plus fort, elle passe soudain ses jambes derrière mes fesses et me prend en étau, elle me tend entièrement autour du point où mon corps va s'exprimer. Soudain, j'ai l'impression de perdre connaissance. Mes pieds battent le vide, je bascule d'un seul coup et me rue dans le gouffre en criant. Tout ce que j'ai à l'intérieur, contracté depuis toujours, se ramasse une dernière fois, prend son élan et fuse en elle qui le reçoit. La secousse ébranle ma carcasse, fait trembler mes articulations, se renoue instantanément et provoque une nouvelle déflagration encore plus violente. Le fluide ne me lâche pas une seconde, aucune paix, aucun repos. Sans m'interrompre, je prends appui sur mon coude valide, je lui saisis les cheveux à la hauteur de la nuque et serre si fort que je sens dans la prolongation sa colonne vertébrale jusqu'au coccyx. En la maintenant ainsi, je lâche des coups de boutoir de plus en plus enragés, affolés, désespérés et ses yeux durs sont deux puits d'effroi qui me fixent à bout portant. Elle ne sourit pas, ne cède pas, ferme son corps et le rouvre dans une respiration haletante qui me jette hors d'elle et m'y ramène, jusqu'à ce que l'incendie se déclare de nouveau, que mon sang se remette à bouillir, qu'un nouveau raz-de-marée se forme dans mes reins, se lève et jaillisse, inondant encore et encore l'intérieur de son ventre. Je ne sais plus, je perds tout contrôle et toute conscience, les décharges succèdent aux décharges, nulle accalmie. Plus question d'elle ni de moi, nos corps se mélangent dans un spasme indistinct qui n'en finit pas et personne ne peut plus savoir qui est qui. Je devine seulement qu'un animal sauvage à l'épaule cassée a pris cette porte, ce sexe de femme, pour se précipiter dans la Voie lactée où il s'éparpille.

Je gémis de nouveau, contre le mur, comme je me suis entendu gémir alors. La soirée entière, les filles sur le balcon, le café en plein air, le joueur de luth, le billet dans la culotte de la danseuse... au revoir à jamais. Je respire profondément, je ferme les yeux, j'attends. Mon tremblement s'est arrêté.

Ma montre marque 4 h 20. Je fais les trois pas qui me restent, je réussis à regarder. C'est ma rue. Le boulanger, l'épicier, le salon de coiffure... tous fermés. D'ici, je peux voir la maison, deux cents mètres à peine. Elle est allumée, la seule. Je ne bouge pas. Elle s'approche de moi, assis au bord du lit, finissant en hâte de me rhabiller. Elle sourit involontairement, sans se voir sourire, comme quand on s'attendrit dans sa tête. Je la guette par en dessous. J'ai honte. Elle avance doucement sa main ouverte et me donne plusieurs petites tapes sur la joue, assez fortes. Elle me bouleverse.

Je ne l'avais pas remarqué à cause de ça : il est tous feux éteints. Trop gros pour stationner dans l'impasse, il mord sur le trottoir, penché de côté, comme abandonné. Mais il ne l'est pas. Deux hommes sortent de l'impasse et se dirigent vers lui. Le chauffeur et Anis. Ils ont sur le dos nos lits, nos armoires, nos portemanteaux, nos vies entières. Ils les chargent et s'en retournent sans un mot, comme des voleurs. Rien n'est aboli. Ce camion va nous emmener pour de vrai. Il ne manque plus que moi.

Je sais que je dois y aller, je sais que j'y vais. Derrière le muret où je me suis glissé, mon corps s'est mis à peser sur le sol meuble, il s'accroche aux broussailles, aux gouttes de pluie sur les feuilles, aux parfums. Comme dans le sommeil, au matin, quand on résiste obstinément au réveil. Je me rassemble et ordonne à mes muscles mais ma voix vient du pays du coton, elle ne sait pas ce qu'elle dit.

Une femme est sortie sur le balcon éclairé, je sais bien qui elle est. Elle se penche par-dessus la balustrade, scrute le bout de la rue. C'est tout ce que je vois, et pourtant je distingue aussi ses mains, les rides autour de ses yeux, son expression inquiète. Comme à travers un télescope. Ce n'est plus aujourd'hui, ce n'est plus là, mais une image d'Épinal, éternelle, *la mère dévorée par l'angoisse*. Elle pourrait lever les bras au-dessus de la tête, maudire, se lamenter, elle pourrait lever les bras et prier. L'interminable succession de générations qui lui sert de chaîne, elle l'a conduite jusque-là, sur ce balcon, à attendre que le maillon suivant, celui qui doit transmettre, se manifeste enfin et revienne à la maison. Elle tourne le dos et rentre. Le camion a fini d'être chargé. Anis et le chauffeur sont montés dans la cabine et ont refermé la porte sans la claquer. Leurs visages apparaissent dans la lueur de l'allumette craquée. Dans la lumière rouge, elle croise les bras, soudain nue entièrement. L'image me frappe et me plie en deux. Je me détourne, toujours accroupi, le nez dans le sol humide. C'est l'heure du silence de la nuit. Elle chuchote des mots en arabe, elle me rassure et m'encourage, elle me parle à l'oreille. Je laisse passer un long moment.

Mon père sort à son tour. Il s'avance et s'arrête, sa silhouette est raide, il fume en expulsant longuement la fumée par le nez. Lui aussi je le vois. Il ne peut plus rien lui arriver, et c'est bien ce qui lui arrive, rien, le symétrique du tout qu'il a risqué. Sa frontière à lui, il l'a déjà franchie. Il se tient debout sans plus bouger, soumis d'avance à ce qui va venir. Sa tête est tournée fixement dans ma direction. J'ai l'impression qu'il me voit derrière mon muret, mon front, mes yeux, qu'il me voit et ne dit rien.

Elle sort, de plus en plus agitée. Elle a l'air de craquer mais se retient encore, elle fait les cent pas, ils sont tous les deux sur ce balcon, moi aussi j'ai attendu sur ce balcon. Deux ombres chinoises très lointaines, là-bas, elle gesticulant et lui immobile, tout petits, déjà partis dans une autre vie, sans moi. Je découvre que c'est exactement ce que je veux, qu'ils partent et me laissent, ils ne le feront jamais. Tout leur projet consiste justement à me brandir à bout de bras pour entrer en Terre promise, moi, le fruit, l'unique, et à me jeter parmi les miens. Ils ne peuvent pas partir si je reste là, ça ne sert à rien. Mais alors quoi ? Courir vers eux, entrer dans la peau de celui-là qu'ils veulent ainsi, courant vers eux, et les portes claquent sur moi, le camion démarre et tout est fini ?

Un bruit de moteur, des phares blancs aveuglants, c'est une voiture qui vient depuis l'autre extrémité de la rue, elle avance doucement comme si elle cherchait une place. Elle arrive à la hauteur du camion et le dépasse sans changer d'allure, puis s'arrête au milieu de la rue. Une voiture de flics. Un de ces breaks américains à rallonge. Le moteur tourne au ralenti, les phares dessinent deux ovales sur le macadam, les feux arrière teintent en rouge l'avant du camion. Rien ne bouge pendant un moment puis la boîte de vitesses grince, un sursaut signale le passage en marche arrière. La voiture recule lentement et s'immobilise. Une lampe torche s'allume et éclaire la cabine du camion. Le visage du chauffeur apparaît, la lumière semble émaner de lui. Anis reste dans le noir, peut-être s'est-il baissé. L'un des flics descend, il laisse sa porte ouverte et s'approche. Une brève conversation s'engage, question-réponse, question-réponse. Le chauffeur indique du bras notre immeuble et le flic regarde vers le haut. Sur le balcon, il n'y a plus personne. Le policier va vers l'arrière du camion, éclaire de sa lampe le chargement et l'examine. Le chauffeur descend pour le rejoindre. L'autre porte s'ouvre et Anis glisse discrètement à terre. Sa masse noire se pelotonne sur le trottoir, entre la roue du camion et le mur. Un autre flic a quitté la voiture, il contourne la cabine comme s'il cherchait un coin pour pisser. Anis bondit, bouscule le policier et s'enfuit à toute vitesse dans ma direction. Le flic lui hurle d'arrêter et court derrière lui sans perdre une seconde. Tous les autres policiers descendent de voiture comme dans les films. Anis est rattrapé à cent mètres de moi. Dès qu'il sent la main sur son blouson, il devient tout mou. Ça n'a pas duré une minute, il est ramené avec une clé dans le dos. Les cris retentissent comme si on était en plein jour, d'ailleurs le jour se lève, et quelques fenêtres s'allument. L'un des flics fouille le chauffeur qui a posé ses mains sur le camion, deux autres s'engagent dans l'impasse. Ils montent chez nous.

Le muret ne me cache plus du tout. Je me retrouve debout sur le trottoir, serrant mon épaule contre moi, la serrant à me faire mal. J'aurais dû faire attention à ce que je voulais parce que ce que je voulais, je suis en train de l'avoir. Tout est redevenu tranquille, le camion immobile, la voiture de police portes ouvertes au milieu de la rue, la maison silencieuse... mais avec *les flics à l'intérieur.*

J'entends leurs pas, leurs voix, ils redescendent. Les voilà. Papa et maman sont tous deux habillés pour le voyage, ils se tiennent par le bras. Les policiers qui les encadrent laissent une petite distance de part et d'autre, comme pour leur permettre d'être un couple. Je sais ce qu'ils risquent. Ce n'est pas ça qui me tord les tripes, c'est leur image, eux deux, unis par leurs anges gardiens, comme je ne les ai jamais vus.

Les policiers les font monter à l'arrière, les portières claquent. Le moteur du camion se met en route, ses phares s'allument, un flic est au volant. J'avance au milieu de la chaussée, sans me presser, je leur barre le chemin. Mais la voiture de police démarre en marche arrière, s'engage dans l'impasse et reprend la rue dans l'autre sens, *en sens interdit.* Je cours comme je n'ai jamais couru, ridiculement lent pourtant, perdu d'avance. Le camion manœuvre à son tour dans l'impasse. Je suis à deux ou trois mètres de ses feux arrière quand il accélère à la suite de la voiture de police. Toute l'énergie qui me reste se rassemble pour provoquer un nouveau démarrage, mordre plus violemment encore le macadam, tirer sur mes articulations jusqu'au point de rupture. Ma seule chance est le bout de la rue, ils seront obligés de ralentir, ils le font, je gagne quelques mètres, pas assez, je suis une fois de plus sur le point de toucher le camion, ils sont repartis, et moi derrière eux. Je débouche sur la corniche qui longe la mer, ils ont pris à droite. Un hurlement de freins sur ma gauche, j'ai à peine le temps de regarder, une grosse voiture noire est sur moi, une Chrysler. Je la vois avec la plus extrême précision, tout est si lent, je devine l'impact avant qu'il se produise et je vois tout ce qui suit, le vol plané, le sommet de la vague, l'écrasement. Ils diront que je les ai trahis, ils diront que finalement je n'ai pas pu les trahir ; ils diront toutes sortes de choses sauf la banalité de ce qui se passe vraiment : c'est un accident de la circulation qui me tue.

La Chrysler dérape, elle m'effleure et m'envoie bouler avant de s'immobiliser en travers de la corniche. Je n'ai rien. Une égratignure au poignet, c'est tout. Je vois le conducteur descendre et avancer vers moi, livide. Je me relève péniblement dans les odeurs de caoutchouc brûlé. La voiture de police et le camion se sont arrêtés, l'un des flics est penché à la portière pour voir ce qui s'est passé. Il comprend que ce n'est pas grave et fait signe au chauffeur de redémarrer. Je n'ai que trois pas à faire. J'y suis. Je grimpe à l'arrière du camion juste au moment où il accélère.

La bâche claque au vent, claque sur moi, et les pavés se révèlent dans les premières lueurs de l'aube comme un sillage. Le camion roule si vite que tout ce qu'il contient branle autour de moi et menace de m'ensevelir, mon lit et ma table, la lourde armoire des parents, et je suis moi-même l'un des objets en orbite, agrippé de ma main valide au rebord métallique, envahi soudain par une sombre euphorie. Le destin qu'on voulait m'imposer ne sera pas.

Et s'ils vont à leur perte, j'y vais avec eux. Mais cette perte-là, c'est moi qui l'aurai choisie. Il y aura de la prison et il y aura des ennuis, je ne pouvais pas commencer en prenant la fuite. Je regarde les rues qui se sauvent et m'ignorent, personne ne soupçonne ma présence dans ce camion. Si je m'en vais un jour, ce sera de mon propre gré. En attendant, je reste en Orient. Clandestin est ma juste place ici.

Avant la guerre

1968

J'ai toujours su qu'ils viendraient. Je veux dire : pas ce samedi midi, mais comme ça, ils devaient se présenter un jour. Ils ont frappé au moment où on se mettait à table, ils tombaient mal, mouloukhieh au menu. C'est une recette égyptienne que maman essayait timidement pour la première fois. Elle avait fait comme on lui avait dit, le poulet avait mijoté jusqu'à ce que la viande se détache facilement, six gousses d'ail coupées en lamelles et trois bouquets de coriandre hachés menu avaient été jetés dans la poêle. Elle avait sorti le poulet et laissé le jus dans la casserole, rajouté de l'eau avant d'y mettre la coriandre et l'ail frit ainsi qu'une tomate coupée en morceaux et le jus de deux citrons. La mouloukhieh – qui ressemble aux épinards – doit être incorporée à la dernière seconde dans le bouillon, il faut la mélanger à la louche en veillant à ce que la consistance ne soit ni trop liquide ni trop épaisse. Les autres ingrédients ont été préparés à l'avance de façon à être prêts en même temps. Il faut alors tout assembler, riz, poulet, mouloukhieh, pain grillé, sauce vinaigre-oignons, et manger sans tarder, c'est le secret. Pendant que ça mijotait, elle m'a demandé d'aller frapper à la porte de papa pour l'inviter à partager notre repas, ce qu'elle ne fait jamais. Et il avait accepté !

On était donc tous les trois autour de la table – de sorte qu'à peine arrivés, les deux flics en civil ont eu un mouvement de recul comme s'il entraient par mégarde chez d'honnêtes gens.

Ils s'excusent aussitôt et demandent si c'est bien ici que j'habite, tout le monde me regarde. Mes papiers d'identité me trahissent, pas d'erreur, c'est bien moi. Personne ne semble tout à fait croire que c'est pour de vrai. Au bout d'un moment pourtant, papa réagit. En quelques secondes, il est une pile chargée à bloc, à la fois calme et intense, regard aigu, de nouveau assis à la table de jeu, prêt à feindre, bluffer, rafler la mise. Pas un mot n'est sorti de sa bouche que les deux visiteurs sont déjà sous son emprise – mais pour quoi faire ? Quant à elle, maman, elle le regarde et n'en croit pas ses yeux. C'est lui, Kamel, le même homme, son mari silencieux, transformé sous ses yeux en fauve immobile prêt à fondre sur sa proie. Sa fâcherie avec lui ne s'est pas arrangée au fil des ans, tant s'en faut. Leur séjour en prison – six mois pour lui, quatre pour elle – ne les a pas vraiment rapprochés. Mais il a réglé le problème : le vieil élégant est mort d'une crise cardiaque – sans laisser d'enfants ni d'héritier. À sa sortie, mon père s'est retrouvé libre d'aller et venir, plus rien ne l'obligeait à partir. C'était il y a plus de dix ans. Il est donc resté, et elle avec lui. Les cercles de jeu importants lui étaient désormais interdits mais il ne s'en plaignait pas. Il est simplement empêché de pratiquer son art, ne pensant qu'à ça, réduit à fréquenter des clubs de seconde zone, poker, bridge, blackjack... Je l'ai un jour surpris à contempler le grand tapis du salon, essayant d'évaluer mentalement sa valeur et se demandant si cela suffirait comme *mise de départ*. Mais ma mère l'avait à l'œil. Silence et suspicion, telle était l'ambiance.

Face aux pandores, elle essaye de faire bonne figure, d'afficher son innocence – et la mienne par la même occasion. Mais le tremblement mal réprimé à la commissure de ses lèvres dit sa terreur secrète. Sous leur déguisement, les deux hommes en chemise blanche sont peut-être les émissaires du malheur, ceux qu'elle attend depuis si longtemps. Eux-mêmes n'ont pas l'air de savoir quel mauvais vent les amène. Plutôt que de se frotter à papa, ils préfèrent se tourner vers elle, le maillon faible, rien de grave madame, une simple vérification, on vous le ramène avant que la mouloukhieh ait eu le temps de refroidir. Ils n'auraient pas dû dire ça à maman. La politique, elle ne sait pas trop, mais la mouloukhieh... Elle invoque de la main son territoire, la table dressée, les soupières qui fument, comme si tout était normal, comme s'il s'agissait seulement d'une visite inopinée, vous mangerez bien un morceau avec nous, allez !

Les gorilles se tortillent, pas mauvais bougres au fond. Ils protestent de leurs bonnes intentions, répondent aux phrases rituelles d'hospitalité, ne savent plus où ils en sont, attendront dans le salon mais l'appétit n'y est plus. Il nous faut manger pourtant. Je réalise qu'après s'être mis en position de combat, papa a quitté la table de jeu et jeté ses cartes de côté comme s'il voulait me faire comprendre que c'était désormais à moi de jouer. Alors qu'elle sert, les yeux de maman restent baissés – mais je vois bien qu'elle me regarde à la dérobée.

Et c'est comme ça qu'ils m'ont embarqué, ce samedi de novembre à deux heures de l'après-midi. Leur Volkswagen bleu clair était rangée dans l'impasse et ils m'ont mis à l'arrière, très polis – avec même une once de respect. De toute évidence, je n'avais à leurs yeux aucune raison de me trouver dans cette voiture. Coincé contre la paroi, je ne pouvais être tenté de m'enfuir en poussant la portière arrière, vu qu'il n'y en avait pas. C'est l'espoir qui rend malade. Tout se passait très bien. La seule chose était de regarder la traversée de Beyrouth de tous mes yeux, le bord de mer, Bab Edriss, la place des Martyrs, la rue de Damas jusqu'au Lycée français, regarder les gens libres sans le savoir, dont je ne suis plus.

Rocco était à l'École des lettres depuis plus d'un an, il avait quitté l'école juive avant moi. Lui, c'est l'action politique qui l'excitait et le mobilisait entièrement. Il s'était mis en tête de gagner les étudiants à *la cause*. Ceux-ci l'écoutaient volontiers parler de la faim dans le monde ou du capitalisme assassin, sans que l'on sache vraiment si c'était en raison du discours partout en vogue – nous étions en 68 – ou grâce à son œil brillant qui promettait qu'on allait non seulement participer à la révolution mondiale mais aussi y prendre bien du plaisir.

Pour ça, il est doué, Rocco. Il n'habite pas comme moi dans une rue proche du quartier juif mais loin de là, dans un coin de Beyrouth majoritairement musulman. Quand il m'y a emmené pour la première fois, j'ai découvert la complicité gouailleuse et décontractée qu'il entretenait avec le concierge de son immeuble, l'épicier du coin, le loueur de bicyclettes. Il était de toutes les rues. Il tire lui-même ses tracts sur une vieille ronéo, va les distribuer à la porte des facultés puis ramasse ceux qui ont été jetés par terre et les redistribue, et ainsi de suite jusqu'à ce qu'il n'en reste plus un seul au sol…

Dès mon arrivée à l'université, il m'a proposé de rejoindre une *organisation communiste clandestine* qu'il avait mise sur pied – et qui contrôlait secrètement un mouvement étudiant qu'il avait créé aussi. Son projet était de faire virer à gauche l'École des lettres, l'université Saint-Joseph et toutes les facultés dites *françaises*, considérées jusque-là comme la chasse gardée du parti phalangiste et de ses alliés.

Je ne savais pas grand-chose de ce parti. Je croisais parfois dans l'escalier mes voisins, Roro, Riri et Roland, déguisés en boy-scouts phalangistes avec uniforme, béret incliné sur le côté, écharpe verte et culottes courtes. Le parti leur proposait des week-ends d'exercice au grand air dans la montagne chrétienne, week-ends dont ils revenaient avec des airs de conspirateurs, bronzés et de plus en plus musclés. C'était surtout vrai pour Roro et Riri. Roland, le petit dernier, d'un naturel doux et craintif, avait toujours l'air à la traîne – ce qui le rendait très malheureux.

La plupart des étudiants de l'École des lettres n'étaient pas phalangistes, loin de là. Mais ils votaient rituellement pour ce parti ou pour l'un de ses équivalents – quand ils votaient. Pour Rocco, il ne fallait surtout pas les effrayer avec les slogans – « nationalisme arabe, cause palestinienne » – qui avaient cours dans les trois autres filières d'enseignement du pays. Selon lui, on ne pouvait les gagner qu'avec les idées de la gauche française – démocratisation de l'enseignement, justice sociale, dénonciation de la guerre du Viêtnam. Et comme cause commune, il y avait l'Université libanaise, la seule université *publique* du pays, la seule gratuite qui ouvre ses portes aux classes populaires mais qui, pourtant, reste la moins bien lotie. Il avait mûri sa stratégie dans laquelle il m'avait assigné un rôle précis, celui d'être *la plume du mouvement*. Sans hésiter, j'avais dit oui.

Tout le monde pouvait participer à l'aventure en se joignant à nous, et surtout rencontrer plus facilement *l'autre sexe* – motivation qui jouait sans doute un rôle plus important que les exposés sur le matérialisme dialectique. Il n'empêche. Année après année, nous avons réussi à ébranler la logique confessionnelle des phalangistes et grignoté leur quasi-monopole sur les facultés françaises. Eux-mêmes ne prenaient pas Rocco exagérément au sérieux : il était juif, étranger, et son côté un peu foutraque en faisait un personnage exotique mais pas vraiment inquiétant. Parmi les étudiants phalangistes, le seul à percevoir le danger était un certain Derdérian, un Arménien à l'œil vif, comploteur, manœuvrier, spécialiste des coups à trois bandes. Et atypique : il était non seulement arménien mais grec-orthodoxe – rien à voir donc avec les phalangistes, pour la plupart maronites. Mais quand les résultats des élections universitaires ont été affichés, tout le monde est tombé à la renverse, y compris Derdérian, y compris nous : nos listes avaient remporté sept des dix facultés françaises ! On ouvrait de grands yeux sans réussir à y croire : ça avait l'air d'une blague, mais la blague avait pris. Pour les phalangistes, c'était loin d'être une plaisanterie : ils étaient ulcérés. Leur « peuple » les avait désertés parce qu'une bande de fumistes l'avait séduit et trompé. Pareille bérézina était inacceptable pour eux – et ils faisaient clairement savoir qu'ils ne l'accepteraient pas. En un mot, disaient-ils, ça ne se passera pas comme ça.

Le commando a fait irruption dans la cour de l'École, une dizaine de fiers-à-bras armés de bâtons conduits par le fils du chef du parti phalangiste, Bachir Gemayel, un jeune homme à peine plus âgé que nous, qui, du geste et de la voix, dirige la manœuvre. Les malabars qu'il commande sont pourvus des sales gueules nécessaires et manient le bâton avec un naturel et une dextérité qui laissent supposer une longue pratique. Des voyous. Un service d'ordre composé de voyous. Ils sont sur nous, vociférant, frappant à tour de bras et proférant des insultes mettant en cause notre orientation sexuelle ainsi que la vertu de nos mères et de nos sœurs. Leur métier est précisément de casser la gueule à ceux qu'on leur désigne.

Nous sommes une cinquantaine d'étudiants réunis pour aller en délégation soutenir les grévistes de l'Université libanaise. Il y a là des camarades membres de *l'organisation* mais aussi des « compagnons de route » comme Karim ou Roger et, bien sûr, Anne qui vient d'être élue présidente de l'Amicale et prend son rôle très au sérieux. N'écoutant que son courage et la haute idée qu'elle se fait de ses nouvelles fonctions, elle court vers les premiers rangs pour faire barrage de son corps. Mal lui en prend. Sans le moindre égard pour son sexe (on n'est pas censé battre les femmes – pas en public du moins), la voilà bousculée et matraquée avant d'être jetée contre un mur. Confiant dans sa haute taille et sa forte musculature, Karim s'interpose – pour se retrouver tout aussi vite sur le carreau, la tête en sang.

En quelques minutes, l'échauffourée devient générale. J'ignore ce que mes camarades Ralph ou Robert ont fait à ce moment, je sais seulement que j'ai battu en retraite, sans l'ombre d'une hésitation. C'est moi qui écris les tracts sur la nécessité de la violence révolutionnaire, mais confronté à la violence physique réelle, j'ai découvert n'avoir qu'une religion : la fuite.

Heureusement pour moi, l'agression n'a pas duré longtemps et personne n'a remarqué ma défection. Très professionnel, le commando s'est retiré aussi vite qu'il était intervenu, nous laissant à notre rage impuissante. Le danger écarté, j'ai mêlé ma colère à la colère générale, la mienne se confondant toutefois avec un sentiment de honte que je ne parvenais pas à ignorer. Je me suis juré qu'à la prochaine occasion, quel qu'en soit le risque, je me tiendrais avec mes camarades en première ligne.

Pour avoir gagné les élections, nous avions naïvement cru que l'École des lettres était à nous et que nous pouvions entraîner « nos » étudiants vers les solidarités de notre choix. Mais dans cette cour, les bâtiments de cette École, les phalangistes et leurs alliés se sentaient de toute éternité chez eux. Ils étaient simplement venus faire valoir leur titre de propriété.

Anne et Karim ont été conduits à l'infirmerie. Soudain, une douzaine d'hommes en uniforme entrent comme à l'exercice dans la cour de l'École. Ce ne sont pas les gendarmes ordinaires mais la « Force 16 », une unité d'élite composée de gars baraqués, sanglés dans des uniformes de camouflage kaki et coiffés de bérets rouges ornés du nombre 16. Qui les a appelés, que font-ils là ? Personne ne le sait mais leur irruption après la bataille nous fait enrager. Sans hésiter, Roger fonce sur l'officier qui commande l'unité, un rougeaud moustachu à la Groucho Marx, Ray-Ban sur le nez : « Ordonnez à vos hommes de sortir immédiatement d'ici, franchise universitaire, vous n'avez aucun droit ! » Il hurle et postillonne au visage de l'officier, sidéré. Franchise universitaire ? Il est clair qu'il n'en a jamais entendu parler. Et que lui veut cet étudiant, grand, blond, visiblement de bonne famille, une écharpe de soie autour du cou, qui lui donne des ordres ? Il va se fâcher, il devrait se fâcher, mais un doute l'assaille... Les étudiants convergent de toutes parts, blessés, mauvais, ça sent le roussi. Il réalise que la partie devient inégale, périlleuse même, déjà qu'il n'est pas très à l'aise dans ce milieu. Il se dirige néanmoins d'un pas martial vers le Nucléon, la cafète de l'École. Il y entre, et nous derrière lui. Le téléphone est posé au bout du bar, il le décroche d'un geste furieux : « Je suis à l'École des lettres, j'aurais besoin de renforts et... » La conversation est brutalement interrompue : Roger vient d'enrouler les fils du téléphone autour de sa main avant de tout arracher d'un coup, fiche et fragment de plâtre compris. « Allez téléphoner ailleurs, dit-il d'une voix blanche. Ici, c'est une université, pas une caserne ! » L'officier, livide, range d'un geste théâtral ses Ray-Ban dans la poche de sa chemise comme pour se préparer à la bagarre. Il agite le doigt sous le nez de Roger : « Entrave à un représentant de l'État dans l'exercice de ses fonctions... » Mais ses propos paraissent irréels. Ils sont de surcroît couverts par la clameur des étudiants qui encerclent l'officier et se font menaçants. Roger hurle plus fort que lui : « Qu'êtes-vous venus faire ici ? Dégagez ! Sortez tout de suite ou je ne réponds plus de rien ! » L'officier se domine à grand-peine. Je peux *voir* la pensée qui lui traverse l'esprit : ce jeune homme doit être très sérieusement protégé pour se permettre d'agir de la sorte. La voix tremblante de colère, il demande : « Qui es-tu, toi ? » et Roger se nomme. L'officier esquisse alors un mouvement de tête assez comique de gauche à droite, marmonne que personne n'est au-dessus des lois... puis se dirige à grands pas vers la porte du Nucléon. La foule des étudiants se fend aussitôt pour lui faire une haie d'honneur avant de se refermer derrière lui et le pousser, avec ses hommes, jusqu'à la sortie.

Ya chabeb ! Les jeunes ! C'est comme ça que la vieille femme nous interpelle alors que nous passons ; *ya chabeb*, criez quelque chose au moins, que l'on sache pourquoi vous manifestez. Nous avançons les dents serrées, très vite, le front bas. Roger a dit on ne va quand même pas attendre que les gendarmes reviennent avec des renforts, on a filé derrière lui sans penser, presque à courir à travers les rues tortueuses qui séparent l'École des lettres de l'Université libanaise. Des ruelles pareilles en plein Beyrouth, on ne savait même pas que ça existait. Un village misérable incrusté dans la ville nous saute au visage, constructions bancales, ordures, misère, égouts en plein air, enfants assis dans la poussière, la morve au nez… Et nous, interloqués, honteux même, baissons les yeux pour avancer sans rien voir. Le cœur bat quand il soupçonne que la réalité qu'il connaît n'est pas tout à fait la réalité.

Nous arrivons à l'Université libanaise, les étudiants sont rassemblés dans la cour, deux mille peut-être, et Roger monte au balcon transformé en tribune, Anne l'accompagne, et moi aussi, tous accueillis par Fouad, Fouad lui-même, mon ami de l'Alliance, le gros Fouad devenu mince, vibrant, diplômé en droit de l'Université libanaise et dirigeant du mouvement. Le voilà qui nous introduit de sa voix forte et belle, nous, venus de l'autre côté de la ville, de l'autre monde, et des clameurs enthousiastes répondent aux louanges qu'il nous adresse. Puis Roger prend la parole et harangue la foule dans son arabe parfait, un peu trop littéraire ; lui, le grand Roger, grec-catholique francophone, sa voix comme s'il allait pleurer, et tout le monde l'applaudit, tout le monde nous regarde avec admiration et désir, l'unité du mouvement étudiant se fait là sous nos yeux, la vieille femme je n'arrive pas à l'oublier.

Rue Badaro, la Volkswagen s'arrête devant le petit immeuble marqué Sûreté générale que tout le monde connaît parce qu'on y établit la plupart des papiers administratifs, passeports, cartes de séjour, permis de conduire, etc. Tous les jours s'écrase ici une cohue mauvaise d'hommes prêts à s'éborgner pour parvenir à l'étroite lucarne et quémander, soudain serviles, un coup de tampon ou une signature, mais le fonctionnaire s'interrompt pour siroter pendant qu'elle est fraîche la citronnade qu'on vient de lui servir. Si l'on n'a pas de temps à perdre, il faut s'adresser à l'un ou l'autre des intermédiaires qui pullulent autour de la Sûreté, certains installent table et chaise sur le trottoir et officient quasiment comme succursale du guichet, à la différence que le ton est plus aimable parce que c'est payant. Ils collent les timbres et remplissent les formulaires que le fonctionnaire à la citronnade signera à la chaîne, il a un pourcentage, ce n'est pas un mystère. Aujourd'hui, le quartier est désert parce que c'est samedi, le guichet fait relâche. Mais les coulisses bourdonnent d'hommes en civil, revolver à la hanche, une porte poussée et on y est, le long d'un couloir, en haut d'un escalier, un bureau et un homme aux cheveux blancs, petit, actif, en charge. Mes sbires m'abandonnent là.

L'homme sacrifie au rite de bienvenue. Il me dit dans un bel arabe que j'ai affaire aux autorités constituées, protectrices, paternelles, qu'il ne faut pas s'en faire, la Sûreté appartient à l'État, c'est-à-dire à tous les Libanais et donc à moi. Un fonctionnaire fait remarquer que je suis étranger, iranien plus précisément, ce qui jette un froid, mais l'homme écarte l'objection. Je saisis l'occasion pour dire que je suis né à Beyrouth, que j'y ai toujours vécu... Mais ce qui l'intéresse, c'est de savoir si je détiens les numéros de téléphone d'un certain nombre d'étudiants qu'il me cite, Robert, Maurice, Ralph... Je ne vois pas ce que je peux pour lui, je ne sais rien, je ne vois pas, mais alors pas du tout. Au même moment, le factotum qui épluchait l'annuaire commence à donner les numéros les uns après les autres. L'opération de police semble pour le moins improvisée. Un téléphone sonne, l'homme répond avec beaucoup de déférence. Les ordres viennent de haut, c'est clair. Y aurait-il un rapport entre le gouvernement libanais et ma misérable personne ? J'ai beau y penser, ça ne tient pas debout. On n'arrête tout de même pas les gens parce qu'ils se sont fait casser la gueule !

L'homme aux cheveux blancs raccroche.

– Et Rocco Saltiel, savez-vous où nous pourrions le trouver ?

Je ne connais que lui, je donne le nom de sa mère et de son père, son adresse, son numéro de téléphone... S'ils le cherchent pour tout lui mettre sur le dos, leur affaire est mal partie. Rocco ne pouvait être à l'École des lettres au moment de l'agression pour la bonne raison qu'il s'était envolé dix jours plus tôt pour Paris...

Parlons-en, d'ailleurs, de ce départ. Et de Mounir, fils d'une longue lignée de féodaux chrétiens qui règnent en maîtres sur toute une région du Nord. Il fut un temps où cette féodalité maronite de la montagne, c'était le Liban. Le dernier rejeton de celle-ci, Mounir donc, est un jeune homme maigre à l'apparence fragile qui n'a pas besoin d'élever la voix pour que son autorité soit reconnue. Un seigneur, mais qui a viré à gauche – c'est comme ça que Rocco l'avait rencontré, comme ça qu'il s'est envolé avec lui pour un séjour qui ne devait durer que huit jours. Mais au bout de la semaine, Mounir est revenu seul. Au mépris de la mobilisation qui battait son plein en faveur de l'Université libanaise, notre petit chef a décidé de retarder son retour, sans rien dire à personne, sans le moindre scrupule. Il nous a purement et simplement *laissés tomber.*

L'homme aux cheveux blancs ne lâche pas prise pour autant :

– Et pouvez-vous me dire quel jour précisément il est parti ?

J'indique une période, autour du 10 novembre... Branle-bas de combat, coup de fil au bureau des fiches d'embarquement : « L'individu en question a quitté Beyrouth le 12 novembre 1968 par le vol ME203 en direction d'Orly. » L'homme aux cheveux blancs soupire :

– Celui-là, il nous a reposés de sa personne.

J'adore la formule. Il n'empêche. C'est moi qui suis maintenant entouré par les sbires, et Robert et Ralph et Maurice qui sont poursuivis... J'imagine le contentement de Rocco, son sourire sardonique, il leur a glissé entre les doigts, son instinct l'a averti, et tant pis pour ceux qui sont pris...

Le petit homme m'a abandonné, je ne l'intéresse plus. La seule chose qui l'occupe, ce sont ses hommes lancés dans leurs Volkswagen à travers la ville pour ramener des types comme moi, cinq en tout si l'on compte Rocco. Les téléphones n'arrêtent pas de sonner, j'essaye de deviner ce qui se passe, mon homme ne donne que des réponses évasives – mais ça n'a pas l'air d'aller très fort pour lui. On leur demande des résultats immédiats – et le seul résultat, pour l'instant, c'est moi. Dans la poche de mon jean, mes doigts tombent sur un papier plié en quatre, il n'aurait jamais dû être là : les noms de tous les camarades sont inscrits sur ce papier dans ma poche, leurs noms et leurs numéros de téléphone, la honte.

Je me lève et demande où sont les toilettes, c'est légitime. L'homme derrière le bureau fait un signe de tête et l'un des flics m'accompagne dans le couloir. Il m'indique les W-C, je tire la porte derrière moi – pas de verrou ! Le battant mal fermé laisse passer un rai de lumière, je vois des fragments d'uniforme, boutons de chemise, boucle de ceinturon, jambes immobiles. L'homme est planté dans le couloir à m'attendre. Ce sont des chiottes à la turque, très sombres. L'important est la chasse d'eau antique en fonte marquée *The Best Niagara*, avec un tuyau interminable qui épouse l'arrondi du mur. Je pisse pour donner le change puis, très vite, déchire le papier et jette les morceaux dans le trou. L'eau gronde lugubrement et entre en ébullition, mais quand elle se calme pas un seul numéro ne flotte à la surface.

Toujours talonné par mon ange gardien, je reviens des toilettes un peu plus sûr de moi. Dans le bureau, deux inspecteurs en civil sont arrivés, encadrant Robert – Robert, pareil à lui-même. Quand il était en troisième à l'école de l'Alliance, c'est lui qui avait fait tomber Rocco en dévoilant involontairement sa tricherie aux examens. Rocco ne lui en avait pas voulu, il l'avait même enrôlé dans l'organisation clandestine dès son entrée à l'université. Et là, dans le bureau de la Sûreté, avec ses lunettes aux verres épais posées de travers sur son nez, Robert a l'air complètement perdu – mais de me voir, un éclat de soulagement lui passe dans les yeux. L'homme aux cheveux blancs lui demande sans préambule s'il sait comment retrouver Ralph, qui n'est pas chez lui. Robert répond qu'il était lui-même monté au grenier pour remettre la main sur de vieux polycopiés au moment où les deux hommes sont venus frapper, le samedi est fait pour ce genre de choses, on laisse passer l'occasion, on est submergés et l'on ne sait même plus ni quoi faire ni où chercher. L'autre ne comprend pas, demande quel est le rapport avec Ralph, mais Robert poursuit, jurant que c'était par hasard, on peut demander, ce n'est pas son genre. D'ailleurs, il est tombé sur des polycopiés plus anciens encore, pas ceux de l'année dernière mais de l'année d'avant, il aurait fallu tout jeter à l'époque, on n'est jamais assez prudent. Le petit homme perd son sang-froid, regarde dans le vide, veut reposer la question et se retrouve comme une machine déréglée. Robert se tait, avec l'air satisfait du type qui a donné toutes les explications nécessaires. L'un des inspecteurs déclare alors qu'il était caché dans le grenier pour échapper à l'arrestation. Mais Robert se réveille de nouveau, proteste de plus belle, reprend tout à zéro, loin de lui cette intention, ce n'était qu'une coïncidence, le grand ménage d'automne, ça recommence chaque année, une bonne habitude à prendre, de toute façon il n'a rien à se reprocher, il n'y a qu'à demander à sa mère, elle est eau courante, et il continue sur sa lancée, encore et encore, jusqu'à ce qu'on lui demande d'arrêter, restons-en là, surtout n'en parlons plus. L'homme aux cheveux blancs se penche vers son assesseur et lui demande tout bas : « Comment ça, eau courante ? », et l'autre lui répond en ouvrant les bras, le français n'est pas son fort. Il est comme ça, Robert, on n'a jamais compris. Peut-être parce qu'il est juif, qu'il a été élevé par une bonne arménienne et a passé une partie de son enfance à Paris, il raconte les choses moitié en arabe moitié en français et mange les trois quarts des mots. Ça ne l'empêche pas de revenir avec dix nouveaux candidats pour les *cercles d'ouverture* derrière lui. À force, on a fini par l'en nommer responsable.

Ces cercles sont le premier étage d'une construction où fonctionne ce que Robert lui-même appelle *le système du chalumeau* – censé aspirer progressivement vers le haut ceux qui s'y aventurent. Au départ, d'innocentes réunions publiques invitent les étudiants à débattre d'un thème général comme la démocratisation de l'enseignement, réunions au cours desquelles sont repérés les jeunes gens les plus curieux et les plus dynamiques, aussitôt dirigés vers les cercles d'ouverture. À l'étage du dessus se trouvent les *cercles d'avant-garde*, impérialisme américain et guerre du Viêtnam au programme, dont les participants sont sélectionnés suivant les mêmes critères. À cette structure s'ajoute en parallèle celle du mouvement étudiant, tout autant contrôlé. Chapeautant cette double usine à gaz, s'élève dans l'ombre notre structure clandestine composée de *cellules communistes*, elles-mêmes dirigées par le saint des saints, une *section* présidée par Rocco en personne. En réalité l'organisation ne compte qu'une trentaine de personnes et deux misérables *cellules*. Partant du cercle d'ouverture, personne n'a jamais réussi à se hisser jusqu'à la cellule communiste – tout le monde s'est perdu en chemin. Le système du chalumeau n'a donc jamais marché mais il a fait croire que nous étions importants, bien structurés et dignes d'être pris au sérieux. C'est comme ça, sur du vent, que nous avons gagné les élections. En réalité, nos effectifs sont si maigres que nous sommes carrément sur les genoux : chacun de nous est censé assister à plus d'une douzaine de réunions par semaine. Dans quel but ? « Faire avancer nos idées » et, pour cela, enrôler de nouveaux membres qui, à leur tour, en enrôleraient d'autres… À ce jeu, Robert n'a pas son pareil. Quant à deviner ce que les recrues retiennent de ses explications sur la crise de l'économie mondiale ou la fin imminente du capitalisme, Allah est plus savant.

Au fond, nous avons toujours su que notre victoire électorale était bidon. D'une certaine façon, il était temps que les autorités nous arrêtent : la répression nous pose en martyrs, laisse croire que l'État nous craint et donne l'illusion que nous ne nous sommes pas agités pour rien. Peut-être Ralph a-t-il été averti à temps pour filer ? Être pris, c'est déjà pas mal ; être en cavale, c'est mieux !

Le téléphone sonne encore, ce sont les ordres. L'homme derrière le bureau se lève, le récepteur à l'oreille, au garde-à-vous. Ce n'est pas sa faute si Rocco est en voyage et Ralph introuvable, on a de la peine pour lui. Et Maurice, qu'est devenu Maurice ? On ne le saura pas. L'homme raccroche, s'approche de l'un des inspecteurs et lui donne des instructions à l'oreille. Puis il tourne les talons et s'en va sans un mot.

Cette fois, c'est le fourgon, stationné dans la cour de la Sûreté, entièrement fermé si l'on excepte un cercle de petits trous dans la porte arrière, pour l'aération. Un policier armé d'un fusil distrait est monté avec nous, de sorte qu'il est impossible de parler vraiment, on a dit qu'on se connaissait à peine. Robert est assis près du flic sur la banquette et moi debout, le dos tourné, les yeux collés aux petits trous. Lumière de fin d'après-midi belle de toute la chaleur tombée, les gens sortent de chez eux en tirant leurs enfants par la main, comme tout est tranquille. Voyant sans être vu, je me retrouve dans les coulisses de la ville.

Le fourgon s'immobilise, il avance, à nouveau s'arrête. La porte s'ouvre sur la cour intérieure du palais de justice. Le palais de justice, un samedi soir, ils ne chôment vraiment pas. Trois flics nous escortent à travers un dédale d'escaliers et de couloirs déserts jusqu'au bureau d'un grand monsieur maigre d'une quarantaine d'années, un peu chauve, l'air désemparé derrière ses piles de dossiers. Sans penser à rien, je lui tends une main qu'il serre machinalement, ce que voyant, Robert m'imite. On n'aurait pas dû faire ça, l'un des trois policiers explique à « monsieur le juge » que nous sommes les deux prévenus dans l'affaire que vous savez, et l'autre a un mouvement de recul. D'un geste sévère, il nous indique des chaises sur le côté et nous demande de décliner nom, prénom, adresse, profession et toute la liste, il y a un greffier qui note.

– Où étiez-vous dans l'après-midi et la soirée du jeudi 21 novembre ?

J'adore cette question.

– Jeudi... J'ai dû passer l'après-midi chez mon ami Mounir, et la soirée au cinéma.

Le juge reste impassible, comme s'il ne savait pas de qui il s'agit – mais tout le monde connaît *Mounir beyk*. Son père a été l'un des artisans de l'Indépendance, il devait être élu président de la République, une attaque d'hémiplégie l'en a empêché à la dernière minute. Mounir est donc l'héritier moral, il continue d'occuper le siège du chef féodal.

Il nous avait invités un jour, Rocco et moi, à passer un week-end dans son village natal. À l'arrivée, les gens avaient égorgé un mouton à ses pieds. Les grandes portes du salon étaient restées ouvertes, les villageois entraient en s'essuyant les pieds et prenaient place autour du *diwan*. Ils disaient leur problème, adduction d'eau, vendetta, un fils à envoyer à l'école, un autre qui cherche un emploi, la région entière défilait, éternel retour du plateau de café – amer ? moyen ? sucré ? Mounir égrenait un chapelet en secouant la tête d'un air semi-dégoûté. À tous il parlait d'une voix douce, comme contrariée, avec une morgue indulgente, une distance paradoxalement bienveillante. La nuit venue, on s'était retrouvés tous les trois dans la grande demeure. C'est Rocco qui en avait eu l'idée. Mounir s'était débattu mais nous avions réussi à le porter par les mains et les pieds, il ne pèse pas lourd, jusqu'au perron où nous l'avions jeté, tel qu'il était, en caleçons longs. Il frappait à la porte de sa propre maison à petits coups pour ne pas réveiller le village et chuchotait :

– Ça suffit, fils de pute, ouvrez, tout le monde va me voir...

Les autorités n'allaient certainement pas convoquer un type tel que lui pour vérifier l'alibi d'un type tel que moi. Le simple fait de jeter son nom pendant l'interrogatoire montrait les sérieuses protections dont je pouvais bénéficier à l'occasion.

– Et quel film êtes-vous allé voir jeudi soir ? demande le juge à brûle-pourpoint, me prenant au dépourvu.

– *Attack*, au cinéma Clemenceau, un film de guerre américain.

– Seul ?

– Oui, seul.

Il me regarde longuement :

– Et... vous avez aimé ?

Je fais vaguement signe que oui.

– C'est un film sur la lâcheté... et le mensonge, laisse-t-il tomber pour me faire savoir qu'il me perce à jour.

Il finit par soupirer et se caler de nouveau dans son siège.

– Vous étiez donc seul au cinéma, reprend-il avec ennui. Personne, évidemment, pour confirmer vos dires ?

Personne. Comme ça, c'est réglé.

– Vous n'étiez donc pas à l'École des lettres jeudi, dans cette bagarre où deux étudiants ont été blessés...

Je fais non de la tête.

– Et... vous les connaissez, ces étudiants ?

Oui, non, un peu. Karim et Anne ont été blessés, dit-il, comme si une branche d'arbre leur était tombée sur la tête.

– Qui vous les a présentés, quand, où, dans quelles circonstances ?...

Et il continue comme ça, tournant en rond, ne croyant pas un mot de mes réponses... Quand il se tourne vers Robert, je sens confusément qu'il y a une justice en ce bas monde.

– Oui, oui, j'étais à l'École des lettres jeudi après-midi, reconnaît celui-ci sans hésiter, très naturel, avant de se lancer dans des explications diverses, sa mère malade, un rendez-vous au Nucléon qui l'a mis en retard pour les cours, d'ailleurs il n'y en avait pas, de cours, c'était la grève...

– Au fait ! interrompt sèchement le juge.

– Si vous voulez que j'aille au fait, répond Robert, soudain énervé, je dois dire dès le départ que je n'ai rien à voir avec tout cela, rien de rien, et cette accusation à propos du grenier est une erreur indépendante de ma volonté, absolument.

Il s'adosse d'un grand mouvement et se tait. Le juge fronce les sourcils, mais c'est un placide.

– Reprenons. Vous êtes donc arrivé à l'École des lettres vers quelle heure ?

– Je ne sais plus... Vers deux heures de l'après-midi.

– Très bien. Que s'est-il passé ensuite ?

– Rien de particulier. Il y avait des étudiants dans la cour, le Nucléon était bondé, il faisait chaud pour un mois de novembre, tout était normal...

– Et... c'est tout ?

– Ah oui ! Il y avait partout des affiches appelant à un meeting en faveur de l'Université libanaise pour le lendemain, jeudi...

– Comment ça, jeudi ? demande le juge interloqué.

– Oh, je me suis trompé ! s'écrie Robert. C'est mercredi que j'étais à l'École des lettres... Jeudi, je suis resté chez moi.

Il est fort, ce juge. Mais là, il perd de son calme et scrute Robert pour savoir s'il ne se fiche pas de sa gueule par hasard – et, non, le camarade Robert est vraiment comme ça. Le juge se reprend :

– Votre mère malade pourra donc confirmer votre présence jeudi à la maison.

À ces mots, Robert s'embarque dans une histoire sans queue ni tête, affirme que sa tante est arrivée précisément mercredi soir pour emmener sa sœur, toute malade qu'elle fût, à Aley où elle loue une maison, l'air de la montagne ne pouvait lui faire que du bien, de sorte qu'avec le départ de sa maman, il pouvait être seul à la maison, ce n'est pas si fréquent, les jeunes vivent à Beyrouth avec leurs parents, vous comprenez, ils n'ont pas d'endroit pour eux, alors rester tranquille à la maison est une bénédiction, c'est une preuve, ça, il en a d'ailleurs profité pour monter au grenier faire du rangement, pour une fois qu'il avait la paix… Il a tant et si bien fait que nous nous sommes retrouvés tous deux dans le fourgon, menottes aux poignets, en route pour la prison des Arts et Métiers. Il est formidable ce Robert.

La prison est intégrée au quartier, collée aux maisons de pierre. Son profil est familier, on tournait autour quand on louait des bicyclettes chez Mohammad-Ali, en face du jardin public. « La prison des Sables », c'est comme ça qu'on l'appelle, sans doute parce qu'elle a été édifiée au milieu des dunes à une époque où il n'y avait rien autour. Depuis, la ville l'a rattrapée et englobée – sans entacher la beauté de son nom ni le mystère caché derrière ses hauts murs. Pénétrer dans cet espace interdit a toujours été un rêve d'enfant.

Le garde-chiourme est assis à une table sous une mauvaise lampe, adossé à des casiers qui ressemblent à ceux du guichet de la plage, quand on dépose son portefeuille et sa montre avant d'aller se baigner. Ici, il faut y ajouter ses lacets, sa ceinture et le contenu de ses poches. Dans le tas, il y a une plaquette de pilules, la première que j'ai jamais achetée, demandée le matin même à l'oreille du pharmacien. Les doigts du geôlier fondent dessus, et ça qu'est-ce que c'est ? Les flirts sont monnaie courante à Beyrouth, mais il est rare que les filles aillent jusqu'à coucher avec les garçons – même si les jeunes proclament de façon provocatrice le *principe* de leur liberté sexuelle. Là, en prison, dans ce pays où la virginité avant le mariage reste un impératif largement partagé, cette pauvre plaquette risque de jeter le discrédit sur notre action. Mon arrestation qui commence politique risque de finir affaire de mœurs – un groupe de dépravés, gauchistes, noceurs qui ne respectent rien, etc.

– Ce sont des pilules pour le mal de gorge, dis-je d'une voix étranglée.

Le garde-chiourme se contente de ma réponse – qu'est-ce qu'il en sait, lui, et qu'est-ce qu'il en a à faire ? Il met la plaquette avec le reste dans le casier et revient vers moi. Sur le ton du fonctionnaire gagné par l'ennui, il me demande si je connais *un garant* qui, d'une façon ou d'une autre, pourrait m'aider à me sortir de là. De sa bouche sort la loi véritable : le droit est formellement respecté mais au clan, au notable, à la famille qui te protègent se mesurent ton importance et ta sécurité réelles. Décidé à mouiller la moitié de la République, je donne le nom du père d'Albert, haut fonctionnaire non dénué de franc-parler, celui du père de Hassan, magistrat à la Cour de cassation et enfin celui de Mounir, on n'est jamais trop couvert. Robert, lui, ne comprend pas bien ce qu'on lui demande, ni quel nom il doit donner, ni pourquoi – puisqu'en réalité il est injustement arrêté et qu'on devrait immédiatement lui rendre ses affaires et mettre un terme à cette plaisanterie de mauvais goût. Le gardien me prend muettement à témoin : est-ce que mon ami est fou ? J'écrase discrètement le pied de Robert pour qu'il se taise, mais il se tourne vers moi, irrité :

– Qu'est-ce qui te prend ? Tu me fais mal !

Pour couper court, je dis très vite que les personnalités que j'ai nommées se porteront certainement garantes pour nous deux. Le garde-chiourme qui cherchait seulement à remplir les cases de son formulaire se montre tout à fait satisfait de cette solution.

On nous pousse ensuite dans l'allée sombre qui commence dans le prolongement de la table du geôlier, une allée bordée de cellules de western, comme un alignement de cages à fauves, où des bras blancs dépassent parfois d'entre les barreaux noirs. Notre cellule est la dernière, collée au mur de la prison – ce qui lui donne des formes arrondies et tarabiscotées, plus humaines. Le sol est en terre battue, il y a un trône de W-C sans lunette dans un coin, une forme allongée sous une couverture dans un autre. Nous nous asseyons à mi-chemin, sous une ampoule blafarde. Robert est indigné, persuadé qu'on allait nous libérer, qu'est-ce qu'ils nous veulent à la fin, c'est quoi ces façons ? Je lui dis que quelque chose cloche dans cette histoire. Même si nous étions tous deux à la bagarre de l'École des lettres, nous n'y avons joué aucun rôle particulier, je n'avais même pas remarqué sa présence... Il tombe des nues, m'assure qu'il n'y était pas, il a réellement passé l'après-midi et la soirée chez lui avec une amie dans la maison vide, les volets fermés, oui, une amie, pourquoi ça t'étonne, c'est vexant à la fin, c'était la première fois, mais il n'aurait donné son nom au juge pour rien au monde, toi non plus tu ne m'as pas cru ! Je dis :

– Ça n'a donc rien à voir avec une enquête, tu étais chez toi, Rocco en voyage, ils s'en foutent complètement, ils ont juste peur de la manifestation de lundi... Et ils nous ont choisis, nous, sur liste, pour monter leur coup, mais quel coup ?

On est restés comme ça à gamberger dans la semi-obscurité, puis on s'est tus parce qu'on n'avait plus rien à dire. Au bout d'un moment, la couverture à gauche s'anime, il en sort la tête d'un vieil homme aux poils blancs, l'œil allumé à la vue de mon paquet de cigarettes – après inspection, le garde-chiourme me l'avait rendu. Deux minutes plus tard, nous sommes trois, il expire la fumée par le nez, paupières baissées de plaisir.

Il se présente, Ahmad, en prison depuis trois ans parce qu'il est palestinien et qu'il a tué sa femme. Il dit qu'il est né dans un village de pêcheurs proche de Haïfa, vous rencontrez une jeune fille idyllique sous les orangers et elle devient une infernale mégère dans le camp de réfugiés du côté de Saïda, le destin d'un homme n'est pas entre ses mains. Robert soutient la conversation dans son arabe invraisemblable, allant jusqu'à parler de sa philosophie de la vie et de la duplicité des femmes. Le plus surprenant est que l'autre semble le comprendre parfaitement, à la deuxième cigarette ils sont tout à fait amis.

– Savez-vous jouer au jeu du bateau ? demande l'homme qui, devant notre réponse négative, trace à l'aide d'une brindille sur le sol meuble une forme de poisson qu'il quadrille. C'est un bateau, les passagers sont assis en rangs suivant ces lignes. Il y en a trois au premier dont un Juif, cinq au second dont deux Juifs, sept au troisième dont trois Juifs, etc. puis les chiffres décroissent dans le même ordre. Une seule place est libre, ce qui fait en tout vingt-deux passagers parmi lesquels neuf Juifs.

L'homme place de petits cailloux pour figurer les uns et des capsules de boisson gazeuse pour désigner les autres.

– Soudain, un rocher éventre le navire (il dessine), l'eau s'engouffre, le bateau va couler si l'on ne se débarrasse pas de neuf personnes. Étant donné que le nombre des passagers doit rester impair sur chaque rang et que seuls les voisins immédiats peuvent passer sur la place libre, comment faire pour ne jeter que les Juifs à la mer ?

Comme si de rien n'était, Robert se penche sur le problème, il a toujours été fort en maths. Il se met à bouger cailloux et capsules mais ça ne marche pas, il y a toujours un ou deux non-Juifs qui finissent à la flotte. Le vieil homme range de nouveau les pièces et nous fait une démonstration :

– J'avance celui-ci du troisième au second rang et je prends celui-là, qu'est-ce que c'est ?

– Un Juif ! répond Robert.

– Je le jette à la mer ! dit l'homme en lançant la capsule sur le côté. Puis je bouge ce passager du quatrième au troisième, je recule celui-ci, la ligne est impaire, je pousse celui-là vers le bord, qu'est-ce que c'est ?

– Un Juif ! répète Robert, et l'autre continue son manège jusqu'à vider toute la barque de ses Hébreux.

Robert insiste pour reprendre lui-même l'expérience, il effectue les mêmes mouvements et marque les mêmes temps d'arrêt chaque fois que, la capsule à la main, il attend la réponse « Un Juif ! » pour dire : « Je le jette à la mer ! » À mon avis, Robert (qui est juif) ne devrait pas plaisanter comme ça avec un Palestinien, surtout qu'il se trompe souvent et balance plusieurs goys dans les flots. Malgré tout, les deux compères se donnent finalement des bourrades et se tapent sur les cuisses en rigolant. Avant de dormir, l'homme nous offre de partager avec lui son maigre repas, du pain et des olives, vu que nous n'avons rien.

Jana, je l'ai vue dans la rue alors que je me rendais à la première réunion du mouvement féministe de Beyrouth. Descendue d'une vieille Dodge américaine conduite par un chauffeur, elle avançait avec une sucette dans la bouche. Blouse sage, jupe plissée – une gamine, m'étais-je dit. Je n'avais nulle intention de la suivre mais elle se dirigeait d'elle-même vers l'immeuble où je me rendais, puis vers le même appartement du rez-de-chaussée. Ses cheveux très noirs coupés court révélaient une nuque émouvante. Elle avait frappé. Anne nous avait ouvert et accueillis comme si nous étions ensemble. Jana s'était alors retournée. Yeux noirs qui lui mangent le visage, yeux immenses qui me cherchent – style femme fatale – en opposition totale avec sa bouille presque enfantine, son air mutin, son tout petit nez en trompette agrémenté de quelques taches de rousseur de part et d'autre. *Coup au cœur.*

Le mouvement féministe était bien sûr une idée de Rocco. Non qu'il ait été sensible avant tout le monde à la condition de la femme, il cherchait à ajouter à son périmètre un nouveau champ de recrutement. Anne avait raconté une histoire à sa mère, la maison était à notre disposition pour l'après-midi. Excités par le parfum d'interdit légèrement érotique de la rencontre, quelque vingt jeunes gens et jeunes filles avaient répondu à l'appel. Assis en rond sur des fauteuils Louis XV moelleux, nous, *de l'organisation*, loups se faisant moutons, la jouions profil bas. Heiny, notre caution féministe pure et dure, était censée ouvrir les débats par un exposé sur *Le Deuxième Sexe* de Simone de Beauvoir. Mais elle tenait à rappeler au préalable son opposition à la mixité des réunions, mixité que Rocco avait imposée – où serait l'intérêt sinon ? Tasse de café à la main, il avait soutenu que Beauvoir elle-même avait écrit que l'émancipation réussira grâce à la volonté commune des hommes et des femmes. Heiny avait à l'évidence perdu d'avance, mais ça n'avait plus aucune importance à mes yeux, fasciné que j'étais par la jeune fille assise en face de moi. Les mots de Beauvoir s'envolaient comme un bruit de fond, je n'étais plus là.

À la sortie de la réunion, elle m'avait demandé le plus naturellement du monde de l'accompagner jusque chez elle – le genre de choses qu'on ne me demande *jamais*. Nous étions donc à marcher côte à côte dans les rues, mais je ne savais pas du tout quoi lui dire. Elle avait fini par venir à mon secours, et très simplement. D'une voix basse, comme si elle renouait avec une conversation ancienne, elle m'avait parlé d'elle, là où elle habitait, ce qu'elle faisait. Elle avait vingt ans et suivait à l'Université américaine des cours d'entomologie. De quoi ?

– D'entomologie. Une subdivision de la biologie... En ce moment, par exemple, j'étudie l'origine de la métamorphose chez les insectes.

J'ai dû la regarder d'un drôle d'air parce qu'elle s'est mise à rire de ce rire *chavirant* que j'entendais pour la première fois. Le sujet m'a tout de suite passionné, allez savoir pourquoi, non seulement la métamorphose mais son *origine.* Elle ne s'était pas fait prier pour m'expliquer. La métamorphose, m'avait-elle dit, est l'une des stratégies de vie les plus répandues chez les animaux, ils n'auraient jamais pu survivre autrement. Elle m'a donné l'exemple des zygentomes (ou poissons d'argent), des odonates (ou libellules), des orthoptères (ou grillons et criquets). Je n'en demandais pas tant, mais je ne l'aurais interrompue pour rien au monde. Elle avait poursuivi en me parlant des amphibiens, vertébrés *à peau nue* situés à la charnière du milieu aquatique et du milieu terrestre, les premiers, vraiment, à s'être aventurés hors de l'eau il y a… trois cent cinquante millions d'années ! Ma seule envie était de la prendre dans mes bras et de l'embrasser.

Nous sommes arrivés au pied de son immeuble, et elle a continué de parler. Son récit lui avait échauffé les joues, elle reprenait son souffle à chaque phrase. Puis, soudain saisie d'un doute :

– Mais… ça t'intéresse vraiment ?

Je n'ai pas eu besoin de répondre, mes yeux brillaient.

– Si tu veux, a-t-elle ajouté d'un ton hésitant… Enfin, si tu as le temps… Tu peux venir dans le laboratoire où je travaille… à l'université… Tu verras… Je te montrerai tout.

Le lendemain, j'ai refilé à Robert la réunion du cercle d'avant-garde que je devais animer avant de courir à mon rendez-vous. L'Université américaine, c'est le paradis. Un campus de plusieurs hectares descendant en pente douce vers la mer, avec des bâtiments en pierres blanches noyés dans une végétation foisonnante, tout propre, tout calme, américain. Jana travaillait dans un laboratoire composé d'une seule grande pièce sombre toute en longueur, baignée d'une lumière bleue produite par de minuscules ampoules éclairant des bocaux alignés sur plusieurs rangées. D'étranges créatures y nageaient dans du formol. Pour moi, le plus beau lieu sur Terre. C'est dans cette intimité claire-obscure parcourue de reflets que Jana a poursuivi avec ferveur mon éducation. Nous étions seuls. Elle m'a parlé de l'incroyable nombre d'insectes qui n'existent nulle part sur la planète – sauf dans la région de Jbeil où elle était née, à trente-cinq kilomètres au nord de Beyrouth. Elle m'a montré une pierre dite d'*ambre libanais* découverte dans la même région, pierre dans laquelle était pris un insecte vieux de… cent vingt-cinq millions d'années. C'est à peine si je l'écoutais.

À un moment, un léger vertige m'a pris – pas vraiment désagréable mais qui menaçait de me faire perdre conscience. Remarquant ma pâleur, elle m'a touché le front de sa paume fraîche, les odeurs de formol ont parfois cet effet, m'a-elle dit, viens on va prendre l'air. Un peu plus tard, nous marchions sur un sentier ombragé du campus, la Méditerranée à nos pieds. Soleil radieux, lumière dorée, et la main de Jana qui se pose délicatement sur mon épaule. Je me tourne vers elle. A-t-elle fait ce geste pour me soutenir, ou bien… Ses yeux sont embués et sa respiration courte. Pendant une seconde, je me vois la prendre par la taille et la serrer, je vois son corps magnifique suivre sans résistance le mouvement que j'imprime et qui nous entraîne naturellement vers les buissons. Mais je n'ai rien fait. Parce que tout ça n'était qu'illusion, l'éclat trompeur d'une bulle de savon qui aurait éclaté si j'avais tendu la main pour la saisir.

Je la vois encore, deux jours plus tard, bottes de caoutchouc aux pieds, marchant devant moi à grandes enjambées en agitant de droite et de gauche, au ras du sol, au ras des fourrés, une espèce de filet à papillons géant. À l'arrivée, de l'autre côté du terrain vague envahi par les herbes folles, elle me montre sa pêche miraculeuse, coincée dans les mailles : des centaines d'insectes, communs pour la plupart, mais dont certains, en tout petit nombre, sont des spécimens rares dignes d'attention. Pour me remercier de l'enthousiasme dont j'ai fait preuve lors de ma visite à l'université, elle m'a invité dans son pays, cette région de Jbeil qui, pour elle, est l'Île au trésor. Nous avons parcouru quasiment au pas de course les coins les plus sauvages de cette région, moi derrière et elle devant, triomphante, serrant au fur et à mesure sa précieuse récolte dans une boîte en fer-blanc.

Vers midi, elle me demande si ça m'irait de « monter » déjeuner dans sa maison natale située au centre d'un village surplombant Jbeil. C'est là qu'habite sa mère pendant les week-ends, laquelle maman est maire du village (avec la vieille Dodge comme voiture de fonction), ayant succédé à ce poste à son père et son grand-père. Féodalité familiale, alors ? Pas vraiment, dit Jana, microclimat plutôt – tu verras.

Madame la maire m'accueille le plus naturellement du monde comme un ami de sa fille, sans poser de questions, sans même demander comment s'appelle mon père ni de quelle région ma famille est originaire. Comme elle n'a rien prévu pour le déjeuner, elle nous invite à nous asseoir à la grande table de la cuisine pendant qu'elle improvise un repas composé de sandwichs copieux qui nous tiendront au ventre. Tout en les préparant, elle m'explique que le Liban est fait de deux montagnes parallèles, rien d'autre, montagnes qui au fil des siècles ont accueilli toutes les minorités persécutées de leur vaste arrière-pays, maronites, chiites, druzes, Syriaques, Assyriens, Chaldéens, Arméniens, Juifs… dix-huit communautés en tout.

– Ces montagnes les ont protégées, poursuit-elle, mais elles les ont aussi condamnées à s'entendre pour survivre – alors qu'elles se méfient farouchement les unes des autres. Il nous a fallu nous allier ou nous déchirer, nous allier *et* nous déchirer… comme si le pays devait être en guerre perpétuelle contre lui-même. La première montagne s'appelle d'ailleurs le Mont-Liban, l'autre l'Anti-Liban…

– Se métamorphoser pour survivre, me souffle Jana. C'est ce que je te disais.

Sa maman bouge avec grâce dans sa cuisine tout en terminant la préparation des sandwichs. C'est la première fois que je rencontre un spécimen de cette région chrétienne de Jbeil rebelle au pouvoir central mais aussi au parti phalangiste qui a toujours rêvé d'y étendre son influence. Une femme puissante, drôle, pas conventionnelle pour un sou, qui vit seule en sa demeure – son mari s'étant fait la malle dix ans plus tôt avec une employée de la mairie. Et je comprends soudain d'où vient Jana elle-même, son caractère insoumis, son refus instinctif de tout ce qui peut ressembler à une domination masculine essayant de s'exercer sur elle. Microclimat, m'a-t-elle dit.

Je n'aurais jamais cru qu'à peine un mois plus tard j'entrerais dans une pharmacie pour demander les pilules qui allaient nous permettre de passer notre première nuit ensemble.

Notre première nuit : ce même samedi où les deux sbires se sont présentés à ma porte pour m'arrêter.

Couché tout habillé sur le sol, sans matelas, ni couvertures, ni oreiller, ni lumière extérieure pour mesurer la progression de la nuit. L'ampoule au-dessus de ma tête reste allumée en permanence. Il faut s'y faire. C'est comme ça. Mes deux compagnons dorment à poings fermés, Robert ronfle déjà. Et moi : yeux grands ouverts, scrutant la nuit blafarde.

Un gémissement me réveille. Quelques secondes pour me rappeler où je suis, quelques autres pour me demander si ce gémissement appartient au rêve ou à la réalité. Mais il est d'ici, de la prison, et repart de plus belle, cri de souffrance, lamentation qui monte dans la lumière laiteuse de la cellule. Je m'assieds d'un coup. C'est Robert. Couché sur le dos, toujours profondément endormi, il regarde le plafond de ses yeux aveugles et ses lèvres entrouvertes laissent passer au ralenti ce hurlement à bas bruit venu du fond de la gorge. Son visage tourne en même temps de gauche et de droite comme pour échapper à un danger menaçant. Je me penche vers lui alors qu'il reprend son souffle. Il recommence à crier. C'en est trop. Je l'attrape par les épaules et le secoue.

– Robert !

Il ouvre des yeux hagards. De toute évidence, il n'arrive pas à reconnaître mon visage. Je lui laisse quelques secondes. Il revient à lui. Sa voix est mauvaise, comme enrouée :

– Quoi ? Qu'est-ce qu'il y a ? Pourquoi tu me réveilles ?

– Tu criais…

Son regard exprime une incompréhension totale. Il regarde autour de lui, redécouvre la cellule, me fixe de nouveau, cette fois avec colère.

– Mais qu'est-ce qui t'arrive ? T'es fou ou quoi ? Me réveiller au milieu de la nuit ! Tu n'en feras jamais d'autres ! Tu ne penses qu'à toi !

Nous nous taisons tous les deux. Il est essoufflé et continue de me regarder avec haine. Je ne sais plus comment m'adresser à lui.

– Qu'est-ce qui se passe, les jeunes ?

C'est Ahmad, le Palestinien. On l'a réveillé. Il s'extrait tant bien que mal de sa couverture et s'assied. Son apparition calme instantanément Robert.

– Rien… Il n'y a rien.

L'autre ne répond pas, se frotte les yeux, fouille dans ses poches, ne trouve pas de cigarettes. Je lui en offre une. Il l'allume et tire dessus longuement. Les yeux tournés vers le sol, il reste pensif. Puis :

– C'est difficile les premiers jours, je sais…

Nouvelle bouffée de cigarette, soupir, silence. Il reprend de sa voix caverneuse :

– Croyez-en mon expérience. Ça ira. La prison est faite pour les hommes. C'est un autre monde. Vous verrez. On s'habitue, à la longue.

Sur ces mots, sans un regard pour nous, il replonge dans sa couverture et disparaît. Nous nous retrouvons seuls, mal à l'aise sans raison véritable. Puis Robert hausse les épaules, secoue la tête, soupire à son tour et se recouche en chien de fusil, me tournant le dos. Je l'imite aussitôt, envahi par une mauvaise humeur dont je ne sais que faire. Que raconte ce Palestinien ? Quoi ? Il imagine vraiment qu'on va rester en prison des jours et des jours et finir par s'habituer ? S'habituer *à la longue* ? Pour rien au monde ! *No way !* Mais lentement, goutte à goutte, le doute commence à s'insinuer en moi. Et s'il disait vrai ? De nouveau, je me tourne et me retourne sur le sol dur.

Les Palestiniens, leur déracinement, leur *cause*, nous avons toujours soigneusement évité d'en parler, « nos » étudiants y étaient allergiques. Mais la guerre nous est tombée dessus, c'était l'année dernière, on n'y pouvait rien. La guerre des Six Jours comme disent les Israéliens. Dans la cour de l'École, personne ne savait qui, des pays arabes ou d'Israël, l'avait déclenchée. Nous nous étions regardés, incrédules. Les guerres, c'était pour les pays qui nous entouraient, là-bas, très loin, des pays habitués aux conflits, aux coups d'État, aux révolutions. Au Liban, c'était incongru. Tout le prouvait. La guerre avait soi-disant éclaté mais tout ce qu'on nous demandait était de peindre les phares des voitures en bleu, tirer les rideaux et écouter sur nos transistors la voix de Fayrouz chantant, entre deux communiqués de victoire, la reconquête à venir de Jérusalem. C'était bidon. Comme d'habitude. Un peu de patience et la fièvre guerrière retomberait, c'est ce qu'on se disait. Mais ça ne s'est pas passé comme ça. Du tout. Qu'on le veuille ou non, ce conflit nous a mis au pied du mur – à la fac, dans l'action politique, mais aussi à la maison. Ma mère disait reste tranquille, ne te mêle pas, c'est dangereux, ce pays n'est pas le nôtre, on est juifs, rappelle-toi... Moi, justement, je me rappelais très bien, je ne voulais plus être juif, je voyais ce que ça voulait dire, ça suffisait comme ça. J'avais rejoint une autre tribu, une tribu de mon choix, je respirais enfin, je n'allais pas revenir en arrière. Maman insistait encore et encore, que Dieu te garde, oublie ça, fais-le pour moi, cette histoire va mal finir... Je ne l'écoutais même plus, ni ne l'entendais, c'était comme me demander de renoncer à l'amour que j'avais enfin trouvé. À ma grande surprise, Papa s'était animé lui aussi. Il s'était souvenu que des membres de sa famille vivaient en Israël. Avec la guerre qui venait d'éclater, il prétendait soudain avoir peur pour eux ! C'étaient pour moi des oncles, tantes, cousins, cousines et même grands-parents... que je n'avais jamais connus pour la bonne raison que la frontière entre le Liban et Israël était fermée depuis 1948. Il n'empêche, je ne pouvais m'empêcher de penser à leur sort au cas où les choses tourneraient mal… Bien sûr, je souhaitais comme mes camarades la défaite de l'« impérialisme » et du « sionisme », mais cette famille juive imaginaire qui vivait dans le pays interdit douchait quelque peu mes velléités guerrières. Et ma mère, évidemment, en profitait pour renouveler ses imprécations contre mon engagement : « De quel côté es-tu, à la fin ? » À dire vrai, je ne le savais plus très bien.

Et voilà qu'au soir du quatrième jour, Nasser lui-même vient à mon secours. Vers sept heures du soir, il apparaît à la télé, image tremblante en noir et blanc, et reconnaît d'une voix d'outre-tombe l'incroyable défaite qu'il vient de subir, la destruction quasi totale de son aviation, des milliers de morts, la conquête par l'armée israélienne du Sinaï égyptien, du Golan syrien, de Gaza, de la Cisjordanie et de la moitié est de Jérusalem. Un désastre absolu, et pas seulement militaire. Tout le modèle de société plutôt laïc (et militaire) qu'il incarnait depuis plus d'une décennie s'écroule ce jour-là. La débâcle est d'une telle ampleur que lui, chef suprême de l'Égypte et du monde arabe, ne trouve d'autre issue que de présenter sa démission. À la seconde où il prononce la phrase fatale (« J'ai décidé de renoncer complètement et définitivement à toute position officielle, à tout rôle politique »), les dix camarades avec qui je me trouve se précipitent dans la rue. Quelques minutes plus tard, nous sommes emportés par le torrent de dizaines de milliers de personnes qui hurlent à se casser la voix le seul mot d'ordre qui puisse les unifier : Nasser, Nasser ! Des scènes similaires se déroulent au même moment dans toutes les capitales arabes. Notre petit groupe a spontanément mis de côté toutes les réserves (de gauche) que lui inspirait le chef égyptien pour, dans la défaite, serrer les rangs. Juché sur mon épaule gauche et sur l'épaule droite de Rocco, notre ami Albert hurle comme tout le monde le nom du président déchu pour l'appeler à revenir sur sa démission – après tout, pourquoi pas ? Une fois les armées arabes vaincues, mes invisibles cousins sont hors de danger. Du coup, mon dilemme n'a plus lieu d'être : il m'est de nouveau possible de marcher et de crier d'un cœur entier avec la foule.

À un détail près. Alors que nous abordons la longue descente qui va vers le centre-ville, je vois soudain l'un de nos camarades, un ami d'origine grecque répondant au nom de Tassouli, courir vers nous. Couvrant les cris de la foule, il me hurle à l'oreille :

– La manif va passer devant l'entrée du quartier juif, ça va être terrible, ils vont tout saccager !

Albert descend aussitôt de nos épaules et notre petite bande d'extrême gauche, toutes confessions confondues, se met à courir sur le côté plus vite que la manif. Arrivés avant elle à l'entrée du quartier juif, nous nous tenons par les coudes pour établir un cordon qui barre la rue et empêche la foule de s'y déverser. Mais notre barrage dérisoire ne sert à rien : les manifestants passent sous notre nez sans un regard, sans même se soucier de nous et continuent de rouler sombrement vers la place Riad el-Solh et le centre-ville.

Toute la nuit, à Beyrouth comme au Caire ou à Alger, la population bloque de son corps immense les rues de ses propres villes, refusant d'en sortir avant d'avoir obtenu satisfaction. Au matin, Nasser revient sur sa démission, réussissant par ce geste un invraisemblable retournement : au lendemain de leur pire défaite, soulagés que leur chef failli ait renoncé à les abandonner, les peuples arabes rentrent chez eux avec un sentiment… de victoire !

Mais Nasser l'a bel et bien perdue, cette guerre. Et les Palestiniens invisibles au nom desquels il parlait depuis si longtemps en profitent pour apparaître au grand jour. Après avoir tenu tête à l'armée israélienne dans une petite bataille à la frontière jordanienne (ce qui leur a valu une popularité immédiate), ils se rangent derrière un inconnu chaussé de lunettes noires et coiffé d'un keffieh à damier : Yasser Arafat. Dans un monde arabe abattu par la défaite, ils apparaissent comme les seuls en mesure de sauver l'honneur perdu. Et comme tout le monde les découvre et s'intéresse à eux, nous ne pouvons nous permettre de les ignorer plus longtemps.

À la réunion que nous avions convoquée pour en parler, les étudiants des facultés françaises étaient venus nombreux – et tout s'était très bien passé. Mais vers la fin, un jeune homme avait proposé le vote d'une motion de soutien aux Palestiniens, pourquoi pas ? Ralph s'était alors levé pour en suggérer une bien à notre goût, avec référence à l'impérialisme, au sionisme et à la lutte des classes mondiale. L'autre, pas du tout, il voulait que l'on parle de la terre de Palestine, la terre, rien d'autre, volée par les sionistes et qui devait être restituée à ses propriétaires légitimes. Mise au vote, sa motion avait obtenu une large majorité. Nous étions faits. La vision *internationaliste* et *de gauche* qui nous tenait à cœur était battue en brèche par celle qui réduisait l'affaire à un conflit *sur la terre* entre Juifs et Arabes – et cela ne nous plaisait pas du tout. Mais j'avais au bout d'un moment balayé cette contrariété : après tout, du Viêtnam à Cuba – et pourquoi pas en Palestine – c'est nous qui étions *dans le sens de l'Histoire*, nous et personne d'autre !

Deux ou trois jours plus tard, un étudiant juif plutôt sioniste que je connaissais à peine m'arrête dans la cour de l'École. Baissant la voix, il me recommande de faire attention : je mesure mal les risques que je prends, je ferais mieux de préparer mon départ de ce pays comme le font la plupart des Juifs du Liban. Après un bref silence, il ajoute que la guerre des Six Jours a changé les choses *du tout au tout*, et ceux qui ne comprennent pas la nouvelle situation – ou ne veulent pas la comprendre – se mettent et mettent leurs familles en grave danger. Il n'agit manifestement pas de son propre chef : on l'a chargé de me transmettre ce message. À travers lui, c'est la communauté qui me rattrape par le col et prétend me digérer avec un naturel qui tient pour elle de l'évidence : j'appartiens sans discussion possible à son corps dévorant.

J'ouvre les yeux en sursaut. Un rat énorme me fixe dans la semi-obscurité. La lumière qui éclaire vaguement la cellule crée un halo d'intimité, il est si proche ! Lui aussi enfermé, à triple tour, avec nous ! Presque aussi gros qu'un chat, ses yeux brillent, la peau sous sa gueule monte et descend, j'ai l'impression d'entendre sa respiration. Il bouge, sa moustache me nargue, son museau frémit.

Que faire ? Réveiller Robert et monter la garde à tour de rôle ? Je ne lui fais aucune confiance. Ne plus bouger alors, garder les yeux ouverts, tout faire pour ne pas m'endormir alors que j'ai passé la moitié de la nuit à chercher le sommeil ? La moitié de la nuit ? Quelle nuit ? Et d'abord, quelle heure est-il ? Sans montre, le temps est immobile. Le rat n'a pas bougé. Mais il s'est baissé sur ses pattes, sous tension, en position de bondir à n'importe quelle seconde. Je dois rester éveillé, c'est tout. Même si, je le sais, c'est précisément à ce moment que le sommeil va m'engloutir. C'est toujours comme ça.

Les discours ont été prononcés et nous descendons de la tribune. Les étudiants nous entourent aussitôt, admiratifs, impressionnés, reconnaissants – et comme intimidés par cette espèce inconnue pour eux, les représentants des *facultés françaises.* Mais il n'est pas question de traîner, Fouad nous pousse vers la réunion à laquelle les dirigeants étudiants de l'Université libanaise nous ont conviés.

En l'absence de Rocco, c'est Roger, Anne et moi qui représentons *l'autre côté de la ville.* Assis en cercle, les délégués nationalistes arabes et communistes nous accueillent, si j'ose dire, comme le Messie. L'appel à la grande manifestation de lundi a été lancé une semaine plus tôt, l'urgence est d'organiser la mobilisation des facultés françaises afin qu'elles rejoignent le mouvement. Nous n'avons que six jours. « Ce sera la première fois, dit Fouad dans son bel arabe, les larmes aux yeux, que l'ensemble du mouvement étudiant marchera d'un même pas. Et c'est grâce à vous ! » Il nous regarde avec fierté – moi en particulier. Et quand Roger prend son élan pour parler, lui qui parle si bien, je lui grille la politesse et réponds dans mon arabe *cassé* que tout l'honneur est pour nous et qu'après une si longue absence, nous revenons enfin dans la maison commune. Je ne sais trop comment je me suis débrouillé pour dire une phrase aussi compliquée mais, malgré ma prononciation déplorable, je vois dans les yeux de Fouad combien il est content de moi.

Notre passé commun à l'école de l'Alliance, nous n'en avions jamais vraiment parlé. Et voilà que le sujet vient sur nos lèvres cette même nuit alors que, trop excités pour rentrer, nous arpentons la corniche, aller-retour, aller-retour, dans le bruit des vagues obscures. Son père est maintenant à la retraite, et d'avoir enseigné toute sa vie à l'école juive l'a rendu différent des autres membres de la famille. Différent en quoi ? Différent comme lui, Fouad, c'est-à-dire capable de voir les choses de plusieurs côtés à la fois. Nous partons dans une longue discussion sur ce que c'est d'être juif et d'être musulman au Liban. Mais l'école de Alliance n'a pas le même effet sur tout le monde, ajoute-t-il – son petit frère Zeid en est le parfait exemple. Il y a passé toute sa scolarité sans jamais aimer cette école, elle lui fait même horreur. Il en est sorti avec l'intention de s'orienter vers des études de théologie coranique à l'Université arabe. C'est dire.

Je lui demande des nouvelles de sa cousine Nawal. Vingt-six ans à présent, toujours pas mariée ! Pour une raison inconnue, elle a refusé tous les prétendants qui se présentaient – au grand désespoir de ses parents. Quant à Fouad lui-même, il a pris un an d'avance sur moi – ou plutôt c'est moi qui en ai pris un de retard sur lui. Mon engagement m'a accaparé au point de me faire rater toute une session d'examens. J'en suis donc à ma dernière année à l'École des lettres alors qu'il a, lui, terminé ses études de droit et aborde avec confiance sa carrière d'avocat.

– Et Rocco ? demande-t-il soudain. Comment se fait-il qu'il ne soit pas là ?

Il l'a rencontré dans différentes réunions, et je crois qu'il l'aime bien. Ça ne m'empêche pas de dénoncer la trahison ignoble de notre petit chef qui s'est envolé pour Paris. Mais en dépit de tout ce que je peux raconter, je vois bien que Fouad lui garde toute son admiration. Lui aussi est resté sous le charme, c'est évident.

Il n'est pas loin de deux heures du matin quand je rentre chez moi, ravi de ma journée. En montant joyeusement l'escalier, je me dis que quelque chose est en train de *s'unifier* en moi, et que c'est bien. J'ouvre la porte et découvre toutes les lumières allumées... et mes parents assis côte à côte dans le salon ! Ça, je ne l'avais encore jamais vu ! Je leur demande ce qui se passe, ils répondent qu'ils veulent partir, quitter le pays. Le Liban, pour eux, c'est fini ! Je prends la nouvelle en pleine gueule, je ne comprends pas. Et ma mère, à toute vitesse :

– Ce n'est plus possible, mes sœurs sont parties en juin, tu n'as même pas fait attention, ce sont tes tantes pourtant, où as-tu la tête, elles ont pris l'avion pour Chypre et de là pour Israël, je suis seule ici maintenant, entre quatre murs, le pays se vide de ses Juifs et toi, qu'est-ce que tu fais ? La guerre a changé les choses du tout au tout, mais tu rentres quand même à deux heures du matin après je ne sais quelle réunion...

La guerre a changé les choses *du tout au tout*, dit-elle, comme l'étudiant sioniste... Et tout devient vrai : ce n'était pas une guerre parmi d'autres, vite venue vite passée, mais un événement historique majeur capable de déclencher l'exode de toute une communauté – jusqu'à atteindre les êtres les plus rétifs au changement, mes chers parents. Et maman de continuer :

– Tu n'es plus un enfant, Youssef, réveille-toi, la rivière coule sous tes pieds, tu ne te rends compte de rien... et ton père ne vaut pas mieux que toi.

À l'évocation de sa personne, papa comme d'habitude ne réagit pas. Il reste les mâchoires contractées, le front buté, masque derrière lequel il se barricade chaque fois qu'il y a un problème – mais quel est le problème ?

– Le problème, poursuit maman sur sa lancée, c'est qu'on a décidé de partir, mais... pas pour le même pays !

Là, me dis-je, ça devient cocasse.

– Dans quel pays voulez-vous partir ?

Elle hésite à répondre, jette un coup d'œil à son mari qui ne fait évidemment rien pour l'aider, puis se jette à l'eau :

– Ton père pour Israël, et moi... pour le Canada !

Je n'en reviens pas : l'un et l'autre choix me paraissent tout aussi surprenants. Mon père n'a jamais vraiment eu envie d'émigrer en Israël, ma mère a toujours rêvé d'aller en France. Elle s'empresse de répondre aux questions que je ne pose pas :

– La France, ce n'est pas possible, ils ne donnent pas de visa d'immigration, ils disent que le délai est trop court... Mais le Canada ouvre ses portes... un pays d'avenir qui encourage et qui aide. Et puis, on y parle le français. Regarde !

La voilà qui me sort des papiers, des formulaires à l'en-tête de l'ambassade du Canada qu'elle a déjà remplis... Je n'y comprends plus rien. Quand veulent-ils partir ? Dans trois jours ? Papa ouvre la bouche pour la première fois, s'adressant à moi en arabe :

– *Dis-lui* que je ne partirai pas au Canada. Je ne connais personne là-bas, il y fait froid... et je me fiche du français.

Maman réagit au quart de tour :

– *Dis-lui* que ça n'a pas de sens d'aller en Israël. Il y aura toute sa famille là-bas et il y aura toute la mienne… alors qu'on est habitués depuis toujours à vivre en tête à tête, lui et moi !

Alors là, je m'esclaffe, je ne peux m'en empêcher.

– C'est aussi pour toi, ajoute-t-elle précipitamment. Avec tes idées, je sais que tu ne voudras jamais partir en Israël, alors qu'au Canada…

– Je n'irai pas au Canada, répète papa sur le même ton bourru.

– Tu n'iras pas, tu n'iras pas… réplique-t-elle, s'adressant directement à lui. Tu crois que j'ignore pourquoi tu choisis Israël ? Ton cousin Kamel y est, et il s'est introduit dans les cercles de jeu clandestins… Ici, tu es brûlé, tu ne peux plus jouer nulle part. Alors que personne ne te connaît là-bas, tu crois qu'une nouvelle vie de joueur t'attend ! Je ne suis pas dupe !

Papa se lève, très digne – mais son mouvement brusque montre qu'elle a visé juste.

– *Dis-lui*, laisse-t-il tomber, que je fais de ma vie ce que je veux.

Il s'apprête à regagner sa chambre, mais je ne le laisse pas faire.

– Attends un peu, papa. Quelque chose que je ne comprends pas : vous pouvez tranquillement partir chacun dans le pays de votre choix. Qu'est-ce qui vous en empêche ?

Ils se regardent, sidérés, comme offusqués. J'ai posé la bonne question.

– Eh bien, dit maman qui retrouve la parole, c'est toi !

Je devine un secret soulagement dans les yeux de mon père : pour lui aussi, je suis l'alibi parfait.

– Moi ? Mais c'est ridicule. Vous restez ensemble parce que vous êtes habitués l'un à l'autre, parce que le silence entre vous vous manquerait… ou alors simplement parce que… vous vous aimez.

L'un et l'autre haussent les épaules, horrifiés. J'ai lâché une obscénité.

– Quant à moi, dis-je, partez où vous voulez, je reste. Je suis né dans ce pays et je suis en train d'y trouver une place. Ce que j'ai vécu aujourd'hui… vous ne pouvez pas imaginer… J'ai vu de mes yeux que cette société pouvait basculer… changer du tout au tout… Un Liban où chacun appartiendrait à son pays avant d'appartenir à sa confession n'est pas impossible. C'est même à portée de main !

À cette seconde, mon père et ma mère se regardent avec des yeux hallucinés. Puis les mêmes mots sortent de leur bouche au même moment :

– Ce garçon est complètement fou !…

Au petit matin, le sordide de la prison ressort avec plus de relief, lumière laiteuse, air lourd. Tout de suite la promiscuité, tout de suite les cellules béantes, les puanteurs, les cris, les bruits d'écuelles qui résonnent au loin, tout de suite la boule dans la gorge, un début de panique, des hommes en pantalon de pyjama rayé qui se bousculent devant les deux lavabos du couloir, tout de suite les regards de curiosité dans notre direction. On entend de-ci de-là : « C'est des étudiants » avec une pointe de respect. Le garde-chiourme demande qui veut cantiner, je donne de l'argent pour trois paquets de cigarettes, mon père m'a fourré quelques billets dans la poche, ici les prix ont doublé.

Ma barbe pique, je dois ressembler à un vrai prisonnier sur la photo, impossible de sourire avec un numéro pendu autour du cou. Pour présenter mon profil à l'appareil perché sur ses pattes de bois, c'est toute la chaise qui pivote, comme chez le coiffeur, avec le même butoir pour la tête. Les dix doigts l'un après l'autre sur le tampon encreur, puis sur les petits carrés d'un formulaire, d'un autre, d'un autre encore. Le chiffon n'essuie pas grand-chose, les doigts sont pleins d'encre comme du temps de l'école, ça restera quoi qu'il arrive.

Cette fois, c'est un camion militaire bâché qui nous emporte, le sort commun. Une quinzaine de prisonniers sont assis tout au long, face à face, yeux baissés, menottés deux par deux. Ils doivent être transférés ailleurs, on nous déposera en chemin. Je suis lié au poignet de Robert mal réveillé, les cahots de la route font cliqueter nos bracelets, j'ai mal au cœur et un sale goût dans la bouche. Fusil en travers des genoux, deux gendarmes assis à l'extrémité des deux banquettes gardent la sortie. La bâche flotte et claque derrière eux, masquant et dévoilant alternativement le pavé de la ville, les rails d'un tramway qui n'existe plus, les bouches d'égout. Dans la lumière pâle, le paysage qui sort de l'ombre n'est pas encore bien défini, on dirait une photo qui lentement se révèle.

Le camion nous laisse devant le palais de justice, porte de derrière cette fois. Nos gendarmes nous confient à d'autres gendarmes et repartent sans nous. Pas une voiture dans la rue, pas un passant, la ville entière fait relâche. C'est dimanche. Les menottes serrent aux poignets, le drapeau libanais flotte paresseusement sur le bâtiment. Les souliers cloutés des trois pandores qui nous encadrent résonnent dans des salles à l'abandon, on dirait un musée visité en dehors des heures d'ouverture. Je vois un petit attroupement au bout d'un couloir, seul signe de vie dans ce dédale. C'est le bureau du juge, je le reconnais. Robert n'a pas dit un mot depuis le matin, son humeur est exécrable. On nous pousse dans l'antichambre, on nous enlève les menottes. L'un des gendarmes monte la garde devant la porte ouverte qui nous sépare du couloir. L'antichambre est pourvue d'une autre porte qui donne directement dans le bureau du juge. Je reste debout, à un mètre du gendarme, à dévisager les gens qui attendent de l'autre côté. Certains sont visiblement des étudiants, mais je n'en reconnais aucun. D'autres appartiennent plutôt à la génération des parents, mais que font-ils là, pourquoi sont-ils convoqués ? J'imagine qu'aucune autre affaire que la nôtre n'est traitée ce dimanche. Où veulent-ils en venir ?

Mounir apparaît dans le couloir. Sa mine blasée, son pas lent, cette si faible consistance de son corps, il n'aurait jamais dû être là, c'est bien lui pourtant. Il s'arrête à quelques pas, sort une

Gitane de son paquet et l'allume, tranquille. Rien ne le presse, rien ne le contrarie. Il m'aperçoit, sourit, me fait un signe, il est joyeux. Je m'avance et lui dis en français par-dessus l'épaule du gendarme que j'étais chez lui jeudi après-midi et qu'après je suis allé au cinéma. Il hoche la tête, je respire, le gendarme ne parle pas français. Je demande à Mounir ce qu'il fait là.

– Je suis venu témoigner, tu ne te rends pas compte, la ville ne parle que de ça, cinq cents personnes sont massées devant le palais de justice en ce moment, la manifestation de demain promet d'être énorme, tout va bien, demandez Fouad comme avocat.

– Quel Fouad ? Mon Fouad ?

– Fouad Farchakh, oui.

Robert qui s'est approché a entendu la dernière phrase.

– Je ne suis pas d'accord, dit-il avec véhémence, j'ai un avocat de famille, il est très bien, il se charge de la succession de mon père, il ne me pardonnera jamais...

– Faites comme je vous dis, le coupe Mounir.

– Il est interdit de parler aux prévenus ! s'exclame en arabe le gendarme qui se réveille.

La porte du juge qui donne sur le couloir s'ouvre au même moment. Le magistrat en sort, serre la main de Mounir, lui donne du *Mounir beyk*, l'invite à entrer. Tout de suite après, un factotum ouvre la porte de mon côté. Le juge trône derrière son bureau qui me fait face, il a assis Mounir de façon qu'il me tourne le dos : nous ne pouvons communiquer du regard.

– Cher monsieur, dit le juge, tournez la tête s'il vous plaît et dites-moi si vous connaissez cet individu.

Mounir se retourne et me regarde longuement, un très léger sourire aux lèvres.

– C'est un ami, répond-il avec lenteur, Youssef Hosni.

– Quand l'avez-vous rencontré pour la dernière fois ?

Mounir fait le malin, se pince le haut du nez, ferme les yeux, fait mine de réfléchir.

– Je crois que c'était jeudi... Oui, c'est ça, jeudi après-midi...

Il est arrivé à la maison vers deux heures… Nous avons fait une partie de go… Une longue partie… Il est reparti vers huit heures du soir… Il allait au cinéma, si mes souvenirs sont exacts.

Il n'en revient pas, le juge. Mounir sourit avec douceur, parle d'un ton amical, se porte garant, l'affaire est moins simple qu'il n'y paraît, monsieur le juge, il se propose d'expliquer, quelques informations pourraient vous être utiles, ça fait longtemps que je voulais vous rencontrer, mon père et le vôtre ont un ami commun, vous êtes bien de la région de Koura ? Le juge rougit, il est intègre, il n'est pas aveugle, l'affaire se traite largement au-dessus de sa tête. Il fait signe au gendarme pour qu'on m'emmène. Je saisis l'occasion, Mounir sera témoin, j'exige un avocat. Quel avocat ? demande le juge, et je nomme Fouad. Il est comme tout le monde, ce juge, il traduit mentalement ce nom en confession (musulmane), en rite (chiite), en région (Mazraa-Beyrouth), en identité (fils d'Untel, neveu d'Untel), en famille politique (nationaliste arabe). Ce choix le confirme dans ce qu'il savait déjà, à savoir que j'appartiens à la mouvance de l'extrême gauche.

Les gendarmes nous repassent les menottes et nous entraînent vers les sous-sols. Robert est très fâché, il dit qu'on l'a dérangé pour rien, personne ne lui a posé la moindre question... Il en avait pourtant à dire ! Je crois le consoler en suggérant que c'est peut-être mieux comme ça... Il se détourne et s'éloigne de moi, vexé, oubliant que nous sommes liés par les poignets. Il peste contre nos bracelets, comme si c'était ma faute.

La cellule du palais de justice, c'est *première classe*. Elle sent le jasmin, vaste, aérée, lavée à grande eau, la devanture du système. Même les barreaux ont l'air repeints à neuf. Les gendarmes nous enlèvent nos menottes à l'entrée. Une dizaine de personnes à peu près présentables partagent la cellule, prisonniers en transit, prévenus qui attendent de comparaître. Ils s'écartent sans un mot pour nous laisser passer, nous allons vers le fond, les rangs se referment, silence. Robert boude. Un homme d'une quarantaine d'années, petit, fort, chauve, secoue les barreaux et crie *Chaouche !* Personne ne répond. Il ébranle la grille de nouveau : *Chaouche !* est-ce que ça va être encore long ? J'ai rêvé cette nuit d'un fantôme qui te ressemble, *chaouche*, tu portais une robe de dentelle. Les prisonniers se retiennent de rire, est-ce de l'ironie ou ce type devient-il fou ? Un bruit de clés, sûrement le gardien, le chaouche justement, sans doute accompagné des gendarmes. Ils vont nous tomber dessus, je le sens... La porte s'ouvre, ce sont les gendarmes en effet, mais ils ne viennent pas pour nous. C'est Ralph qu'ils amènent, notre camarade. Il a une pommette enflée, un œil à moitié fermé, un homme en civil lui tord le bras dans le dos. Poussé sans ménagement dans la cellule, il tourne gracieusement sur lui-même, on dirait qu'il danse. Tout le monde se met debout. Ralph s'arrête au milieu du cercle, remet de l'ordre dans ses vêtements, relève la tête, fait le tour des visages, sourit.

– Bonjour, dit-il d'une voix claire. Je viens d'être arrêté un peu brutalement devant le palais de justice pour troubles en faveur de ces deux messieurs...

Il nous désigne, les yeux se tournent dans notre direction.

– Nous sommes étudiants tous les trois, poursuit-il, et tous les trois en grève. Les flics me cherchaient depuis hier soir, ma mère m'a dit de ne pas aller manifester – mais je n'ai pas écouté ma mère... Donc me voilà.

Tout le monde rigole, même le trapu qui secouait les barreaux un peu plus tôt. Depuis toujours, quand il parle, Ralph a quelque chose qui réconcilie. En principe, il étudie la pharmacie, mais ce n'est pas vraiment ce qu'il voulait faire. Son père est un personnage bien établi : la pharmacie Farhi, c'est lui. Sa réputation s'étend bien au-delà de la communauté juive – à deux pas du centre, elle rayonne des deux côtés de la ville. Pour le père, il était hors de question que le fils se dérobe et refuse la succession qui lui était offerte. Que pourrait-il faire d'autre ? demandait-il d'un ton outragé. Danseur. Voilà ce qu'aurait pu (et voulu) être le jeune Ralph. Danseur ? « Est-ce seulement un métier ? Tu es déjà bien assez *efféminé*... » De toute façon, Ralph étant fils unique, personne d'autre ne pouvait jouer le rôle de l'héritier.

On aurait pu imaginer un jeune homme accablé, frustré. Pas du tout ! Il s'était jeté sans la moindre hésitation dans l'engagement politique. Il avait proposé ses services au dispensaire de l'un des camps palestiniens du sud de Beyrouth, celui de Chatila – qui l'avait accueilli à bras ouverts. En guise de pharmacie, il ne disposait que de trois gros bocaux : cachets d'aspirine, cachets anti-inflammatoires, cachets contre la diarrhée. Quelle que soit la maladie pour laquelle on venait le consulter, il commençait par ausculter la poitrine, prendre la température, mesurer la tension et finissait toujours par donner l'une ou l'autre de ces trois catégories de pilules. Ses patients se montraient extrêmement reconnaissants, moins sans doute en raison de l'efficacité de ses soins que parce que quelqu'un s'occupait d'eux, enfin.

Le petit homme qui appelait le chaouche s'avance et lui tend la main.

– Je m'appelle Garo, je ne suis qu'un malfrat arménien mais je te dis : Tu es chez toi dans ce palace.

Tout le monde se détend, on nous donne même un coin pour nous asseoir entre nous, vu que nous ne ressemblons à personne. Garo, lui, se met à aller et venir, mine de rien, à tendre l'oreille pour attraper quelques bribes de notre conversation. Et Ralph raconte, en arabe s'il vous plaît – ça ferait trop bizarre, le français, dans cette cellule :

– Nous sommes victimes d'un coup monté par les phalangistes – mais comme dit le président Mao, ils ont soulevé une pierre pour la laisser retomber sur leurs pieds. Ils ont perdu la partie, et ils ne le savent pas encore.

– Comment ça, perdu ? s'indigne Robert. C'est nous qui sommes en prison. S'ils ont perdu, il faudrait peut-être les avertir !

– Regarde. Tout leur pouvoir repose sur la séparation des communautés. Si ces barrières tombent, ils sont fichus. Et elles tombent ! Voilà pourquoi ils paniquent.

Debout au-dessus de nous, Garo secoue la tête. Comme à contrecœur, il nous parle d'une voix que l'excès de cigarettes a rendue rauque :

– Désolé les enfants, mais ça ne peut pas marcher votre truc. Je les connais, les Libanais, quelques baffes, quelques coups de feu et ils rentreront chez eux – famille, région, confession... Et ceux qui ne voudront pas rentrer, malheur à eux...

Robert s'insurge, il s'efforce de parler en arabe, une catastrophe, c'est du pur défaitisme, dit-il, ce n'est pas vrai, personne ne rentrera chez soi, la meilleure preuve c'est l'autre jour, les étudiants se sont mis des deux côtés de la porte du Parlement et chaque fois qu'un député arrivait, chrétien ou musulman, ils criaient : « Quatre-vingt-dix-neuf députés, quatre-vingt-dix-neuf voleurs ! »

Garo, voleur lui-même, rit de bon cœur. Le slogan lui plaît, c'est visible, il prend ses copains à témoin, elle est bien bonne ! Mais Robert croit qu'il se moque de lui, il oublie à qui il parle, il le traite d'oiseau de mauvais augure, de dégonflé... Un éclair noir passe dans les yeux de Garo. Il saisit la tête de Robert entre ses mains, tellement puissantes qu'elles pourraient l'écraser comme une noix de coco. Robert devient tout blanc, ça dure quelques secondes, puis l'étreinte se desserre légèrement.

– Tu es jeune, vous êtes tous jeunes, c'est votre chance...

La grille de la cellule s'entrouvre, la tête du chaouche apparaît. Il crie nos trois noms – Ralph, Robert, moi. On se lève, pas assez vite sans doute. Le chaouche s'impatiente, on obéit, on y va, on salue Garo d'un signe de tête, on sort de la cellule, on marche comme des automates derrière le chaouche. Il nous confie à deux gendarmes, couloirs, escaliers, couloirs… On commence à le connaître, le palais de justice ! Ils ne nous ont même pas passé les menottes cette fois. Au bout de la dernière ligne droite, j'aperçois de nouveau le bureau du juge, le même gendarme à la porte. Nos gendarmes à nous lui font signe, l'autre opine, attendez dans l'antichambre, dit-il, l'avocat va venir. L'avocat, Fouad sûrement, c'est bon signe. On se regarde, on n'ose pas se réjouir. Nous sommes entre nous pour la première fois. Ralph se penche en avant :

– La riposte que les phalangistes ont trouvée, c'est ça : tout mettre sur le dos des Juifs.

– Comment ça, des Juifs, quels Juifs ? demande Robert qui n'y comprend rien.

– Ben, nous.

– Tu veux dire, pâlit-il, tu veux dire… qu'on a été arrêtés comme Juifs et pas comme étudiants ?

– Exactement. Tout le monde sait que les phalangistes prétendent protéger les Juifs du Liban qui, en échange, votent pour eux – ceux du moins qui sont libanais. Mais là, le chef du parti, ministre de l'Intérieur en même temps, a appris que parmi les leaders des facultés françaises il y avait cinq Juifs. Nous. On lui a soufflé à l'oreille qu'il pouvait se permettre de nous faire arrêter parce que personne ne prendrait notre défense, et surtout pas notre communauté, pour la bonne raison que nous soutenons les Palestiniens. Et même nos alliés de gauche, communistes, nationalistes arabes, nassériens, ne voudraient pas être associés à nous – des Juifs. Il a vraiment cru qu'en nous arrêtant il réussirait à jeter le trouble (« Des mains étrangères manipulent nos étudiants »), laisser entendre qu'il était lui-même antisioniste (cette blague), et surtout gagner *la grande partie*, c'est-à-dire briser l'unité de ce soulèvement étudiant qui menace le pouvoir !

– C'est brillant ! s'écrie Robert, enthousiaste. Je n'aurais jamais cru que ce ministre de l'Intérieur pouvait inventer une chose aussi sophistiquée !

– Ce n'est pas lui, répond Ralph, c'est Derdérian, son âme damnée dans le mouvement étudiant, son éminence grise…

Derdérian, le seul intelligent parmi les étudiants phalangistes, a noué une sorte de relation *professionnelle* avec Rocco – de bords opposés, ils font après tout le même métier. Je ne dis pas qu'ils sont amis, mais ils se sont trouvé un goût commun pour la magouille – tous deux *outsiders*. Ils ont pris discrètement quelques cafés ensemble, ils ont même déjeuné un jour en tête à tête. Je les vois d'ici, l'Arménien et le Juif, discutant, l'œil allumé, et se demandant à chaque instant qui baisera l'autre finalement. Je suis sûr que c'est grâce à ce genre d'échanges que Derdérian est si bien renseigné sur nous.

– Quand la nouvelle de votre arrestation s'est répandue, poursuit Ralph, nous avons tout de suite demandé aux chefs du mouvement étudiant de prendre position. Mais Derdérian avait raison. Les communistes, nos chers camarades, ont répondu que « toute tentative de nous associer avec des Juifs vise à rappeler que l'Union soviétique a été le premier pays à reconnaître Israël ». Le camarade

Nadim nous l'a dit carrément, c'est un complot, une tentative sournoise de suggérer une complicité entre communistes et sionistes, hors de question que nous tombions dans un piège pareil. Ils ont oublié au passage que ce sont des Juifs et des Arméniens qui ont fondé dans les années vingt les premiers partis communistes de la région, mais passons.

– Comment ça, passons ? s'indigne Robert. C'est scandaleux !

– Laisse tomber. Les nationalistes arabes et les nassériens ne se sont pas montrés meilleurs. Ils nous ont répondu qu'ils étaient « évidemment » solidaires mais « notre base nationaliste et islamique risque de ne pas comprendre. Nous ne disons pas non, mais il est préférable que les communistes s'engagent d'abord, etc. ». Bref, la nuit risquait de se perdre en tergiversations. Alors Mounir, Fouad et moi avons débarqué à une heure du matin à leur réunion, dans le quartier Zarif. « Si vous ne soutenez pas immédiatement nos camarades emprisonnés, nous annoncerons demain matin que les facultés françaises se retirent officiellement du mouvement – et vous manifesterez sans nous. » Ils ont compris qu'ils n'avaient pas le choix. Le reste de la nuit s'est passé à rameuter les gens pour qu'ils viennent ce matin devant le palais de justice. Et c'est là que je me suis fait arrêter comme un con…

Oui, peut-être, sans doute, ils vont finalement manifester avec nous, et nous avec eux, quelle chance ! Et la moutarde me monte au nez. J'en ai assez de cette histoire, par-dessus la tête, elle me dégoûte. Toujours se justifier, toujours s'expliquer, toujours ramer pour ne pas être assimilé à l'ennemi… Un jour, quelqu'un avait dit à Rocco : « De quoi tu te plains ? Tu as toujours été bien traité dans ce pays ! » Et Rocco, fou de rage, avait répondu : « Bien traité ? Est-ce que je suis une plante, est-ce que je suis un animal de compagnie pour être *bien traité* ? »

La porte de l'antichambre du juge s'ouvre, le gendarme introduit Fouad, c'est la première fois que je le vois en robe d'avocat. Moi qui l'ai connu obèse à l'école de l'Alliance, j'ai l'impression qu'il est déguisé. Il attend que le gendarme ressorte, que la porte claque, et il se retourne vers nous avec un sourire jubilatoire, les bras ouverts.

– Camarades, vous êtes bientôt libres !

Il nous serre dans ses bras chacun à son tour, et moi plus encore que les deux autres.

– Le juge d'instruction a reçu un coup de téléphone du ministre de l'Intérieur, il signe en ce moment les non-lieux, la victoire est totale. Vous êtes devenus, vous, Juifs, les héros d'un Liban laïc et multiconfessionnel, imaginez-vous ça !

Et il éclate de rire. On n'en croit pas nos oreilles, on rit, on aurait bien chanté un hymne révolutionnaire mais c'est un peu tôt. Fouad est le plus ému, il en a fait un point d'honneur, c'est sa première affaire en tant qu'avocat, c'est important pour nous, dit-il, mais aussi pour le pays entier. Il nous saisit par les épaules en riant, c'est gagné, tout le monde vous attend dehors, vous allez voir.

Les gendarmes interrompent nos effusions, souriants eux aussi, les nouvelles vont vite, il n'est plus du tout question de menottes. Ils nous invitent respectueusement à les suivre, quelle déférence soudain, ils ont rejoint le camp des vainqueurs. Ils frappent à la porte du juge et s'effacent pour nous laisser entrer. Le magistrat se lève et nous indique des sièges d'un geste de bienvenue, il y a du progrès. Il se remet à écrire, le nez grave au-dessus de la paperasse, je suis gêné pour lui. Il termine, passe le buvard, jette un coup d'œil aux trois documents qu'il vient de signer, se lève, s'adresse à Fouad, voilà, maître, vos clients sont libres. Très digne, mon ami fronce les sourcils pour ne pas sourire, remercie, murmure quelque chose sur une décision qui fait honneur… indépendance de la justice, s'incline. Le juge fait quelque chose d'inattendu, il prend une grande inspiration, se tourne vers nous, tend la main, une esquisse de sourire se dessine sur ses lèvres, je savais que c'était un type bien, sa poignée est chaleureuse comme si elle nous réintégrait dans le genre humain.

Dans le couloir, les gendarmes sont alignés, rayonnants, ils répètent *Nhamdullah 'al salameh !*, la phrase qui accueille les voyageurs arrivés à bon port. Robert les salue avec le geste d'un député en tournée électorale. Les uniformes sont devenus transparents, on voit au travers les hommes tels qu'ils sont, jeunes paysans du Nord chrétien et du Sud musulman, vraiment contents, on serre leurs mains en passant, comment faire autrement.

Au bout du couloir, trois hommes en civil attendent, la mine sombre. Je les repère de loin à leurs sales gueules mais je ne me méfie pas, puisque nous sommes libres. Ce n'est qu'à la dernière minute qu'ils s'interposent, vérification d'identité, disent-ils. Les voilà qui examinent nos papiers, les voilà qui rendent les leurs à Ralph et à Robert, les voilà qui gardent les miens. Veuillez nous suivre. Je n'y comprends rien, je me retourne vers la porte du juge, fermée ! Fouad intervient, c'est une erreur, je suis l'avocat de ces messieurs, voici les ordonnances de non-lieu… Sûreté générale, police des étrangers, dit l'un d'eux. Un rapide coup d'œil aux documents que lui présente Fouad :

– La justice n'a en effet rien à reprocher à vos clients libanais. Mais celui-ci, ajoute-t-il en m'attrapant par l'avant-bras, c'est autre chose : tout étranger peut être déclaré indésirable par mesure administrative.

Fouad n'en revient pas, une fureur sèche l'envahit. Il bloque le passage dans un mouvement instinctif.

– Gendarmes, un coup de main ! crie le flic en civil d'une voix assurée.

L'un de ses acolytes m'empoigne par l'autre bras et tous deux m'entraînent sans ménagement pendant que je me débats. Les gendarmes sont désolés de changer si vite de camp, la loi c'est la loi, ils obéissent mollement. Mais ceux qui m'enlèvent n'ont besoin de personne, ils foncent mâchoire serrée, habitués des expulsions musclées. La bousculade est brève. Avant de disparaître, je vois Robert et Ralph s'éloigner dans le couloir qui tangue, Fouad qui se déchaîne, la robe de travers, j'entends les mots qu'il hurle… Déni de justice… Basse vengeance…

D'un coup, le noir absolu. La porte arrière d'une camionnette banalisée s'est refermée sur moi, le claquement résonne longtemps dans l'obscurité sans fin. Cercles de lumière concentriques dans le noir, clignement de cils, sensation de vertige, Beyrouth traversée les yeux comme bandés, j'ai vraiment peur pour la première fois.

La camionnette s'arrête, le moteur se tait, on doit être arrivés, mais où ? J'entends deux portières claquer, ils vont m'ouvrir… sauf qu'ils ne viennent pas. Rien ne se passe.

C'est une lourde porte de fonte encastrée dans le mur au fond d'un interminable couloir, traces de peinture verte écaillée, une seule masse percée d'une lucarne dotée de petits barreaux, grande comme un cahier d'écolier avec une fenêtre métallique coulissante. Il dit entre là-dedans, *wla !*, il dit *wla*, ce mot de mépris et de menaces qu'on adresse à des moins-que-rien. Il me pousse d'une bourrade pendant que son collègue maintient la porte ouverte, trou noir devant mes bras tendus. Mon corps dans sa course rencontre d'autres corps, magma indistinct et silencieux de chair et d'os. La porte derrière moi est comme la note la plus grave du carillon, la fenêtre de la lucarne se ferme aussi, mon corps se fond dans l'ombre, immobile, aux aguets. La première bouffée d'air me suffoque, mélange de fumée de cigarettes et d'odeur d'urine rance, je tousse en me tenant la gorge, les larmes aux yeux. Un rougeoiement à travers l'écran salé, un autre, un autre encore, des gens fument, debout autour de moi, invisibles. Soudain la chaleur de leurs corps exhalée, leur transpiration, leur souffle, leur fermentation… Il me faut continuer de respirer, quoi qu'il arrive.

– Qui es-tu, toi ?

La voix est rauque, fêlée, toute proche, l'haleine putride. Un léger coup du plat de la main sur ma poitrine, je perds l'équilibre. Une main moite me rattrape par-derrière, je recommence à tousser.

– Il t'a demandé qui tu es, *wla* !

Cette autre voix vient de côté, une voix de roquet un peu stridente, plus menaçante encore. Reprendre mes esprits, et vite, serrer les dents, répondre surtout, celui qui a peur est perdu... Je donne tout de suite mon nom, je dis étudiant, je dis École des lettres, je dis on m'a arrêté à cause d'une manifestation pour l'Université libanaise... Un ricanement collectif accueille ma phrase, c'est sûrement mon accent, mon arabe indécent. Les ombres se mettent à me moquer, à contrefaire ma voix, à la féminiser. Ils répètent mes mots, étudiant, École des lettres, Université libanaise, *habibi, habibti*... Des mots chantés sur une certaine musique et le décor est planté : des durs de durs entourent une lavette francophone et fragile qu'ils peuvent sadiser à souhait.

– Et d'où est-il, ce mignon ?

La première voix interroge, railleuse, faussement enjouée, dure. C'est le plus grand, presque un géant, je commence à distinguer les silhouettes serrées les unes contre les autres, corps unique puant la méchanceté... Ils doivent être cinquante là-dedans, et ils fument ! Mes yeux cherchent la lumière, se tournent vers le plafond. La pièce irrespirable n'a pas plus de cinq mètres de côté, sans une fenêtre. Seulement une ouverture d'une vingtaine de centimètres de haut court au sommet de l'un des murs et filtre ce qui reste de la clarté blafarde de la fin du jour. Ça y est, c'est ici, je suis arrivé.

Un coup de genou dans les reins m'arrache un cri. Une troisième voix, derrière, complètement voilée, sort des ténèbres :

– Réponds quand on te pose une question, *wla* !

Je suffoque. Aspirer un peu d'air âcre pour parler, respirer au minimum, inspirer-expirer très vite, comme essoufflé. Je suis de Ras-Beyrouth, j'y suis né... je suis d'ici... Qu'est-ce qui se passe, *ya chabeb…* On est dans le même pétrin, les prisonniers se serrent les coudes d'ordinaire… Jamais je n'aurais cru pouvoir sortir une telle phrase en arabe. Serrer les coudes se dit *tadaamone*, être solidaire, je connais ce mot grâce à l'action politique… Le mur qui m'entoure reste silencieux, je me demande s'ils ont seulement compris ce que je dis. Je profite du flottement pour faire un pas de côté, je m'approche du géant, mieux vaut avoir affaire au bon Dieu. Il tire sur sa cigarette, ses yeux rouges brillent, je reçois sa fumée brûlante en plein visage. Le silence perdure. Ras-Beyouth, quartier mélangé, je les ai bien eus. Adresse, nom, prénom indifféremment chrétiens ou musulmans, rien de juif là-dedans, information nulle.

– Avec la gueule que tu as, et ton accent de pédé, tu veux nous faire croire…

Sa phrase reste un moment en suspens puis il hurle :

– Tu te moques de nous, fils de pute !

C'est le signal que la meute attendait. Les rires mauvais explosent à nouveau, et les cris, et les injures, cacophonie d'où émergent certains mots qui reviennent en boucle :

– … se moque de nous… menteur… regardez-le… il va voir… n'est pas d'ici, ce salaud… ça se voit tout de suite… *jasouss*, indic, oui… envoyé par la Sûreté pour nous espionner… c'est ça, indic et espion… raclure…

Le tout accompagné de coups, à l'épaule, au ventre, dans le dos, rien de très fort, la petite foule s'excite seulement. Un espion. Un indic. Moi. À leur merci dans ce cachot. Mon compte est bon *pour de vrai*. Ne plus bouger, rester neutre, m'abstraire, disparaître comme une fumée par l'ouverture au sommet du mur… Mais je n'ai pas ce choix, il me faut *croire* en la situation, rester présent, solide sur mes jambes, et faire face – tout ce que je déteste. Au moindre geste brusque de ma part, c'est la curée, ils vont me déchirer, je le sais… Je garde le silence, lapin paralysé au milieu de la route, je pense à autre chose, j'essaye, mais ça part tout seul. Un cri sort de ma gorge, une rage folle, une colère, un dégoût sans bornes… Je hurle – ou plutôt ça hurle en moi, je lève les bras, je me protège la tête à deux mains et me mets à tourner sur moi-même comme une toupie, coudes en avant. Surpris, l'étau humain se desserre pour quelques secondes. Je m'approche du mur, côté porte, et m'y adosse. Ils ne m'attaqueront plus par-derrière, déjà ça.

– Arrêtez, écoutez !

La voix du géant interrompt tout. Dans le silence soudain, un bruit de pas. Plusieurs personnes s'approchent de la porte derrière laquelle nous nous tenons. Des policiers, des matons, qu'importe, je suis peut-être sauvé. La fenêtre de la lucarne s'ouvre d'un coup sec, éblouissement, fumée violemment aspirée par la trouée. Le contour d'un visage apparaît, des yeux qui fouillent nos entrailles, une bouche crie quatre noms. Je veux parler mais aucun son ne sort de ma bouche, que dire, ils vont croire que je suis un indic pour de bon. À la lucarne, le gardien crie de nouveau les quatre noms. Bruit de clés qui glissent dans la serrure. L'un des prisonniers se retourne :

– Les Kurdes, c'est pour vous !

Quatre hommes émergent du magma et se frayent un passage jusqu'à la porte qui s'ouvre, provoquant un formidable appel d'air, lequel aspire en bourrasque la fumée et les miasmes. Tout à coup les bruits du monde extérieur s'invitent dans notre enfer, une autre planète, des bruits de pas, des bruits de voix… la voix de maman !

Je crie sans réfléchir :

– C'est ma mère qui est là !

J'essaye d'empêcher la fermeture de la porte, je mets un pied en travers, tout mon corps se tend vers le dehors. J'aurais bien appelé « Maman ! » mais j'ai honte. Le gardien en contre-jour me repousse brutalement dans le cachot, je glisse et je tombe, des mains derrière moi retiennent ma chute. Je remonte à l'assaut mais la lourde porte sonne comme un tombeau qui se referme, je me cogne la tête contre elle. La petite lucarne en son centre est restée ouverte. J'oublie les prisonniers qui m'entourent, soudain hors sujet. Je colle mon oreille à la lucarne pour en aspirer tous les sons. Et j'entends :

– Non, madame… c'est interdit… Oui, absolument. Il n'y a rien à faire… je vous l'ai dit… interdit… n'insistez pas… madame… ça ne sert à rien… Rentrez chez vous avec votre mari… Monsieur, dites-lui… On vous préviendra…

Donc papa est là aussi, silencieux comme à son habitude. Ils sont venus tous les deux *pour moi*, en dépit de leur allergie envers les « autorités » ! J'entends aussi qu'elle ne désarme pas, maman, même si ses mots sont à peine audibles :

– Juste lui donner ça… Vous avez des enfants vous-mêmes, j'en suis sûre… Que Dieu vous les garde… Rendez-vous compte… juste le voir un instant…

Et l'autre :

– Mais madame… je vous le répète…

Et elle :

– Juste lui donner ça… Que Dieu vous protège… Qu'il vous agrée… Juste un moment… une minute à peine.

Je sens dans mon dos la masse des prisonniers : c'est tout le cachot qui écoute. Alors je n'y tiens plus, advienne que pourra. La bouche face à la lucarne, sans me soucier plus longtemps de mon accent syrien, je crie de toutes mes forces, plusieurs fois :

– Maman, je suis là !

Je sens que je rougis jusqu'aux oreilles. À l'extérieur, le silence se fait. Je tends l'oreille. Je regarde. Bruit de bottes sur le ciment, une masse sombre bouche l'horizon. Je vois une main qui s'avance vers moi, démesurée, elle s'approche de la lucarne et referme la fenêtre d'un coup sec.

Les lumières et les sons s'évanouissent instantanément. Je me retourne et m'adosse à la porte, prêt à tout. Et puis, rien. Il ne se passe rien. Le noir a repris ses droits, mais il est différent. L'irruption de ma mère l'a corrompu, intégré à une histoire. La menace n'a plus la même charge ni le même élan. Elle est devenue relative et me voici vidé, les jambes molles, indifférent à ce qui peut m'arriver. Je ne sais ni comment quitter la scène qui se déroule de l'autre côté de la porte ni comment me reconnecter à la mienne. Je sens un flottement équivalent chez mes adversaires. Où en étions-nous ? pourrions-nous nous dire – mais personne ne dit rien. Au bout d'un moment, le roquet essaye de briser la glace.

– Tu ne nous as toujours pas dit… murmure-t-il, mais sa voix n'est plus aussi sûre.

Quelque chose ne prend plus, ils ont laissé passer le *moment*, la proie leur échappe. Pendant une seconde, oui, je crois avoir réussi mon évasion, fût-elle virtuelle. Mais les voilà qui reviennent à la charge, ce serait trop facile. Ça commence par un brouhaha, ils s'y mettent ensemble, s'encouragent, font corps, puis les mots émergent et prennent progressivement de la force : C'est vrai, ça… il n'a pas dit… Malgré tout, ils manquent de conviction – mais je me trompe peut-être. Il suffirait que l'un d'eux recommence à cogner, même sans y croire, les autres s'y mettront, c'est sûr, l'appétit vient en mangeant. Dans ce cas, pas question, je hurle de nouveau, je tambourine contre la porte de fonte, je fous le bordel dans le bâtiment tout entier, advienne que pourra.

– Vous arrêtez maintenant !

Je ne connais pas cette voix. Remous dans la foule, trois ou quatre silhouettes se glissent autour de moi, face aux autres.

– Vous en connaissez beaucoup, des indics de la Sûreté qui reçoivent une visite de leur mère en prison ?

Mon sauveur a la voix forte, il a surtout un accent, il dit *ichi* là où nous disons *chi*. Pas très libanais tout ça. En face de lui, le géant bombe le torse, ça s'entend dans sa voix :

– Non mais regardez qui s'en mêle ! Des trafiquants d'armes palestiniens qui veulent faire la loi chez nous… Bande de pouilleux, je vous brise les os, moi !

Le Palestinien réagit dans le même souffle, ombre parmi les ombres, le cercle de ses compagnons s'est resserré autour de lui :

– Essaye seulement, tu verras ce qui t'arrive… Ta mère ne te reconnaîtra plus.

– Ne parle pas de ma mère !

– Tu préfères… ta sœur ?

– Espèce d'ordure…

Là, les derniers mots sont dits ; là, le premier coup va partir. Mais non. En réalité, ils se dressent l'un contre l'autre sans se toucher, coqs qui se provoquent et se jaugent, sans plus. Il y a des règles. Pour l'instant, match nul.

– En quoi ça vous regarde ? reprend le géant.

– Je t'expliquerais, tu ne comprendrais pas…

– Avoir vendu votre pays aux Juifs ne vous autorise à rien. Vous êtes des trafiquants mais sans vos armes, vous êtes sans dents, nus comme des vers. Vous ne faites plus peur à personne.

– Le couteau de cuisine qui t'a servi à tuer un homme, bouffon, ils te l'ont pris. Tu n'as pas plus d'armes que moi ici. Si tu veux, on règle ça aux poings, à la loyale – même si tu ne sais pas ce que ce mot veut dire.

Mon arabe a beau être déficient, je commence à apprécier l'échange – sans compter qu'au passage ils m'ont tout de même (un peu) oublié. Tout le monde se tait d'un coup, tout le monde fait comme si de rien n'était – on entend de nouveau un bruit de bottes dans le couloir. Les pas lourds s'arrêtent, le volet de la lucarne coulisse le temps d'un regard puis la clé glisse dans la serrure. Je m'écarte de la porte qui s'ouvre, la silhouette du gardien apparaît et crie mon nom. J'avance d'un pas. Le flic me jette une couverture, un oreiller et deux gros sacs plastique bourrés de nourriture. J'ai la maison sur les bras, courgettes farcies à la sauce de grenade, viande assaisonnée aux pignons, kibbé au blé concassé, feuilles de vigne farcies, pistaches salées, gâteau au noix, cigarettes… Ah, maman !

J'ai posé ma couverture dans le coin des Palestiniens, le plus nauséabond, là où se trouve le trou qui sert de W-C. Le géant ne pouvait sérieusement croire à ce qu'il disait – il suffisait de me regarder (un indic, ça ?). Je n'étais qu'un jouet dont il s'était saisi pour amuser la galerie. Même la prise de bec avec les trafiquants offrait un semblant d'intrigue à une cellule surpeuplée. Tous les jeux du clientélisme et du pouvoir s'exercent dans ces quelques mètres carrés. Ici comme ailleurs. Je déteste ça. J'enrage de devoir toujours être protégé, j'adore être protégé, cette histoire ne finira jamais.

Ces Palestiniens-là ne sont d'ailleurs pas comme je les imaginais. Les seuls que j'ai connus jusque-là sont les deux étudiants imberbes qui suivent les mêmes cours que moi à l'École des lettres. Ici je me retrouve avec des trafiquants endurcis à l'apparence fort peu héroïque. Omar par exemple, le type qui a pris ma défense, j'ai entraperçu son visage au moment où il allumait sa cigarette : une barbe drue mal rasée, des yeux que je qualifierais de *mauvais* au fond de deux trous noirs comme maquillés. Sympathie pour le diable. Sa voix est étonnamment douce. Il me dit qu'il ne faut pas croire, son groupe et lui ne sont pas des trafiquants d'armes, pas du tout, ou plutôt pas vraiment… Ils venaient de Jordanie et se sont fait pincer à la frontière avec une cargaison… pas de chance… ça arrive… Sa phrase reste en suspens. Je ne pose pas de questions. J'ai bien sûr offert mes provisions en partage, mais ils y ont à peine touché, je n'ai pas beaucoup d'appétit non plus. Puis Omar s'est mis à parler de Jaffa, Yaafa comme on dit en arabe, sa ville natale, sa ville rêvée, sa Palestine, comme s'il y avait toujours vécu, comme si sa nostalgie devait racheter le métier qu'il exerçait.

Moi aussi je me mets à parler. Les mots sortent de ma bouche en une logorrhée intarissable, il faut que je déballe tout. Les visages plongés dans l'ombre à qui je m'adresse sont forcément des visages amis. Ma véhémence m'étonne moi-même. C'est peut-être de m'être fait cogner, d'avoir été traité de *jasouss*, ce qualificatif terrifiant qui précède la mise à mort (et peut-être le suis-je après tout, *jasouss* dans l'âme, espion, agent double, traître – mais à qui ?)... Parce qu'ils sont palestiniens, ils n'ont ni le même accent ni les mêmes codes que nous, de sorte que je peux utiliser librement cet arabe bancal qui est le mien et dont je suis sûr qu'il ne peut me trahir, dans ce cas. Trahir, trahir ! « Cette société peut basculer du tout au tout, les gens peuvent baisser les barrières et se mélanger, chacun pourrait appartenir à son pays avant d'appartenir à sa confession ou à sa famille... » Les phrases dites à mes parents, je les répète en arabe à Omar et ses camarades – lesquels me regardent avec des yeux ronds. Les locutions invraisemblables qui sortent de ma bouche me font penser à celles de Robert – comme il me manque soudain ! Prenant exemple sur lui, je raconte tout dans le désordre, l'Université libanaise, la faim dans le monde, la situation politique, le Viêtnam, le mouvement étudiant enfin uni, et comment ce mouvement préfigure un Liban nouveau... Je m'embrouille, je me reprends, je me répète, ils ne disent rien, m'ont-ils seulement compris ? Mon souffle est court, toutes petites inspirations entre les phrases pour éviter la remontée dans ma poitrine de l'air saturé de nicotine et d'ammoniaque. C'est horrible. On me dirait lancé dans une course de vitesse pour en dire le plus possible avant que la toux coincée dans mon larynx n'explose. Les hommes en face de moi écoutent de toutes leurs oreilles, ils écoutent mon halètement désespéré et hochent la tête en signe d'approbation – c'est du moins ce qu'il me semble. Je veux m'arrêter, j'ai fini de dire, enfin fini, mais il est trop tard. Une toux terrible, écorchant tout sur son passage, sort comme un vomi sec de ma gueule ouverte. Elle se prolonge en hoquets si intenses et rapprochés que je n'arrive plus à reprendre mon souffle. Au bord de la syncope, je parviens à le faire – mais l'inhalation massive d'air vicié provoque une nouvelle quinte interminable. Et des profondeurs obscures du cachot, une autre toux se fait entendre, puis une autre, une autre encore. Par un effet de contagion, les prisonniers se mettent à tousser tous en même temps, à s'étrangler, à cracher leurs poumons. C'est le moment que choisit Omar, mon bienfaiteur supposé, pour… allumer une nouvelle cigarette prise dans le paquet que je lui ai offert.

– Nous sommes déjà en prison, murmure-t-il, on ne peut pas nous demander *en plus* d'arrêter de fumer.

Je l'aurais tué. À travers le rideau de larmes qui me voile les yeux, je perçois les points rouges lumineux qui constellent les formes humaines enchevêtrées, toutes assises sous le nuage acide, aucune place pour se coucher, y compris pour ceux ayant trouvé un appui contre un mur, les mieux logés. Et j'entends Omar, à côté de moi, qui part d'un rire bref et sans joie : « Chiites, druzes, Kurdes, Arméniens, Palestiniens… Regarde-les ! Le voilà votre Liban mélangé, le vrai, celui des soutes, qui va exploser… »

À peine a-t-il fini de parler qu'un hurlement inhumain sur une seule note se fait entendre, un cri à faire peur, le genre qu'on pousse avant de tomber, avant de mourir. Une forme humaine s'est dressée dans le noir, on peut suivre sa progression en raison du cri qui se déplace. Au son, on devine des pieds qui piétinent des corps au passage, des chairs qui cèdent sous les pas, des poitrines, des dos, des visages ; on entend l'homme rendu fou s'abattre de tout son poids contre la porte comme s'il pouvait la faire céder. Et il frappe de son poing contre la masse métallique, il frappe jusqu'au sang, le volume entier résonne, tout le monde se réveille et se fige, même les toux se taisent, l'écho des coups est long à mourir. Il crie du plus profond :

– *Bass ! Bass ! Lahone ou bass !* Ça suffit ! Ça suffit ! Jusqu'ici et ça suffit !

Est-ce humain, est-ce animal ? La voix est étrange, presque féminine, elle vrille dans les aigus, chargée de sanglots de rage. D'autres coups remontent des profondeurs du cachot et retentissent, coups de poing contre le mur, d'autres encore, contre le sol, contre la porte de nouveau... On dirait une tempête qui se forme et rassemble ses forces. Passé le moment de stupeur, la foule invisible reprend sourdement le cri qui se propage de proche en proche :

– Ça suffit ! Ça suffit ! Jusqu'ici et ça suffit !

Portées par le mouvement spontané, d'autres voix prennent courage, improvisent, crachent leur ras-le-bol :

– Jusqu'où ? Jusqu'à quand ? Ça suffit comme ça ! On n'est pas des rats, on n'est pas des chiens !

Dans le noir total, les échos répondent aux échos :

– Jusqu'à quand... pas des rats... pas des chiens !

C'est une harangue qui se répand de ventre à ventre, bientôt assourdissante, les voix en canon forment un chant, une houle sonore, elle roule comme un vent violent dans un champ de blé. Chaque main saisit ce qu'elle trouve à portée et frappe, ou alors à poings nus, les coups et les cris se conjuguent, le vacarme devient intolérable, haché, scandé, et les tympans sont prêts à crever. Mes poings cognent le sol, et cette voix déchirée par la fumée, c'est la mienne qui répète avec tous :

– *Bass ! Bass ! Lahone ou bass !*

Le volet qui condamne la lucarne glisse, totalement inaudible en raison du vacarme. Mais le faisceau rectangulaire de lumière qui aspire aussitôt fumée et clameurs, tout le monde le voit. Une ovation debout salue ce passage brutal de l'obscurité à la toute relative clarté. Les gorges lâchent un long cri de soulagement, un hurlement plutôt, accompagné, oui, d'une salve inattendue d'applaudissements. On se dirait au spectacle, au moment qui précède l'apparition des acteurs. Ce minuscule volet ouvert est comme une très improbable promesse de libération, un rêve de réintégration dans le monde humain, à peine humain.

Les applaudissements finissent par mourir – et il ne se passe rien. Le silence. On n'entend que le léger sifflement de la fumée sortant par la lucarne. Enfin une voix, indignée, venant de l'extérieur, traverse la porte de fer :

– C'est fini ce bordel ? Vous voulez quoi au juste, fils de putes ?

Un rugissement unanime lui répond :

– De l'air, de l'air, on veut de l'air !

D'autres clameurs fusent depuis le fond :

– On meurt asphyxiés... Que Dieu vous garde... Bande d'assassins... On n'en peut plus... Salauds ! Ayez pitié ! On ne respire plus... Soyez maudits !

Mais le cri dominant – « De l'air, de l'air ! » – revient toujours, cent fois scandé.

– De l'air ? crie la forte voix extérieure sur un ton de surprise.

Nouveau silence puis :

– Attendez. Vous allez en avoir, de l'air !

C'est le signal. La porte est brutalement poussée, bousculant les hommes qui reculent en débandade et tombent les uns sur les autres – mais il n'y a pas de place pour tomber. Une dizaine de flics en civil font irruption, les uns armés de bâtons décrivant des moulinets qui s'abattent sur les corps entassés, les autres restant en retrait, revolvers tendus à bout de bras, à deux mains, les étuis vides pendant sous l'aisselle. Nous sommes écrasés contre le mur sur plusieurs rangs, battus, insultés, mais la porte restée grande ouverte évacue la pestilence, on respire enfin – un peu. Le chef flic, dont on reconnaît la voix, celle de derrière la porte, est au premier rang, petit, méchant, jouissant de son pouvoir. Il rugit :

– Encore une émeute, bande d'enculés ?... La dernière fois ne vous a pas suffi ? Je baise votre mère, moi, je baise vos sœurs, je maudis la religion de votre père ! Désignez deux d'entre vous, qu'ils viennent me trouver !

Omar me glisse à l'oreille :

– Nous avons fait ça il y a trois jours... Nos délégués sont revenus avec les os brisés...

Dans la cellule, tout le monde se tait. L'autre se rengorge :

– Alors ? Plus personne pour parler ? Plus rien à dire ? Vous étiez plus bavards tout à l'heure...

Il se tait, savoure l'instant, puis, nonchalamment :

– Ça ne m'étonne pas, bande de lâches, bande de dégonflés, je savais que vous n'aviez rien dans le caleçon...

Son bâton parcourt lentement le premier cercle de prisonniers, il les désigne un à un, les obligeant à baisser les yeux. Mais à l'arrière, loin des yeux, des voix se font entendre :

– On veut respirer... C'est tout ce qu'on demande... On n'est pas des bêtes... Allah lui-même ne l'accepte pas...

Le ton est plaintif, acceptable peut-être. Le chef fait un pas en arrière, ses yeux clignent, c'est la fumée gorgée d'ammoniaque qui les pique. Il dit comme s'il avait un cœur au fond, un cœur bien caché, magnanime malgré tout :

– Ça va pour cette fois. Mais restez tranquilles dorénavant, bande d'ingrats, ça vaudra mieux pour vous !

C'est tout. Il recule, et ses hommes avec lui. Ils sortent tous. La lourde porte se referme. Le silence est total. Une minute entière passe... On attend pour voir, pour être sûrs... Mais là, ça y est, c'est fait, il n'y a plus de doute : le volet de la lucarne est resté ouvert, on a gagné.

Pas une lumière, pas un bruit – sinon celui du ressac. Vieille baraque posée à même la plage, double porte de bois mangée par le sel et l'humidité. Elle a raconté une histoire à sa mère, et moi à la mienne. La route, on l'a faite sur la moto de Rocco, elle s'accrochait à moi comme si elle avait peur de tomber. Nous sommes arrivés au milieu de la nuit. Et maintenant elle est là avec sa main dans la mienne et son pas incertain sur les galets – il faut passer par la plage pour accéder à l'entrée. Ses chaussures glissent, elle regarde obstinément ses pieds, et quand elle lève les yeux vers moi, c'est l'électricité. Mon cœur bat si fort que je l'entends. La clé, Albert me l'a prêtée, la baraque sert de cabanon de plage à sa famille. Elle glisse dans la serrure et tourne, le battant s'ouvre. L'odeur marine de renfermé envahit nos narines, nattes humides, maillots qui sèchent, huile solaire, bric-à-brac. J'ouvre le deuxième battant, pour aérer. Plage déserte, plage de nuit, plus personne pour nous voir…

Tout de suite, elle se débarrasse de son T-shirt et de son jean. Dans cette lumière de lune, elle apparaît dans un bikini jaune, son ventre est si plat. Je tremble. En dépit de ses airs d'affranchie, je vois bien qu'elle tremble elle aussi. Sous son regard de défi, je me débarrasse de mes vêtements à mon tour, tout va si vite.

Le contact peau contre peau est trop brûlant, nous nous détachons sur-le-champ. Dans cette obscurité, seuls nos yeux brillent. Nous nous asseyons sur les talons, nous soufflons, il faudrait attendre mais quelque chose en nous se précipite. Mieux vaut rester près du sol, glisser vers le lit à reculons. Chaque seconde est saisie par un étrange éblouissement, un désir d'évanouissement. Nos corps se délient enfin, s'allongent côte à côte enfin, le matelas est posé à même le sol, on y est, couchés sur le dos, portes ouvertes sur le large. Que le cœur batte moins fort, que la respiration s'apaise ! Nous restons un long moment sans bouger. Seule la rumeur des vagues nous berce, c'est à peine si l'on ose se toucher – ou alors du bout des doigts seulement.

La mer nous accepte dans ses bras et nous enserre chaudement. Notre bouée est une chambre à air de camion assez large pour nous contenir tous deux, face à face, les coudes sur les parois, à flotter sous les étoiles. En jouant des pieds, nous nous éloignons du rivage et poussons toujours plus avant vers l'horizon obscur. Notre maison sur la plage n'est plus qu'un point lumineux au milieu d'une ligne sombre dominée par la masse de la montagne libanaise qui la surplombe – où quelques lumières dispersées nous font signe. Nous sommes au centre du monde. Ni passé ni futur. Je ne pense qu'à me fondre dans ses yeux à fleur d'eau, ses bras ouverts qui forment un cercle entier avec les miens. Soutenus par la bouée, nos corps se frôlent et se détachent, se cherchent et se fuient, hanches qui se croisent, nombrils qui se touchent comme par accident, on dirait des plantes marines bougeant au gré du vent. Nous tournons en rond pour nous entraîner doucement dans le tourbillon de nous-mêmes.

Elle se penche vers moi et me dit des mots à l'oreille, je ne comprends pas bien. Elle répète, oui, c'est cela, elle a décidé de « se débarrasser de sa virginité » – et son choix s'est arrêté sur moi. Le sang me monte au visage. Elle ose, elle dit, elle a cette audace – et essaye de me faire croire qu'elle m'a choisi comme un simple accessoire. Je pourrais me vexer mais non, je sais. Elle fait mine de tout prendre sur elle pour que je n'aie pas peur. Elle a raison, je suis terrorisé.

Je joue des jambes pour aller encore plus loin vers le large, elle aide le mouvement de tout son corps, nous nageons d'un même rythme comme pour fuir un problème insoluble. Mais quand nous nous arrêtons sous le ciel à la sortie de la baie, la question est toujours là, nous ne sommes pas plus avancés. Elle approche son visage mouillé du mien et me souffle à l'oreille :

– Est-ce que tu veux ?

Si je veux ? L'envie de lui dire oui me gonfle la poitrine au point de la faire exploser. Mais je ne lui dis rien de cela, je réponds n'importe quoi, oui, mais pas tout de suite, il faut un peu de temps…

– Je ne te demande pas en mariage. Je veux simplement savoir si tu veux coucher avec moi.

Sa voix est tout aussi enrouée que la mienne, c'est à peine si je la reconnais :

– Ça veut dire… Tu veux bien ?

Je la serre follement contre moi, ça ne lui suffit pas. Elle m'écarte de force :

– Dis-le !

– Oui, je le veux !

Elle soupire longuement, ferme les yeux et les rouvre, nos corps toujours à distance.

– Très bien, chuchote-t-elle lentement (et sa voix tremble). Maintenant, on va discuter de comment on va faire.

Elle dit discuter, c'est façon de parler : elle a déjà tout prévu, les pilules qu'elle me demande d'acheter, la maison sur la plage dont il faudra redemander la clé, et la date, la date fatidique : samedi prochain. Ces détails presque techniques m'embrasent. Aussi inespéré, aussi magique, aussi effrayant que cela puisse être… Cette fille si jolie, c'est moi qu'elle a choisi ! Sa respiration est courte comme après un suprême effort, ses yeux rient, j'ai l'impression qu'elle se délecte. Mais je vois bien qu'elle est aussi effrayée que moi. Nous nous jetons dans les bras l'un de l'autre d'un même mouvement.

– Promets.

– Je te promets, Jana.

– Samedi prochain… répète-t-elle.

– Oui.

Je suis réveillé par une douleur dans la poitrine. Ma trachée siffle à chaque inspiration, j'ai l'impression que mes poumons suintent d'un liquide noir et visqueux, cette fois c'est fini, le mal s'est installé pour de bon. Je regarde mes compagnons de cellule, tous durs à cuire à la peau tannée, eux sont faits pour cette vie, il n'y a que moi qui vais mourir. Je pourris dans ce trou à rats, le seul pris, le seul de la bande, personne pour partager mon sort, personne pour me dire quoi faire... J'ai mal joué quelque part, c'est sûr, j'ai dû rater une marche – ceux qui perdent ont toujours tort.

Recroquevillé sur le sol nu, la couverture sur les épaules, la tête entre les mains... mais qu'est-ce qui m'arrive ? Quoi ? Même pas deux jours de prison et je craque et j'appelle ma mère ? Je devrais avoir honte – pourtant je n'ai pas honte. J'avais résolu d'être toujours en première ligne et de me battre quoi qu'il arrive. Or il n'y a plus de ligne et plus de bataille. Il n'y a plus que moi. La fiction qui me soutenait s'est effondrée. J'ai quitté un monde pour être précipité dans un autre, mais cet enfer m'apparaît soudain comme *la réalité* qui nous était cachée. Je n'en suis pas sûr, ce n'est qu'une intuition – mais elle donne le vertige. Quoi ? Notre idéal était un château de cartes et il s'est écroulé ? Rien qu'une histoire qu'on se racontait ? Une envie de vomir me monte dans la gorge. Il faut absolument que je me calme. Ne plus penser à rien, ne plus bouger, économiser l'air, me livrer tout entier à la léthargie, au vide de l'esprit, me contenter de *durer*, on verra bien, la grande chance serait de pouvoir dormir... peut-être même rêver.

En rouvrant les yeux, je sens que la fièvre dans la cellule est retombée. J'ignore si le temps a passé, il est comme une chape de plomb, un rêve immobile peuplé de visions. Par moments, des hommes se lèvent deux par deux, morts vivants qui s'approchent de la porte métallique en enjambant les corps et collent leurs bouches à la lucarne, si proches l'un de l'autre qu'on croirait qu'ils se bécotent. Je les vois, debout, tendus comme des arcs, aspirant l'air à grandes goulées comme des pêcheurs de perles quand ils sortent la tête de l'eau. Je les vois emmagasiner le vent jusqu'à ce que leurs têtes tournent. Quand ils ont fini, ils tombent de la lucarne comme des insectes devenus trop lourds. D'autres les remplacent ensuite, deux à deux. J'y suis allé moi aussi, un inconnu s'est levé pour respirer avec moi, bouche contre bouche. L'air du couloir est délicieux, c'est vrai, ils ont raison, on ne se rend pas compte. Même dans ce cloaque, il est donc possible de lutter et de survivre. La révolte a payé. Maintenant, quand on crie qu'on a soif, un gardien vient de l'autre bout du couloir, une bouteille à la main. Il passe le goulot à travers les barreaux qui entravent la lucarne, lève le cul de la bouteille et laisse couler l'eau de notre côté. Et nous nous mettons en dessous, chacun à son tour, bouche ouverte et genoux pliés, c'est comme si l'on buvait au cordon ombilical, ou alors à la becquée...

Encore et encore, la nausée me prend, est-ce que j'ai dormi cette fois, quelle heure est-il ? Frisson de fièvre. L'étrange sculpture en face de moi est composée d'une multitude de corps pétrifiés – comme si leur dernier mouvement avait été saisi dans la lave. Corps qui me cernent, couchés, emmêlés, déchiquetés, champ de bataille, cimetière, charnier, quel jour sommes-nous, quelle année ?

Suis-je endormi ou éveillé, ce cauchemar est-il d'aujourd'hui ou de demain ? Une guerre atroce nous attend, c'est sûr, une guerre de tous contre tous, et je suis moi-même pris dans cette pâte, ce ciment qui durcit. L'imbroglio des membres m'empêche de bouger, bassins paralysés, moignons brisés qui accusent le ciel, gueules ouvertes. Moi qui rêvais, je fais partie d'eux désormais, n'est-ce pas ce que je voulais ? Je suis englobé. La guerre est en moi, j'en ai avalé un morceau, comment le recracher, faire l'effort de me réveiller, le temps a-t-il enfin passé ?

Mes yeux sont ouverts. Cette fois, le cachot ne ressemble plus à lui-même. C'est calme. Les hommes ont abandonné la lucarne, ils n'ont plus besoin de respirer. Le faisceau de lumière glauque entre de biais, irise la fumée épaisse et donne consistance au linceul qui nous recouvre tous. Il me faut sortir d'ici…

Quel est ce goût infâme de tabac dans ma bouche, comment recracher cette salive putride ? J'entends mon nom crié, c'est ce qui m'a réveillé. On m'appelle au tableau, je n'ai rien appris. Je fais le mort. Rumeurs de vagues dans la nuit, Jana est avec moi, nous nageons de concert. On m'appelle encore. Je préfère rester dans la chaleur de l'eau. Une main se pose sur mon bras et me secoue. J'ouvre les yeux. C'est Omar – mais qu'est-ce que je fous là ? Il me dit :

– On t'appelle, lève-toi !

Je me redresse. Ça vient de la lucarne. Mon nom tombe encore une fois sur le tapis des corps endormis… Le chef flic. Sûrement lui. Je me lève précautionneusement, tout mon corps me fait mal, j'ai dans la tête des images de peloton d'exécution. La porte s'ouvre.

– Prenez vos affaires et suivez-moi !

Ils me poussent dans le long couloir qu'on voit depuis la lucarne, je tiens à peine sur mes jambes, je dois être blafard, l'obscurité m'a mangé. On débouche sur une espèce de grand bureau en désordre, on dirait les coulisses de notre cachot, l'autre côté du décor, la machinerie, le personnel, les tâcherons... J'ai changé de camp, je suis passé à l'ennemi. Des flics ordinaires sont endormis sur des lits de fortune qui font le tour de la pièce, d'autres transpirent en bras de chemise devant les fenêtres ouvertes. Ils font relâche. L'un d'eux me demande de m'asseoir devant un bureau encombré de paperasses. Il pose mes affaires devant moi, je les reconnais dans un brouillard, la montre, la ceinture, le portefeuille, les pilules, les lacets, signez ici. Étaient-ce les mêmes flics qui ont fait irruption dans la cellule armés de bâtons et de pistolets, les mêmes qui ont frappé à l'aveuglette ? Je ne peux y croire... Ils leurs ressemblent pourtant, même si leurs traits se sont affaissés comme ceux des acteurs après leur performance. La nuit les a changés, tout dépend de l'heure peut-être. Celui qui s'occupe de moi fait le tour du bureau et me tape carrément sur l'épaule. Son visage est rond, complice, on se connaît depuis toujours, sacré chanceux, dit-il, tu l'as échappé belle, on avait déjà préparé le fourgon pour t'emmener à l'aéroport... Dans sa bouche, c'est presque une bonne blague. L'aéroport, l'expulsion... Peut-être ç'aurait été mieux après tout ? Combien de possibles sont possibles dans une même vie ? Et comment ne garderait-on pas la nostalgie de ce qu'on aurait pu vivre et qu'on n'a pas vécu ? Je n'ai pas envie de cette conversation avec lui, restons-en là, mais il continue de me regarder avec sa bonne bouille, visiblement intrigué par ma personne, comme si l'ordre de me libérer au milieu de la nuit m'avait rendu digne d'intérêt... Fréquentable, en tout cas. Mais que m'importe, je suis fatigué, ça suffit comme ça. Maintenant que tout est dit, qu'on en finisse !

Heureusement j'y ai pensé à la dernière seconde, heureusement, juste avant de sortir, je me suis retourné vers lui. Je lui ai dit ces provisions, toute cette nourriture, je n'en ai plus besoin... pourriez-vous les donner aux autres ? Il a dit oui, oui, bien sûr... Il avait l'air content de la mission que je lui confiais. Maman aura cuisiné pour une tapée de prisonniers patibulaires, il y a une justice ! Il a posé les deux gros sacs plastique à ses pieds et nous sommes restés là, ne sachant plus quoi dire. Au bout d'un moment, il a demandé :

– Dites-moi, sans vouloir être indiscret, on vous a arrêté parce que vous étiez *pour* ou parce que vous étiez *contre* la manifestation de jeudi dernier ?

Je ne sais pas ce qui m'a pris, j'ai répondu encore une fois que ce n'était pas vrai, pas vrai du tout, fausses accusations, mensonges, je n'y étais vraiment pour rien dans cette histoire. Il a souri.

– D'accord. Mais vous accuse-t-on d'avoir été pour ou d'avoir été contre la manifestation pour l'Université libanaise ?

Ma réponse a fusé :

– On m'accuse d'avoir été pour, bien sûr !

Son sourire s'est élargi, il m'a touché le bras.

– C'est toujours plus honorable… Au moins, vous aurez essayé.

Après, je ne sais plus très bien comment ça s'est passé. Je me suis retrouvé seul dans la rue, ma couverture autour du cou, complètement perdu. Le jour point, la ville est déserte, je ne sais plus dans quelle direction aller. Ce décor désaffecté, tout ce vide autour de moi… Ma première idée est de m'éloigner au plus vite, ils peuvent encore changer d'avis. Mais les fourmis dans les jambes me font avancer comme un somnambule, l'écho de mes pas sur le bitume résonne étrangement. Je m'arrête et me retourne. Silence total. Le bâtiment de la Sûreté est toujours là, masse sombre et sinistre, mais personne derrière moi, personne pour me suivre. Ils m'ont vraiment lâché ! Je devrais être content.

Je serre ma couverture autour de mon cou et commence à courir droit devant. Foulée après foulée, j'expulse bruyamment l'air de ma poitrine – et avec lui l'angoisse accumulée. Mes talons frappent l'asphalte avec rage, je répète ça y est, c'est fait, je leur ai échappé – sans parvenir à m'en convaincre… C'est qu'il ne s'agit probablement pas d'« eux » seulement. La prison elle-même a déteint sur moi, elle me colle à la peau… Je cours. Au bout d'un long moment, le paysage des rues redevient familier : ma course éperdue m'a conduit au pied de l'immeuble de Mounir. Je peux reprendre mon souffle et calmer mon cœur. Je lève les yeux. Au troisième où vivent ses parents, c'est noir. Mais à l'étage du dessus, je vois avec soulagement que toutes les lumières sont allumées.

La porte s'ouvre et ils sont là. Tous, d'un coup. Une envie de tourner les talons sur-le-champ me prend, mais ça ne se fait pas. J'entre d'un pas prudent, une ovation insensée m'accueille dès que je montre le bout de mon nez dans le salon. Il y a là Robert, ce cher Robert, ce maladroit, qui m'étreint pour la première fois de sa vie, Ralph que je n'avais jamais vu aussi ému, Maurice qui leur a glissé entre les doigts... Il y a aussi Fouad, mon ami, maître Fouad qui m'a sorti de là, et Roger qui a arraché la fiche du téléphone, Anne qui a été bousculée et Karim qui s'est fait cogner, Mounir, le maître des lieux avec son éternel sourire ironique, et Vasken, et Yolla, et Jad, et Amine, et Rachid, et Hani, et d'autres encore que je ne connais pas. Tous ont passé la nuit dans cet appartement, à téléphoner, à tourner en rond, à s'en faire pour moi. Pour moi ! Ils m'ouvrent les bras comme au prophète Élie qu'on n'attendait plus, le miraculé qui surgit à l'improviste, l'apparition bienheureuse, le cadeau tombé du ciel. L'onde d'amour qui émane d'eux me porte littéralement, mais qui aiment-ils vraiment ? Ils parlent tous en même temps, ils disent victoire... ils disent héros... ils disent : enfin ! J'ai envie de pleurer mais je me retiens. Pourquoi Jana n'est-elle pas là ? C'est la seule que je veux voir. Et pourquoi suis-je à ce point étranger à leurs effusions ? Ils m'asseyent dans un fauteuil, je suis l'invité d'honneur, incapable de parler. Roger prend la parole et raconte qu'hier à huit heures du soir, les autorités ont demandé à mes parents d'acheter mon billet d'avion pour Paris, aller simple, tout était fichu. C'est là qu'il a eu l'idée de monter frapper à la porte du président du Conseil, Abdallah el-Yafi, c'est son voisin du dessus. Il l'a trouvé en robe de chambre, avec madame et les enfants, devant le journal télévisé. Lui, Roger, neveu de l'archevêque, était venu l'avertir, l'avertir en voisin, vous ne vous rendez pas compte, Excellence, la manifestation de demain risque d'être très violente, des cocktails Molotov se préparent, personne ne contrôle plus personne... Il lui a parlé de l'Université libanaise que tout le monde soutient, des manœuvres de son ministre de l'Intérieur pour diviser le mouvement étudiant, la Nation arabe est pourtant *une*, Excellence ! Il lui a parlé de moi pour finir, le Juif étranger né à Beyrouth, le Juif errant pourtant sensible au drame palestinien, le bouc émissaire que les phalangistes voulaient sacrifier. Il a même osé une allusion discrète au sacrifice d'Abraham… Ibrahim pour les musulmans.

Autour de moi, tout le monde rit – j'ai arrêté d'écouter depuis un moment. Je comprends seulement que c'est par voisinage et par relations, comme d'habitude, que mes camarades m'ont finalement sorti d'affaire. Ils ont l'air exaltés, ils ont l'air contents. À dire vrai, je ne suis pas très sûr d'être là parmi eux, mon corps n'est pas tout à fait sorti du cachot, il rôde encore dans les odeurs putrides, la noire sensualité, les gueules cassées qui peuplent le monde du dessous. Il me suffit de fermer les yeux un instant, tout me revient.

Quelqu'un me secoue, quelqu'un m'a saisi par le bras et me secoue, une voix répète avec insistance à mon oreille : ça va ? ça va ? J'ouvre un œil très vague. C'est Fouad, penché sur moi, mais où suis-je ? Il répète encore une fois :

– Est-ce que ça va ?

– Pourquoi tu demandes ?

– Tu es pâle… Je crois que tu as tourné de l'œil.

– Moi ?

Je me redresse. Ça vacille un peu mais dans l'ensemble, ça va. Mes chers camarades ont cessé de s'occuper de moi. Ils sont debout, assis, sandwichs à la main, il est question de la manifestation de tout à l'heure (c'est vrai, on est déjà lundi), de la suite à donner au mouvement. Comme ils me paraissent loin ! Je vois aussi Zakaria qui s'active, la cinquantaine, cheveux blancs coupés très court, c'est l'homme à tout faire de Mounir, « descendu » du village d'origine pour servir le jeune *beyk*, dévouement, abnégation, fidélité de chien fidèle. Je le regarde disposer des plateaux de petits sandwichs sur la table basse, serviettes en papier, café turc, jus de fruits, eau minérale, Coca-Cola… Mes yeux se referment, je glisse agréablement vers mon sommeil semi-comateux. On me secoue de nouveau. Cette fois, c'est Mounir – et Anne à côté de lui qui me regarde comme si j'étais mourant.

– Alors, tu essayes de nous fausser compagnie ? demande-t-il avec un sourire à moitié moqueur – mais je vois bien qu'il s'inquiète pour moi.

Je suis incapable de répondre, sinon par un pauvre sourire.

– Zakaria peut prendre la voiture et te ramener chez toi…

Instinctivement, je fais non de la tête. Papa, maman… retour à la maison… au-dessus de mes forces. Mais ont-ils été avertis ?

– Ne t'en fais pas, Robert leur a téléphoné.

Si c'est Robert, je ne suis pas sûr qu'ils aient bien compris. Je glisse de nouveau, c'est Anne qui me réveille cette fois :

– Viens te laver la figure.

La salle de bains est grande comme un salon, miroir monumental, baignoire montée sur pattes de lion, sofa tapissé de velours noir sur le côté, on pourrait y loger une famille. Je me passe de l'eau sur le visage, je m'assieds sur le bidet. Anne me scrute et se rassure, je reprends des couleurs.

– Zakaria peut te faire couler un bain, dit Mounir dont je n'avais pas remarqué la présence, ça te fera du bien.

– Tu veux dire que je pue ?

– Oui.

Zakaria fait jouer les robinets, ajoute du bain moussant, cherche dans les hauts placards peignoir et serviettes moelleuses. Mounir et moi restons un long moment à regarder la baignoire se remplir.

– Dis-moi, Mounir, Rocco devait rentrer de Paris mardi avec toi. Tu sais pourquoi il a changé d'avis ?

Il hausse les épaules et fait une moue. Je vois qu'il sait.

– On était à l'hôtel, répond-il comme distraitement, il a reçu un coup de téléphone à la dernière minute.

– De Beyrouth ?

– Oui.

– Et après, il a appelé l'agence de voyages pour reporter son départ…

– C'est ça.

Il me regarde d'un air interrogatif. Je demande :

– C'était son ami Derdérian qui lui conseillait de retarder son retour ?

Son haussement d'épaules est sincère. Mounir est un homme pratique.

– Tu ne voulais tout de même pas qu'il revienne pour se faire arrêter.

– Il aurait pu nous avertir…

– Derdérian ne lui a rien dit de précis. Juste qu'il ferait mieux de se tenir tranquille pour deux ou trois jours.

– C'est dégueulasse.

Il me regarde comme si j'étais un idiot, au sens propre – *innocent, simple d'esprit* :

– Tu crois quoi ? On est *politiques*. On avance avec les moyens du bord, on fait ce qu'on peut… Ce qu'on entreprend est plus grand que nous. Ébranler la logique confessionnelle du pays, ce n'est pas rien. Si on réussit, on l'aura fait avec Rocco et ses fréquentations douteuses, Robert et son galimatias et toi qui manques t'évanouir en découvrant la prison !

– En prison, j'ai senti… une chose horrible se prépare…

– Comme quoi ?

– Je ne sais pas… Une guerre, une explosion, une fin du monde…

– Sauf si nous réussissons.

– Et tu crois qu'on a une chance…

– Si on n'y arrive pas… oui, ce sera terrible.

Il se lève et ferme les robinets.

– Allez. Ton bain est prêt.

L'eau chaude m'enveloppe. J'ouvre les yeux. Jana est là. Elle apparaît toujours comme ça. Son nez à quelques centimètres du mien, la fossette dans sa joue droite, au bord des larmes...

Ses lèvres sont rouge vif, la ligne noire qui court sur le fil de ses paupières accentue encore la noirceur de ses grands yeux. Elle serait... *maquillée* ?

Ses lèvres. Rouge sang.

Je cligne des yeux. Il n'y a pas de doute. Elle est maquillée. Mais quelle heure est-il ? Une lueur étrange traverse les vitres des hautes fenêtres, les murs de marbre sont couverts de buée. Je rêve sûrement. La sensation de flotter dans l'eau me semble pourtant si réelle.

Je me rendors.

La prison a ébranlé mon âme et ma carcasse, je m'en rends compte, le dehors comme le dedans. J'aimerais pouvoir en sortir, mais comment faire ? Pour l'instant, je veux seulement qu'on me laisse tranquille. Les pensées affleurent comme des bulles d'air à la surface de l'eau. Je n'ai jamais très bien su comment être un homme. J'ai essayé étudiant, militant, prisonnier, fils de mes parents... Je n'ai jamais goûté la réalité que du bout des lèvres. Jamais entré dedans. Jamais trouvé ce lieu où l'on n'est plus étranger à soi-même.

Sauf avec elle...

Elle aussi. Elle n'a jamais su comment devenir femme. Nous

avons été l'un pour l'autre comme les deux pôles d'un aimant. Comme si elle pouvait être mon seul accès au monde, comme si je pouvais être son seul accès au monde.

Je rouvre les yeux, elle est toujours là. Je sens son odeur, elle est en sueur, encore essoufflée. C'est ça. Elle est là. Elle a couru pour arriver jusqu'ici, pour être agenouillée au pied de cette baignoire pleine de mousse où je rêve évanoui. Son visage s'éclaire, elle sourit, je crois qu'elle sourit – sans que s'efface ce quelque chose de craintif dans son regard. Je fais un effort pour reprendre connaissance. Elle me dévisage tellement que c'en est gênant.

Je lui ai fait une promesse que je n'ai pas respectée, voilà la vérité.

Elle est revenue pour me la faire tenir. Ou alors me la faire payer. Ce n'est pas ma faute, je n'y suis pour rien, deux hommes en chemise blanche sont venus m'enlever. Elle n'en a rien à faire. Elle est là pour prendre son dû. Coûte que coûte. Sinon, pourquoi cet air sévère, pourquoi ces lèvres rouges ?

Elle plonge doucement sa main dans le bain, je sens ses doigts effilés se poser délicatement sur mon ventre. Ses doigts se referment brutalement sur la peau autour de mon nombril, son visage se jette en avant, ses lèvres s'emparent des miennes et les embrassent. C'est tellement fort que j'écarte bras et jambes pour me retenir aux parois de la baignoire. Elle se détache tout aussi brusquement. Je la regarde : son rouge à lèvres a laissé sur sa joue comme une longue traînée de sang.

Nous y sommes. Nous y sommes enfin.

Elle se lève, soudain très calme. Son corps fin se déplie comme au ralenti jusqu'à être debout. Elle est vêtue d'un imperméable d'hiver beige fermé jusqu'au cou, totalement hors saison. Elle en défait lentement la ceinture et le laisse tomber à ses pieds. Comme au cinéma.

La fureur

1982

Le matériel est couché sous bonne garde entre grues géantes et bittes d'amarrage, gros sacs de tissu chargés à ras bord, trépieds, caméras, projecteurs, groupes électrogènes appartenant aux quatre principales chaînes de télévision américaines en attente d'être embarqués pour Beyrouth. Les *newsmen* vont et viennent sur le quai, parlent fort et questionnent en anglais. Leur façon de marcher les trahit, ils sont les maîtres du monde – ou plutôt, croient-ils, les maîtres du récit. Ils se connaissent bien, se sont croisés pendant la crise des *boat people* au Viêtnam, l'assassinat du président Sadate en Égypte, la révolution iranienne à Téhéran. Cette nuit, ce bout de quai, c'est là où il faut être, et ils y sont tous. Avec leurs dollars ils loueront à prix d'or la première embarcation qui se présente – et les tarifs s'envoleront pour les autres.

Journaliste, je le suis aussi – mais d'une presse désargentée. Je reste fondu dans la masse qui scrute l'horizon avec plus ou moins d'angoisse. Car on ne rejoint plus Beyrouth que par voie de mer – une traversée de près de deux cents kilomètres. C'est comme ça. Deux jours plus tôt, l'armée israélienne a franchi la frontière libanaise pour se lancer avec tout ce qu'elle a, cent mille hommes, chars de combat, avions de chasse, navires de guerre, à l'assaut du pays, provoquant la fermeture quasi immédiate de son unique aéroport.

Et puis il y a les voyageurs. Certains sont pressés d'embarquer pour retrouver leurs familles *avant qu'il soit trop tard* (c'est-à-dire avant que l'armée israélienne atteigne Beyrouth, si d'aventure elle allait jusque-là). D'autres partent dans l'intention de prêter main-forte à la « résistance palestinienne » et la « mobilisation populaire » qui, dit-on, s'organisent. Moi, c'est différent. Au début des années soixante-dix, j'avais quitté le Liban pour étudier en France. Pendant quelques années, j'ai fait des allers-retours entre Paris et Beyrouth. Vacances d'été chez les parents. Quand la guerre civile a éclaté, j'ai décidé de m'installer en France pour de bon. Mais quelqu'un m'a averti :

– Beyrouth te suivra jusqu'à ton dernier souffle, où que tu sois, c'est elle qui te fermera les paupières une dernière fois.

J'ai détesté cette prophétie. Elle ne parlait pas tant de nostalgie que d'une addiction, du genre qui colle à la peau et oblige à revenir sans arrêt sur les lieux du crime. Pour résister, j'ai voulu que Paris devienne la seule ville réelle pour moi, mon nouveau port d'attache. Même quand la guerre civile a embrasé mon quartier d'enfance, même quand la ville s'est divisée en deux et que son centre historique a été ravagé, je n'ai pas bougé. Cette histoire ne me concernait plus. J'avais réussi à faire évacuer *in extremis* mes parents qui se trouvaient en danger – ils sont maintenant à l'abri loin du Liban. Tout paraissait donc fini, nouveau pays, nouvelle vie, il n'y avait plus qu'à continuer. Mais quand la nouvelle de l'invasion israélienne est tombée, j'ai senti que je devais y aller coûte que coûte. Là-bas était ma place. Mon journal parisien s'est montré ravi de ma décision. Et j'ai pris le premier avion pour Larnaca, république de Chypre.

Les heures s'étirent le long des quais et il ne se passe rien. Il est minuit, il est une heure du matin, des candidats au voyage négocient avec la capitainerie du port, d'autres étudient les prochains mouvements de navires. Beaucoup se bornent à écouter les nouvelles sur leurs transistors. Certains disent que l'armée israélienne avance comme à la manœuvre, elle aurait dépassé la bande des quarante kilomètres qu'elle s'était fixée à l'origine comme limite. D'autres, que cette armée fait face à la résistance acharnée de combattants palestiniens et libanais qui la bloquent sur de nombreux axes. L'armée syrienne qui occupe une bonne partie du pays recule en débandade. L'armée syrienne tient bon face à l'agression. On ne sait qui croire ni à quel saint se vouer. Certains prient. D'autres se sont assis par terre et ne veulent plus rien entendre. La plupart, même s'ils ne se connaissent pas, échangent des regards chargés de gravité et d'effroi.

Deux heures du matin, l'un des Américains revient sur le quai au pas de course, tout excité. Il donne une consigne à ses collègues qui s'animent d'un coup. Branle-bas de combat. Ils chargent leur matériel sur le dos des porteurs qu'ils ont trouvés parmi les dockers et, très vite, lèvent le camp. Ils disparaissent au bout de la jetée. Eux partis, et de façon si brutale, nous nous retrouvons orphelins comme si Beyrouth elle-même avait levé l'ancre et nous avait laissés à quai. Les regards deviennent presque hostiles : on ne s'aime pas beaucoup entre perdants. Mais le pire est à venir. Car voici qu'apparaît sous nos yeux un yacht luxueux d'une vingtaine de mètres de long, un rêve de yacht qui glisse silencieusement sur les eaux du port en direction de la sortie. Nos chers Américains sont tous à bord, ABC, NBC, CBS, Fox, assis plus ou moins confortablement sur le pont avec leur matériel de tournage pléthorique. Ils nous passent sous le nez et s'en vont, poussant l'outrecuidance jusqu'à nous saluer de la main au passage – avec de grands sourires qui semblent dire : bye-bye minables, rendez-vous à jamais !

Nos yeux restent longtemps fixés sur les voiles qui s'éloignent, hissées dès la sortie du port. Nous savons que la marine israélienne patrouille dans les eaux territoriales libanaises et qu'il lui arrive d'arraisonner des embarcations se dirigeant vers Beyrouth. C'est même un sujet d'inquiétude pour nombre de candidats au voyage. Là, nous nous prenons à espérer… Mais non. Vu les rapports qu'entretiennent Israël et l'Amérique, le yacht mirifique et ses passagers de luxe ne courent pas le risque d'être inquiétés. Et nous, pauvres de nous, comment allons-nous faire ?

Un cargo pourri nous a pris à son bord à la nuit tombée, tout rouillé, puant l'humidité. Malgré tout, nous voilà embarqués, vraiment vivants, vraiment partis pour Beyrouth la belle, la ville en guerre. Fesses sur le bois dur du pont, dos contre la paroi métallique, ronronnement entêtant des moteurs diesel, odeurs d'huile qui semblent émaner de ma propre transpiration… Mes yeux ne voient que grues de navire dressées contre le ciel, cabestans, cordages, poutres métalliques entrelacées comme dans un Meccano géant. La mer est forte. À peine les lumières de Larnaca disparues, comme une houle sonore parcourt la foule agglutinée dans l'obscurité du pont. Une voix crie : *Bil roh, bil dam, nifdiki ya Falastine !* (« Avec notre sang et notre âme, nous te vengerons ô Palestine ! »), slogan aussitôt repris par les centaines de gosiers que les heures d'attente ont desséchés. Le défoulement est immédiat, tout ce qui était noué à l'intérieur sort en un seul cri. D'autres slogans fusent, suscitant mille échos. Ici et là, des hommes se lèvent et tendent le poing au-dessus de leurs têtes. Leurs silhouettes agrippées aux filins flottent comme des oriflammes contre le ciel noir. Puis vient le chant patriotique, « Biladi » (« Mon pays », trois fois répété), l'hymne palestinien copié sur celui de l'Égypte. Nous sommes les Brigades internationales voguant vers le front, les révoltés du cuirassé *Potemkine*, nous montons à l'assaut, et la traînée de lune sur l'eau semble nous conduire vers notre destin – et peut-être notre mort. Mais en moi, si une moitié s'enflamme, l'autre ne peut s'empêcher de penser à Brassens qui dit se taper *le cul par terre* chaque fois qu'il entend une musique militaire. Et la question de ma mère me revient : « De quel côté es-tu, à la fin ? » Pourtant j'ai choisi de monter à bord de ce rafiot, ému comme tout le monde, effrayé comme tout le monde – et acceptant de mon plein gré de courir vers le danger. Qu'est-ce qui n'est pas vrai là-dedans ?

Une jeune fille accoudée au bastingage crie d'une voix assurée :

– Nous chantons sa poésie, nous rêvons de lui comme d'une légende... Il ne voudrait pas qu'on le sache, mais il est parmi nous en cette nuit du destin, sur ce cargo, en chair et en os : Mahmoud Darwich !

De stupéfaction, la foule tombe dans un silence complet. Quoi ? Le poète national palestinien serait lui-même présent sur cette coquille de noix ? Dans l'obscurité, on aperçoit une silhouette plutôt moyenne de taille, lunettes sur le nez. C'est lui. On imagine que c'est lui.

– Je ne demande qu'une chose, reprend la jeune fille. Que notre frère et ami nous donne un peu de son inspiration, un peu de son courage en déclamant l'un de ses poèmes, je veux dire : le plus célèbre d'entre eux, « Inscris, je suis arabe ».

Un murmure d'approbation lui répond. Tout le monde se tait de nouveau. Son visage apparaît dans le faisceau d'une lampe de poche, sa voix vole au-dessus des têtes :

– *Inscris, je suis arabe / J'ai huit enfants / Et le neuvième viendra après l'été / Vas-tu te mettre en colère ? / Inscris, je suis arabe.*

Il poursuit :

– *Je ne mendie pas à votre porte / Ni ne m'abaisse sur la pierre de vos seuils / Vas-tu te mettre en colère ? / Inscris, je suis arabe / Mon grand-père était un paysan inconnu / Il m'a appris la fierté de l'âme avant la lecture des livres / Rien ne te plaît dans ma condition ? / Je suis un nom sans attribut / Inscris, je suis arabe.*

La voix monte soudain vers les aigus, la fin est proche :

– *Je suis d'un village / Aux rues sans nom / Tu ne m'as laissé / Rien d'autre que ces rochers / Vas-tu les prendre aussi, comme on le dit ? / Dans ce cas / Inscris / En haut de la première page / « Je ne hais pas les gens ni ne vole personne » / Mais... si je suis affamé / Je mangerai la chair de mon oppresseur / Fais attention... Fais attention... à ma faim et ma colère.*

Ovation insensée, bourrasque ! Le danger importe peu, la bataille est décisive, la mer démontée, les lèvres ont murmuré le poème dans la nuit, le poète lui-même a conduit la sainte récitation, et c'est comme si chacun devenait cette faim et cette colère... Soudain j'entends Darwich dire en aparté à la jeune fille qui l'a présenté :

– Mais qu'est-ce qui t'a pris ? J'en ai par-dessus la tête de ce poème ! Je ne suis pas comme ça ! Je ne porte pas sur mes épaules toute cette souffrance et toute cette peine !

Le jour s'est levé depuis plusieurs heures, maintenant le soleil nous écrase. Sur le pont, certains se sont réfugiés à l'ombre. Les plus courageux se sont mis torse nu, chemise nouée sur la tête, deux ou trois ont même déniché des chaises longues sur lesquelles ils se sont affalés. Un air incongru de vacances s'est invité à bord, même si l'on continue de scruter avec appréhension le cercle parfait de l'horizon, ses trois cent soixante degrés ininterrompus : nulle embarcation ennemie ne se montre. Vers la fin de l'après-midi, nous pensons être passés au travers des mailles du filet, la bataille navale tant attendue n'aura pas lieu. On s'en réjouit, secrètement déçus.

L'image quasi fixe de la proue du cargo avançant droit devant s'imprime longuement sur nos rétines. Rien d'autre. Et au moment où la lumière du jour commence à décliner, Beyrouth apparaît. On la devine plus qu'on ne la voit, elle n'est pour l'heure qu'une poussière sur la courbure de l'horizon. Et le cœur se met à cogner. Sans attendre, nous nous regroupons tous à l'avant. Gorge nouée, silence complet. Mais à mesure que nous approchons, il se passe quelque chose d'étrange : la ville disparaît. La nuit qui tombe est en train de l'envelopper et nulle lumière ne s'y allume. Je mets quelques minutes à comprendre : l'électricité et l'éclairage public sont coupés. C'est peut-être ça, la guerre – sa face muette en tout cas. Un silence, une noirceur qui font peur. On s'approche encore et l'on devine la masse des immeubles mangés par l'obscurité. Leurs crêtes se détachent contre le ciel de nuit et composent un dessin abstrait fait de lignes droites et de lignes brisées. Fantôme de Beyrouth.

Des lueurs s'allument et se multiplient dans la moitié gauche de la cité. J'ignore s'il y a là des générateurs en plus grand nombre ou si l'électricité a été rétablie de ce côté. Ce qui est sûr, c'est que l'éclairage marque la frontière entre les deux sœurs ennemies : Beyrouth-Est, chrétienne, contrôlée par le parti phalangiste allié des Israéliens ; Beyrouth-Ouest, le trou noir, à majorité musulmane, dominée par les Palestiniens et leurs alliés libanais. Vers cette dernière convergent toutes les puissances de feu, toutes les foudres de l'enfer – ainsi que notre cargo.

C'était un dimanche soir. Les deux mois d'été touchaient à leur fin, j'allais bientôt repartir pour Paris. Personne n'imaginait qu'une guerre civile pouvait éclater. Descendant l'escalier, j'avais croisé mon voisin Roro qui le montait. Il n'était plus habillé en boy-scout mais en treillis militaire. Un peu surpris, je l'avais machinalement salué avant de poursuivre mon chemin, et il m'avait arrêté. J'ignore ce qu'il avait perçu dans mon expression mais il avait l'air vexé.

– La situation est plus grave que tu ne le penses, m'a-t-il dit d'emblée, et son menton tremblait.

Sans doute était-ce moi qui n'y comprenais rien, mais la vérité est que je n'arrivais pas à prendre Roro au sérieux. Il m'avait aussitôt pris par le bras pour me confier sous le sceau du secret que ses deux frères et lui se rendaient tous les week-ends dans la montagne chrétienne pour participer à des *scénarios de combat*, tantôt attaquant le village abandonné qui leur servait de théâtre, tantôt le défendant, simulant une guerre réelle, avec marche au pas et discipline de fer... Il était habité par la même passion qu'à l'époque où il me montrait le revolver de son père caché sous le matelas.

– Et... vous avez des armes ?

– On n'en a pas besoin pour l'instant, a-t-il répondu, gêné. Mais ça viendra. En attendant, nous utilisons des fusils de bois.

Malgré mes efforts, imaginer Roro, Riri et Roland crapahuter sur les collines avec leurs fusils de bois avait provoqué chez moi un accès d'hilarité intérieure – mais je m'étais retenu. J'aurais sans doute oublié cette rencontre si, quelques jours plus tard, trois avions de chasse n'étaient passés en rugissant au-dessus de ma tête alors que j'étais allongé sur une chaise longue sur mon balcon. Pendant qu'ils prenaient de l'altitude, je les avais reconnus : il s'agissait des trois seuls appareils de l'aviation libanaise, des Hawker Hunter de fabrication britannique hors d'âge. Je me suis levé pour observer leur ballet, et la rue, le quartier, la ville entière ont fait de même. Nous les avons vus tourner dans le ciel puis fondre en piqué en direction de la banlieue sud. Et là, à la stupéfaction générale, ils avaient lâché leurs bombes *pour de vrai* sur les camps de réfugiés palestiniens. Incroyables images d'explosions et d'éclairs tout de suite suivies pour nos oreilles par une succession de déflagrations... Nous étions abasourdis. Cette fois, l'événement ne passait pas à la radio ou à la télé, il se déroulait sous nos yeux. En fait, comme nous l'apprendrions un peu plus tard, le président libanais venait de lancer sa maigre aviation et son armée d'opérette contre les Palestiniens qui menaçaient de provoquer une guerre avec Israël. L'affaire avait aussitôt entraîné une division politique irréparable car la moitié de la population se solidarisait avec la « résistance palestinienne » et soutenait son « droit à la lutte armée » pendant que l'autre était persuadée que ces Palestiniens en armes allaient modifier l'équilibre du pouvoir au détriment des chrétiens. Et puisque l'armée libanaise s'avérait incapable de les mettre au pas, une partie de la population chrétienne s'était rangée derrière le parti phalangiste, lequel s'était chargé de l'armer et de l'organiser en milice pour « faire le travail ». Par qui cette milice chrétienne était-elle dirigée ? Par une vieille connaissance : Bachir Gemayel, celui-là même qui avait conduit l'agression contre nous à l'École des lettres, quatorze ans plus tôt. Grâce au soutien israélien, le jeune homme devenu chef militaire était en train de mettre sur pied une force chaque jour plus lourdement armée.

Le lendemain, Roro était venu frapper à notre porte – ce qu'il n'avait plus fait depuis l'enfance. Maman l'avait reçu avec la fausse amabilité dont elle a le secret. À peine entré dans ma chambre, il avait refermé la porte derrière lui et posé sur la table le long étui qu'il portait en bandoulière.

– Je suis venu te montrer ça... m'a-t-il dit modestement, sortant de l'étui une kalachnikov flambant neuve.

La violence endormie dans le métal sombre et comme huileux de l'arme m'avait saisi, et aussi l'attraction presque sexuelle que celle-ci exerçait sur mon jeune voisin. Sans un mot, il essayait de me faire comprendre qu'une *vraie guerre* dont il était le *vrai guerrier* se préparait. J'étais un peu effaré, et tout à fait inquiet. Des armes pareilles entre les mains de têtes brûlées comme lui étaient forcément dangereuses. Mais je n'y pouvais rien, les dés roulaient déjà. Roro irait désormais où sa passion et ses chefs le conduiraient. Pour l'instant, il était venu laver la petite humiliation des fusils de bois – et aussi répondre à la pulsion mystérieuse qui le poussait à chercher mon approbation.

La semaine suivante, Roro et ses frères reçurent une autre kalachnikov, ce qui provoqua un conflit entre eux – car ils sont trois. Qui allait prendre possession des armes de guerre et qui le fusil de chasse, un vieux tromblon appartenant au père exilé à Tripoli ? La réponse n'a pas fait de doute, les *klashen* ayant été préemptés par Roro et Riri et le fusil d'un autre âge alloué, en dépit de ses protestations, au malheureux Roland. Quoi qu'il en soit, ils étaient à présent tous les trois équipés – même s'ils n'osaient pas encore montrer leurs jouets en public. Ils les exhibaient le soir en famille, sous les yeux attendris de leur maman, ne les sortant de l'appartement qu'une fois par semaine, soigneusement rangés dans leurs étuis pour « monter » vers leur week-end d'entraînement.

Un soir, alors que j'achetais du bourghol pour ma mère, l'épicier Farid m'avait appris que les trois frères étaient en train de visiter discrètement les familles chrétiennes de la rue pour demander aux jeunes de les rejoindre : « Il faut défendre notre quartier ! » Dans l'arrière-boutique, *sitt* Marie faisait celle qui n'entend rien (mais le soir, son rire me semblait moins claironnant) pendant que *khawaja* Farid baissait la voix pour me confier que ceux qui leur disaient non commençaient à les craindre un peu. Et chacun devinait que la course aux armements et à la mobilisation était lancée de la même manière dans le camp d'en face.

« Le camp d'en face » : c'était la première fois qu'on utilisait cette expression. Nous ! Eux ! Ce qui faisait le génie de Beyrouth quand les communautés réussissaient à s'entendre était d'un coup aboli : de façon souterraine, tout se mettait en place pour une confrontation violente et sans issue. Le temps de s'unir était en train de passer – celui de se déchirer pointait son nez. Pour le malheur de tous.

Pourtant, chacun continuait de vaquer à ses occupations. Farid et Marie prenaient toujours le frais sur le trottoir de leur épicerie, les Russes blancs fabriquaient leurs parpaings, les « artistes » se rendaient à leur travail en milieu d'après-midi, les marchands des quatre-saisons vantaient toujours leurs produits à grands cris. Tout était pareil – mais rien n'était pareil. Car les regards changeaient. L'épicier Jawad était musulman, on l'avait toujours su… mais de quel côté serait-il au jour dit ? Et le chiite Ali *le kawwa* ? Donnerait-il des renseignements à *ceux d'en face* ? Et le boulanger Saadé, musulman lui aussi, que ferait-il en cas d'affrontement ? Les formules de politesse avaient toujours cours, plus encore qu'avant, mais en son for intérieur chacun s'interrogeait, chacun se méfiait. Le poison des rumeurs faisait insidieusement basculer les âmes pour que puisse se préparer la guerre, la vraie. Mais comme il était impossible de s'inquiéter en permanence, on s'habituait à cette tension latente, on l'acceptait progressivement comme la nouvelle réalité.

Au fond de soi, chacun savait pourtant à quoi s'en tenir. « Les chrétiens » étaient dominants dans notre rue, mais le quartier dans son ensemble occupait une bande côtière qui empêchait l'accès à la mer de la ville majoritairement musulmane. En cas d'attaque, les Roro et les Riri seraient facilement balayés. Qu'adviendrait-il alors des gens ordinaires qui vivaient ici ? Personne n'en parlait mais tout le monde y pensait. Car tout annonçait déjà la déflagration à venir. Alors que notre rafiot n'était plus qu'à quelques encablures de la terre ferme, je rêvais à ces moments de 1975, les derniers où Beyrouth était encore en paix.

Nous sommes assez proches pour distinguer les lampes de poche qui s'agitent sur le rivage comme des feux follets. Le port situé à la frontière des deux moitiés de la ville étant susceptible d'être bombardé, notre cargo a pris la direction d'une plage située à quelques kilomètres au sud, une plage où les courants sont puissants et la mer particulièrement forte – c'est d'ailleurs l'un des sites où, enfant, les rouleaux de vagues me prenaient derrière les reins. Si celle-ci a gagné le surnom de *Saint-Balache* (« Saint-Gratuit »), c'est parce que toutes les plages privées de Beyrouth, Saint-Michel, Saint-Simon et autres, étaient hors de prix. En dépit du danger, des familles pauvres venaient donc s'ébattre ici durant l'été sans se soucier de l'absence de maîtres nageurs.

La plage est tout à fait déserte cette nuit, et le silence n'est rompu que par le bruit des vagues qui frappent les flancs de notre rafiot. Ne pouvant approcher plus avant, celui-ci a jeté l'ancre à une centaine de mètres du rivage et se laisse ballotter par la houle. L'apparition soudaine de grandes barques secouées par la mer – silhouettes noires qui montent et descendent de façon vertigineuse – achève de nous persuader que nous sommes dans un film de contrebandiers. C'est miracle qu'elles arrivent à s'amarrer sans dommage à notre bord. Il nous faut ensuite emprunter l'échelle de corde que l'on a déroulée contre la coque rouillée du cargo, hommes, femmes et enfants plus ou moins terrorisés, sauter dans la barque géante qui se remplit lentement de passagers puis attendre que les marins descendent nos bagages dans des filets aux larges mailles. Et quand les amarres sont jetées, notre barque livrée à elle-même s'engage dans des montagnes russes dont personne n'a le contrôle. Pourtant, à force de coups de rames, les marins parviennent à la maintenir nez en avant. S'ils ne peuvent rien contre les vagues qui la soulèvent comme fétu de paille, ils réussissent *in extremis* à l'échouer sans casse sur le rivage où l'attendent quelques costauds. Il nous faut sauter sur la plage sans tarder en s'éclaboussant les uns les autres – la mer nous arrive aux mollets – et courir pour éviter d'être renversés par la vague suivante. Nous arrivons sur la terre ferme et c'est seulement à ce moment que, levant les yeux, nous commençons à prendre conscience de la réalité dans laquelle nous sommes tombés.

Aucun feu n'a été allumé sur le rivage, et pour cause : l'armée israélienne, nous apprend-on, est à moins de quarante kilomètres au sud et rien ne doit signaler notre présence. Il faut dégager, et plus vite que ça ! Beaucoup de ceux qui nous attendent sont armés de kalachnikovs, leur nervosité laisse deviner le danger qui plane sur leurs têtes et les nôtres. La gorge se noue. Encore invisible, la guerre rôde, et le danger vient du ciel. Instinctivement, on contracte les muscles, on plisse les yeux et on ferme les oreilles comme pour se prémunir contre une explosion imminente – qui ne vient pas. Même sa respiration, on la retient.

Sur ma droite, je remarque un groupe de cinq ou six hommes en armes, le keffieh autour du cou, qui envoient vers la mer des signaux à l'aide d'une lampe torche. Un signal leur répond depuis l'une des barques, laquelle se dirige droit vers eux. À peine celle-ci a-t-elle touché terre, ceux qui l'attendent se précipitent pour l'entourer. À les voir extraire de la barque une frêle silhouette qu'ils entraînent vite, je comprends qu'ils sont le comité d'accueil envoyé par Arafat pour accueillir Mahmoud Darwich. D'autres Palestiniens, kalachnikov en bandoulière, veillent au grain sur le bord de la route. Sans attendre, ils poussent leur éminent invité dans une Range Rover blindée qui démarre dans un nuage de poussière, précédée et suivie par des voitures d'escorte. L'épisode et tout ce qui l'entoure, les armes, le danger, l'absence de toute police des frontières, font sentir que nous sommes désormais dans ce *territoire hors la loi* menacé par une invasion et livré au seul pouvoir des hommes en armes qui le contrôlent. Je reconnais en moi cette chose inavouée qui palpite de plaisir devant ce côté sauvage et dangereux. C'est peut-être ça que je suis venu chercher.

Entre-temps, le cargo a dû lever l'ancre pour disparaître dans la nuit – et les grandes barques sont maintenant tirées à sec sur la plage. Des gens attendent encore parents ou amis en criant leurs noms dans le noir, des arrivants plus ou moins désemparés cherchent ceux qui sont censés les accueillir. Les hommes en armes poussent les premiers comme les seconds à disparaître au plus vite, brandissant leurs kalachnikovs de façon presque menaçante. Mon attention est attirée par un homme en blue-jeans debout face à la mer. Il scrute l'horizon et fume tranquillement comme s'il était étranger à la frénésie ambiante. En dépit du pistolet qu'il porte en évidence à la ceinture, il n'a pas l'air de faire partie des gardiens de l'ordre palestinien. Ce serait plutôt un civil armé, une espèce de franc-tireur, silhouette incongrue qui ne semble inquiéter personne. Je le contourne pour voir son visage. C'est Rocco ! Venu m'accueillir sur cette plage !

Je ne l'avais pourtant pas averti de mon arrivée. Le seul que j'avais réussi à joindre était Fouad, et encore, la ligne était si mauvaise que je ne suis pas sûr qu'il m'ait compris. Et ce pistolet à la ceinture de Rocco, Juif étranger en territoire palestinien, comme si de rien n'était ! Il n'a pas l'air très content de me voir. Il a même ce regard *mauvais* que je lui ai connu parfois. Sa première question, « Qu'est-ce que tu es venu faire ici ? », me prend tellement de court que je ne trouve rien à répondre. Il ne m'en laisse d'ailleurs pas le temps.

– Viens, dit-il sèchement, on parlera en voiture.

Seule la lune éclaire l'étrange cortège qui avance tous feux éteints sur la route côtière reliant la plage de Saint-Balache à Beyrouth-Ouest. Il y a là des taxis professionnels accourus dès qu'ils ont eu vent du « débarquement », des voitures privées dont beaucoup roulent sans plaque d'immatriculation, des camionnettes découvertes dont les plus remarquables sont munies de mitrailleuses lourdes montées à l'arrière et tenues, bras tendus, corps en arrière, par de jeunes combattants qui semblent faire du ski nautique. Les véhicules se doublent à qui mieux mieux, soulevant des tempêtes de sable sur les bas-côtés. La sarabande de nuit est folle mais silencieuse. Elle est aussi régulièrement ralentie par des camions chargés à ras bord de meubles, sommiers à ressorts, matelas ficelés, souvent surmontés d'enfants aux yeux graves serrés les uns contre les autres. Eux aussi foncent tous feux éteints et dansent au gré des cahots. D'autres enfants, moins chanceux, sont traînés par leurs parents sur les bords de la route et avancent tant bien que mal. Grand-mères apeurées, cousins qui jouent les gros bras, femmes engueulant leurs bébés qui braillent, c'est la première fois que je vois des réfugiés fuyant les combats.

– À part qu'ils ne fuient pas les combats, dit Rocco entre ses dents, parce qu'il n'y a pas de combats.

– Comment ça ?

– L'armée syrienne a détalé, les Palestiniens aussi. Les Israéliens avancent sur trois axes sans rencontrer de résistance. Dans trois jours, ils seront sur nous.

– Qu'est-ce qui va se passer ?

– On va se barricader à Beyrouth-Ouest et les attendre… Pour l'instant, ils progressent…

Je n'aime pas comment il me parle – comment il m'a toujours parlé.

– C'est quoi ce pistolet ? T'es devenu combattant ?

– Et t'es quoi, toi ? Touriste ?

– Tu t'es toujours rêvé en révolutionnaire avec un pistolet à la ceinture dans une ville du Far West comme ici… Mais ce n'est

qu'un mensonge : tu n'es pas un combattant mais un héros de bande dessinée !

Il se met à rire de bon cœur, ça lui fait même plaisir.

– Et toi, tu es installé à Paris, tu es journaliste, tu baises des filles, tout va bien pour toi… Et soudain, les Israéliens traversent la frontière pour prendre au piège ces mêmes Palestiniens qu'ils ont chassés de chez eux il y a trente-quatre ans. Ils disent parler *au nom des Juifs* et toi, juif, tu ne le supportes pas. Au point que tu prends l'avion puis le bateau pour rejoindre ce merdier où tu n'as pas la moindre idée de ce que tu pourrais faire…

– T'as un flingue pour moi, c'est ça ?

– J'ai un flingue parce que j'ai décidé d'être membre du Fatah, je suis passé de l'autre côté, côté palestinien. Ça te dit ?

– Pas vraiment…

– Mais tu peux écrire, c'est dans tes cordes, tu as toujours fait ça. Ton journal en France ne pourrait pas te bombarder envoyé spécial ?

– C'est même lui qui m'envoie.

Son visage s'éclaire.

– Un journaliste comme toi dans la ville, c'est exactement ce qu'il nous faut !

– Je ne sais pas qui est ce « nous »…

– T'occupe, ça viendra tout seul… La situation elle-même te dira quoi écrire. Beyrouth-Ouest est en train de se transformer en une forteresse imprenable avec les Israéliens au sud, les phalangistes à l'est et au nord, la mer en face. Nous serons faits comme des rats, pris au piège, nulle part où fuir… Pas d'autre choix que de livrer bataille… Ceux qui voulaient partir sont partis, il reste ceux qui résistent… Un moment historique !

Je le regarde et j'éclate de rire. Question manipulation, il n'a pas beaucoup changé. Il essaye de garder son sérieux, tient un moment puis se met à rire aussi. Nous ralentissons derrière la voiture qui nous précède, nous ralentissons une deuxième fois et finissons par nous arrêter tout à fait. Un embouteillage !

– Un barrage, dit Rocco.

La route étant plutôt large à cet endroit, il déboîte et double à grande vitesse la file des voitures arrêtées – sous les regards haineux. Nous arrivons au barrage dit « volant ». Les hommes qui le contrôlent ont l'air nerveux, leurs armes tremblent dans leurs mains.

– D'où sont les jeunes gens ? demande l'un d'eux.

Plutôt que de répondre, Rocco lui met sous le nez une carte plastifiée de la taille d'une carte de visite. L'homme y jette un coup d'œil, recule aussitôt et nous fait signe d'avancer, avertissant à grands gestes ses camarades.

– C'était un barrage des Mourabitoun, des sunnites, me dit Rocco en accélérant. Eux aussi ont leur carte, chaque parti a la sienne, j'en ai toute une collection dans mes poches… Mais la carte du Fatah reste la meilleure, un laissez-passer auprès de tous. Dans cette ville, nous sommes les rois !

– Les rois, vraiment ?

Le quartier de Fakahani, non loin de l'Université arabe, j'en ignorais jusqu'à l'existence. Ce carré de rues abrite quasiment tous les immeubles du pouvoir palestinien – leur « cité de gouvernement » en quelque sorte. Je n'aperçois que de tristes édifices délabrés, à moitié éventrés, tenant debout en dépit du grand nombre d'obus qu'ils ont reçus. Nulle lumière visible à leurs fenêtres : les occupants ont déguerpi depuis longtemps pour se cacher ailleurs. Au milieu se dresse pourtant un bâtiment qui, grâce sans doute à un puissant générateur, est éclairé comme s'il n'avait rien à craindre.

– Tu as besoin de papiers pour circuler, me dit Rocco, sinon tu n'iras pas loin. Tu as vu le nombre de barrages qu'on a dû traverser ? Ici, c'est le centre de presse de l'OLP. Les journalistes étrangers y passent souvent, de sorte qu'il ne risque pas d'être bombardé… D'où l'éclairage.

À l'entrée sont disposés douilles d'obus, roquettes, bombes à fragmentation de tous calibres et de toutes tailles censées souligner

la responsabilité d'Israël – et celle des États-Unis, fabricants de la plupart de ces armes. Elles forment une espèce de haie d'honneur où l'on passe pour accéder aux bureaux. Dans le couloir qui y mène, les journalistes américains croisés à Larnaca attendent en une queue interminable. Il y a une justice. Je remonte la file derrière Rocco jusqu'à la porte du centre de presse qui s'ouvre devant nous. Nous sommes aussitôt reçus par le maître des lieux, un certain Labadi, tenue kaki, plutôt jovial, parlant l'anglais. Il m'accueille si chaleureusement, moi qui travaille pour un journal français et parle arabe, qu'il est sur le point de me donner l'accolade – ce que je réussis à éviter *in extremis.* Quelques minutes plus tard, je quitte l'immeuble muni d'un papier à l'en-tête de l'OLP m'accréditant le plus officiellement du monde (du moins dans ce territoire maudit) comme journaliste.

– Avec ça, me dit Rocco, tu iras où tu veux.

Revenant à la voiture, je me rends compte que les fenêtres sont restées ouvertes avec mon sac de voyage sur le siège arrière. C'est miracle si personne ne l'a volé.

– Ton sac ne risquait rien, me dit Rocco, pour la bonne raison qu'ici, *c'est nous les voleurs* !

Il faut que j'en aie le cœur net.

– Ah bon ? Mais… en tant que membre du Fatah, tu fais quoi au juste ?

– Je suis le concierge de la ville, son garagiste, son factotum, son porteur de nouvelles. En plus de remplir des missions discrètes.

Il sort de sa poche un trousseau d'une bonne douzaine de clés enchevêtrées dans autant de ficelles et de rubans.

– Beaucoup de ceux qui ont quitté Beyrouth-Ouest craignent que des réfugiés venant du Sud n'investissent leur maison. Il suffit qu'une famille soit liée à une quelconque milice pour que des hommes en armes l'accompagnent, cassent la porte d'un appartement vide et l'y installent. Il arrive parfois que deux groupes armés arrivent au même moment devant une porte, chacun avec « ses » réfugiés derrière lui… Ça peut finir en bataille rangée.

– Tu peux empêcher ça, toi ?

– Personne n'a envie d'avoir un problème avec un type du Fatah. Et nous devons éviter que la ville se déchire sur des questions de maisons. La protection la plus sûre, c'est d'installer une personne de confiance dans un appartement laissé à ma charge. Comme toi par exemple.

– C'est où que tu veux me faire habiter ?

– Toi, tu viens à la maison. C'est rue Bliss, en face de l'Université américaine…

Le deuxième trousseau de clés qu'il me montre concerne les véhicules, on les lui a confiés pour les mêmes raisons. Me concernant, il me voit plutôt utiliser sa vieille moto – il n'en a pas l'usage et c'est pratique pour un journaliste.

– Comme ça, conclut-il, tu auras un papier de l'OLP, un toit sur la tête et un moyen de locomotion autonome. Les trois choses qu'il faut pour survivre dans cette ville… Bienvenue à Beyrouth-Ouest !

Nous gravissons les marches du long escalier droit. Maison traditionnelle libanaise comme il n'en existe plus tellement à Beyrouth, toit de tuiles rouges, pierres ocre dites « de sable », verrières en façade réparties sur trois arcades en ogives. Mon bagage en bandoulière, j'entre derrière Rocco. La lumière vient d'une lampe à pétrole posée au centre de la pièce principale, vaste salon divisé suivant le rapport un tiers/deux tiers par un mur percé de trois arcades répondant à celles de la façade, proportions idéales. Les quatre ou cinq ombres assises autour de la lampe comme autour d'un feu se lèvent en nous voyant entrer, se tournent d'un même mouvement vers moi et se mettent à... applaudir. Mes amis sont là – ceux qui n'ont pas quitté Beyrouth. Dans la semi-obscurité, je reconnais Fouad, mon vieux Fouad, devenu carrément maigre, Ralph, le danseur-pharmacien, et Jocelyne, une cinéaste dont la caméra à l'épaule me fixe de son œil de cyclope.

Tous me touchent, me sourient, me félicitent d'être à Beyrouth-Ouest, de rejoindre ceux qui ont ignoré les tracts israéliens lancés du ciel appelant à quitter la ville, ceux qui ont haussé les épaules quand les ambassades occidentales ont demandé à leurs ressortissants de fuir... Je suis revenu de mon plein gré en dépit du danger – alors que je n'ai plus aucune attache familiale ici. Pour toutes ces raisons, je suis le héros du jour, chacun veut me faire la fête. Mais l'électricité est coupée, le téléphone est coupé, l'eau, l'approvisionnement en nourriture. La guerre civile dure depuis sept ans et tout le monde s'était habitué à en gérer les restrictions. L'offensive israélienne les a dramatiquement aggravées : plongée dans le noir, Beyrouth est menacée par la faim et la soif, sans parler des bombes. Qu'importe ! Mes amis ouvrent royalement des boîtes de conserve en mon honneur, sardines, thon, corned-beef, préparent du café sur un réchaud à pétrole et allument quelques bougies trouvées au fond d'un tiroir. La fête est dans leurs yeux qui brillent.

Autour du salon, il y a trois chambres dont l'une m'est réservée – les deux autres étant le plus souvent occupées par Rocco et Ralph. Deux ou trois matelas traînant le long du mur rappellent que la maison est un lieu de passage. Fouad est venu spécialement pour m'accueillir, autrement il continue d'habiter l'appartement familial que j'ai connu. Là-bas, il participe à la sécurité, s'occupe d'approvisionner en nourriture les gens du voisinage – et les réfugiés du Sud qui affluent. Il a aussi des armes. Je le sens en paix avec lui-même, mais je ne peux m'empêcher de penser à Roro et Riri à qui il ressemble quoi qu'on dise.

En l'absence d'État, la ville entière semble s'être atomisée en micro-républiques dominées par des militants ou des miliciens locaux. Je demande à Fouad des nouvelles de sa famille, son père, son frère Zeid.

– Il a vingt-sept ans, il ne croit plus qu'en l'islam ! Depuis le triomphe de la révolution en Iran, il y a trois ans, il pense que *c'est arrivé* ! On en est même venus aux mains une fois…

– Mais il est propalestinien, non ? demande Ralph venu s'asseoir avec nous.

– Il a rejoint le parti que viennent de créer les Gardiens de la révolution envoyés par Téhéran sous prétexte de lutter contre l'invasion israélienne. *Le parti de Dieu* – Hezb-Allah. Ils se disent antiaméricains, anti-israéliens et soutiennent *la cause* – non parce que les Palestiniens ont été chassés de leur terre mais parce qu'ils sont musulmans et que l'islam s'imposera naturellement de par le monde, en Palestine comme ailleurs.

Rocco écoute, debout, avec ce petit sourire machiavélique que je lui connais, puis il ajoute :

– Les Américains ont soutenu les islamistes sunnites en Afghanistan contre les Soviétiques ; la France a accueilli le chiite Khomeiny avant qu'il triomphe à Téhéran. L'Occident a joué aux apprentis sorciers et maintenant…

– Maintenant, dit Fouad sombrement, mon petit frère est devenu fou.

On discute. La familiarité ancienne nous reprend dans ses bras comme si Paris n'avait jamais existé et Beyrouth était encore une fois le seul endroit du monde – plus réel encore parce que menacé.

– Des Palestiniens, dit Ralph à mi-voix, j'en vois à longueur de journée dans la salle d'attente du dispensaire de Chatila. La plupart ne sont ni de gauche, ni nationalistes arabes, ni fanatiques de l'islam. Ils cherchent seulement à survivre…

On l'écoute. Le terrain, c'est lui. Avec l'offensive israélienne, sa « clientèle » a fondu, ceux qui pouvaient fuir la banlieue l'ont fait – mais il reste pour s'occuper de ceux qui n'ont pas bougé.

Le balcon est plus spacieux que celui de mon enfance. La maison entière ressemble à ma maison d'origine, en plus grand. Les choses ont changé de dimension mais j'appartiens toujours à leur géographie. Les rails rectilignes du tramway disparu courent le long de la rue Bliss et se perdent du côté du phare. Le balcon donne sur le mur d'enceinte de l'Université américaine et, au-delà, sur ses jardins – le domaine de Jana. Je n'ai pas de nouvelles d'elle, je sais seulement qu'elle est professeure dans cette université où elle a étudié – et qu'elle ne s'est pas mariée.

Soudain une explosion, une autre, une autre encore, accompagnées d'interminables échanges de rafales. La guerre. Ça se calme un instant et ça repart. Je reviens en catastrophe dans le salon. Aucun de mes amis n'a interrompu sa conversation.

– C'est rien du tout, Youssef, rien de spécial, dit Fouad qui remarque mon air paniqué.

– Mais...

Il se lève et vient vers moi.

– Ce n'est qu'un bruit de fond. Aucun danger. C'est comme ça du matin au soir. Tu t'y feras comme tout le monde. Quand ça bardera pour de bon, tu le sauras.

– C'est même plus calme que d'habitude !

Nous nous retournons : Mounir vient d'arriver en compagnie d'Anne – qui est devenue sa femme. Passé les effusions, il nous apprend la raison de l'accalmie : Bachir Gemayel a refusé d'attaquer pour prendre Beyrouth-Ouest en tenaille comme il s'y était engagé – ce qui a rendu furieux ses alliés israéliens.

– En ne bougeant pas, il les a mis dans la merde. Son calcul était que les Palestiniens soient écrasés sans qu'il ait besoin, lui, de se salir les mains – façon de ménager son avenir. Les Israéliens ont dû ralentir pour revoir leurs plans.

Je me rapproche de Rocco.

– Comment se fait-il que Mounir soit si bien renseigné ?

– C'est que... il a des contacts, me répond-il avec son sourire malin.

– Derdérian ?

– Il est devenu l'éminence grise de Bachir... et garde un canal avec Mounir. Dans toutes les guerres, les ennemis se ménagent des moyens discrets de communication... Quant à Mounir, il a viré non violent.

– Au beau milieu de la guerre ?

– La guerre, elle a déjà sept ans, c'est ça qui l'a fait réfléchir... Selon lui, il faut considérer sa propre violence avant celle de l'adversaire, on ne s'en sortira pas autrement. Il croit pouvoir prévenir le pire en jouant les médiateurs.

– Et toi ?

– Ce n'est pas une médiation qui fera reculer les Israéliens... Ils n'ont pas vraiment besoin de Bachir pour mener leur guerre, mais ils sont intéressés à *le mouiller*, en particulier contre les Palestiniens et contre cette ville qui leur tient tête. Remercie-moi : tu as là de quoi écrire ton article d'aujourd'hui, ton premier !

– Une dernière chose : si les phalangistes retiennent leurs coups, ça veut dire que la frontière avec eux, le centre-ville, mon quartier à moi resteront tranquilles pour un moment…

– Oui, sûrement… Peut-être un jour ou deux.

Fouad qui s'est approché a entendu les dernières phrases. Il me regarde en fronçant les sourcils – devinant que j'ai secrètement l'intention d'aller visiter ma maison d'enfance.

Il marche derrière moi et se fait discret, je n'ai pas pu le dissuader de venir. Nous dévalons la rue du Grand Sérail, chaque pas nous fait perdre de l'altitude et nous rapproche du point où les carcasses d'immeubles aveugles attendent de se refermer sur nous. Niveau zéro. Les bâtiments qui nous encerclent hurlent de leurs bouches ouvertes. Ils sont là de tout leur poids, cauchemars pétrifiés, témoins silencieux de l'orgie qui les a dévorés jour après jour, année après année. Des tombereaux d'obus les ont éventrés, des averses de bombes et de roquettes, des tonnes d'explosifs – jusqu'à ce qu'il ne soit plus resté d'eux que ces squelettes de pierre dressant leurs moignons vers le ciel.

Fouad a senti mon hésitation et mon désarroi, il me tire en arrière, faisons demi-tour, il est encore temps, des miliciens rôdent là-bas, des cinglés, des voyous qui s'ennuient, tu ne sais même pas la langue qu'ils parlent... Des mines sous chaque pas, des bombes sur nos têtes, c'est trop bête... Mais moi, non. Je veux revoir ma maison, à quoi elle ressemble, juste ça, aller-retour, tout est calme ce matin, c'est la dernière chance...

J'avance droit vers le cœur du monde détruit. La guerre a commencé ici, elle a ravagé le centre, là où tout le monde se rencontrait, boutiques, souks, bordels, cinémas, hôtels... Deux ans durant, elle s'est acharnée à les anéantir pierre sur pierre, les moudre entre ses meules, transformer leurs façades en dentelles jusqu'à ce qu'il ait été bien clair que l'idée même de *vivre ensemble* était bannie. Et quand la guerre n'a plus rien eu à brûler, elle est partie ailleurs.

Aujourd'hui, il ne reste que des cendres froides. Ce n'est pas la destruction qui me frappe, c'est la végétation. Elle a pris possession du corps déshabillé, elle le couvre et travaille à le digérer comme une douce forêt carnivore. La vie a poussé sous le bitume, elle l'a fait craquer, elle a gonflé les rideaux métalliques et les a éventrés. La nature rampe en s'appuyant sur chaque lézarde, chaque pavé disjoint reparu sous le macadam. Elle enlace les rails à demi enterrés, surgit entre les ruines encore dressées, se saoule à l'acide qui ronge les façades, chaque canalisation qui suinte la nourrit. Elle a conquis la ville silencieusement avec une lenteur obstinée. Le lierre a pris racine dans les pierres de sable et s'est étendu, la verdure progresse sur les montagnes de détritus, les bosquets se liguent pour masquer les trous d'obus. Les arbres grandissent sous nos yeux, une douche incongrue arrose en continu le bitume, les immeubles hantés nous fixent de leurs orbites vides, mais l'invasion du vert a adouci les formes, arrondi les arêtes. C'était terrible mais c'est passé. Ce sont des ruines à la retraite, tout un pays. Je m'attendais à une désolation qui serre le cœur, des pierres qui crient leur rage vers le ciel. Pas du tout. Nous avançons dans une irréalité bucolique, un jardin d'Éden poussé sur un squelette K-O debout, presque un bois dormant…

Pour combien de temps ? Une nouvelle aube guerrière se lève, plus puissante, avec chars dernier modèle, avions bourrés d'électronique, bateaux invisibles, artillerie, troupes au sol… Rien n'arrêtera le roulement des tambours. Fouad me regarde encore une fois comme si on en avait assez vu.

Nous marchons côte à côte maintenant, et de plus en plus vite. Il n'y a toujours pas âme qui vive. Nous faisons attention aux mines mais aussi aux trous béants qui s'ouvrent sous nos pieds : des gamins ou des miliciens ont fauché pour les revendre les plaques d'égout en fonte marquées « Service des Eaux ». Dans toutes les directions, c'est une succession de puits ouverts sur les entrailles de la ville, tout son passé. L'extérieur et l'intérieur communiquent librement, séparés seulement par des nuées de moucherons. Les fantômes d'immeubles sont les cerbères des lieux, ils dessinent une haie qui nous pousse dans le dos et nous montre le chemin. Voici le marché aux fleurs, voilà la librairie Antoine – leur souvenir du moins. Sans en avoir rien dit, nous savons maintenant vers quoi nous nous dirigeons : l'Alliance, notre école, plus que trois cents mètres à parcourir.

La voici. Le mur d'enceinte est resté debout sur toute sa longueur – sauf à l'endroit où il s'est effondré, révélant en toute indécence la cour de récréation. Ici se tenait M. Préciado, ici nous nous rangions. La barrière qui divisait la cour a disparu, filles et garçons ne sont plus séparés aujourd'hui, mais tout le monde est parti. Des groupes disparates de réfugiés occupent la place. Il y a des cris d'enfants et des feux de bois allumés sous de vagues tambouilles. Ça sent la cuisine et la misère, mais ça vit. Ici et là, des familles ont essayé de délimiter à l'aide de couvertures des périmètres privés, des semblants d'intimité. Les fenêtres des classes n'ont plus de vitres, des ombres y passent et s'agitent. Nul besoin de parler. Je pose ma main sur l'épaule de Fouad et le tire en arrière. Mieux vaut passer notre chemin.

Deux cents mètres plus loin, les grilles de la grande synagogue sont fermées. Rien qu'à Beyrouth il y avait seize synagogues, et celle-ci était la dernière. Son bâtiment aux tuiles rouges arborant les Tables de la Loi sur son frontispice (« Tu ne tueras point ! ») ne semble pas avoir trop souffert de la guerre. Trois jeunes gens, keffieh autour du cou, kalachnikov à la main, viennent vers nous au pas de course. Depuis notre côté de la grille, Fouad leur montre mon accréditation de journaliste certifié OLP et leur confie – en baissant la voix comme s'il s'agissait d'un secret honteux – mon désir de visiter la synagogue. Leur réaction est immédiate, ils déverrouillent les grilles, ouvrent les portes en grand et m'accablent de formules de bienvenue pendant que nous traversons la cour menant au portail d'entrée. Ils s'empressent de nous dire qu'ils sont membres de l'OLP, postés là sur ordre exprès de Yasser Arafat, lequel est désireux de montrer à la presse étrangère, à la France, au monde entier qu'il respecte les Juifs, leurs lieux de culte et leur religion, n'ayant à en découdre qu'avec Israël, son Premier ministre Begin et son général Sharon.

Je retrouve la salle de prière avec sa double rangée d'arcades superposées dont les rayures jaunes et ocre ressemblent à celles de la mosquée de Cordoue. Enveloppés dans leur châle de prière, des fantômes alignés sur plusieurs rangs se balancent et murmurent leur adresse à Dieu. Certains s'interrompent parfois, lèvent les yeux au ciel, frappent sur leur livre de prière et crient « *Ya Nissouane !* » (« Femmes ! ») pour tenter de faire taire leurs filles et épouses qui papotent au premier. Je vois leur mouvement et j'entends leurs voix, j'écoute leurs prières, la rumeur des mariages disparus, les échos des bar-mitzvah et des jours de fête. Soudain, ça suffit. La nostalgie a une odeur de naphtaline – et ceux qui sont partis sont partis. Je suis d'un coup pressé d'en finir. Je remercie un peu brusquement nos hôtes et, pendant qu'ils sont occupés à refermer les portes, j'entraîne Fouad et m'enfuis comme un voleur avec lui.

C'est ma rue. Ce qu'il en reste. Immeubles éclopés, montagnes de gravats, fils électriques par terre, parfums d'égout : on dirait que des nuées de sauterelles ont nettoyé les lieux jusqu'à l'os. Le macadam lui-même a été mis sens dessus dessous et des geysers incongrus jaillissent des canalisations crevées. Une rue retournée, violée et laissée pour morte. La boulangerie Saadé, l'épicerie de *khawaja* Farid, la maison des Russes blancs, toutes charpentes désossées. Et des graffitis en arabe sur les murs encore debout. Les noms de mes lieux les plus familiers ont été transformés en noms de champ de bataille : l'assaut du Starco, la bataille de Zeitouné, la mise à sac du Kit-Kat...

Fouad a senti qu'il devait me laisser passer dans les derniers mètres. C'est à moi. Tout en avançant, je lève les yeux. La voici.

Cette maison qui devait depuis si longtemps s'écrouler, si fragile, construite sans un seul angle droit, tient encore. Sa silhouette bancale se détache contre le ciel à côté d'autres, effondrées. Le balcon et l'auvent sont à peu près intacts, les murs sont en place – sauf un trou d'obus dans celui de ma chambre. Depuis la rue, je peux voir que les chambranles des portes et des fenêtres ont disparu, découvrant des béances bordées de pierres nues qui laissent deviner un intérieur uniformément noir. Noir sur noir, et parfois gris – comme si une gigantesque gomme à effacer les couleurs était passée par là.

Avec Fouad sur mes talons, je m'engage dans l'impasse d'un pas que j'aurais voulu plus ferme. Sur le pan de mur qui conduit à l'entrée, un graffiti proclame fièrement : « Abou Hassan est passé par là !... » Et une autre main a écrit en dessous : « ... portant une machine à laver. » L'escalier lui-même n'a pas changé. Sans un regard pour le trou noir ouvert sur l'appartement de Roro et Riri, je continue de monter en dépit de l'émotion. Sur les dernières marches, je ralentis d'instinct. La porte d'entrée a disparu – je m'y attendais – mais je constate avec surprise qu'elle a été remplacée par deux plaques de tôle ondulée posées contre le trou béant – comme pour protéger des regards une improbable intimité.

– Il y a quelqu'un à l'intérieur ! me souffle Fouad, la main sur l'invisible pistolet qu'il porte à la ceinture.

Il passe devant moi et jette un coup d'œil entre les plaques de tôle. Doucement, il en déplace une pour nous permettre d'entrer – mais elle glisse et s'écroule de tout son long, soulevant à grand fracas un nuage de poussière qui retombe sur une montagne de débris calcinés. Nous entrons. Sur le sol comme sur les murs noircis, il ne reste rigoureusement rien. Meubles, portemanteaux, livres, tableaux, cadres de fenêtres, lustres, ampoules, douilles et jusqu'aux fils électriques, tout a disparu. Ce qui n'a pu être emporté par les pillards a été brûlé sur place pour former ce magma dont le spectacle nous a frappés d'entrée. Derrière, dans le coin le plus sombre de ce qui était notre salon, nous distinguons soudain... deux formes humaines.

– Qui est là ?! crie Fouad, sortant pour la première fois son flingue.

Les formes assises dans l'ombre se lèvent aussitôt les bras en l'air, deux femmes d'un certain âge habillées de robes traditionnelles et coiffées de voiles légers. Terrorisées, elles explosent en pleurs et en supplications appelant à la clémence et implorant la pitié. Fouad, sidéré, rengaine son arme.

– Pourquoi restez-vous dans le noir sans rien dire, folles que vous êtes ?! J'aurais pu vous tuer !

Fouad crie, il a eu aussi peur qu'elles. Il rit nerveusement, s'approche et prend les mains de la plus âgée.

– C'est fini, *ya hajjé*, plus de danger, tranquillisez-vous, tout va bien maintenant.

Une expression de soulagement passe dans les yeux des deux femmes : elles ont reconnu l'accent chiite de Fouad – pareil au leur. Il leur faut pourtant un moment avant de reprendre leur souffle.

L'une et l'autre vivaient dans le bidonville de Maslakh, « Abattoir » en français, une enclave peuplée de chiites, de Kurdes et de Palestiniens, située pour son malheur à l'intérieur (et en bordure) de ce qu'on appelle aujourd'hui « le pays chrétien ». Après une longue résistance, l'enclave est tombée et ceux qui s'y trouvaient ont été contraints de partir sur-le-champ. À la sortie, une haie de miliciens phalangistes les attendaient. L'un d'eux tenait une grosse tomate à la main et, la présentant aux rescapés, leur demandait ce que c'était. « Une tomate », répondaient-ils tous, interloqués – sans soupçonner que leur réponse déciderait de leur vie ou de leur mort. Car les Libanais disent *banadoura* pour désigner la tomate, et les Palestiniens *bandoura*. À cause de cette très légère différence, les uns étaient dirigés vers des camions qui allaient les transporter au diable, c'est-à-dire à Beyrouth-Ouest, et les autres au peloton d'exécution. L'expulsion de la population s'était donc accompagnée du massacre de quelque mille cinq cents Palestiniens – ce à quoi avait immédiatement répondu un massacre équivalent de chrétiens dans la petite ville de Damour, au sud de Beyrouth. Ainsi va la guerre.

Les deux femmes avaient vu leurs maris et leurs fils assassinés sous leurs yeux. Elles-mêmes avaient été jetées dans la banlieue sud de Beyrouth – où les cabanons de plage de la bourgeoisie libanaise les avaient abritées pendant plusieurs années. L'invasion israélienne les avait chassées de nouveau et c'est très récemment qu'elles avaient investi les ruines de ma maison d'enfance. Rassurées sur leur sort, les voilà qui s'inquiètent à présent de nos intentions :

– Nous sommes désolées d'avoir occupé votre maison, que Dieu vous garde, excusez-nous, nous ne pouvions pas savoir. Car vous êtes sans doute les propriétaires des lieux venus les récupérer…

– Pas du tout, répond Fouad avec son sourire le plus jovial. Mon camarade ici présent n'a pas l'intention de récupérer cet appartement qui ne lui a jamais appartenu. Sa famille le louait, et c'est ici qu'il a grandi, voilà tout. Vous pouvez vous installer sans le moindre souci.

Entendant cela, les deux femmes se tournent vers moi avec dans les yeux l'expression de la plus extrême compassion.

– Comme je vous comprends ! dit la plus jeune. L'endroit où l'on est né et où l'on a grandi reste cher à jamais. Moi-même, où que je sois, quand j'entends le mot *Maslakh*, je sens mon cœur palpiter dans ma poitrine.

Nous nous regardons, Fouad et moi, sans en croire nos oreilles. Son cœur palpite ! Pour Maslakh, le lieu pestilentiel entre tous ! Est-ce comme ça pour tout le monde ? Appelle-t-on *aimer* l'attachement absurde pour un lieu d'origine quel qu'il soit – ou pour tout autre objet familier ? Devant cet appartement bancal tout tordu et à moitié en ruine dont j'ai pu dire que c'était *chez moi*, mon cœur palpite-t-il ?

Entre-temps, les deux femmes ont fini d'intégrer le retournement de la situation. Les voilà qui nous encouragent à visiter les lieux, elles s'en font même un point d'honneur.

– Faites comme chez vous ! osent-elles même dire.

Sans me faire prier, je parcours mètre à mètre chaque pièce et chaque recoin. La véranda donnant sur la maison orientale que nous canardions avec un fusil à plomb, le balcon et sa chaise longue, la cuisine, la chambre de papa et ses plantes vertes, celle de maman, la mienne, la salle de bains où ronflait la chaudière à bois… Tout est froid, tout est fini. J'avise le dernier endroit que je n'ai pas examiné, l'embrouillamini des choses brûlées à même le sol. Au milieu du magma informe d'où émergent des ressorts de matelas calcinés, j'aperçois à moitié enterré un livre à la couverture blanche à peine roussie que je dégage des décombres : le Stendhal de la Pléiade qui m'avait jadis servi pour un exposé sur *Le Rouge et le Noir*… À l'intérieur, pliée en quatre, une recette du *Poulet suprême* découpée dans *L'Orient-Le Jour* par ma mère.

Aucune tristesse ne me serre la poitrine. Plutôt une sombre joie. Car cette maison qui a été la nôtre a échappé jusqu'au bout à ceux qui s'en croyaient les maîtres légitimes. Aussi éphémère et fragile que nous, elle a tenu le coup. Nous y avons vécu et nous en sommes partis sans dommage d'aucune sorte : ni morts ni blessés. Elle m'a laissé le temps de grandir – et il est bon qu'elle abrite à présent, sous son toit précaire, quelques survivantes.

À la sortie de l'impasse, au milieu de la rue, un petit homme sursaute dès qu'il nous voit et court se mettre à l'abri dans une boutique délabrée. Intrigués, vaguement inquiets, nous nous approchons et le trouvons recroquevillé derrière une porte-fenêtre dont les vitres ont été remplacées par un film plastique à peu près opaque. Il lève vers nous des yeux terrorisés.

– Qui… qui êtes-vous… et que faites-vous ici ? balbutie-t-il.

Il a dû perdre dix kilos et ce qui lui restait de cheveux, sa barbe a poussé dru, mais je le reconnais : le repasseur, Ali *le kawwa*, cette boutique en ruine est la sienne.

– Youssef… Youssef Hosni, dis-je d'une voix forte, tu me connais ! Ma mère m'envoyait chez toi quand j'étais gamin, je restais des heures à te regarder repasser, rappelle-toi !

Ce que je dis le trouble, mais il n'est pas sûr de me croire. Il me scrute comme s'il pouvait lire sur mon visage, fronce les sourcils, fait la moue.

– Et cet homme avec toi, dit-il tout bas comme si Fouad ne pouvait l'entendre, qui c'est ? Un milicien ?

– Mais non, Ali, c'est mon vieux camarade d'école, il s'appelle Fouad, tu peux lui faire confiance. Il ne te veut aucun mal !

Fouad lui sourit de toutes ses dents et le salue en accentuant, cette fois encore, son accent chiite. L'autre, alors, très lentement, à pas hésitants, quitte à regret sa cachette dérisoire, visiblement prêt à y revenir au moindre signe de danger. Nous reculons jusqu'au milieu de la rue pour lui laisser toute la place, il s'arrête à trois pas.

– C'est bien toi, Youssef ? finit-il par demander. Le fils de Kamel et Laura ?

– Mais oui !

– Par le Prophète, demande-t-il avec une soudaine colère, qu'est-ce que tu es revenu faire ici ? Tu es bête ou quoi ? Vous n'en avez pas eu assez ?

J'ouvre le bras en signe d'impuissance. Il essaye de se calmer.

– Et... comment vont tes parents ?

– Ils sont en sécurité à Paris... grâce à toi ! Si tu n'avais pas été là...

– Chut... dit-il en roulant des yeux paniqués. Ne dis pas des choses pareilles ! Ça ne doit pas se savoir...

Il regarde de gauche et de droite pour débusquer d'éventuelles oreilles indiscrètes dans cette rue totalement déserte.

– Si tu veux qu'on soit discrets, dis-je, rapproche-toi, on parlera plus tranquillement.

– Pas dans la rue ! Pas dans la rue ! Suivez-moi dans ma boutique !

En guise de boutique, nous découvrons un réduit encombré de toutes sortes de cartons et de débris. Seule la planche à repasser semble intacte, appuyée contre un mur, avec le fer à ses pieds. Par terre, un misérable grabat. C'est tout. Dans l'ombre miséricordieuse de la boutique, nous nous retrouvons tous trois assis sur des caisses en bois. Ali ne dit rien. Quelque chose, manifestement, le contrarie.

– Dis-moi un peu, murmure-t-il après un temps. Tes parents... ils ne t'ont rien raconté ? Après avoir vécu ce qu'ils ont vécu... pas un mot ?

– Ils m'ont juste appris que tu les avais sauvés en les conduisant à l'aéroport. Autrement, rien.

– Rien de rien ?

– Tu connais ma mère : quand elle bouge la tête de gauche à

droite à plusieurs reprises, c'est définitif : « On n'en parle plus, c'est derrière nous, on oublie. »

Son visage s'éclaire. Que je connaisse ce mouvement de tête si particulier de ma mère est la preuve qui lui manquait : c'est bien moi.

– Les dernières semaines ont été très difficiles, débute-t-il. Roro et Riri avaient reçu de nouvelles armes, grenades, lance-roquettes, mortiers, et le renfort de combattants aguerris. Ça les a rendus plus arrogants encore. Il n'y avait que Roland avec son tromblon qui gardait figure humaine. Ses frères avaient installé des murs de sacs de sable aux deux extrémités de la rue et ils allaient et venaient comme dans un camp retranché. Ils s'arrêtaient au pied des immeubles où vivaient des familles chrétiennes, tiraient en l'air et criaient : Famille Unetelle, nous voulons du sang neuf, nous voulons du sang ! C'était leur façon de recruter. Leur mère, *sitt* Odette, irradiait : ses rejetons étaient devenus les rois du quartier. Son petit dernier venait deux fois par jour sous ses fenêtres et criait : Maama ! Elle descendait alors le panier qui servait à s'approvisionner chez les épiciers, Roland y mettait les chargeurs vides que ses frères lui avaient confiés, Odette les remontait et les remplaçait par les chargeurs qu'elle avait elle-même bourrés de balles. Elle criait par la fenêtre : Je vous ai aussi mis des sandwichs de labné avec des concombres, que sainte Rita vous protège ! Et ce manège recommençait tous les jours. Certaines jeunes filles du quartier se sont mises à apporter à manger aux miliciens qui montaient la garde aux barrages. Elles s'asseyaient avec eux, leur faisaient la conversation et tâtaient éventuellement leurs biceps.

« Entre-temps, tous les musulmans de la rue étaient partis, l'épicier Jawad, le boulanger Saadé et tant d'autres ! Il ne restait que moi – je n'avais nulle part où aller. J'ai eu l'idée de proposer à Roro et Riri de repasser gratuitement leurs uniformes ainsi que ceux de leurs camarades en leur promettant qu'ils deviendraient les miliciens les plus chics du pays. Ils ont tout de suite accepté.

« Mais la guerre se rapprochait de jour en jour. Notre rue était prise entre deux fronts, les grands hôtels du bord de mer d'un côté, le centre-ville de l'autre – il fallait être fou pour rester... Tous les jours je disais à ta mère de partir, tous les jours elle me répondait : Ça va finalement s'arranger. Mais la vraie raison, c'était ton père. Après le départ de ses dernières *artistes*, l'hôtel Princess avait été réquisitionné par Roro et Riri. Le propriétaire leur avait tout de suite proposé un impôt de guerre en les priant de bien vouloir faire passer l'hôtel sous leur protection. Les deux frères en étaient ravis. Ça les avait encouragés à demander aux Russes blancs de contribuer eux aussi à l'effort de guerre en payant leur écot et en donnant quelques centaines de leurs parpaings ultra-légers pour construire des murs en chicanes aux deux entrées de la rue. Une nouvelle économie s'est mise en place – ici, mais aussi dans tous les quartiers de la ville. C'est comme ça que Beyrouth s'est progressivement mise à vivre sous le règne des milices.

« Roro et Riri avaient installé un tripot dans le lobby de l'hôtel Princess désaffecté, un cercle de jeu avec tables de poker, baccara... et même une roulette. Leur cercle, sordide, était fréquenté par des voyous, des trafiquants et des miliciens chrétiens d'autres quartiers qui devaient laisser leur kalachnikov au vestiaire. Ton père y allait toutes les nuits. Et il gagnait ! Ta mère lui disait : Tu n'as rien à faire avec *ces gens-là* ! – mais tu le connais. Dès qu'il est assis à une table de poker, plus rien ne compte. Ni guerre, ni danger, ni famille. Il se livrait sans retenue à cette passion du jeu qui lui avait tellement manqué, il se sentait revivre. Un jour, ta mère a arrêté de faire semblant : elle m'a tout raconté. Elle s'en tordait les mains. Elle me disait qu'elle n'avait jamais vu ton père aussi heureux.

« Les choses ont vraiment changé quand le premier mort est tombé dans notre rue. C'était un passant qui rentrait chez lui, un franc-tireur lui a mis une balle en pleine tête. Son corps est resté là, moitié sur le trottoir, moitié sur la chaussée, et personne n'osait s'approcher. Il a fallu attendre la nuit. Jusque-là, on entendait la guerre, elle était même assourdissante – mais là, avec ce mort, on la voyait. Roro, Riri et Roland ont alors fabriqué un mannequin de chiffon qu'ils ont attaché à deux ficelles pour le faire passer d'un côté de la rue à l'autre. À un moment, le mannequin a été criblé de balles et ils ont sauté de joie – comme si c'était un grand succès. Ils s'amusaient comme des enfants.

« Dans la nuit qui a suivi, ils sont montés chez vous à quatre heures du matin avec deux autres miliciens armés jusqu'aux dents. Ils ont tambouriné à la porte jusqu'à ce que tes parents leur ouvrent. Des bêtes de guerre. Ta mère m'a dit que même ton père en était ébranlé. Il faut qu'on monte sur votre toit ! a crié Roro. Nous avons repéré le franc-tireur ! Laissez-nous passer ! Le ton était terriblement brutal. Saisie d'une inspiration, ta mère a ouvert la porte en grand : Mais bien sûr Roro ! Entrez donc ! Faites comme chez vous ! Décontenancé, Roro est redevenu d'un coup le petit garçon qu'il avait été : Excuse-nous, tante Laura, on en a pour un moment seulement… Et elle : Prends ton temps, habibi, la maison est la vôtre… Si ça ne ne vous fait rien, nous allons nous recoucher… Viens, Kamel !

« Roro a bredouillé quelques mots d'excuse, il était honteux – et en même temps furieux de paraître faible devant ses hommes… Le lendemain, ta mère m'a avoué qu'elle était morte de terreur mais elle avait tenu bon. À sa propre surprise. Même le regard de ton père sur elle en était changé.

« Tout de même, la situation devenait intenable. C'est à ce moment que tes parents t'ont demandé d'envoyer depuis Paris des billets d'avion qui les attendraient à l'embarquement. Dans la ville en guerre, tout le problème était d'arriver à l'aéroport. Je sais que ton ami Mounir leur a promis une voiture blindée pour les évacuer, mais ça prenait du temps et il n'y avait plus le temps : le quartier était sur le point de tomber. Alors je suis monté chez eux et j'ai frappé à leur porte. Écoutez-moi, leur ai-je dit, si les bombardements le permettent, je viendrai demain matin à l'aube et vous emmènerai dans ma propre voiture. Je suis musulman, je saurai comment parler aux barrages en chemin, faites-moi confiance !

« Ils n'ont pas hésité. Le lendemain, après avoir fermé leur porte à double tour – comme si ça pouvait servir à quelque chose –, ils ont descendu l'escalier sans se retourner. Nous avons traversé la ville à feu et à sang. Je crois que les cadavres sur les trottoirs ont été les dernières images qu'ils ont emportée de Beyrouth.

Il s'arrête enfin, à bout de souffle. Je veux réagir mais il m'interrompt en levant le bras, son histoire n'est pas finie.

– Le temps de revenir de l'aéroport, poursuit-il, je découvre que Roro, Riri et Roland ont défoncé la porte et ont pris leurs aises dans votre appartement. Pendant que je repassais son uniforme, l'un des miliciens m'a raconté un peu plus tard que les trois frères s'étaient assis dans chacun des fauteuils, couché sur chacun des canapés, avaient essayé chacun des lits avec une extraordinaire jubilation. Ils ont fouillé dans les armoires, vidé les tiroirs, ouvert un carton à chapeau où vos lettres étaient rangées. Dans la *rakoué* de cuivre pendue au-dessus de la cuisinière, ils se sont préparé un café turc qu'ils ont bu sur le balcon en levant leurs tasses pour trinquer comme s'il s'agissait de coupes de champagne. Je les ai vus depuis la rue. Les bruits de guerre tout proches ont ajouté à leur fantasmagorie : il s'agissait bien d'une bataille – et ils l'avaient remportée !

« Mais leur victoire a duré moins d'une semaine. La guerre était perdue, et ils le savaient. Sentant la fin approcher, ils ont utilisé l'arsenal dont ils disposaient pour dynamiter la devanture d'un magasin indien de pierres précieuses, Roop Kala, situé dans le centre commercial à côté. Et ils se sont enfuis sans livrer bataille, laissant derrière eux le quartier sans aucune défense… On m'a dit qu'avec le fruit de leur rapine, ils avaient ouvert une pizzeria à Jounieh, à vingt kilomètres au nord – où ils officient encore aujourd'hui.

Des ombres passent sur son visage. Il reste un long moment sans bouger jusqu'à ce que je lui touche légèrement le bras dans un geste de compassion. Il sursaute et se redresse d'un coup. Puis, les yeux rouges, comme hallucinés, il s'efforce de finir son récit :

– Ils sont entrés dans notre rue comme on les imagine, des centaines d'hommes en armes, guerriers aux corps encore fumants de leur dernier massacre, miliciens ivres de sang et de destruction avec des colliers de balles de mitrailleuses autour du cou... Ils cherchaient des combattants ennemis, ils cherchaient des survivants, n'importe qui, prêts à tirer sur tout ce qui bouge. Je les ai vus arriver à hauteur de l'épicerie. Croyant que leur grand âge les protégerait, *khawaja* Farid et *sitt* Marie avaient refusé de partir, ils se tenaient côte à côte devant leur boutique, comme ils espéraient côte à côte être enterrés. Une même rafale de mitraillette les a tués. Dans ma tête, j'ai entendu son rire à elle, interminable, qui se prolongeait pour toujours en un hurlement de terreur...

Il pose la tête sur ses genoux et se met à pleurer. De toute évidence, c'est la première fois qu'il raconte ces scènes qui le hantent. Mais il tient à poursuivre.

– Comme eux, dit-il alors que les larmes coulent sur ses joues, j'étais debout devant ma boutique et je tremblais de la tête aux pieds. Ma dernière heure était arrivée, mes dernières secondes. Alors, dans un mouvement quasi instinctif, j'ai saisi mon fer à repasser d'une main, mon Coran à la tranche enluminée de l'autre et je les ai brandis au moment où les assassins venaient vers moi. J'ai voulu hurler la Fatiha à pleine voix pour leur faire comprendre que j'étais musulman, mais aucun son ne sortait de ma bouche, et mes lèvres ont fait toutes sortes de grimaces ridicules. Au lieu d'ouvrir le feu, les miliciens se sont mis à... rire. Une sueur froide m'a envahi, je me suis pissé dessus, je ne savais pas si, une fois ce sinistre rire passé, ils n'allaient pas recommencer à me tuer. Mais non. Ils ont continué vers le bout de la rue... et je suis rentré dans ma boutique pour m'écrouler.

« Quand je suis revenu à moi, encore totalement hébété, j'ai vu arriver des bulldozers avec d'autres hommes en armes portant des bidons d'essence. Sans ménagement, ils m'ont ordonné de leur indiquer le QG des phalangistes dans la rue – et je me suis empressé de leur désigner votre immeuble. Mais ils l'ont trouvé trop minable, ce qui l'a sauvé. À la place, ils ont décidé que la grande et belle demeure orientale en face était, elle, digne d'être la maison de l'ennemi. Ils l'ont donc détruite pierre par pierre, assassinant un jeune homme au passage. C'était le fils du propriétaire, le docteur Marine que tu connais sûrement. Apprenant la nouvelle, il est devenu fou.

« Le soir même, c'est par dizaines que les « camions de déménagement » sont arrivés. On pourrait croire que les pillards sont des individus furtifs agissant pour leur propre compte, mais non ! Sous l'œil vigilant des conquérants, tout le quartier, des dizaines d'immeubles et de maisons, ont été systématiquement pillés. Tu vois le résultat. C'était la fin de la rue Rizkallah.

Il s'affaisse sur lui-même, vidé d'une histoire qu'il m'a confiée comme pour s'acquitter d'une dette trop lourde à porter. Je pose la main sur son épaule.

– Ali, Ali, mais de quoi vis-tu aujourd'hui ?

Un sourire tout à fait surprenant revient sur son visage.

– C'est simple : les réfugiés qui se sont installés dans les ruines n'ont pas un sou, mais les miliciens sont nombreux. Comme il n'y a plus d'électricité, j'utilise des fers anciens que je chauffe sur mon Primus à pétrole. Et je gagne ma vie comme ça, en repassant les uniformes des nouveaux maîtres... Ils sont à leur tour les miliciens les plus chics du pays. Tu connais sûrement le dicton libanais : Embrasse la main que tu ne peux briser...

Il me laisse finir, ce que je fais volontiers :

– ...et souhaite-lui de se casser.

Jana surgit d'un coup. Dans l'embrasure de la porte, sur fond de ciel ouvert… tellement réelle – et tellement *poussière de rêve* en même temps. Ses cheveux ont poussé, noir de jais, son air enfantin a survécu. Nez en trompette, taches de rousseur, et toujours ces yeux démesurés qui fouillent. Elle porte des jeans et un T-shirt gris-beige sans manches, presque transparent – si léger ! Une femme. Sa voix un peu rauque, la même que toujours, ses premiers mots :

– Tu as mis le temps…

Elle entre et me bouscule comme si j'obstruais le chemin, mais elle se retourne tout de suite, au milieu du couloir, pour passer un bras autour de mon cou et me serrer contre elle. Elle se détache vite avec un drôle de rire, un rire étouffé, d'orgueil – mais je vois bien, moi, le trouble qu'elle réprime. Tout ce que j'ai pu me dire avant cet instant – c'est fini, c'est du passé – vole en éclats… Plus rien ne joue. Nous sommes de nouveau dans la brûlure que rien n'éteint. On pourrait se toucher. Le souvenir sur notre peau est cuisant comme si c'était hier – et c'est aujourd'hui. J'avale ma salive et demande :

– Et maintenant, qu'est-ce qu'on fait ?

– Un café, peut-être ?

Le piège s'est refermé, l'offensive est imminente – et rien ne se passe. Seulement ça : il est trois heures de l'après-midi, nous sommes seuls, aucune frontière entre nous, tout est à recommencer. Le silence. On entend même les oiseaux dans les arbres en face, et les bombardements en sourdine. Elle rit encore et va vers la cuisine, un charme l'enveloppe, je la suis. Sur la pointe des pieds, elle ouvre le placard du haut, son corps suit le mouvement et s'affine, son T-shirt se soulève et révèle un peu de son ventre plat, un peu de son nombril. Bouffée de chaleur. Elle prend dans le placard le paquet de café turc, plonge la rakoué dans une bassine d'eau pour la remplir, se saisit du Primus à pétrole, pompe le gaz à l'aide du levier sur le côté, craque une allumette. Ma grand-mère Badrié faisait exactement pareil, même Primus, mêmes gestes, c'était avant les bouteilles de gaz. Une citerne d'eau tirée par un cheval de trait passe une fois par semaine, le cocher déroule le gros tuyau attaché sur le côté et se débrouille pour le monter jusqu'au toit où l'attendent deux barils vides. Quand la pompe se met en marche, on ouvre les robinets afin de remplir la baignoire qui servira de réserve pour la cuisine et les toilettes. Chacun, ici, a appris à se laver à l'écuelle avec un seul seau d'eau. C'est la guerre. Dès hier, on m'a fait la leçon et enseigné comment vivre. Faire la queue à la station d'essence avec deux bidons à la main, faire la queue à la boulangerie avec son sac à provisions, acheter n'importe quelle nourriture qu'on trouve sur son chemin. Toute la société a fait un pas en arrière pour survivre, lampe à huile, marche à pied, ce n'est pas si compliqué.

Elle surveille le café en remuant la petite cuillère, mains occupées, yeux baissés – comme ses poignets sont fins ! Le répit est bienvenu, nous habitons le même espace sans nous dévorer – maintenant, ça va mieux. Mais nous savons la violence extrême qui retient son souffle, les canons, les avions, les corps livrés à eux-mêmes. Le café est amer. Nous le buvons assis l'un en face de l'autre sur le balcon, à bonne distance. C'est trop calme, il faut faire quelque chose.

Alors, très vite, Jana me parle de l'Université américaine où elle enseigne, toujours les insectes, dit-elle. Avons-nous changé ? Sommes-nous restés les mêmes ? Elle me parle de sa mère, réélue à une majorité écrasante mais obligée de quitter son village sous la pression des phalangistes. Depuis Beyrouth, elle continue de gérer la mairie avec ses assistants restés sur place. Dès que le téléphone fonctionne, elle les appelle, ça va passer, se déchirer n'a qu'un temps… y croit-elle elle-même ? Jana a décidé de revenir vivre avec sa mère qu'elle devine secrètement fragile dans cette grande maison de Beyrouth-Ouest où l'une et l'autre s'interdisent de recevoir leurs amants… Leurs amants ? Elle évoque le sujet comme par inadvertance, elle m'avertit sans avoir l'air d'y toucher. Elle est déjà passée à autre chose, la guerre, les pénuries, la difficulté de vivre – et je sais, moi, que pour elle cette difficulté n'est pas seulement liée à la guerre. Elle me demande des nouvelles de Paris, sans attendre ma réponse change encore de sujet, distraite, nerveuse, agitée. Elle parle et parle et rien ne l'arrête, ses mouvements sont de plus en plus désordonnés, on dirait une mécanique qui s'affole. Je lui prends les deux mains et les immobilise.

– On n'est obligés de rien… Rien ne nous menace…

Elle pousse un très profond soupir et ferme les yeux. Comme si son corps devait parler pour elle, elle se pelotonne dans mes bras. Je vais pour la serrer contre moi, mais elle se détache comme sous le coup d'une décharge électrique.

– Tu sais que ce n'est plus possible entre nous, dit-elle dans un murmure à peine audible.

– Et pourquoi ça ?

– Parce que… parce que je n'ai eu que des histoires *légères*, et je suppose que toi aussi. Rien de sérieux, rien de grave. C'est ce qu'il faut en temps de guerre. De toute façon je n'ai jamais supporté d'être *en couple* ni d'avoir des *projets d'avenir…*

– Mais qui a envie d'être en couple ou d'avoir des projets d'avenir ? Moi aussi, je…

– Ne fais pas l'idiot, Youssef, nous savons très bien…

– Non. Je ne sais pas. Dis-moi.

Une déflagration lui répond. Soudain un roulement ininterrompu d'explosions montant les unes sur les autres, d'éclats qui vrillent les tympans, l'air lui-même prend feu, nos têtes explosent, nos corps obligés de se jeter par terre. À plat ventre, je lève un œil pour regarder Jana, à plat ventre elle aussi. Toute pâle. Le bombardement se poursuit. Le lustre du salon se balance dangereusement au-dessus de nos têtes, le fracas des vitres qui s'abattent sur les chaussées est ininterrompu – les nôtres vont-elles tenir ? Où donc les obus explosent-ils ? On dirait juste derrière chez nous, à côté, au-dessus, dans le ventre de la Terre. Jana me crie quelque chose mais je n'entends rien. Je lui prends la main et la tire derrière moi. Nous rampons en direction de ma chambre. Celle-ci n'est peut-être pas mieux protégée que le salon, mais elle est plus petite. Surtout, elle nous met à l'abri des vitraux qui risquent de nous tomber dessus. Cette fois, l'offensive israélienne a commencé.

Il faudrait pouvoir se glisser sous le vieux lit de bois massif qui nous protégerait mais l'espace est trop étroit. Nous restons couchés dans le creux du mur, serrés l'un contre l'autre. Les bombardements redoublent d'intensité, je prends la tête de Jana entre mes bras. Elle se dégage violemment, aspire une grande bouffée d'air et, comme elle seule sait le faire, prend mes lèvres entre les siennes et les embrasse sauvagement. Je lui réponds avec la même fougue, nous nous accrochons l'un à l'autre et nous repoussons avec une même violence, nous bousculons tous les obstacles. Nous arrachons nos vêtements, nous hurlons gueule ouverte mais aucun son ne s'entend – et quand nos corps nus se joignent enfin pour n'en faire qu'un, ils sont submergés par ce sentiment si rare d'être pour une fois au diapason de l'événement, la guerre, et de sa folle intensité.

Trois semaines que l'armée israélienne encercle Beyrouth-Ouest, feu roulant incessant. On n'a pas pu quitter la maison aujourd'hui. Voilà que ça siffle de nouveau, voilà que ça tombe. Même plus le temps d'avoir peur. Puis le roulement s'éloigne. Pour quelques minutes, quelques secondes ? Le corps reste aux aguets. Car les frappes, c'est tout d'un coup qu'elles tombent. Lueurs derrière les immeubles lointains, bombes qui explosent sans bruit, déflagrations qui se font entendre deux secondes plus tard : cette légère désynchronisation rend les choses irréelles, comme au cinéma quand les lèvres bougent avant qu'on n'entende les mots qui en sortent. Les amis terrés avec moi ne me charrient plus, les tu es novice, tu verras, tu t'y feras toi aussi, c'est fini ! Une guerre pareille, ils n'en ont jamais connu. Quand elle n'était « que » civile, ils pouvaient traverser la ville en sachant quelles rues étaient ouvertes aux obus venant de l'est et quelles autres, orientées nord-sud, restaient protégées par les immeubles. À présent, la mort peut venir des quatre horizons comme du ciel. Larguées par les chasseurs F16 en altitude, certaines bombes à haute précision frappent inlassablement sur le même clou jusqu'à ce que les êtres humains en dessous en deviennent fous. D'autres sont des espèces de cylindres de la taille du réservoir d'eau en fer-blanc de ma salle de bains d'antan qui explosent à quelques mètres du sol et envoient tout autour de petites bombes à fragmentation de la taille d'un citron qui tournent comme des toupies – l'une d'elles qui ne s'est pas désintégrée me sert d'ailleurs de cendrier. Les avions ne sont pas les seuls à arroser. Des navires invisibles cachés derrière l'horizon tirent des missiles au bruit très particulier, un crépitement sourd et lointain, comme une feuille métallique qui se déchire. L'artillerie vise la montagne pour décourager toute velléité d'acheminement de renforts vers la ville assiégée. Ses tirs incessants créent une espèce de rideau de fumée qui masque l'horizon et rend floues les montagnes familières, brouillard derrière lequel s'épanouissent sans relâche de nouveaux champignons. L'artillerie des miliciens phalangistes qui se sont finalement décidés à intervenir (sans engager d'hommes) semble artisanale en comparaison : elle frappe n'importe où n'importe comment, au petit malheur la chance. Celle de Beyrouth-Ouest le lui rend bien : les deux moitiés de la capitale continuent d'échanger leurs obus à l'aveuglette comme s'il leur fallait coûte que coûte poursuivre leur guerre privée à l'ombre de la grande menée par Israël.

J'ai tenu, serré les dents, crâné tant que j'ai pu. Mais aujourd'hui l'apocalypse me submerge, la prochaine bombe est pour moi, ma dernière heure est là, je n'en peux plus, il faut que ça cesse immédiatement. Je me lève, tourne le dos à mes amis et m'enfuis, traverse le salon et dévale le grand escalier droit sans me retourner. Dans la rue étonnée, les passants ont disparu. Il en reste quelques-uns pourtant, trois ou quatre, qui fuient le long des immeubles, courbés en deux. Je m'engouffre derrière eux dans le garage souterrain du petit restaurant qui nourrissait jadis en sandwichs les étudiants de l'Université américaine. Dans le sous-sol encombré de voitures et de cartons, des familles sont entassées, hommes, femmes et enfants fondus en un corps collectif. Leur effroi monte en puissance chaque fois que le bruit sourd d'une nouvelle explosion fait trembler le sol au-dessus de leurs têtes. De temps en temps, un enfant pique une crise de nerfs et se jette en hurlant « Maama ! » dans les bras de parents bien incapables de le protéger. Là où je croyais trouver refuge, c'est la mort qui rôde – et l'effroi. Je suis dans l'abri depuis quelques minutes seulement et je n'en peux déjà plus. Sans hésiter plus longtemps, je traverse en sens inverse la foule terrorisée et m'engage dans l'escalier menant à l'air libre, bousculant sur mon passage des mines désapprobatrices et même, je peux dire, scandalisées – car je quitte lâchement un navire en train de sombrer.

L'air libre chargé de menaces est une bénédiction. J'avale les marches quatre à quatre pour remonter à la maison. Mes amis m'accueillent sobrement, sans effusion excessive – l'heure est à l'économie. Assis dos au mur dans ma chambre considérée comme le lieu le plus sûr, ils m'acceptent en dépit de ma désertion. Je m'assieds au creux de ce renfoncement du mur devenu grâce à Jana l'endroit le plus cher à mon cœur. Et j'encaisse de nouveau, tout comme eux, épaule contre épaule, les explosions qui continuent de résonner dans nos corps. Nous restons excessivement concentrés. Nous tenons les obus à l'œil. Comme les plongeurs doivent apprendre à plonger, nos corps s'efforcent d'apprendre l'apesanteur. Mon seul problème est le tremblement qui monte le long de mon échine et me fait claquer des dents. C'est plutôt gênant – d'autant que cela s'aggrave de minute en minute. Tout comme j'ai vu la panique se communiquer en sous-sol, je comprends que *savoir se tenir* en surface est impératif. Mais le tremblement gagne mes bras, mes épaules, mes hanches – et je n'ai plus nulle part où m'enfuir.

Rocco sort un sachet de sa poche. Il le déplie et me met son contenu sous le nez, une poudre beige qu'il me présente en même temps qu'un billet de banque qu'il a soigneusement roulé. Héroïne, dit-il. Sans hésiter, j'aspire vivement une ligne dans ma première narine, une autre dans la deuxième – et l'effet est immédiat. Rien de très particulier en vérité, pas de vision psychédélique ni de montée d'adrénaline ni d'éléphants roses ; simplement un déclic, un très léger déplacement de la conscience qui, en quelques secondes, rend *le moment* supportable. Ce qui était effrayant ou assourdissant continue de l'être, mais à distance. Le pincement au cœur que l'on éprouve toujours, en temps de guerre comme en temps de paix, devant *la difficulté de l'instant* disparaît. La conscience qu'on avait de soi et des choses devient cotonneuse. En un mot : on se rend compte de tout – mais on s'en fout. L'héroïne tisse autour du cerveau une sorte de membrane qui génère une prodigieuse indifférence. Le danger est toujours là, bien sûr, mais il ne vous concerne plus. Et je comprends alors que cette drogue est idéale pour traverser la guerre car elle permet de mourir ou de survivre en paix – tout du moins sans angoisse ni états d'âme.

C'est un halo soudain dans la nuit. Au coin d'une rue, la lumière tremblante d'une lampe à huile fait apparaître quelques cartons fantomatiques chargés de fruits étalés à même le trottoir. Du vendeur de fortune, sans doute un paysan venu de sa campagne, on ne voit que les mains qui s'agitent, habiles. Les billets de banque tendus par des ombres de passage sont prestement échangés contre des pastèques et des melons vendus à l'unité. Personne ne parle, personne ne discute. Tout se passe dans un sentiment d'urgence dont on ne sait s'il est dû à la guerre ou à la peur de manquer. Dans ce climat de marché noir, je fais comme tout le monde, j'achète, et c'est chargé de provisions que je me dirige vers ma moto, garée à une rue de là.

Je tourne au coin et l'obscurité se referme sur moi. J'avance en écarquillant les yeux mais je ne peux rigoureusement rien reconnaître : je n'y vois rien. Ai-je laissé la moto dans cette rue, dans une autre ? L'éclairage public a disparu, pas une lumière aux fenêtres. Quand les bombardements s'interrompent, un bruit de fond permanent se révèle : celui des générateurs enchaînés au pied de certains bâtiments, alimentés par de l'essence achetée à prix d'or, et qui fournissent en courant deux ou trois ampoules dont la lumière est dissimulée dans les étages derrière d'épais rideaux noirs. Car rien ne doit aider *l'ennemi* : si l'on roule, c'est tous feux éteints, et si l'on marche, c'est à l'aveugle. Pas une lueur, pas même le rougeoiement d'une cigarette. On a beau savoir que l'adversaire dispose d'instruments sophistiqués et d'appareils de vision nocturne, n'empêche ! S'il est si malin, s'il voit tout, pourquoi aurait-il besoin de lancer régulièrement ces drôles de loupiotes qui descendent lentement dans l'air et envoient autour d'elles une lumière blafarde, comme d'un autre monde ?

J'avance encore, les bras chargés de mes sacs plastique. Mais non, je suis allé trop loin, je reviens sur mes pas. Au coin d'une rue aussi noire que la précédente, je tombe nez à nez avec un énorme camion chargé de quarante tubes dressés vers le ciel, masse sombre qui occupe la largeur de la chaussée et avance sur moi sans bruit, tous feux éteints. J'ai entendu parler des orgues de Staline, mais c'est la première fois que je les vois. Au milieu de la nuit beyrouthine, le camion cherche sans doute le lieu d'où il pourra tirer sa dérisoire cargaison de roquettes avant de détaler. Lui aussi fait partie de la fiction qui veut que la ville se défende.

J'ai retrouvé ma moto et je roule à l'instinct comme si le vacarme de mon échappement crevé pouvait m'ouvrir un passage dans l'obscurité. Soudain, devant moi, une rafale ! Je freine en catastrophe. C'est un barrage, un barrage invisible. La lampe de poche qui s'allume révèle une demi-douzaine de jeunes gens lourdement armés qui sortent de l'ombre, je ne vois que l'éclat de leurs yeux. Ils occupent la rue à l'improviste et contrôlent les rares voitures et les rares quidams qui passent. Deux d'entre eux me tiennent en joue et je me sens pâlir. Heureusement, mes réflexes fonctionnent : j'ouvre largement les bras et dis dans mon plus bel arabe *Marhaba ya chabeb* (« Bonsoir, jeunes gens »), histoire de me faire reconnaître à l'accent – ce n'est pas gagné. La lumière de la lampe m'aveugle, je ne distingue pas le visage du milicien qui s'avance vers moi. Sa voix est chargée de violence.

– D'où es-tu ? Qui es-tu ? Que fais-tu à cette heure dans la rue ? Et que contiennent ces sacs ? crie-t-il.

Ces questions rituelles, il faut savoir y répondre avec un sourire innocent. Il est vrai que j'ai pendu mes sacs plastique aux deux extrémités du guidon et que leur forme sphérique pourrait évoquer des bombes. Il est clair que les miliciens me trouvent inquiétant. Les soldats syriens ont déguerpi depuis longtemps, les Palestiniens ne tiennent jamais de barrages en ville, ces jeunes gens sont libanais, sunnites d'après l'accent, appartenant à telle ou telle organisation gravitant autour des Palestiniens. Je balbutie que je suis journaliste, presse étrangère, mais j'ai l'impression que ça aggrave mon cas. Journaliste est une profession légitime qui peut justifier qu'on circule la nuit – mais la distance entre journaliste et espion israélien n'est pas grande...

– Et que contiennent ces sacs ? Tu n'as pas répondu ! hurle-t-il, le doigt toujours sur la détente.

Saisi d'une inspiration, je crie comme un marchand ambulant *Chammam ! Battikh !* (« Melon ! Pastèque ! ») et tout le monde éclate de rire. J'en profite pour sortir d'une main tremblante mon accréditation OLP. Je déballe aussi les deux fruits que je transporte, avec la pénible impression de me déshabiller pour me laver de tout soupçon. Mais la tension est déjà retombée, on se donne des tapes dans le dos, on est les meilleurs amis du monde. Je deviens exubérant comme quelqu'un qui vient d'échapper à la mort... Un élan de sympathie irraisonnée nous pousse les uns vers les autres. Alors que je m'éloigne en pétaradant, j'entends les jeunes gens du barrage crier derrière moi *Chammam ! Battikh !*, riant encore, comme si c'était la meilleure de l'année.

Devant l'immeuble, la haie des obus non explosés et des bombes israéliennes de toutes sortes s'enrichit quotidiennement – on dirait un musée. Vu le nombre de journalistes couvrant le grand événement, *la guerre de l'été 1982*, il y a foule dans les bureaux. Labadi jouit de cette affluence comme d'un succès personnel. Parlant relativement bien l'anglais, il incarne avec une fausse modestie le rôle de porte-parole de l'OLP et entretient des rapports souriants avec les journalistes anglais, australiens, japonais, et même américains. Tous viennent lui manger dans la main. Il est radieux. Mais avec moi, c'est spécial : je parle arabe, je suis arabe et, de ce fait, je « comprends » la réalité qu'il lui faut *traduire* pour « les autres ». Je ne rencontre d'ailleurs les journalistes que chez lui, et ils me connaissent à peine. Logés quasiment tous dans deux hôtels de Beyrouth-Ouest, le Commodore et le Cavalier, ils courent après le même genre de nouvelles, essentiellement l'évolution du conflit, alors que depuis ma maison en ville je m'intéresse plutôt à des histoires en marge de la guerre. Sauf exception. Comme ce matin.

Contraint de m'intéresser à l'*actualité* en raison de l'annonce d'un cessez-le-feu à onze heures, j'ai enfourché ma moto pour me rendre comme tous mes confrères « chez Labadi ».

Mais que peut-il dire ? Peu de chose en réalité : affirmer la bonne volonté de l'OLP et jurer que le cessez-le-feu sera scrupuleusement respecté côté palestinien. Comme si la seule question n'était pas de savoir si Israël allait ou non interrompre ses bombardements. Quoi qu'il en soit, me voilà embarqué comme un vrai journaliste dans une voiture marquée « Presse » où plusieurs confrères sont déjà entassés. En route pour le front, à la limite extrême de la banlieue sud, du côté de l'aéroport. Il y a un photographe parmi nous et les photographes, c'est bien connu, ont besoin de s'approcher au plus près du feu. À mesure que nous roulons, la peur me prend à la gorge. Ma dernière ligne d'héro remonte à ce matin au réveil. Après quelques semaines d'expérience, j'ai réalisé que l'effet « ouaté » s'émousse avec le temps et surtout que la sensation (ou la crainte) du manque, accompagnée de transpiration, a tendance à aggraver l'angoisse plutôt qu'à l'alléger – tous les drogués vous le diront. Regardant autour de moi, je devine que mes « confrères » ne sont pas forcément plus courageux – mais ils y vont quand même, tout comme moi. C'est peut-être là une définition plus sincère du courage.

Depuis l'autre jour, Jana refuse de me revoir en tête à tête. C'est tout ce qu'elle a trouvé. Selon elle, ce qui s'est passé entre nous est trop violent pour être pris à la légère. Trop dangereux. Pour moi, jouissif jusqu'à l'évanouissement. Elle dit qu'elle a peur de reprendre feu – alors que c'est tout ce que je veux. C'en est obsédant. Heureusement que la nécessité de rester sur le qui-vive et d'écrire tous les jours est tellement prenante. Ça aide.

Pour l'instant, les bombardements continuent – mais l'heure fatidique n'a pas encore sonné. Nous abandonnons notre véhicule à quelque cinq cents mètres du front et poursuivons à pied. En chemin, nous croisons un flot important de civils fuyant la zone des combats vers laquelle nous nous dirigeons. Nous entrons dans un tout autre espace, la terre de ceux qui combattent ou qui ont décidé de rester. L'atmosphère y est très différente. Ces trompe-la-mort semblent tout à fait calmes, et même joyeux. D'avoir accepté la possibilité de leur propre disparition les a apparemment rendus plus vivants. Deux d'entre eux proposent de nous conduire par des chemins détournés jusqu'aux premières lignes. Ma brève hésitation, personne ne l'a remarquée. Me voilà engagé comme tout le monde sur le sentier de la guerre. Un pas après l'autre, un début d'exaltation me gagne. Notre itinéraire secret nous amène jusqu'à un vaste espace découvert, en lisière des dunes de sable situées derrière les pistes de l'aéroport. Et comme par miracle, au moment même, les bombardements s'arrêtent. À ma montre, il est 11 heures pile. Un silence complet nous saute à la gorge. Nous nous regardons, éberlués : c'est comme si quelqu'un avait coupé la bande-son du film. Mais les réflexes automatiques reprennent, les photographes photographient, les caméras tournent, nous avançons à découvert sur le sable fin, confiant que les quelques gilets marqués « Presse » en grandes lettres suffiront à nous protéger d'éventuels tirs malencontreux. Quelle erreur ! À peine cette pensée rassurante a-t-elle germé dans mon esprit qu'un obus explose à une trentaine de mètres, suivi d'un autre un peu plus loin. Les seules explosions que j'ai jamais vues d'aussi près, c'était dans les films de guerre. Je suis stupéfait qu'il n'y ait pas la vitre d'un écran télé entre l'explosion et moi. L'invraisemblable idée me traverse l'esprit : ce sont là de vrais obus capables de nous déchiqueter, tous autant que nous sommes. Je plonge la tête la première et me retrouve comme tous mes collègues le nez dans le sable. Loin de se calmer, le bombardement continue. Les objectifs des caméras et des appareils photo se redressent depuis le ras du sol pour saisir l'événement qui fera la une des journaux du lendemain : « Le cessez-le-feu n'a pas tenu ».

Pour récupérer ma moto, je reviens à Fakahani où un communiqué de l'OLP dénonçant la violation israélienne du cessez-le-feu nous est distribué – et tout le monde se sépare. Mais Labadi nous retient, moi et le photographe qui nous accompagnait. Quelques minutes plus tard, une voiture noire arrive en trombe et Yasser Arafat en descend. Le chef palestinien adore, m'a-t-on dit, ce genre d'apparition-surprise. Coiffé de son sempiternel keffieh, il répond de bonne grâce à mes questions, dénonce la duplicité d'Israël et réaffirme la détermination palestinienne à lutter « jusqu'au bout ». La rumeur prétend qu'à court d'endroits pour se cacher des Israéliens, il dort dans une voiture chaque soir différente stationnée dans divers parkings de la ville où son chauffeur le conduit sans en avertir quiconque et sans escorte d'aucune sorte. Le cessez-le feu négocié par les Américains ? On dit qu'il serait un élément du marchandage concernant les termes d'une reddition palestinienne, dont l'OLP persiste à dire qu'il n'en est pas question une seconde.

Dans le dos d'Arafat répondant aux journalistes, le porte-parole a discrètement installé un échiquier sur une petite table posée à même le trottoir. Une fois les pièces disposées, Arafat s'assied sur un tabouret et entame une partie avec l'un de ses lieutenants. Le flash crépite. Le temps de la photo, le siège est levé. Et demain, aux côtés de l'article annonçant le non-respect du cessez-le-feu par Israël, il y aura la photo du chef palestinien jouant aux échecs avec le monde entier.

Les artilleurs israéliens ont arrêté de tirer ce matin, la ville s'est remise à vivre. Des petits vieux marchent dans les rues désertes encombrées de débris. Les éboueurs sont revenus, les bennes à ordures sillonnent les avenues, des adolescents aux pieds nus transportent de l'eau dans des jerricans bleus tout neufs, des hommes couverts de farine déchargent des sacs lourds devant les boulangeries où des files s'allongent déjà. On veut y croire. À Hamra, deux cafés tentent une timide réouverture, des travailleurs immigrés se rassemblent derrière l'église des Capucins, des piles de journaux de plus de un mètre de haut attendent aux carrefours, à même le trottoir, que les camionnettes de distribution viennent les prendre. Les marchands ambulants éclosent comme champignons après la pluie – les plus remarquables étant les marchands de cassettes audio qui poussent leur charrette à bras en faisant hurler leur musique à plein tube. En ce milieu d'été, l'un des titres les plus appréciés est *I Will Survive* de Gloria Gaynor, sorti il y a quatre ans. Mais la palme revient à *Rita*, le poème de Mahmoud Darwich interprété au oud par Marcel Khalifé. La chanson qui résonne à travers la ville assiégée a été écrite par le poète national palestinien pour son amante… israélienne.

Entre Rita et mes yeux, il y a un fusil
Et celui qui connaît Rita

Se prosterne et prie la divinité
Qui rayonne dans ses yeux de miel

Les gens qui descendent acheter la cassette savent l'histoire racontée par le poète, ils savent qui est Rita, l'Israélienne... Et comme ils connaissent les paroles par cœur, certains, en pleine rue, renversent la tête en arrière, ferment les yeux et chantent avec le chanteur... Entre elle et eux aussi, il y a un fusil...

Avant l'invasion, Beyrouth-Ouest affichait du bout des lèvres sa solidarité avec « la cause palestinienne ». Elle pensait secrètement que ces Palestiniens en armes avaient fini par prendre beaucoup trop de place : « ils dépassent les limites, ils se croient tout permis, ils sont arrogants, ce sont des occupants, tout simplement ». Au moment de lancer son offensive, l'état-major israélien avait peut-être intégré ce désamour dans ses calculs. Mais sous les bombes, toutes les rancunes, tous les griefs ont été comme effacés. Quoi ? Ils étranglent et affament *notre ville* pour en chasser les Palestiniens ? Ça ne se passera pas comme ça ! Et dans la ville assiégée, on ose à peine l'avouer, la vie a soudain connu quelque chose de *formidable.* Dans ce « trou à rats » de Beyrouth-Ouest, comme l'appelle l'autre moitié de la ville, toutes sortes d'initiatives ont fleuri dès que le canon s'est tu – fût-ce pour un instant seulement.

Ainsi Nader, jeune homme de bonne famille passionné de cuisine qui se fait inviter tous les soirs dans un foyer différent. La maison où il officie doit se débrouiller pour faire les courses, lui-même arrive à dix heures du matin les mains dans les poches et s'enferme pendant trois heures dans la cuisine. Pour seul salaire, il exige une place à la table du festin ; le lendemain, il est ailleurs. Il y a surtout – comment l'appeler ? – un clown, un bouffon... une espèce de clochard qui répond au nom d'Abou Riché – ce qui veut dire « le gars à la plume », parce qu'il est en permanence coiffé d'un chapeau tyrolien orné d'une plume. Il est en haillons, il va nu-pieds à travers la ville, tout le monde le connaît. On le voit s'arrêter à tous les barrages, raconter des histoires, colporter des blagues, transmettre des nouvelles... Il donne du courage, on l'interpelle... Il est devenu la mascotte de la ville assiégée...

Rocco a sa tête des mauvais jours. Dès qu'il m'aperçoit, il m'attaque bille en tête :

– Comment peux-tu critiquer les Palestiniens au beau milieu du siège ? À quoi tu joues ? De quel côté es-tu ?

Pour lui, il s'agit d'une guerre dans laquelle la bataille de l'information joue un rôle essentiel, tu ne te rends pas compte, tes articles ont de l'écho à l'extérieur, l'ennemi est clair, personne n'a besoin de tes finasseries.

Il commence à me chauffer les oreilles.

– Tu ne vas tout de même pas me dicter ce que je dois écrire ! Camarade Rocco, nous ne sommes plus au parti !

Il s'échauffe à son tour :

– Tu occupes une position stratégique, que tu le veuilles ou non. Ta voix n'est pas seulement ta voix, elle est la voix de ceux qui vivent dans cette maison, la voix des Palestiniens, celle de la ville assiégée ! Tu n'as aucun sens politique ! C'est tout simplement *débile* !

J'essaye de l'interrompre encore pour lui expliquer que les journaux ne sont pas des pamphlets. Il ne m'écoute pas.

– La maison tout entière s'est mobilisée pour te rendre la vie facile, Youssef. Faire les courses, trouver de l'eau, te fournir en drogue, s'occuper de la vaisselle ou des toilettes bouchées, ce n'est pas pour toi ! Tu piques du nez sur tes papiers en laissant une boîte de thon à moitié entamée et c'est aux autres de nettoyer derrière. Je ne sais pas si tu t'en rends compte. On te soigne, on te dorlote, on fait attention à ne pas déranger ta précieuse concentration, les filles te regardent comme elles ne t'ont jamais regardé... De ta vie entière tu n'as jamais connu un pareil succès ! Tout ça pour que tu ailles écrire que Beyrouth-Ouest trouve les Palestiniens arrogants ?

– Occupe-toi de tes fesses et fous-moi la paix !

Fouad prend ma défense, je ne fais rien d'autre qu'écrire *ce que je vois.*

– Prends exemple sur Ralph ! me crie Rocco. Il travaille tous les jours au camp de Chatila et aide les gens autant qu'il peut. Le fait qu'il soit juif et qu'il soigne des Palestiniens donne encore plus de valeur à son geste !

– Ce n'est pas en tant que Juif que je soigne des Palestiniens, réplique Ralph. Laisse-moi en dehors. Et d'abord, je ne les soigne pas, je ne suis que pharmacien.

– Mais au fond, dis-je, qu'est-ce que tu me demandes, Rocco ? Que j'écrive en tant que Juif et que je ne dise que des choses agréables ?

– Depuis l'école de l'Alliance, je te vois tortiller du cul chaque fois qu'il faut prendre une position nette. Cette fois, c'est sérieux. Ce n'est vraiment pas le moment de trahir !

Trahir, il a dit trahir. Qui donc est-ce que je trahis ? Je sens monter en moi une envie de l'étrangler – mais Ralph s'interpose :

– Viens, Youssef, on va faire un tour.

Ralph possède une voiture blanche à la calandre complètement fracassée, ce qui la rend reconnaissable entre toutes et lui donne l'apparence d'une voiture de malfrat qui aurait foncé dans la devanture d'une bijouterie. Le coude dépassant de la fenêtre, il conduit doucement, presque rêveusement.

– Tu te souviens ? demande-t-il. Je t'avais promis de t'emmener à Chatila.

Il m'annonce ça comme ça, sans que j'aie eu le temps de me préparer. La voiture vient de quitter Beyrouth et roule dans la banlieue sud, la Dahiyeh, habitée par la communauté chiite. Dans la rue principale qui descend le long de la mer, ce ne sont que pierres explosées, tiges de fer torturées, fils électriques tombés au sol. Personne n'a rien nettoyé, les débris ont simplement été poussés pour permettre aux voitures de passer. C'est l'abandon. Les boutiques aux portes métalliques couleur rouille ou grises défilent, solidement cadenassés – sauf celles éventrées par les bombes, entrailles exposées au grand air et déjà visitées par les pillards. Le grondement des bombardements de plus en plus proche ajoute encore à la désolation. Chiites, *matawlé*. Les mots de mépris prononcés jadis par le concierge de l'Alliance s'adressant à Fouad résonnent de nouveau à mes oreilles. Ici est donc leur place, territoire de la communauté la plus déshéritée du Liban – la plus soumise aux bombardements. Et c'est au milieu de cette misère que les Palestiniens chassés de chez eux ont été jetés.

– Aujourd'hui, dit Ralph comme s'il suivait le fil de mes pensées, les chiites en veulent aux Palestiniens parce qu'ils reçoivent des bombes sur la tête ; ils en veulent encore plus aux Israéliens qui, eux, balancent ces bombes… Ils en veulent aussi aux maronites et aux sunnites qui les ont exclus du pouvoir. Bref, ils en veulent à tout le monde… et ils n'ont pas tout à fait tort.

Toutes les enseignes des magasins sont en arabe, le français et l'anglais ont disparu depuis qu'on a quitté la ville. Dans cette banlieue, les seules images visibles sont des portraits géants aux couleurs défraîchies de l'imam Khomeiny, l'homme qui a permis aux chiites de relever la tête.

Nous arrivons à l'embranchement, Ralph quitte la route côtière et tourne à gauche pour prendre la direction de Chatila. À ce moment, comme un mirage devant mes yeux, j'aperçois à quelque cinq cents mètres au sud… un drapeau israélien ! Planté à l'entrée d'une enceinte qui abrite sans doute un camp militaire, c'est un vrai drapeau avec ses deux bandes bleues et l'étoile de David au milieu. Je ne sais comment décrire le sentiment qui me submerge. La barrière qui séparait les deux mondes auxquels j'appartiens depuis ma naissance se brise d'un coup. L'intrusion de ce drapeau est une transgression insupportable, comme une rencontre de la matière et de l'antimatière – et c'est moi qui explose. Une chose est de savoir que l'armée israélienne est entrée au Liban, une autre est de voir ce drapeau flotter sans vergogne à quelques kilomètres du cœur de la capitale.

– Tu te souviens ? demande Ralph de sa voix toujours égale. Quand on était petits, on découvrait parfois cette étoile de David gravée au canif sur certains bancs de la classe. C'était tracé furtivement, à l'abri des regards…

– Ça voulait dire : « Notre vrai pays n'est pas ici. »

– Un philosophe français a dit que le propre de l'identité juive, c'est *une sorte d'inadéquation « entre soi et soi »*.

– C'est exactement comme ça que je me sens, inadéquat.
– Tu n'es pas le seul.

Il n'y a pas de poste de garde fixe, pas de barrière en vue, pas de Palestinien armé avec keffieh autour du cou. Car l'ennemi est là, tout proche, il voit et entend jusqu'au souffle qui sort de la bouche. Sortis de nulle part, trois fedayin en armes surgissent.

– Ils nous surveillent depuis un moment, me souffle Ralph, pas d'inquiétude.

– Salut, Raouf, dit celui qui s'est approché. Qui est le frère avec toi ?

– Un vieil ami, répond-il, il s'appelle Youssef. Je m'en porte garant.

Je salue de la tête et fouille dans mes poches pour sortir mon accréditation OLP. Mais l'homme lève la main :

– Bienvenue à Chatila !

Rien n'indique que nous sommes entrés dans le camp. Les ruelles sont simplement devenues plus étroites et sinueuses, les maisons plus basses. Une toile d'araignée géante composée de câbles électriques enchevêtrés est suspendue à trois mètres au-dessus des têtes, aggravant le sentiment d'être pris au piège. Chatila a une superficie d'à peine un kilomètre carré mais ce petit espace surpeuplé est l'un des abcès que la formidable armée israélienne est venue crever. Pourtant, tel qu'il apparaît aujourd'hui, silencieux et aux trois quarts désert, il semble bien inoffensif. La rue principale où nous roulons est soudain barrée.

– Il y a des trous d'obus au bout de la rue, impossible d'aller plus loin. De toute façon, il vaut mieux continuer à pied si tu veux connaître le camp.

Les ruelles revêtues d'un sable qui s'insinue dans les chaussures serpentent entre les maisons de plain-pied, quatre murs de parpaings recouverts de tôle ondulée que des pneus ou des pierres posés empêchent de s'envoler. Il n'en reste pas une seule intacte, toutes grêlées de mitraille. Quand ils ne sont pas écroulés, les murs sont en lambeaux. De nombreux réfugiés sont partis vers un nouvel abri au centre de Beyrouth, laissant leurs portes condamnées par de petits cadenas. Le camp entier respire l'absence. Par terre, des boîtes de conserve vides, des canettes de Pepsi-Cola, un livre de lecture arabe, des éclats d'obus. Les ruelles succèdent aux ruelles, on se dirait dans ces jeux de labyrinthe que publient les journaux où l'on finit toujours dans une impasse, et il faut tout recommencer. Là, pas d'impasse, mais une fourche à la dernière minute, un tournant masqué, une nouvelle ruelle qui nous permet de nous enfoncer toujours plus loin dans le ventre du camp. Mille signes indiquent que les habitants ont fait leur possible pour que ces bicoques mal agencées aient l'apparence de foyers. Certains murs sont peints de fresques un peu enfantines où la couleur bleue domine. Dans les boîtes de lait en poudre remplies de terre alignées sur plus d'un perron, les plantes se sont desséchées au soleil de juillet, mais l'intention demeure. Les bougainvilliers qui ruissellent sur certaines façades, les caoutchoucs qui montrent le bout de leur nez au-dessus de certains murs semblent plus résistants, les tonnelles de vigne vierge aussi. Les graffitis sont nombreux. « Fatah » revient fréquemment sur les murs, mais aussi le nom d'autres organisations palestiniennes, parfois accompagnés de portraits de leurs dirigeants. Ici et là, des photos de « martyrs » placardés achèvent de jaunir. Les inscriptions politiques ne sont pas les seules. « Maison à vendre, s'adresser ici après 4 heures », dit l'une, et l'autre : « I love you », accompagné d'un cœur et d'une flèche qui le transperce.

Sur notre passage, les enfants se collent aux murs et regardent intensément non pas Ralph qu'ils connaissent mais moi, le mystérieux invité du jour. Sous leurs pieds coulent des eaux usées en rigoles, réduites ces jours-ci à de maigres filets en raison des pénuries.

Nous nous arrêtons sur la petite place ronde où se trouve le dispensaire. Celui-ci occupe le rez-de-chaussée d'un modeste immeuble semblable aux autres – sauf qu'il compte deux étages plutôt qu'un seul. Ce qui a permis de peindre sur son toit, pour les rendre bien visibles, un croissant rouge géant et une croix rouge de même taille, histoire de prévenir toute chute malencontreuse d'obus. L'immeuble appartenait à une famille palestinienne aisée (je suis toujours étonné d'apprendre qu'il y en a), laquelle l'a légué au Croissant-Rouge quand elle est partie à l'étranger. Nous traversons le vaste salon transformé en salle d'attente où une quinzaine de personnes, hommes, femmes et enfants, sont assises sur des chaises en plastique rouges et jaunes adossées aux quatre murs.

– Ils sont nombreux aujourd'hui. Au fond, les bombes, c'est comme la pluie. On attend qu'elle cesse pour sortir, on se dépêche de rentrer avant qu'elle reprenne.

À l'extrémité de la salle d'attente, deux pièces sont attribuées l'une aux consultations, l'autre à l'infirmerie. La troisième, où nous entrons, est la pharmacie où Ralph officie. Il y règne une odeur… de pharmacie justement, celle si particulière qu'on sentait autrefois avant que les effluves de savons, crèmes et autres produits de beauté la supplantent. À flux continu les patients se présentent, les uns serrant dans leur main l'ordonnance que le médecin d'à côté a rédigée, les autres, les bras ballants, pour demander à *khawaja* Raouf s'il a « quelque chose » pour soigner l'insomnie ou le mal de ventre du bébé qui pleure toute la nuit. Ralph leur répond dans son arabe mâtiné d'un léger accent palestinien.

– Je distribue calmants, somnifères et antidépresseurs à tour de bras, me dit-il, mais surtout je passe mon temps à écouter : les gens ici n'ont personne à qui parler. La guerre est mauvaise pour la santé. Les vraies tensions, c'est quand des combattants viennent exiger du Tramadol ou d'autres opiacés avant d'aller au feu. Même s'ils laissent leurs armes au vestiaire, ils peuvent devenir menaçants.

– Je pourrais t'en demander, à l'occasion ?

– Tu es à l'héroïne, non ? Fais gaffe tout de même. Très vite, le remède devient pire que le mal, ou plutôt il *devient* le mal.

– Oui, mais sans drogue la guerre est plus effrayante. Comment fais-tu, toi ?

– Je vois tous les jours des gens dans une situation pire que la mienne, ça aide.

– Et comment fais-tu pour tenir la pharmacie tout seul ?

– On est deux. Daoud est palestinien et vit depuis toujours dans le camp. Il n'a pas encore son diplôme mais ça va. Heureusement qu'il est là parce que je dois aussi m'occuper de la pharmacie de mon père deux après-midi par semaine. Le centre-ville de Beyrouth est aux trois quarts démoli mais il reste des gens là-bas – et la pharmacie Farhi demeure un point de repère pour eux.

– Ton père a tout de même réussi à te fourguer sa succession.

– D'une certaine façon, oui. Que Dieu ait son âme !

L'accolade qu'il donne à Ralph est exagérément chaleureuse, et il m'ouvre les bras dans un geste un peu trop appuyé à mon goût. Il a laissé ses gardes du corps à la porte du dispensaire avant de faire irruption dans la pharmacie.

– Bienvenue ! s'exclame-t-il. Tu éclaires notre journée !

Sa poignée de main est ferme au point de faire mal. C'est Abou Fadi, le responsable du Fatah, il a le teint terreux de qui n'a plus vu le jour depuis longtemps. Avec son visage ovale et son nez crochu, il ressemble à une grenouille géante, mais les dents écartées qu'il dévoile quand il sourit lui donnent un air inoffensif – et, peut-être, sympathique. Il me demande le nom de mon journal et s'informe vaguement de mon identité, mais il écoute à peine mes réponses. Il est comme distrait. Et quand il se reprend, il ne trouve rien de mieux que de réitérer ses formules de bienvenue. Sa fausse exubérance masque mal sa gêne : il ne sait trop comment s'adresser à un « journaliste étranger », fût-il « fils de Beyrouth » et arabophone. Après un long développement plutôt vaseux sur l'histoire du peuple palestinien et de son exil forcé, il en revient de proche en proche à ce qui lui tient véritablement à cœur, *son* camp de Chatila :

– Nous sommes dans un trou qui s'appelle « nulle part », un ghetto où je suis enfermé depuis trente-quatre ans, ni Liban ni

Palestine, impossible d'en sortir, de s'oublier, de devenir libanais ou de trouver un vrai travail – quatre-vingts métiers nous sont toujours interdits. Nulle part, c'est nulle part...

Je n'ai pas besoin de poser de questions, ses paroles sortent comme d'une rumination intérieure qui le tient éveillé et lui rougit les yeux.

– Année après année, mes gamins ont grandi dans le mythe du pays merveilleux qui est le leur, la Palestine. En réalité nous sommes assis sur un fil barbelé comme des oiseaux de mauvais augure, suspendus dans le temps, à attendre éternellement...

Il respire fort, le regard vide, comme s'il devait s'abstraire du contexte où il se trouve pour revivre ce qu'il raconte :

– Quand la guerre des Six Jours, comme ils l'appellent, a éclaté, on a cru que le moment était enfin venu. Il a fallu six jours, effectivement, pour comprendre notre défaite et combien nos frères arabes s'étaient foutus de nous. Croyez-moi, la kalachnikov que je tiens entre mes mains est ma seule amie. J'ai mis trente-quatre ans pour la gagner de haute lutte, ce n'est pas aujourd'hui que je vais la lâcher !

Il nous quitte en nous laissant un peu abasourdis. Lui en revanche est parti ragaillardi, les traits détendus et l'œil pétillant.

La nuit tombe, le niveau des bombardements est resté plus ou moins stable, Ralph a rangé quelques affaires. Nous avons attendu en silence que Daoud vienne le remplacer pour lever le camp. Il est arrivé un peu plus tard, accompagné de son frère jumeau, Semaane. Leur ressemblance n'est pas tellement physique – Daoud a les cheveux très noirs et son frère est carrément roux – mais ils ont la même façon de se mouvoir. En apprenant qui je suis, le regard de l'apprenti pharmacien s'allume.

– Raouf m'a beaucoup parlé de toi...

Resté un peu en retrait, Semaane s'enhardit et se tourne vers Ralph :

– On lui montre ?

Ralph répond que ce n'est peut-être pas le moment, il faut qu'on s'en aille, des patients peuvent encore venir, mais les deux frères se montrent soudain très excités.

– On n'a qu'à fermer la porte. S'ils viennent, ils frapperont. Le camp est calme, personne n'aura envie de sortir.

Pendant qu'ils poussent les sièges contre les murs, Ralph glisse une cassette dans le lecteur. Les deux frères ont fini de préparer la piste. Me voilà enfermé dans le dispensaire d'un camp palestinien avec le bruit lointain des bombes en fond sonore, à admirer le roux Semaane provoquant son frère viril, l'entourant de gestes et d'esquives, pendant que celui-ci, raide dans ses bottes, d'un pas presque militaire, martèle au sol le rythme imperturbable de la musique.

Corps pleins de vitalité, yeux rayonnants, peau luisante, ils sont habités par une telle intensité qu'ils mettent mal à l'aise et effrayent un peu. Ils s'agitent dans tous les sens comme s'il y avait une urgence, un danger, sans que l'on sache vraiment lequel. En ces temps de bombardements, les expressions varient entre peur et défi – parfois sur le même visage. Juvéniles, tel est le mot qui me vient, juvéniles et violents – mais de cette violence qui se contient et ne se trahit que par les gestes d'une nervosité contrariée. Ce sont de toute évidence des combattants, des miliciens, des soldats – comment les appeler au juste ? Sang neuf, sang chaud, sitôt nés sitôt partis à l'assaut. Quelle différence avec les corps fatigués des combattants palestiniens ! Ici, devant l'ambassade de la République islamique d'Iran, c'est une génération nouvelle qui se bouscule, prête aux combats.

Canalisés par eux, des gens ordinaires se pressent, plus ou moins sensibles à l'espèce de ferveur religieuse et politique qui règne. La plupart ont des papiers dans les mains, une demande de visa, un formulaire quelconque, et semblent plutôt perdus dans ce tourbillon. Ils veulent seulement entrer dans l'immeuble dont l'entrée est gardée par une dizaine d'hommes armés de kalachnikovs et parlant persan. Entraperçue derrière le portail grillagé, l'ombre de la révolution islamique veille, incarnée par un portrait en pied de l'ayatollah Khomeiny, le bras levé en un geste de bénédiction lointain. Jouant des coudes, je parviens jusqu'à la porte où, en tremblant tout de même, je mets sous le nez de l'un des cerbères mon passeport à la couleur bordeaux marqué en persan et en français *Empire de l'Iran.* Le profil qui y figure d'un lion brandissant un sabre dans le soleil levant est une référence au zoroastrisme, la religion solaire née en Perse il y a près de trois mille ans. Sans s'émouvoir, le gardien pivote sur lui-même, ouvre le portail juste assez pour me permettre de me glisser entre ses battants.

Hall majestueux de l'ambassade impériale, son lustre géant, ses dorures, son escalier monumental. Dans ce décor, le fonctionnaire derrière sa table de bois avec son costume étriqué et sa barbe à la mode islamique apparaît comme une erreur de casting. À côté de lui, une jeune femme dûment voilée complète le tableau. Comment vont-ils réagir à la vue de mon passeport impie, sur le point d'être périmé ? Peut-être que la longue histoire de ma nationalité iranienne va s'arrêter là.

Après un coup d'œil distrait à mon passeport, le fonctionnaire me dit quelques mots en persan et m'indique l'escalier situé derrière lui. Heureux de ne pas devoir lui avouer que je n'y comprends goutte, je monte à l'étage d'un pas que je veux assuré. Là, comme une seule porte est ouverte, je tente ma chance sans plus hésiter. Dans la pièce, un homme d'une soixantaine d'années est assis derrière un antique bureau encombré de dossiers, la tête baissée sur ses papiers. Avec ses gestes lents, ses tempes grisonnantes et son costume élimé, il m'apparaît comme une parfaite représentation du passé. On l'a oublié là, sa solitude semble formidable. Je dois tousser pour attirer son attention. Levant la tête, le voilà qui me fait le plus doux des sourires avant de poser son stylo et de tendre la main pour prendre mon passeport, me gratifiant au passage d'une longue phrase en persan. Je suis bien obligé de lui avouer que je ne comprends pas cette langue. Après avoir brièvement feuilleté mon passeport, il me dit d'une voix basse tout à fait suave, en arabe cette fois :

– Vous êtes juif, n'est-ce pas ?

– Oui.

Il se lève, ouvre un placard et se met à fouiller parmi les dizaines de dossiers suspendus jusqu'à trouver le mien qu'il ouvre sur son bureau.

– Avez-vous une photo d'identité ?

– Oui.

– Celle-ci va servir pour votre nouveau passeport. Mais en avez-vous une autre ? Regardez votre dossier, la photo qui l'accompagne est très vieille... On dirait un adolescent.

Je la découvre avec un léger pincement au cœur, une toute petite photo en noir et blanc. Les joues lisses, le regard plutôt décidé, j'avais peut-être seize ans. La guerre civile a fait rage pendant des années au Liban, le régime du Shah s'est écroulé, je suis parti en France et cette photo est restée là, survivant à tous les cataclysmes, à m'attendre sagement. Le vieil homme la dégage du trombone qui la tenait attachée.

– Si vous m'en donnez une nouvelle, je vous rendrai celle-ci, dit-il.

L'échange se fait. L'homme s'active alors pour préparer tous les éléments indispensables, passeport vierge, formulaire à remplir, tampons... Puis il me demande de patienter un moment, le temps de faire signer le tout par le consul, sans doute un barbu nommé récemment.

Quand il revient, je lui dis simplement au revoir et merci. Et je sors avec mon passeport tout neuf, un peu plus petit que le précédent mais d'une couleur voisine, tirant vers le marron, sur lequel est inscrit, au milieu d'une espèce de doubles parenthèses, en persan puis en anglais (quand même) : *Government of the Islamic Republic of Iran.*

Les lignes sont si souvent coupées que, lorsque le téléphone sonne au milieu de la grande maison, tout le monde sursaute. Rocco répond. Il prend le ton poli et charmant qui est le sien quand il veut passer pour un gentil gars – ce qu'il peut être. Il me fait signe d'approcher avec d'incompréhensibles grimaces.

– C'est ta mère, dit-il tout bas, me passant le combiné.

À dire vrai, j'avais complètement oublié son existence, tout comme celle de mon père d'ailleurs, exilés tous deux à Paris depuis le début de la guerre civile. Le temps ne fait rien à l'affaire, elle reprend au téléphone son soliloque jamais interrompu – mais cette fois sa voix monte dans les aigus.

– Tu ne te rends plus compte, crie-t-elle à mon oreille, tu es complètement fou ! Depuis Paris, je mesure le danger beaucoup mieux que toi !

– Comment fais-tu pour mesurer le danger ?

– Qu'est-ce que tu crois ? Je lis les journaux.

– Maman, c'est moi qui écris dans les journaux !

– Parlons-en ! Tu as été obligé de plonger à terre parce qu'un obus avait explosé à trente mètres de toi. *Trente mètres*, Youssef ! C'est écrit noir sur blanc !

– Mais cet article, c'était il y a trois semaines !

– Et alors ? Qu'est-ce que ça change ? Tu crois que ça s'est arrangé ? Écoute ta mère, reprends l'avion et reviens tout de suite !

– Maman, l'aéroport de Beyrouth est toujours fermé.

– Prends un bateau, un train, n'importe quoi, mais rentre. Rentre à pied ! Dis à ton journal que ça va, tu en as assez fait, qu'ils trouvent quelqu'un d'autre !

Je ne sais comment réagir. De toute façon, elle ne m'en laisse pas le temps.

– Est-ce qu'ils te payent au moins ?

– Bien sûr qu'ils me payent. Pourquoi ils ne me payeraient pas ?

– Ils te payent… bien ?

– Qu'est-ce que tu veux savoir, maman ? Ils me payent normalement… comme tout le monde.

– Ah non ! Pour ce que tu leur donnes, ils devraient te payer beaucoup plus que tout le monde. Tu te fais avoir encore une fois, mon fils, tu n'as jamais été capable de te défendre !

Je devrais lui répondre, il faut que je lui réponde, mais une vague de découragement m'assaille. Inutile, je n'ai aucune chance, elle va repartir pour une demi-heure. Qu'est-ce que j'espère ? La faire changer d'avis ? Je fais signe à Rocco, il me comprend sans un mot. Le voilà qui fouille dans ses poches et en sort un paquet qu'il déplie sous mon nez. La longue ligne qu'il me prépare, je la sniffe d'un coup sans demander mon reste. Et je me sens d'un coup devenir plus tolérant vis-à-vis de ma mère – laquelle n'a pas arrêté de parler. Je lui demande de laisser cette question de côté pour un moment et de me dire plutôt comment ça va, et comment va mon père… Contre toute attente, elle change de ton.

– Ton père ? Très bien. Il est membre d'un cercle de jeu plus ou moins clandestin du côté de la place de Clichy. On y joue gros. Et tu sais quoi ? C'est peut-être l'expérience, mais il gagne comme il n'avait jamais gagné à Beyrouth ! Il rentre au milieu de la nuit avec des billets plein les poches. Il en est même arrivé à me faire des cadeaux, à moi, tu imagines ? Un manteau de fourrure, pour tout te dire. Alors de mon côté j'ai décidé de le laisser tranquille – je l'ai assez embêté comme ça, non ? Donc ça va. On ne se parle toujours pas, ou si peu… mais c'est parce qu'on n'a pas l'habitude.

M. Farchakh a vieilli. La montagne de chair qu'il était a fondu, son visage est maintenant comme aspiré de l'intérieur. On le reconnaît bien pourtant, il est le même, je veux dire son expression, ce qui se devine derrière. Rigide comme les règles de grammaire qu'il a enseignées toute sa vie, les *kawa'ed*, et en même temps d'une infinie bienveillance, curieux mélange. Mais il est devenu aveugle et dur d'oreille. Du coup, ses émotions sont plus lisibles, il ne les retient plus. Quand Fouad lui dit qui je suis, il réfléchit une seconde, puis :

– Youssef Hosni ? Tu veux dire… celui qui a toujours été dernier en arabe ?

– Celui-là même ! dit Fouad, accompagnant sa réponse d'un grand sourire malicieux.

Farchakh père en est tout bouleversé. Il se lève, tend les bras et avance jusqu'à me toucher. Et là, avec un petit rire de satisfaction que je ne lui ai jamais connu, il me prend par les épaules et me secoue doucement. Puis, s'enhardissant, comme n'y tenant plus, il prend ma tête entre ses mains et ses doigts parcourent rapidement mon visage – son toucher est une caresse.

– Je te reconnais, Youssef, dit-il, je me souviens très bien de toi. Des yeux intelligents… mais quel mauvais élève ! Mon Dieu, comme vous m'avez manqué ! Un garçon juif, je n'en ai plus vu depuis… trente ans ! Vous êtes tous partis !

– Youssef, lui, est revenu ! crie Fouad à son oreille.

– C'est bien… c'est très bien… Mais le monde mélangé, le mien… a complètement disparu. Qu'est-ce qui peut le ramener selon toi ? Je vais te dire : rien.

– C'est vrai, vous avez raison, dis-je, incapable de lui mentir.

Mais il n'entend rien. Soudain il regarde vivement en l'air, comme s'il reniflait.

– Abla ! Pas besoin de rester derrière la porte ! Viens que je te présente un de mes anciens élèves !

Démasquée, Mme Farchakh, son tablier noué autour de la taille, sort de sa cuisine en rougissant. Elle masque sa gêne en riant et en m'accablant d'une avalanche de phrases de bienvenue, notre maison est la vôtre, vous resterez le temps d'un café, sinon je me fâche contre vous ! On dirait ma mère.

Du café ? Juste avant l'invasion, elle en a reçu un gros sac envoyé par sa famille restée à Nabatiyeh, dans le Sud. Parce que l'électricité est souvent coupée, elle s'est remise à moudre le café en grains avec l'un de ces moulins de cuivre d'un autre temps pourvu d'un levier articulé qu'on fait tourner à la main. Rien qu'à en entendre le bruit, l'arôme devenu si rare envahit mes narines. Dix minutes plus tard, Abla Farchakh revient, tenant fièrement entre ses mains un plateau d'argent tout fumant. Puis, comme il est de coutume, elle se retire afin de laisser *les hommes* continuer de parler.

– Les Arabes peuvent être musulmans, chrétiens ou juifs, dit mon vieux professeur. Et même syriaques ou chaldéens ! On reste unis !

– Regardez où ça vous a menés.

Le petit frère de Fouad vient de faire son entrée.

– Qu'est-ce qui vous unit, poursuit-il dans son arabe parfait, quasi littéraire, qu'est-ce qui vous fait tenir ensemble ? L'idéologie de gauche ? Moribonde ! Le nationalisme arabe ? Mort avec la guerre des Six Jours ! La cause palestinienne ? Elle en est à misérablement négocier sa reddition !

Je m'attendais à un barbu coiffé d'une calotte et vêtu du *kamis* des vrais croyants. Je découvre un jeune homme vêtu d'une chemise militaire kaki et en blue-jeans – on dirait Roro. Il a les joues glabres et les cheveux noirs en bataille. C'est bien lui. Je remarque la *basma* au-dessus de ses yeux, la tache sombre provoquée par le contact répété du front avec le sol lors des dix-sept prosternations prévues dans les cinq prières quotidiennes.

– Zeid ! Tu te souviens de moi ?

– Bien sûr ! Tu es *'Ammo* Youssef, du nom du prophète qui a été vendu par ses frères « à vil prix », dit le Coran.

– Et tu grimpais sur mes genoux pour manger des pâtisseries arabes.

– Je m'en souviens très bien.

Zeid sourit, et la fossette charmante qu'il avait déjà à l'âge de cinq ans se creuse dans sa joue gauche. Mais ses yeux très noirs continuent de me fixer avec une intensité peu commune, sans pitié.

– Ça n'empêche que vous avez tort, poursuit-il.

– Qui, nous ?

– Vous… Fouad, mon père, toi, tous ceux qui vous ressemblent… Vous avez essayé et vous avez perdu.

M. Farchakh n'a pas l'air d'y prêter attention. Il regarde en l'air de ses yeux aveugles, on dirait qu'il rêve. Mais Zeid parle si fort qu'il cherche de toute évidence à le provoquer – la guerre semble lui avoir fait perdre le respect. Je demande en baissant la voix :

– Qu'est-ce qu'on a essayé, qu'est-ce qu'on a perdu ?

– Vous pensiez que vos valeurs étaient universelles, elles étaient seulement d'Occident ! Les Arabes et Nasser ont couru derrière l'illusion du progrès, leur vache sacrée, mais ils étaient comme des mendiants à la porte de la forteresse. Vous vouliez changer le monde, vous êtes rentrés bredouilles, les mains vides, et votre temps est passé.

M. Farchakh se lève d'un coup, plein d'une fureur mal contenue.

– Zeid ! Ça suffit ! Youssef est notre invité !

– Reste tranquille, papa, rassieds-toi. Ton protégé est tout à fait capable de se défendre tout seul.

– Je t'interdis !

– Qu'est-ce que tu m'interdis ? Tu as passé ta vie à enseigner dans une école juive, que Dieu te pardonne ! Et ton fils aîné, ce Fouad cher à ton cœur, est devenu avocat – c'est-à-dire qu'il se soumet à un système de lois qui n'a rien à voir avec notre *chari'a*. Qu'est-ce que vous pouvez comprendre ?

Le père s'étouffe, manifestement impuissant. Je pose une main sur son bras :

– Ne vous en faites pas pour moi, monsieur Farchakh. Votre fils a raison : je sais me défendre. Et je veux l'entendre jusqu'au bout.

Il pose en retour sa main sur la mienne puis se rassied lourdement, si formidablement peiné qu'il serre le cœur.

– L'islam nous a ouvert les yeux, poursuit Zeid. Il nous a fait comprendre qu'il ne fallait plus courir après l'Occident mais lui tourner le dos, rompre avec sa corruption, retrouver nos racines et en être fiers. C'est notre chemin sur la voie de Dieu, le seul qui nous donne la possibilité de triompher, avec l'aide de Dieu, exactement comme nos frères viennent de le faire en Iran.

– Si on te suit, Zeid, il n'y a plus de Liban !

– Le Liban a été créé artificiellement par les Français en 1920 ! Toutes les frontières de la région ont été imposées dans le but de morceler l'*Oumma*, notre Nation islamique.

– Très bien. Mais il ne s'agit pas seulement du Liban mais de tout le Moyen-Orient !

– Vous avez essayé d'unir la nation arabe et vous n'y êtes pas parvenus. Laissez-nous faire l'unité du monde musulman !

– Et qu'est-ce que tu feras des minorités ? Dans ton système, il n'y a pas de place pour les Arméniens, les Kurdes, les Druzes, les Assyro-Chaldéens, les Yazidis – sans parler des tordus, des sans-religion, des homosexuels…

– Que Dieu nous protège de Satan le maudit !

– … et il n'y aura plus aucune place pour des gens comme moi.

– Et alors ? L'islam est ouvert à tous. Quelle que soit ta couleur de peau, quelle que soit ta foi d'origine, il te suffit de dire la Fatiha, tu deviens musulman !

– Je n'ai aucune envie de devenir musulman.

– L'islam englobe les deux religions monothéistes qui l'ont précédé. On parlait du prophète Youssef tout à l'heure – que le salut de Dieu soit sur lui. Eh bien, sa capacité à élucider les rêves, son exil en Égypte, la femme du souverain égyptien qui « le sollicite au mal » et lui arrache un pan de sa tunique alors qu'il s'enfuit, les sept vaches grasses et les sept maigres… toute cette histoire est racontée quasiment de la même façon dans la Bible et le Coran !

– Qu'est-ce que ça y fait ? Ça m'est égal.

– Comprends : le judaïsme a été le début de la prophétie, le christianisme en a été le milieu et l'islam est la foi qui la scelle, il est le jardin d'arrivée !

– Eh bien moi, je me méfie des jardins d'arrivée comme de toute vérité définitive. Je ne suis pas religieux mais j'aime dans le judaïsme l'idée que l'identité juive échappe à toute définition, qu'elle demeure fluide, qu'elle intègre le doute, le questionnement et jusqu'à la mise en cause de Dieu lui-même.

– Qu'à Dieu ne plaise ! Tu blasphèmes ! Qu'es-tu venu faire à Beyrouth-Ouest ? Ici est la terre des musulmans !

– Pour moi, c'est la terre du mélange.

– C'est le mélange qui nous a corrompus !

– Tu vois, Zeid ? Toi et moi, on ne s'entendra jamais…

Je la guette depuis le balcon, aller-retour, aller-retour, toujours ce mélange d'impatience et de pensée magique censé provoquer l'apparition de l'objet du désir. Nous sommes en juillet, il fait très chaud – une bouffée de chaleur me monte à la tête, puis j'ai soudain froid et je frissonne. C'est le manque. J'ai l'impression de me dérégler, je ne sais plus quoi faire de moi-même, j'avais résolu de ne plus chercher à la voir pourtant.

Maintenant, c'est dans la rue que je fais les cent pas, je passe et repasse devant les portes de l'Université américaine. Elle doit venir, elle viendra. Elle apparaît soudain au coin de mon œil, le long du mur d'enceinte, mirage flottant dans la chaleur.

– Qu'est-ce que tu as ?

Ce sont ses premiers mots. Elle a l'air si fraîche, et moi si gris. Elle pose sa paume sur mon front, la mine inquiète.

– Non, tu n'as pas de fièvre… Qu'est-ce qui se passe ?

– Juste envie de te voir, Jana.

Elle fronce les sourcils avec une moue de doute, je m'empêche de claquer des dents. Je vois qu'elle s'en fait pour moi, c'est la Jana *d'avant*, un miracle. Hier, la journée était normale, vingt-cinq morts, rien de spécial – sauf que j'étais par hasard sur les lieux où l'obus est tombé. Je sortais à pied d'un parking quand l'explosion m'a fracassé les tympans – et le sifflement dans les oreilles n'a pas cessé pendant que je découvrais l'affreux spectacle. J'aurais pu être l'un de ces morts, l'un de ces blessés couverts de sang couchés en travers de la chaussée – l'un d'eux était décapité. Trois minutes plus tard, une ambulance de la Croix-Rouge est apparue, des jeunes gens et de toutes jeunes filles en sont descendus, pas émus pour un sou. Ils ont chargé les corps sur des brancards – à toute vitesse mais comme au ralenti. D'un coup, la guerre était devenue terriblement réelle, épouvantable même, au sens propre : suscitant l'épouvante. Et la drogue ne pouvait rien y changer.

– Viens, me dit Jana sans poser d'autre question.

Elle me conduit de son pas sûr. À la porte de l'Université, ils sont quatre ou cinq malabars à garder l'entrée avec des brassards marqués « Security » et des mines quasi menaçantes – ils craignent sans doute que leurs belles pelouses ne soient envahies par des flots de réfugiés en guenilles. Nous sommes pris de vitesse par Abou Riché, le clochard céleste qui hante Beyrouth-Ouest depuis le début du siège. Il s'interpose, une bouteille à la main, et interpelle les gardiens – ou plutôt leur chante une chanson :

Abou Hachiché lyom tafraane
Baa' marto wou chtara doukhane…

Que l'on pourrait traduire par :

Abou Hachiché aujourd'hui fauché
a vendu sa femme pour s'acheter de quoi fumer…

Le premier garde fait mine de s'énerver et lui ordonne de partir – mais on voit bien qu'il s'empêche de sourire. L'autre se montre plus compréhensif :

– Qu'est-ce que tu racontes ? Abou Hachiché était un vagabond qui chantait ça dans les rues quand j'étais gamin, les pieds nus lui aussi. Mais il a disparu depuis longtemps…

– Et alors ? répond l'autre. Je suis là pour réveiller les mémoires, donner une chance au passé, éduquer les jeunes générations…

Tout le monde rigole, et le bouffon s'éloigne en reprenant sa chanson. Les gardes redeviennent sérieux quand ils nous voient. Jana, ils la connaissent, elle vient tous les jours. Mais moi ? Elle leur montre sa carte de professeur, me présente, se porte garante, dit que nous avons un travail à faire ensemble... Avec mauvaise grâce, l'un des gardiens prend note de mon identité et inscrit soigneusement sur un grand registre l'heure de mon arrivée – en attendant celle de mon départ. Puis il nous fait passer sous un portail métallique ouvrant sur l'enceinte sacrée. Mes yeux redécouvrent avec bonheur le paradis perdu. American University of Beirut, AUB. Les bâtiments de pierres blanches, la chapelle où se donnent des concerts de musique classique... et les étudiants dans les allées arborées qui semblent des figurines dessinées à l'encre de Chine. La guerre ? Quelle guerre ? Nous sommes ici en Amérique où les avions de combat israéliens ne s'égarent jamais.

– Qu'est-ce qui t'arrive ? me demande Jana, le nez baissé, alors que nous marchons d'un même pas.

– Il y a des jours comme ça...

Elle ne dit rien, laisse venir. Je compte vingt pas :

– Les choses glissent comme du sable entre mes doigts... J'écris tous les jours... et ça ne sert à rien. Au début, j'étais tout excité...

– Un coup de déprime... c'est ça ?

– Je ne sais pas... Soudain, quelque chose d'âpre dans ma poitrine... Je suis pris dans ma propre fiction – alors que la menace réelle grossit jour après jour.

– Tu n'écris pas aujourd'hui ?

– Non. On est samedi, le journal ne paraît pas dimanche.

Nous continuons à marcher en silence – et les pensées tournent dans ma tête.

– Les Palestiniens se disent prêts à quitter Beyrouth en emportant leurs armes légères, dis-je, mais Sharon refuse. Le vent devient mauvais.

– À quoi tu t'attendais ? Une défaite israélienne ? Une révolution ? Crois-moi, ce que nous vivons là sera notre seul héritage.

– Qu'est-ce que nous vivons là ?

– Viens !

Le laboratoire est lui aussi inchangé, toujours veillé par des bocaux géants où nagent d'étranges créatures. À l'extrémité de l'allée, l'espace s'arrondit pour dessiner une grande pièce où sont alignés des meubles munis de larges tiroirs superposés comme ceux dans lesquels les architectes rangent leurs plans. Alors que la guerre fait rage à l'extérieur, Jana est enfermée depuis des années dans ce monde où rien ne bouge.

– Mais qu'est-ce que tu en sais, que rien ne bouge ? s'exclame-t-elle, vexée. C'est immobile en surface seulement, espèce d'ignorant !

Elle ouvre un à un les tiroirs où sont exposés, exactement comme des papillons, toutes sortes d'insectes aux formes bizarres. Les plus petits sont enfermés dans des boîtes transparentes, les autres épinglés sur un lit de velours noir. On dirait un joaillier montrant sa collection de bijoux rares.

– Tu ne sais pas comme c'est excitant ! D'ores et déjà, notre collection est bien plus importante que celle de l'USEK. Je peux même dire qu'on les a écrasés !

– L'USEK ?

– L'université Saint-Esprit de Kaslik, fondée en 1950 par l'Ordre libanais maronite… Elle est du côté de Jounieh, en pays chrétien.

– Je comprends tout, dis-je en riant. Tu participes au combat sur le front des insectes !

– Ça fait plaisir de t'entendre rire !

Elle dit ça et me serre contre elle. Je me raidis, honteux de sentir que des larmes me montent aux yeux. Jounieh, c'est aussi la plage où nous allions au milieu de la nuit, au tout début. Elle me cache dans son cou, me caresse la nuque et fait des chuuuut… à mon oreille. Mon cœur bat fort, des gouttes de sueur perlent à mes tempes, je me sens en vérité plus désemparé qu'attiré.

– Il n'y a pas d'eau en ce moment chez vous ? murmure-t-elle.

– Plus depuis trois jours…

Elle se détache sans me regarder, me prend par la main et m'entraîne jusqu'au fond de la pièce. Là, derrière une porte discrète, un escalier monte vers un tout petit appartement que l'université met à la disposition de ses chercheurs.

– Tu vois, dit-elle, espiègle, il y a là tout ce qu'il faut ! De l'électricité en permanence, de l'eau chaude à profusion, un frigo, une cuisine équipée, une télé en circuit fermée… et un lit aux draps frais.

– C'est la caverne d'Ali Baba !

– Je te donne une serviette propre, tu vas prendre une douche. Et si tu veux, après, je te lave les cheveux…

À gauche une succession de bâtiments éventrés, à droite le champ de courses dévasté : gradins affaissés, pelouses labourées, pins brûlés… Entre les deux, ce qui fut jadis le boulevard du Musée s'est transformé en paysage lunaire, un labyrinthe cheminant entre murs de sable, pylônes couchés, fils électriques pendant de toutes parts, décharge d'ordures à ciel ouvert. Je dépasse l'hôpital Barbir criblé d'impacts et m'engage dans un couloir bordé d'immeubles froissés comme du carton-pâte. Je suis les piétons avançant à la queue leu leu chargés de sacs plastique et de petites valises. Ils se rendent à Beyrouth-Est, d'autres en viennent – deux colonnes de fourmis qui se croisent sans un mot. On ne peut plus passer qu'à pied. Nous longeons les fortifications censées défendre la ville assiégée, montagne de blocs de béton, bus calcinés, embrouillamini de métal enfoncé dans la chaussée. C'est ce front que les Israéliens ont systématiquement pilonné hier avant d'essayer de le prendre d'assaut, sans succès. Maintenant, on n'entend plus que la musique entêtante des criquets se frottant méticuleusement les pattes sous le soleil d'été.

Même pour une seule journée, quitter Beyrouth-Ouest m'est difficile – mais le journal insistait. À rebours de ce qui pourrait paraître naturel, sortir du « trou à rats » est particulièrement angoissant. À ma surprise, les miliciens phalangistes qui gardent l'entrée de Beyrouth-Est me laissent passer sans poser de questions.

Devant moi s'étend soudain une ville tout à fait normale. Des immeubles intacts, des embouteillages, des feux tricolores, des boutiques ouvertes ! Des montagnes de douceurs de différentes sortes dans les vitrines de pâtisseries où se pressent des clients bien habillés ! C'est si propre, si bien entretenu ! Une jeune fille en bikini est cramponnée à un bellâtre qui joue les matamores sur son scooter, Ray-Ban sur le nez, ils doivent aller à la plage ! L'indignation que j'en ressens me stupéfie. Mais le bouquet, ce sont les jeeps militaires israéliennes qui encombrent les rues, les soldats coiffés d'une kippa qui font leurs courses, on les voit même joyeusement attablés aux terrasses des cafés ! Ils sont en permission. Sur la place Sassine, deux portraits géants couvrent une façade. Le premier est celui de Bachir Gemayel, leader incontesté des Forces libanaises, la milice toute-puissante du parti phalangiste ; le deuxième celui de son père, Pierre Gemayel, qui lui a quasiment passé la main. Le fils est d'ailleurs partout : sur les devantures des magasins, les pylônes électriques, les murs, les arbres, les voitures. Il y a Bachir l'ancien : tenue militaire, lunettes noires, fusil-mitrailleur entre les mains ; et le nouveau : veston-cravate, tout sourires, rasé de frais. Car avec l'appui des Israéliens, le jeune coq pense avoir déjà gagné la guerre et commence à peaufiner son image d'homme politique responsable. Il vient d'annoncer sa candidature à l'élection présidentielle – c'est même pour ça que le journal m'envoie à Beyrouth-Est.

Je le vois pour la première fois, mais je sais. Ce grand bâtiment blanc qui longe la mer a été bâti sur les ruines rasées du bidonville Maslakh. La puanteur a disparu mais l'infâme violence dont il a été le théâtre est restée accrochée aux murs blanc immaculé. À l'entrée, deux miliciens phalangistes en uniforme kaki m'accueillent sous une plaque en marbre indiquant que nous sommes au siège des Forces libanaises. Ils n'ont pas l'air très engageants mais, de façon tout à fait absurde, leur bottes militaires à lacets me rassurent. Parce que je les reconnais : le père de mon ami Vasken, célèbre cordonnier industriel, les fabrique et les vend indifféremment à toutes les milices ennemies du pays. D'une voix que j'aurais voulu ferme, j'annonce aux gardes que j'ai rendez-vous. Après m'avoir dévisagé et vérifié ma carte de presse, l'un des deux parle dans son talkie-walkie et m'invite à le suivre. Je traverse derrière lui la cour du *compound* puis un labyrinthe de couloirs déserts qui sentent le neuf. À tous les embranchements, un sigle représentant un triangle marqué « Delta » est apposé, accompagné de numéros de sections et de sous-sections tout à fait inquiétants.

Je ne dirais pas que Derdérian m'accueille à bras ouverts dans son grand bureau avec vue sur la mer mais il me salue poliment avec au fond de l'œil cette petite lueur qui signifie *je te connais*. Les années ont passé, nous avons mûri, c'est la guerre, tu as beau être l'envoyé spécial d'un journal français, on ne me la fait pas, je sais qui tu es.

– Et que fait notre ami Rocco à Beyrouth-Ouest ? demande-t-il.

– Ce qu'il a toujours fait, fidèle à lui-même. Il demande de tes nouvelles d'ailleurs, il dit que tu lui as manqué.

– Il m'a manqué aussi. Rassure-le. Dis-lui que je n'ai jamais été aussi bien. Notre victoire est proche.

– Écoute, on peut continuer à jouer au chat et à la souris comme les vieux ennemis que nous sommes, mais il serait plus rapide que tu me dises tout de suite comment tu vois les choses.

– C'est simple : les Palestiniens vont être chassés et peut-être décapités, Bachir va être élu, il sera le président de tous les Libanais… et demandera aux Israéliens de partir à leur tour.

– C'est un conte de fées !

À la façon dont il contracte ses lèvres, je vois bien que je l'irrite. Ce n'est plus le jeune étudiant malicieux de la fin des années soixante, mais le principal conseiller d'un chef de guerre qui accepte mal qu'on le contredise. Il se maîtrise pourtant, et me parle comme s'il faisait la leçon à un enfant :

– À Beyrouth-Ouest, vous vivez dans un phantasme. La réalité est la suivante : les pays arabes ne lèveront pas le petit doigt pour aider les Palestiniens. Ils sont finis, ils sortent de l'équation libanaise. Une fois qu'ils auront disparu, les Libanais se retrouveront entre eux, ils n'auront d'autre choix que de se reporter sur Bachir, un homme de trente-quatre ans doté de nombreuses qualités : jeunesse, énergie, fermeté. Exactement ce dont le pays a besoin aujourd'hui. Il sera le seul à pouvoir obtenir, après le départ des Palestiniens, celui de l'armée israélienne en vue d'établir un État fort.

– Parce que tu crois que les Israéliens vont partir après l'avoir installé au pouvoir ? Tu les prends pour des philanthropes ? C'est au contraire un État faible qu'ils veulent au Liban – et un Bachir président qu'ils tiendront par les couilles !

Qu'est-ce que je n'ai pas dit là ! Tombant le masque, Derdérian me crie au visage, au point que le garde posté devant son bureau entrouvre la porte pour s'assurer que tout se passe bien.

– Mais tu te prends pour qui, Youssef ? Tu vis à Paris depuis trop longtemps, tu ne réalises pas que le Liban n'a plus rien à voir ! Maintenant, il faut appartenir à un camp pour avoir le moindre poids ! Si tu avais été officier dans l'armée israélienne, si tu n'avais pas trahi les tiens, tu aurais compté ! Mais vous avez choisi une autre voie, toi, Rocco, Ralph, Robert et compagnie ! Vous ne pesiez déjà pas lourd il y a quinze ans quand j'ai voulu me débarrasser de vous, vous pesez encore moins aujourd'hui ! Vous ne comptez pour rien parce que vous n'êtes rien. Les chrétiens sont chrétiens et les musulmans sont musulmans – tout comme les Juifs sont juifs. C'est le Moyen-Orient de demain ! Et au Liban, quand musulmans et chrétiens se partageront le pouvoir sur des bases nouvelles, tu crois que quelqu'un se préoccupera des gens comme vous, les communistes, les gauchistes, les sans-origine, les sans-patrie ? Vous êtes déjà dans la poubelle de l'Histoire ! Va dire ça à ton ami Rocco, ça lui fera plaisir !

Si j'avais pu, c'est au pas de course que j'aurais fait le chemin du retour – mais il me faut aller au rythme de la longue chaîne qui s'étire à la frontière du Musée. C'est plutôt lent, les miliciens phalangistes examinent avec plus ou moins de méfiance les candidats au passage vers « l'autre côté ». Devant moi, une famille composée d'une mère et de ses trois enfants arrive au barrage. Le milicien examine leurs papiers, il y a visiblement quelque chose qu'il ne comprend pas.

– Vous vous appelez Khoury, vous êtes chrétiens... Pourquoi repartez-vous ? C'est l'enfer là-bas ! Attendez au moins quelques jours !

Il s'en fait pour eux, c'est clair, et la femme en semble désolée.

– C'est là-bas que j'ai grandi, répond-elle sur un ton d'excuse. Et si je dors dans un autre lit que le mien, je ne ferme pas l'œil de la nuit.

– Tu repars simplement pour retrouver ton lit ?

– On est venus à l'Est parce que les bombardements à l'Ouest étaient terribles... La famille de mon oncle nous a hébergés à Jounieh. C'était très calme. Mais au bout de trois jours, j'ai compris que les voisins sont parfois plus proches que les parents. À l'Ouest, la guerre elle-même nous a attachés les uns aux autres.

Le milicien n'a pas l'air d'un mauvais bougre, mais ce qu'il entend l'insupporte.

– Je ne devrais pas te laisser passer. Pense à tes enfants !

– *Ya 'ammi*, je veux revenir dans ma maison ! Laisse-moi tranquille. Quitte à mourir, je préfère mourir chez moi.

Je passe sans encombre. Nous avançons suivant un parcours sinueux qui fait perdre tout sens de l'orientation. Deux énormes drapeaux palestiniens et libanais flottant au-dessus d'un mur de sable marquent l'entrée de la ville assiégée. Le dernier obstacle dépassé, Beyrouth-Ouest apparaît – et le cœur palpite. La puanteur émanant des montagnes d'immondices qui brûlent est insoutenable – un parfum de paradis. La fumée pestilentielle imprègne tout, et jusqu'à mon T-shirt mouillé de sueur en cette journée torride. J'en ressens un plaisir organique un peu abject. L'essentiel est que Beyrouth-Ouest soit là, devant moi. Barils plantés de drapeaux au milieu de la route, jeeps militaires aux trois quarts désossées mais roulant quand même, bâtiment rendus lépreux par plusieurs couches de mitraille, chaussée couverte de gravats et de débris, pas de doute, c'est bien elle !

– Tu recommences ? Tu n'as rien appris ? Tu oses écrire noir sur blanc que les Palestiniens vont perdre et que Bachir sera le prochain président de la République libanaise ? Toi, tu oses écrire ça !

– Qu'est-ce que tu racontes ? Ce n'est pas du tout ce que j'ai écrit.

– Mais c'est ce que les gens ont lu ! Des milliers de lecteurs à l'étranger te suivent depuis un mois et demi, jour après jour... Grâce à toi, grâce à nous, ils respirent avec la ville assiégée, résistent avec elle, espèrent avec elle. Et soudain tu sors de Beyrouth-Ouest, tu traverses la frontière, tu passes à l'ennemi !

– Rocco, tu deviens fou !

– Tu as toujours été un faible, Youssef, un homme sous influence. Tu sais pourquoi ? Parce que tu n'as pas compris qu'on pouvait être juif sans être soumis.

– Parlons-en ! Tu t'es inscrit au Fatah, tu fais soi-disant ce que tu veux. Mais ça t'oblige à rester *dans la ligne* – en vrai insoumis ! Ils peuvent te faire confiance en toute circonstance. Tu sais pourquoi ? Parce que tu es juif.

– Tu oublies que je suis *politique* avant tout. Nous sommes au milieu d'une guerre qu'il nous faut gagner à tout prix. Je ne dis pas n'importe quoi à n'importe quel moment, moi. Alors qu'avec toi, sous prétexte de liberté d'expression, le dernier qui a parlé a raison. Et qui as-tu vu en dernier cette fois ? Derdérian !

– J'oubliais : il t'envoie ses salutations !

– Il ne manquait que ça ! Tu joues les intermédiaires maintenant. Mais Derdérian, je le connais, il t'a laissé venir, il s'est joué de toi. C'est un redoutable renard capable des coups les plus tordus, capable de justifier des assassinats. Je vais te dire : moi, Derdérian, je ne l'aurais jamais écouté poliment en prenant des notes, je lui serais rentré dedans.

– Qu'est-ce qui t'en empêche ? La frontière du Musée est ouverte. Vas-y, puisque tu es si fort !

– Tu es allé lui lécher le cul…

– Mais enfin, tu ne sais pas lire ou quoi ?

– Tu ne comprends pas. Le simple fait de raconter comment tu es allé à l'Est pour le rencontrer est une victoire pour lui.

– Comment ça ?

– Grâce à toi, les gens ont découvert que Beyrouth-Est menait une vie normale, qu'elle était même passée à autre chose pendant que nous restions, nous, dans notre merde. Comme si nous avions déjà perdu la guerre. Tu as offert à Derdérian une tribune qu'il n'aurait jamais eue sans toi. Tout ça dans un journal de gauche comme le tien, comme le nôtre ! Tu nous as trahis !

– Tu sais quoi, Rocco ? Va te faire foutre ! Tu prends toute la place ! Cette fois, c'est fini.

J'ai entassé mes affaires dans un grand sac en cuir et claqué la porte. J'ai même laissé les clés de la moto sur un guéridon pour partir à pied, sac à l'épaule. Les rues sont vides, les bombardements lointains, la nuit est claire. Un sentiment de libération monte en moi à chaque pas. Soudain ne plus rien avoir à demander à quiconque ! Un état proche de l'exaltation. J'ai dans mes poches assez de poudre pour tenir un certain temps – de toute façon l'héroïne se trouve facilement. J'ai aussi une clé que mon ami Rafic m'a fait parvenir depuis Paris, celle de son appartement. Il m'a demandé d'arroser les plantes et d'ouvrir les volets de temps en temps, histoire de donner l'impression que le lieu est habité. En fait, je ne manque de rien. En fait, tout va bien.

Un barrage léger coupe la petite rue parallèle à la corniche, les quatre jeunes qui le tiennent sont plutôt décontractés. Sans doute m'auraient-ils laissé passer si je n'avais ce sac volumineux en bandoulière qu'ils me demandent d'ouvrir – ce que je fais de bonne grâce. Il ne contient rien de bien intéressant pour eux, quelques boîtes de conserve, des bouteilles d'eau, du linge sale... Mais ma machine à écrire suscite leur curiosité. Je suis obligé de leur expliquer qui je suis et ce que je fais là. Que je vienne m'installer dans l'immeuble de huit étages dominant la rue qu'ils contrôlent ne leur pose pas de problème, ils veulent en revanche tout savoir sur le métier que j'exerce. L'un d'eux, un jeune homme filiforme, très beau, très brun avec une fine moustache, qui semble être le boute-en-train de la bande, a les yeux qui brillent.

– Puisque vous êtes journaliste, vous devez savoir les choses avant les autres.

Je reconnais son accent, celui des musulmans sunnites de Beyrouth. Je dois être tombé sur un barrage des Mourabitoun.

– Ça dépend, oui, parfois nous savons des choses...

– Aaah... reprend-il, et les trois autres miliciens se pressent autour de nous. Dites-nous alors : les Israéliens sur leurs bateaux en face de nous, ils vont débarquer ou non ?

Ce qu'ils veulent, c'est parler. Il ne se passe rien de particulier ce soir. Pas la moindre bombe ni le moindre obus à se mettre sous la dent, toutes les rues donnant sur la mer sont barrées par des murs de sacs de sable et le passant se fait rare.

– En ce moment, ils négocient. Ils peuvent balancer quelques obus pour appuyer leurs arguments. Mais débarquer, non, je ne crois pas.

– Ah bon… soupirent-ils en hochant la tête, mais je vois bien qu'ils sont un peu déçus.

– Êtes-vous sûr de ce que vous dites ? ose le beau milicien.

– Ça… dis-je en levant la main. Il y a du pour et il y a du contre… On ne peut pas vraiment savoir… Dieu est plus savant.

Et tous d'acquiescer. Je réalise qu'ils ne m'ont demandé ni mes papiers ni mon accréditation OLP. Ça se relâche on dirait. Je remets mon barda sur l'épaule, mais ils n'ont pas envie de me voir partir.

– Votre journal est français, non ? reprend mon interlocuteur.

– Oui, c'est ça.

– Je connais une chanson en français… Si vous voulez, je peux vous la chanter.

Avant que j'aie le temps de répondre, le voilà qui entonne d'une voix de fausset, massacrant la prononciation :

Une poule sur un mur
Qui picore du pain dur
Picoti picota
Lève la queue et puis voilà

Ses camarades s'exclament aussitôt pendant que lui-même, fier comme un paon, accueille les félicitations en rougissant. Je lui serre cérémonieusement la main. Il me dit que nous sommes frères désormais.

– Je m'appelle Shadi. Tu vas habiter ici, tu seras sous notre protection. Si tu as besoin de quoi que ce soit, tu n'auras qu'à dire…

Je le remercie du mieux que je peux, salue les autres de la main et m'apprête à m'éloigner. Il m'arrête, se penche vers moi et me dit à l'oreille :

– Ici, tu es chez nous, tu n'as rien à craindre… Mais ne t'aventure pas du côté des sacs de sable le long de la corniche. Ils sont tenus par des Palestiniens qui attendent le débarquement. C'est des coriaces. Ils ne plaisantent pas et ils sont… très méfiants.

Cinquante mètres plus loin, je suis sur le point d'entrer dans l'immeuble plongé dans le noir pour cause de coupure d'électricité quand Shadi m'appelle encore :

– Picoti, picota !… crie-t-il, et ses camarades rient de nouveau.

Évidemment, il faut monter à pied – et j'habite au dernier étage. C'est le genre d'immeuble qui voudrait être *de standing* mais ne l'est pas, béton et structures de mauvaise qualité avec, seul avantage, des balcons donnant sur la mer. Traînant mon barda, je tire la langue. Jusque-là, beaucoup d'appartements m'ont semblé inoccupés. Mais au cinquième où je m'arrête pour souffler, une porte entrouverte laisse émaner d'enivrantes odeurs de cuisine. Je m'approche, la porte s'ouvre au même moment.

– Qu'est-ce que vous faites là ?

C'est une grosse femme d'une cinquantaine d'années, petite croix en or autour du cou, visage joufflu respirant la santé, entourée d'enfants qui s'accrochent à ses jupes.

– C'est que…

Elle éclate d'un rire tonitruant et se touche le nez.

– Ne dites rien, je comprends ! Mais vous êtes qui ?

En quelques mots, je me présente et explique que je m'installe au huitième.

– Bonne nouvelle ! s'écrie-t-elle. Je m'appelle Miza, madame Miza pour vous servir, masseuse… Malheureusement les clientes se font rares en ce moment.

– Qui c'est ? demande une voix d'homme fluette depuis l'intérieur de l'appartement.

– Un nouveau voisin ! crie Mme Miza. Viens, Nabil, que je te présente !

Le mari apparaît, aussi chétif et effacé que sa femme est généreuse. Il me serre timidement la main et s'excuse parce que, dit-il, « j'ai à faire ». Les enfants, ils sont bien cinq ou six, très excités par mon apparition, crient et s'égaillent sur le palier.

– Vous savez quoi ? dit la femme. Je suis en train de préparer une mouloukhieh pour un grand dîner demain soir – on m'a envoyé les ingrédients de Beyrouth-Est ce matin. Puisque mes vieux amis ne sont plus là, j'ai invité des voisins de l'immeuble... Si ça vous dit, vous êtes le bienvenu ! C'est à sept heures, demain soir.

Je me confonds en remerciements et poursuis mon ascension. J'aurais pu imaginer n'importe quelle folie – sauf d'être accueilli en temps de guerre avec une telle bienveillance par une parfaite inconnue.

Une explosion me réveille en sursaut, une explosion terrible dont la chaleur s'imprime de haut en bas sur mon corps nu. Je me redresse et tends l'oreille, tous les sens en éveil. Il ne se passe rien. Pas un bruit, le noir complet. J'attends. Rien ne vient.

L'horloge à cristaux liquides indique 5 h 30. Mon cœur ne s'est pas calmé, il cogne encore. Je suis en nage, le drap qui me couvre vaguement est mouillé. Il vaut mieux me lever, faire quelques pas, boire un verre d'eau. J'erre dans le vaste appartement inconnu et me cogne aux meubles, quelle est cette angoisse qui m'étreint ? Les grandes portes vitrées sont ouvertes, je sors sur le balcon mais n'y trouve aucune fraîcheur. Pieds nus sur les dalles chaudes, je reste debout à scruter la nuit comme si je pouvais y lire l'avenir. La mer qui s'étend à perte de vue est aussi noire que le ciel – la frontière entre eux a quasiment disparu. La corniche court à mes pieds, déserte et ténébreuse comme je ne l'avais jamais vue. Je ne suis nulle part et mes yeux ne voient qu'un vide obscur. À un détail près : l'horizon invisible est parcouru d'éclairs lointains, peut-être des orages d'été. Les navires de guerre sont sûrement là-bas, tapis dans l'ombre. Comme tout est étrange ! L'angoisse qui me noue la gorge est plus forte que celle que je ressentais rue Bliss. Cette position en surplomb de la mer donne l'impression d'être une sentinelle aux frontières – la menace de la guerre en devient plus tangible. Je réalise qu'il est plus difficile de vivre la menace quand on habite seul – j'aurais dû y penser avant. Maintenant, il va falloir s'habituer. Je pose les mains sur la balustrade et défie les éléments, l'épaisseur de l'air, la nuit sans lune. Il me serait facile de sortir mon petit paquet pour me faire une ligne, mais non. Je préfère m'asseoir dans la balancelle et apaiser mon cœur dans son lent mouvement de va-et-vient. Minute après minute, la terreur de la nuit lâche prise.

À la lueur d'une bougie, je découvre dans la salle de bains un blaireau, une crème à raser à l'ancienne, et aussi un rasoir comme celui qu'utilisait mon père quand j'étais enfant – les lames rectangulaires de rechange sont enveloppées dans du papier violet. Je cède à la tentation et fais mousser la crème dans un bol en acier, allant jusqu'à sacrifier à ma toilette un peu d'une précieuse bouteille d'eau minérale. Avant que ne se termine la cérémonie du rasage, j'entends un drôle de bruit au-dessus de ma tête. Levant les yeux, je vois une grille d'aération, rien de spécial, mais il est clair que le bruit sourd, une espèce de frottement, vient de là. La grille se met à bouger comme si elle était poussée de l'intérieur, je remarque que les vis censées la maintenir en place ont été descellées… Elle bouge de plus en plus sous mon regard médusé et, d'un coup, tombe sur le sol de la salle de bains. Dans le trou rectangulaire ainsi dégagé apparaît soudain… la tête d'une toute jeune fille. Le temps s'arrête. Je ne suis pas encore revenu de ma stupéfaction que la fille se glisse habilement hors du conduit d'aération, pose un pied sur le rebord de la baignoire et, après une pirouette gracieuse, saute à terre. J'en reste sans voix. Je me demande un instant si cette adolescente en jogging dans la semi-obscurité de ma salle de bains est réelle. Elle l'est. Et très amusée de me voir ébahi à ce point – nu comme un ver, le rasoir à la main et la crème couvrant une partie de ma joue. Le plus naturellement du monde, comme si elle était entrée par la porte, avec un sourire charmant :

– Je m'appelle Hyam el-Ali, dit-elle, votre voisine d'à côté. Comme vous le voyez, les... communiquent.

J'ignore comment on dit *conduit d'aération* en arabe, mais je crois avoir compris. Je noue rapidement une serviette autour de ma taille avant de lever la bougie pour regarder l'intruse de haut en bas. Taille moyenne, cheveux noirs abondants et crépus retenus en queue de cheval, yeux durs, maigre comme une enfant mal nourrie.

– Euh... enchanté.

– Vous venez d'arriver... poursuit-elle d'un ton espiègle. Bienvenue dans notre immeuble. Vous ne m'invitez pas à entrer ?

C'est ainsi que la jeune Hyam el-Ali est littéralement tombée dans ma vie. Quelques minutes plus tard, elle est installée dans le living un bol de café à la main, dans la lumière de l'aube. Son père l'enferme à double tour chaque fois qu'il sort, la laissant tourner en rond comme une bête en cage. Elle a finalement trouvé ce canal pour lui échapper.

– Mais ici, c'est fermé à clé aussi. Heureusement, vous êtes là maintenant.

Elle avance une épaule et recule l'autre, met sa bouche en cul de poule et me fait les yeux doux – mais de façon tellement maladroite que c'en est comique.

– Vous allez m'aider, dites...

Je ne peux m'empêcher de rire.

– Mais qui t'a appris à faire tout ça ?

– Quoi ça ?

– Ces simagrées...

Elle arrête aussitôt son manège. Puis, comme si nous étions de vieux complices, se lève en me donnant un petit coup de coude au passage.

– Par Dieu, j'ai appris ça dans les comédies musicales égyptiennes, à la télé. Je les regarde depuis toujours. Je vous montre.

Plantée au milieu du living, elle se lance, récitant avec un accent égyptien appuyé les dialogues d'une scène d'amour d'un film des années cinquante. Elle me tombe dans les bras de tout son long. Je me dégage comme je peux et me lève, interloqué. Elle se relève aussi et rit. Puis ses genoux fléchissent, son corps se casse, elle se recroqueville en boule sur la moquette. Je saisis à la dernière seconde l'expression douloureuse qu'a prise son visage.

– Tu ne vas pas me dénoncer à mon père, murmure-t-elle. Il va encore me battre !

Elle raconte d'un même souffle comment sa famille vivait tranquillement dans un village au sud du Liban et comment, la nuit de l'invasion... Sans doute l'histoire banale de tant de familles chiites.

– Mais je ne suis pas chiite ! s'écrie-t-elle, furieuse. Je suis sunnite ! Qu'est-ce que tu crois ? Que le Sud n'est peuplé que de chiites ? Qu'ils sont les seuls à avoir affronté le feu israélien ? Mets-toi ça dans la tête : je ne fais pas partie des *matawlé* !

– *Matawlé* est un terme raciste !

Elle hausse les épaules, indifférente, et se lance :

– L'avion, on aurait dit un oiseau métallique géant. L'air lui-même a explosé sur son passage. Et tout a commencé. La mitraille comme une machine à coudre, et les obus ! L'horizon est devenu une guirlande de pétards chinois – et notre village était sur son chemin. Les pierres ont explosé comme des pastèques, les lumières se sont allumées, les gens se sont mis à hurler : « Les Juifs arrivent ! » Le cri avait sauté de colline en colline pour arriver jusqu'à nous. La foudre est tombée sur notre mûrier. Il fallait fuir tout de suite. La chance : mon oncle possède un camion ! On a foncé tous feux éteints, mes parents et mon grand frère dans la cabine, mes cousins et moi dans la benne, accrochés à la montagne de bagages et de matelas ficelés. On dansait sous le ciel, on manquait tomber à chaque virage. Mais il faisait bon. Je détestais cette vie de village, j'allais enfin connaître Beyrouth ! À un moment, le camion s'est arrêté brutalement parce que des civils en armes occupaient la chaussée. Je me suis dit : ils vont nous voler notre camion. En fait, non. L'homme qui les dirigeait a parlé à mon oncle puis il est venu vers nous avec trois ou quatre de ses hommes. Chemise à carreaux, pantalon trop grand pour eux, blue-jeans... ils avaient l'air déguisés – et un peu enfantins à cause de ça. Ils portaient leurs kalachnikovs autour du cou, de petites valises ou des baluchons à la main. Des Palestiniens. Ils ont escaladé la benne et se sont assis parmi nous. On leur a fait une place. Ils ont caché leurs armes sous nos couvertures. « Il y aura peut-être des Juifs devant, nous a crié leur chef, ils envoient des parachutistes et barrent les routes. Il faut que vous restiez ce que vous êtes : une famille fuyant la guerre. Et mes hommes sont des vôtres à présent, vos frères et vos cousins, vous comprenez ? Allez ! Et que Dieu soit avec vous ! » Les yeux des nouveaux passagers luisaient dans le noir. À côté de moi, il y en avait même un qui pleurait en silence. Le chef a couru derrière le camion qui démarrait. Il a crié à ses hommes : « Si on vous demande quelque chose, ne dites pas un mot ! Les Juifs risquent de vous reconnaître à votre accent ! » L'un des Palestiniens a crié en retour : « Que Dieu te protège, Abou Kamel », et tous l'ont imité. L'homme qui pleurait a sorti sa kalachnikov de sous la couverture et tiré une longue rafale contre les étoiles. Sa paume était incroyablement douce sur ma hanche, il y avait posé sa main pour se retenir quand les cahots nous avaient jetés l'un contre l'autre. Il l'avait laissée là, sous la couverture. Très bas, il m'avait dit s'appeler Abou Leil, le père de la nuit, ce que j'avais trouvé ridicule. J'avais ri. Alors ses yeux s'étaient dilatés, il avait fini par me dire son vrai prénom, Nouri, que j'ai trouvé beau.

Elle se tait, soudain rêveuse. Entre-temps, le jour s'est levé. Je peux mieux voir son visage qui sort de l'ombre, et ses yeux. Pendant quelques secondes, elle me regarde sans me reconnaître.

– Tu vis seule avec ton père ?

– Au début, répond-elle d'une voie endormie, il y avait aussi ma mère. À Beyrouth, des miliciens qu'on connaissait depuis le village nous ont aidés. Ils ont forcé la porte de l'appartement et on s'est installés. Deux semaines plus tard, ma mère est partie habiter dans un autre appartement qu'elle a squatté avec mon grand frère.

– Vous avez *deux* appartements à Beyrouth ?

– C'est parce que mon père et ma mère se bagarrent tout le temps. Il la battait si durement qu'il lui a démis l'épaule un jour… Au village, elle ne pouvait rien faire. Ici, c'est différent. Un jour qu'il était sorti, elle s'est enfuie avec mon frère. Mon père ne pouvait pas la ramener : mon frère est armé, il lui a fait comprendre qu'il ne le laisserait plus faire. Mon père a alors retourné sa colère contre moi.

Elle se tait une seconde puis, avec un sourire diabolique :

– Il me reproche, murmure-t-elle, d'être *dévergondée.*

Elle descend à mi-cuisse une jambe de son pantalon de jogging pour dévoiler une fesse parcourue de cicatrices et de bleus impressionnants. D'autres lui zèbrent le flanc, visiblement des traces de coups de ceinture.

– Mais c'est terrible !

Elle a un rire en hoquet.

– Ce n'est rien… Tu n'as encore rien vu ! dit-elle, tardant à remettre son pantalon en place. Heureusement, mon frère n'est plus là parce qu'il est tout aussi violent.

– Attends. Ton père est où, là ?

– Rassure-toi. Il travaille dans une boulangerie. Il quitte la maison à quatre heures du matin et ne rentre jamais avant midi.

– Avec les bombardements et les pénuries, le travail peut s'arrêter… Il peut revenir à tout moment !

– Quoi ? Tu as peur ? Je suis toujours là quand il revient. Et je me demande tous les jours comment faire pour me libérer de lui.

– Tu sais, la liberté ne se demande pas, elle se prend…

– Elle se prend ! Comme c'est vrai ! La liberté se prend !

Sept heures du soir. Je sors de chez moi au moment où le père de Hyam, mon voisin de palier, ouvre sa porte. Avant même que j'aie pu dire ouf, il me saute dessus.

– *Ahlan, Ahlan*, bienvenue, voisin ! Je me présente : Anouar el-Ali… Soyez le bienvenu ! Votre présence illumine notre étage et tout notre immeuble !

Il existe des personnes qui suscitent au premier coup d'œil une détestation sans partage. Anouar el-Ali a tout pour déplaire. Dans son œil se devine la brutalité qu'il réserve à ses *inférieurs* en même temps que sa servilité à l'égard de ceux dont il croit avoir besoin. Lui qui est entré par effraction dans son appartement cherche à conforter auprès de moi son statut de voisin légitime. Et il refuse de lâcher ma main qu'il a saisie d'autorité.

– Je dois descendre… dis-je un peu piteusement, maudissant mon incapacité à me montrer plus ferme.

L'échec de son offensive de charme ne le décourage en rien.

– Moi aussi je descends, dit-il. Mais je tenais d'abord à vous saluer comme il se doit. Vous allez chez Mme Miza peut-être ?

– Oui.

– Si vous permettez, allons-y ensemble !

Mon envie de mouloukhieh est dévorante, je suis prêt à toutes les compromissions. Il m'arrête de nouveau en posant la main sur mon bras.

– Vous savez ? Je suis content que vous occupiez cet appartement…

– Ah bon ?

– Oui, ce n'est pas bien qu'un appartement pareil reste vide… Il y a déjà deux familles de *matawlé* dans l'immeuble… il n'est pas prudent de rompre l'équilibre. C'est une menace. Inutile de nous le cacher, la stabilité de ce pays a toujours reposé sur l'alliance que nous avons passée, vous et nous…

– Qui vous et qui nous ?

Il me regarde fixement avec un sourire entendu :

– Vous comprenez parfaitement ce que je veux dire…

C'est clair, il me croit chrétien. Depuis l'indépendance, le Liban est fondé sur un partage du pouvoir entre chrétiens maronites et musulmans sunnites – les chiites n'occupant qu'une symbolique troisième place, avec tout le mépris attaché à celle-ci. À dire vrai, Anouar el-Ali ne pense sûrement pas que la stabilité de l'immeuble dépend de sa composition confessionnelle – il a simplement peur d'avoir des *matawlé* comme voisins de palier.

– Un jour, les Palestiniens partiront, et les Israéliens aussi. Nous nous retrouverons de nouveau entre Libanais. Entre-temps, les chiites auront pris la grosse tête. Pourquoi ? Parce qu'ils ont maintenant les Iraniens derrière eux, des Iraniens qui ne sont même pas arabes mais perses ! Ils s'appellent République islamique comme s'ils étaient les seuls musulmans ! Nous, sunnites, on est en conflit avec eux depuis mille trois cents ans ! Ils relèvent la tête à présent, mais on ne se laissera pas faire… Nous n'oublierons jamais que le Liban moderne a été fondé sur le socle de notre alliance avec les maronites !

Si cela pouvait servir à quelque chose, je lui dirais que la guerre a bouleversé tous les équilibres anciens, que le parti chrétien dominant s'est allié aux Israéliens, que les chefs de guerre seront demain les nouveaux caïds… Je préfère m'engager dans l'escalier, mais il me retient toujours :

– La précipitation est de Satan ! Attendez au moins que je ferme ma porte !

Avant qu'il l'atteigne, j'ai le temps de voir dans l'entrebâillement la silhouette de Hyam qui s'esquive. Son père, qui l'a aperçue aussi, claque violemment la porte avant de donner d'un geste rageur deux tours de clé définitifs.

Une demi-douzaine de voisins, hommes et femmes, forment un cercle dans le salon et font semblant que la visite est normale, rien de particulier, en dépit des bombardements forts à modérés qui se font entendre. Les enfants jouent par terre et ne s'interrompent que pour jeter des coups d'œil curieux dans ma direction – je suis ce soir la principale nouveauté.

– Avec tous ces enfants qui crient, c'est à peine si on entend les bombes, et ça fait moins peur. N'est-ce pas, Nabil ?

Assis derrière Mme Miza qui trône dans le fauteuil central, le petit homme acquiesce.

– Avant-hier dans la nuit, poursuit la maîtresse de maison, les obus sont tombés tout près, la maison tremblait. J'ai réveillé Nabil : « Nabil, la maison tombe ! » Nous sommes restés au lit, à compter les secondes entre l'éclair et le bruit de l'explosion. Ça fait passer le temps. N'est-ce pas, Nabil ?

Il acquiesce encore, elle rit…

– Mais où ai-je la tête ? s'inquiète-t-elle faussement, le dîner n'est pas encore prêt. Tu veux bien aller voir, habibi Nabil ?

Elle n'a pas fini de parler, il est déjà debout.

– En attendant, ajoute-t-elle, je prendrais bien un café. Qui veut du café ?

Je lève la main – ce que voyant, Anouar Abou-Ali qu'on a assis à côté de moi la lève aussi. Deux autres personnes sont candidates. Nabil s'éclipse.

– Hier matin, reprend l'intarissable Mme Miza, je suis allée masser deux clientes qui habitent non loin d'ici, à Aïn el-Mraïssé. Contre le stress, il n'y a rien de mieux que le massage – et on n'est pas en manque de stress dans ce pays ! Mais juste avant d'arriver chez elles, les obus ont commencé à tomber dru… ou c'étaient des bombes ? Les avions peut-être. Non, les avions c'était vendredi. Excusez-moi, avec cette guerre, je mélange les jours... Nabil, crie-t-elle, est-ce que l'aviation a travaillé vendredi ?

Tout le monde s'esclaffe. Aucune réponse du mari.

– Quoi qu'il en soit, reprend-elle, je suis revenue chez moi en courant. Je fais semblant d'être forte mais en arrivant, j'avais les genoux qui tremblaient. J'ai poussé ma porte et j'ai dit *Nhamdullah* (« Dieu soit loué ») – comme si la maison était plus sûre...

Nabil appelle sa femme depuis la cuisine. Le café est prêt mais l'homme ne veut pas le servir parce que ça ne se fait pas. Mme Miza se lève et y va. Plateau à la main, elle revient quelques secondes plus tard et fait le tour du salon pour servir. Puis se rassied comme si elle ne s'était jamais interrompue :

– Les premiers jours, on n'avait pas l'habitude, on descendait au sous-sol dès que ça tapait. En vérité, on n'y est pas plus à l'abri – mais les explosions s'entendent moins !

– Nous, dit un homme assez âgé assis à ma gauche, nous ne sommes jamais descendus au sous-sol, pas un seul jour ! Il faut dire qu'on est habitués : nous sommes de la région de Nabatiyeh, au sud, à la frontière avec Israël. Alors les bombes, on connaît... Elles aussi nous connaissent d'ailleurs !

Assise à côté de lui, sa femme s'enhardit à son tour :

– Nous, les chiites, on a toujours souffert le martyre pendant que les autres faisaient la fête. Maintenant, on est tous dans la même merde. Nous voulons (elle compte sur ses doigts) primo que les Israéliens sortent de notre pays. Secundo, un gouvernement libanais juste et fort. Tertio, que le palais présidentiel tire un coup de feu symbolique contre l'agresseur !

Tout le monde rigole de nouveau, la sauce commence à prendre, nous sommes enfin dans un vrai *salon.*

– En attendant, reprend le mari, les Israéliens sont entrés hier dans notre village, près de Nabatiyeh. On m'a averti. Mais que diable peuvent-ils chercher dans un si petit village ?

– Mon pauvre ami, dit Mme Miza, tu avais trois poules et

ils les ont sûrement mangées. Les oignons, les laitues que tu as plantés, ils sont en train de les cueillir…

– Moi, dit une jeune femme vêtue d'une robe de chambre par-dessus sa chemise de nuit, je n'étais pas mécontente quand les chars israéliens sont arrivés au palais présidentiel et que le général Sharon a mis les pieds sur le bureau du président… Comme ça, le courage de nos chers dirigeants montrant leur cul est apparu aux yeux de tous…

Anouar el-Ali se penche à mon oreille :

– Celle-là est grecque-orthodoxe. Elle a tort de se moquer comme ça. Ce président est le nôtre.

L'apparence de complicité qu'il essaye de manifester à mon égard m'est désagréable. Je me lève et me dirige vers un autre coin de la pièce.

– Vous ne nous avez encore rien dit de vous ! s'exclame Mme Miza. Laissez-moi vous présenter notre nouveau voisin : M. Youssef est journaliste.

Son intervention suscite un brouhaha de bienvenue, je cherche quelque chose à dire.

– Puisque vous êtes journaliste, dit la femme en robe de chambre, vous devez savoir mieux que nous ce qui va se passer.

Toujours la même remarque.

– Vous voulez la vérité ou le mensonge ?

– La vérité ! répondent-ils en chœur.

– La vérité est que je n'en sais rien, rien de rien. Je comprends que ça vous déçoive, mais c'est comme ça. Autant lire l'avenir dans le marc de café. La seule chose, c'est que même si les Palestiniens et les Israéliens s'en vont, je ne crois pas que ça mettra fin à la guerre.

– Pourquoi vous dites ça ? s'insurge Anouar el-Ali, content de trouver sa place dans le cercle. Vous êtes trop pessimiste ! Je crois, moi, que les Libanais se retrouveront comme des frères et reconstruiront leur pays détruit…

Le silence qui s'ensuit laisse deviner le peu d'enthousiasme que suscite son intervention.

– Si vous voulez la vérité, murmure une toute jeune fille à qui les larmes montent aux yeux, je suis morte de peur. Vous parlez, vous plaisantez malgré tout, vous avez l'air contents… Mais moi, j'ai dix-sept ans et je suis terrorisée jour et nuit, même quand il n'y a pas de bombes ! Je veux juste partir… pour Chypre, pour la France, pour l'Australie, n'importe où… Je n'en peux plus d'ici !

Ses larmes coulent silencieusement. La femme en robe de chambre se lève et la prend dans ses bras.

– Tu ne te rends pas compte, ma chérie… Tu partiras, tu traverseras le monde et les pays… Jamais tu ne trouveras un endroit comme Beyrouth… C'est quand tu t'en éloignes qu'elle se met à te manquer cruellement, et ce manque t'empêchera de respirer… Aujourd'hui tu la regardes comme une ville sale, à l'abandon, bombardée de toutes parts… Mais avec d'autres yeux, tu verras, c'est la huitième merveille du monde…

Le temps reste suspendu un moment. Puis Mme Miza brise la glace :

– La mouloukhieh est prête, ce n'est pas un plat qui se mange dans la tristesse ! Elle est royale, comme son nom l'indique, et ce sera toujours ça de pris à l'ennemi ! Que chacun attrape une assiette dans la pile et me suive à la cuisine. On va se régaler !

J'arrive au huitième à bout de souffle, ma porte est entrouverte. *Ils* m'ont repéré et sont venus me rendre une petite visite – mais qui ? Israéliens ? Palestiniens ? Avant d'entrer, j'imagine mon appartement sens dessus dessous, tiroirs renversés, papiers par terre. Pas du tout : le lieu est exactement dans l'état où je l'ai laissé. Une autre inquiétude me prend alors : mon visiteur est encore là... Sur la pointe des pieds, tâchant de calmer mon cœur qui cogne, je me glisse jusqu'à la cuisine. Là, j'ouvre doucement un tiroir et en sors un grand couteau. Avec mille précautions, couteau en avant, oreille tendue, j'entreprends d'inspecter les pièces une à une, le salon, les trois chambres, les deux toilettes, le balcon. Quand je pousse la dernière porte, celle de la salle de bains, je comprends enfin qu'il n'y a personne. Mais la grille du conduit d'aération est par terre. Hyam ! Elle est passée par le conduit pour venir chez moi avant de descendre dans la rue – et a laissé la porte ouverte pour pouvoir revenir. Quelle folie ! À ma montre, il est onze heures. Son père est censé rentrer à midi, s'il est ponctuel – mais qui peut l'être dans cette guerre ? La rage me prend. Cette fille me met en danger ! J'ai autre chose à faire que m'occuper d'elle ! Avant même de l'avoir décidé, je dévale l'escalier.

Où aller ? Elle est sortie faire un tour, elle ne peut pas être loin, si je me dépêche je la trouverai sûrement dans l'une ou l'autre des rues voisines, peut-être sur la corniche ? Mais non. Ni ici ni là. Dans un état d'agitation croissante, je rumine tout le ressentiment que j'ai accumulé contre elle depuis plusieurs jours. Une fois, elle a traîné toute la matinée pieds nus dans mon appartement alors que je tapais à la machine. Elle s'est faufilée sans bruit derrière moi et m'a soudain embrassé dans le cou. Quand je lui ai intimé de me laisser tranquille, elle a fait la moue et soupiré pour me faire comprendre à quel point elle s'ennuyait. Je devais absolument finir mon article à l'heure, je n'avais même pas le temps de la chasser !

Une autre fois, elle m'a réveillé en se glissant tout simplement dans mon lit. J'ai senti sa poitrine plate contre mon dos et ses bras frêles m'enlacer. Sous ses apparences fragiles, elle est vigoureuse comme un jeune olivier et j'ai eu toutes les peines du monde à me défaire de son étreinte. Heureusement que la consommation d'héroïne ne favorise pas la libido, sinon j'aurais peut-être cédé à ses provocations incessantes.

– Quoi, je ne te plais pas ? demandait-elle innocemment à chacune de mes rebuffades.

La voilà ! À cinquante mètres de l'immeuble, je la vois installée là où je n'aurais jamais cru la trouver : sur le barrage tenu par Shadi et ses camarades. Assise sur une chaise bancale, très à l'aise et en grande conversation, elle paraît ravie de se trouver au milieu de ces quatre vigoureux garçons en armes et en treillis militaire. Alors que je m'approche à grandes enjambées sans qu'elle me voie, elle caresse la joue de l'un d'eux.

– Hyam, qu'est-ce que tu fais là ? Tu es devenue folle ?

Tous sursautent et se retournent, comme pris en faute. Ils se reprennent vite et serrent agressivement leurs armes qu'ils dirigent vers moi. Mais Shadi me reconnaît.

– Youssef ! Ça va ? Tu connais cette charmante jeune fille ?

– Et comment ! Viens tout de suite avec moi, Hyam ! Je te ramène chez toi...

– Attendez un peu, dit un autre milicien. Qui êtes-vous par rapport à elle ? Son père, son frère, son fiancé ? De quel droit vous...

– Laisse tomber ! dit Hyam, se levant d'un coup. C'est mon ange gardien. Laisse-le tranquille, il est inoffensif.

Elle s'approche de moi en se trémoussant puis, se retournant, envoie un baiser à la compagnie.

– À une autre fois… Au revoir, Shadi !

Je la traîne par la main, étage après étage, craignant à tout moment que Mme Miza ou tout autre voisin nous surprenne. Arrivé sans encombre au huitième, je la pousse violemment dans mon appartement avant d'entrer moi-même et de claquer la porte.

– Maintenant tu vas dans la salle de bains, tu repasses par le conduit et tu me promets de ne jamais recommencer !

Un éclair mauvais passe dans son regard. Elle s'avance vers moi avec une lenteur exagérée.

– Et pourquoi je ferais ça ? demande-t-elle en articulant chaque syllabe.

– Parce que ton père va rentrer ! S'il ne te voit pas, il va vite comprendre que tu es ici !

– Et alors ? Ça crèvera l'abcès une fois pour toutes.

– Si tu veux crever l'abcès, crève-le sans moi. J'ai autre chose à faire…

Elle part d'un éclat de rire artificiel et sans gaieté – la dureté n'a pas quitté ses yeux une seconde.

– Mon père me bat et m'enferme, tu es contre bien sûr, ça ne se fait pas, mais tu ne bougerais pas le petit doigt pour m'aider.

– Ce n'est pas ça, Hyam. Je veux t'aider, mais…

D'un coup, elle se jette sur moi et colle ses lèvres aux miennes. Je me dégage dans un même mouvement, l'attrape par les bras et la repousse. Son dos cogne le placard de l'entrée, elle tombe de tout son long et se relève aussitôt, souple comme un félin. Cette fois, ses yeux lancent des éclairs.

– Je vois bien que tu as envie de moi mais tu n'oses pas ! Tu aimerais me baiser mais tu n'y arrives pas ! Alors tu fais le raisonnable, l'homme de bonne moralité… Toi, coucher avec une petite jeune fille malheureuse qui n'a jamais connu un moment de tendresse de toute sa vie ? Jamais ! Tu es au-dessus de ça, monsieur le journaliste !

– Hyam, laisse tomber, on discutera à un autre moment. Pour l'instant, fous-moi la paix et repars chez toi.

– Eh bien moi, je ne veux pas !

Sur ces mots, elle me saute à la gorge – mais cette fois, elle s'enroule, s'insinue, s'y prend de telle façon que je n'ai aucune prise. Je dégage un de mes bras et lui envoie une gifle retentissante. Elle se retrouve de nouveau par terre – mais cette fois les yeux humides, la lèvre en sang. Et elle sourit. Deux vers de Baudelaire me viennent en mémoire : ... *tes traîtres yeux / Brillant à travers leurs larmes*. Soudain, elle bondit et je la gifle de nouveau. À son rire, à sa façon de me regarder par en dessous, je devine qu'elle cherche confusément une façon d'être et de désirer qui lui soit possible.

– Au fond, dit-elle tout bas, tu n'es pas très différent de mon père. Tu parles de liberté mais tu m'enfermes. Grâce à ton appartement, ma prison s'est agrandie, mais c'est toujours une prison. Tu m'empêches de descendre, tu me cries dessus, tu te fâches quand tu me vois parler à des garçons... et maintenant tu me frappes, tout comme lui.

– Arrête tes conneries, tu veux bien ?

– Toi, arrête ! Tu « couvres » la guerre comme tu dis, mais un jour tu partiras à Paris, tu retrouveras ton existence normale, eau chaude, électricité... et tout le monde t'applaudira par-dessus le marché. Alors que moi, cette guerre, ce père, je les ai pour toujours, c'est mon destin de merde ! Laisse-moi te dire : tu as raison. La liberté ne se demande pas, elle se prend. Je n'ai pas à te la demander, pas plus qu'à mon père. Si j'y arrive, ce sera de mes propres forces ! Et sois tranquille, je ne t'impliquerai pas, tu n'auras pas d'ennuis, il ne t'arrivera jamais rien. Sur ce, salut !

La voilà qui file comme une flèche. Ébranlé, je la suis d'un pas hésitant. En pensée, je la vois exécuter son numéro de haute voltige, se glisser dans le conduit et remettre la petite grille derrière elle. Quand j'arrive à mon tour dans la salle de bains, plus aucune trace de Hyam, tout est en place comme si elle n'était jamais passée par là, comme si elle n'avait jamais existé.

Posée sur le capot, la petite télé noir et blanc est reliée par des fils électriques à la batterie de la voiture de Ralph. Dans ce quartier sinistré du centre-ville où subsiste, en dépit du bon sens, la pharmacie Farhi, la lueur projetée par l'écran sur les visages qui l'entourent est la seule lumière. « Le stade de Séville est survolté, crie d'une voix stridente le présentateur d'Antenne 2 relayé par une chaîne locale, nous voici dans les prolongations après les deux coups de génie de Marius Trésor et d'Alain Giresse ! » Au début, nous n'étions que trois, assis sur des tabourets au pied de la voiture : Ralph, Semaane, l'un des jumeaux palestiniens, et moi. Mais les rares clients venus acheter des médicaments à la pharmacie, la seule de garde en cette nuit d'été, n'ont pas pu repartir. À la cinquante-septième minute, Battiston était sur le point de marquer quand ce sauvage de Schumacher l'a embouti avec une telle violence que le Français est sorti du terrain sur civière : commotion cérébrale ! Enragés, les Bleus ont marqué deux fois coup sur coup, menant 3-1 à quinze minutes de la fin – c'était gagné ! À ce moment le public ne comptait pas moins d'une quinzaine de personnes serrées debout les unes contre les autres, yeux rivés sur le petit écran. Même Abou Riché, le clochard céleste qui ne dort jamais, a montré le bout de son nez. Plume au chapeau, il pousse des cris stridents et exécute une petite danse à chaque but marqué par les Bleus.

Mais juste avant la fin des prolongations, les Allemands réussissent à égaliser *in extremis*. Le score est donc de 3-3, égalité parfaite ! Au bord de l'apoplexie, le présentateur d'Antenne 2 hurle d'une voix cassée : « Pour la première fois dans l'histoire de la Coupe du monde, le destin de la demi-finale va se jouer aux tirs au but ! »

Et le supplice commence. Chaque fois qu'un Français envoie dans les filets adverses le ballon posé au point de penalty, la foule l'acclame bruyamment – en particulier Michel Platini, le héros du jour. Comme en de lointains échos, la clameur de notre groupe semble se répercuter aux quatre coins de la ville : des centaines de voitures en stationnement offrent aux assiégés le même spectacle – et Beyrouth-Ouest tout entière est derrière l'équipe de France.

– Ouais, maugrée Semaane, Mitterrand soutient tout de même Israël...

Il a laissé sa kalachnikov à la maison, c'est en civil qu'il est venu regarder le match. Mais plus encore que sa tenue kaki, son accent palestinien trahit son identité.

– Dans la situation où vous êtes, lui dit un vieil homme sur un ton consolant, vous ne pouvez pas être trop regardant... La France s'est engagée à protéger votre départ.

– À supposer que nous partions ! réplique Semaane.

– Vos gueules ! crie un jeune homme, vous discuterez plus tard... Le score est de 4-4 et c'est à la France de tirer...

Nous en sommes à deux heures et neuf minutes de jeu. La ville retient son souffle, même le ronron régulier des générateurs, on ne l'entend plus. Bossis pose le ballon au point de penalty, s'éloigne, se recueille quelques secondes, prend son élan et shoote ! Un terrible cri de déception s'élève. Raté ! Cet idiot de Bossis a loupé son tir au but alors que tout était encore possible ! Nous nous regardons, incrédules. À la dernière seconde, nous avons perdu la guerre !

Mes phares font surgir en longues traînées lumineuses les rails parallèles du tramway qui n'existe plus, fil d'Ariane que j'utilise pour rentrer chez moi. Comme il passe la nuit à la pharmacie, Ralph m'a prêté sa voiture, à charge pour moi de la lui rapporter avant sept heures du matin. L'obscurité est telle que j'ai l'impression d'être une bulle de lumière avançant à travers la ville déserte.

Voici le carrefour où je dois abandonner les rails pour tourner à droite, voici la descente qui conduit au rond-point d'Aïn el-Mraïssé où brillait jadis le Théâtre de Beyrouth. Les noirs immeubles penchés au-dessus de ma tête m'oppressent. À cinquante mètres de chez moi, la rue est barrée, allez savoir pourquoi. Je suis obligé de garer la voiture pour continuer à pied. Je finis par trouver une minuscule place de parking à l'angle de deux ruelles. J'essaye de m'y glisser tant bien que mal, avant-arrière, avant-arrière… Trop petite ! Il m'en faut une autre. En nage, je recommence la manœuvre, pour sortir cette fois, quand je remarque un homme d'une cinquantaine d'années debout au pied d'un immeuble, la kalachnikov en bandoulière, qui m'observe – sans doute depuis le début. Vaguement inquiet, je réussis à dégager la voiture et à m'éloigner. Mais la rue que j'emprunte est elle aussi barrée un peu plus loin, je dois faire demi-tour. Arrivé non loin du gardien de l'immeuble, je trouve une nouvelle place et entreprends de m'y ranger. Personne dans la rue ne connaît ce véhicule à la calandre écrabouillée. La ville est habituée aux voitures piégées, celle-ci sera sans doute regardée comme suspecte. Je me traite aussitôt de parano et balaie cette idée, mais au moment où j'éteins le moteur, un léger coup frappé à ma vitre me fait sursauter. C'est le gardien. Il me fait signe de baisser la vitre.

– Tu vas laisser ta voiture là ?

– Oui, si ça ne dérange pas…

Il est plutôt âgé et n'a pas l'air méchant, mais quelque chose dans ma réponse le laisse songeur – mon accent ? Il se penche de nouveau :

– Qui es-tu ? Et que fais-tu là ?

– J'habite dans le quartier... un peu plus bas.

Il réfléchit longuement, puis me fait signe de ne pas bouger :

– Attends-moi quelques minutes...

Je le vois se diriger vers l'entrée de l'immeuble et y disparaître. Dix minutes plus tard, il en ressort en compagnie d'un homme portant pistolet à la ceinture suivi de deux malabars armés de kalachnikovs. Les deux sbires se mettent devant la voiture, contemplent sa plaque d'immatriculation – et la calandre fracassée – pendant que leur chef vient vers moi et me demande mes papiers. Un drôle de chef : chauve et trapu, lunettes sur le nez, il aurait pu en d'autres circonstances être pris pour un comptable. Je m'empresse de lui mettre devant les yeux mon accréditation OLP.

– Alors tu es journaliste, me dit-il, songeur.

– En effet.

– Et tu habites par là, au milieu des gens... Pas à l'hôtel !

– C'est que... je suis né à Beyrouth.

– Ah ! Tu es né à Beyrouth !

Je ne sais pourquoi, chacune de mes réponses semble aggraver sa méfiance :

– Tu dois avoir une carte de presse, j'imagine.

Je l'ai fait renouveler juste avant mon départ de Paris, une carte tout ce qu'il y a de plus officiel avec photo, bandeau bleu-blanc-rouge et les tampons qu'il faut. Il l'examine longuement puis, au lieu de me la rendre, la met dans sa poche en même temps que mon accréditation.

– Descends de voiture et laisse les clés dessus. Tu vas nous montrer où tu habites.

Au pied de mon immeuble, le barrage de Shadi est pour une fois déserté. Les trois hommes me suivent dans l'escalier, accompagnés par le cliquetis de leurs armes. Les huit étages ne m'ont jamais semblé aussi hauts. Quand je leur ouvre ma porte, le chef entre avant moi et ses deux sbires me suivent – *mission spéciale*. Comme d'habitude, pas d'électricité. Les faisceaux de leurs lampes de poche dévoilent le joyeux bordel que j'ai laissé avant de sortir.

L'un des hommes reste à côté de moi (peur que je m'enfuie ?) pendant que les deux autres se mettent à fouiller l'appartement. Ils reviennent les bras chargés.

– C'est quoi ces cartes géographiques ? demande le chef.

– L'une est une carte touristique de Beyrouth, l'autre du Liban.

– Pourquoi tu les as ?

– Parce que je suis journaliste, je vous l'ai dit, j'ai besoin de circuler. Elles sont en vente libre.

– Et ces jumelles, elles te servent à quoi ?

Des jumelles ? Je n'en ai jamais eu. Et soudain, ça me revient :

– Écoutez. J'habite ici chez un ami de longue date qui est passionné par l'observation des oiseaux...

– L'observation des oiseaux ? Comme c'est curieux.

– Je vous assure que...

– Viens avec moi.

Il m'entraîne dans la chambre de derrière, celle dont les fenêtres surplombent toute une partie de la ville. Parmi les immeubles aux fenêtre obscures, il m'en désigne un :

– Cet immeuble, tu le connais ?

– Non.

– C'est là que tu as rangé ta voiture. Il ne te dit rien ?

– Que voulez-vous qu'il me dise ?

– Tu n'en as pas la moindre idée ! Tu ne sais pas qu'Abou Zaïm habite là !

Son ton est devenu menaçant. Et je comprends mon erreur. C'est depuis le début que j'aurais dû frapper sur la table, les prendre de haut, vous ne savez pas à qui vous avez affaire, appelez immédiatement votre supérieur... Au lieu de ça, j'ai sagement répondu à leurs questions et reculé pied à pied.

– Écoutez-moi. Je ne connais pas Abou Zaïm, j'en ai juste entendu parler...

– Par qui ?

– Par... mes amis palestiniens.

– Tu as des amis palestiniens ?

– Je rencontre tous les jours vos responsables, j'ai même fait une interview d'Abou Jihad.

– Abou Jihad ? D'où tu connais Abou Jihad ?

Je ne vais tout de même pas lui dire que c'est mon ami Rocco qui m'a emmené chez le responsable militaire du Fatah.

– Euh... j'ai été introduit par Labadi, le porte-parole de l'OLP... Vous n'avez qu'à l'appeler.

– Labadi ? Connais pas.

– Mais je vous jure...

– Allons dans le salon, dit le chef.

À peine y sommes-nous revenus, l'électricité se rétablit comme par magie. Le bonhomme décroche le téléphone et le miracle continue : il a une ligne !

– Oui, c'est moi... Passe-le-moi, dit-il dans le combiné.

Il attend quelques minutes que son interlocuteur vienne au bout du fil. Quand c'est fait, il prend soin de ne pas le nommer – mais à son ton, je devine qu'il s'agit d'Abou Zaïm en personne. Le peu que je sais, c'est que ce dernier n'est pas en odeur de sainteté à l'OLP – il dirigeait à Amman une faction palestinienne plus ou moins liée aux services de renseignement jordaniens. Tout de même, lorsque les combattants palestiniens ont été expulsés de ce pays vers le Liban, en 1970, ceux d'Abou Zaïm ont dû faire leurs bagages aux aussi. Je suis tombé dans de mauvaises mains.

– J'ai mené l'enquête, dit-il au téléphone. L'individu en question possède une carte de presse, mais tellement neuve qu'elle pourrait être fausse. Son accréditation OLP, n'importe quel soi-disant journaliste débarquant à Beyrouth peut en avoir une. Il possède aussi des cartes géographiques, une machine à écrire... et s'est apparemment débrouillé pour avoir des contacts avec des chefs palestiniens de haut niveau, y compris Abou Jihad...

J'entends la réaction de l'interlocuteur sous forme de grésillements, puis mon homme poursuit :

– Le plus grave c'est que son appartement est situé précisément en surplomb de votre immeuble... Oui, une vue plongeante. Et tenez-vous bien, il dispose de jumelles qui lui permettent de tout observer depuis ses fenêtres… Oui, c'est ce que je me suis dit… C'est ça… Tout à fait comme l'Allemande.

Je me souviens alors qu'un important dirigeant palestinien a été assassiné à Beyrouth quelques jours plus tôt par les services secrets israéliens. L'enquête a révélé qu'une jeune Allemande – qui avait passé des mois à se fabriquer une couverture dans l'action caritative – avait loué un pied-à-terre dont les fenêtres ouvraient sur son appartement. Elle avait donné le feu vert pour l'explosion de la voiture piégée juste avant de passer à Beyrouth-Est et de disparaître dans la nature.

Vrai journaliste ou dangereux espion, ils n'ont pas encore décidé. Mais l'un des malabars a pris le volant de la voiture de Ralph, le chef à côté de lui. Quant à moi, je partage la banquette arrière avec le vieux gardien à l'origine de mon arrestation – il me semble sincèrement désolé. Juste avant d'arriver dans le quartier de Fakahani, il se penche à mon oreille :

– N'aie pas peur, me glisse-t-il, celui qui a peur, c'est foutu pour lui…

Ils ne m'ont pas mis un sac sur la tête ni lié les mains, c'est déjà ça. La voiture s'arrête au pied d'un immeuble tout aussi sombre que les autres. Les portières claquent dans un silence seulement troublé par le ronflement monotone des générateurs. Le type me prend par le bras et m'entraîne – mais plutôt délicatement, comme s'il avait peur que je trébuche dans l'obscurité de l'entrée puis dans l'escalier qui descend au deuxième sous-sol. Tout en bas s'étend un étage de « bureaux » – en fait des aménagements de fortune dont les différentes pièces sont dessinées par des empilements de cartons et éclairés par des ampoules pendant au bout de fils électriques dénudés. Tout ici respire l'abandon et la saleté, il y a même des détritus qui s'empilent dans les coins. Ce n'est pas la première fois que j'observe une négligence aussi patente – et comme volontaire : les Palestiniens ne prennent pas soin des décors où ils s'installent parce qu'ils ont le sentiment de n'être jamais nulle part chez eux – pourquoi passeraient-ils le balai ?

Au détour d'une nouvelle pile de cartons, le chef me confie à un homme d'une soixantaine d'années à la moustache blanche. Celui-ci me désigne une chaise posée de l'autre côté du bureau qu'il occupe et pose entre nous une énorme radiocassette – de celles qu'on utilise en général pour écouter de la musique à fond la caisse. Il y introduit une cassette vierge.

– Maintenant, me dit-il, vous allez me raconter tous les contacts que vous avez eus avec les Palestiniens depuis que vous êtes né.

Je ne proteste ni ne pose de questions, j'ai déjà perdu. Mais puisque cet homme veut que je lui raconte une histoire, je vais lui en raconter une, c'est mon métier. Je commence par Elias, mon camarade de fac originaire de Haïfa qui m'a fait comprendre pourquoi sa ville natale lui était à jamais interdite...

– Parlez-moi de choses plus récentes, parlez-moi de *politique* !

Sans me faire prier, je me lance dans l'inventaire de tous les chefs palestiniens que j'ai rencontrés pour le journal, rapportant chacune de mes visites aux camps de Sabra et Chatila, chacun de mes reportages sur la ligne de front... À vrai dire, il semble m'écouter avec intérêt, curieux de ce que je lui apprends et même reconnaissant. En un mot : bon public. Le chef fait irruption, parle au vieil homme à l'oreille, s'adosse au mur de cartons et reste là à nous écouter. Sous son regard – et sans doute ses instructions – mon interrogateur change de ton :

– Êtes-vous déjà allé en Israël ?

– Pas du tout.

– Vous êtes sûr ?

– Absolument.

– Et des Israéliens, vous en avez connu à Paris ?

– Je n'en ai pas connu.

– Ça pourrait être des journalistes, des écrivains dans une soirée... ce serait naturel...

– Désolé de vous décevoir, mais non.

Je sais que j'ai des défauts, mais je sais mentir. Non seulement je connais des Israéliens mais je connais Israël pour m'y être rendu plusieurs fois – une grande partie de ma famille y vit ! Mes interrogateurs ne sauront rien de mes accointances avec l'« ennemi ». Grâce à ma vieille pratique du militantisme, je mémorise tous les détails d'un récit inventé pour en cas de besoin les resservir à l'identique. La double vie, il n'y a rien de mieux.

– Et hébreu, est-ce que vous parlez hébreu ?

C'est le chef qui perd patience et m'aboie sa question au visage. Je garde mon calme et lui répond de mon ton le plus suave :

– Mais non... Pourquoi je parlerais hébreu ?

– C'est ce que je vous demande !

Le chef prend alors une grande inspiration et m'envoie au visage... une phrase en hébreu ! Pris au dépourvu, je n'arrive pas à contrôler le léger tressaillement de mon corps. Alors j'improvise :

– Mais c'est de l'hébreu, ça !

– Vous voyez que vous le comprenez ! s'exclame le chef, prêt à crier victoire.

– Ben... non. À Beyrouth, n'importe qui peut tomber sur une radio israélienne et reconnaître la *musique* de l'hébreu. Il y en a une qui s'appelle... comment ?... Kol Israël. Ce qui m'a étonné, c'est que vous sachiez le parler, vous. Où avez-vous appris ?

Il se lève, furieux. Puis, avec rage, comme à contrecœur :

– Je l'ai appris dans une prison israélienne ! Juste avant mon expulsion !

Je baisse les yeux, il sort, me laissant en tête à tête avec le vieux moustachu qui ne sait plus quoi faire.

– On va tout reprendre depuis le début, dit-il.

L'interrogatoire s'est étiré comme ça tout au long de la nuit, mêmes questions, mêmes réponses, nouveaux détours pour demander la même chose. Vers six heures et demie, profitant d'une pause, je me dégourdis les jambes dans les couloirs et tombe nez à nez avec le gardien qui m'a fait arrêter.

– Il y a un problème, lui dis-je en aparté.

– Quel problème ?

– Voilà : la voiture que je conduisais appartient à un ami pharmacien qui s'appelle Raouf. Je suis censé la lui rapporter avant sept heures du matin pour qu'il aille à Chatila où il travaille. Quand il verra que sa voiture n'est pas là, et que j'ai moi-même disparu, il donnera l'alerte et mobilisera tous les responsables palestiniens qu'il connaît – et Dieu sait s'il en connaît !

Le vieux gardien va répéter mon histoire au chef. Mes explications politiques, ils ne les comprenaient tout simplement pas. Mais un problème de voiture à rendre, ça, ils comprennent.

Cette fois, c'est moi qui conduis, l'homme à la moustache blanche à côté de moi. Les malabars nous suivent dans la Volkswagen censée nous ramener au bercail. Le jour vient de se lever et il fait encore frais. Tout en roulant, je me dis que lorsque Ralph verra les mines patibulaires qui m'accompagnent, il comprendra. Je lui glisserai en français que ce sont les hommes d'Abou Zaïm, il saura quelle faction m'a enlevé et agira en conséquence.

Il est sept heures et demie quand nous arrivons en vue de la pharmacie. De loin, je vois qu'elle est fermée. Ralph est adossé à la grille, les bras croisés, mécontent. Il se radoucit en apercevant notre cortège hors du commun. Avant que j'aie le temps de lui adresser la parole, le moustachu descend de voiture et se dirige vers lui. Quand je les rejoins quelques secondes plus tard, il lui a déjà demandé comment il s'appelle, ce qu'il fait là et quel est son travail à Chatila. Très calmement, Ralph sort sa carte de pharmacien ainsi que le document signé de hauts responsables palestiniens l'autorisant à entrer et sortir à sa guise du camp.

– Est-ce que ça vous dérange de venir un instant avec nous ? lui demande le moustachu.

– Bien sûr que ça me dérange ! rétorque Ralph. J'ai vraiment autre chose à faire !

– C'est juste pour vous poser quelques questions. Ça ne prendra pas beaucoup de temps.

– Le temps, réplique Ralph, c'est justement ce que je n'ai pas ! Dites-moi tout de suite ce que vous me voulez !

– Eh bien, vous vous appelez Farhi… Cette pharmacie porte votre nom. Est-ce qu'elle vous appartient ?

– Oui, elle est à moi. En quoi cela vous concerne ?

Il se montre très ferme, aussi ferme que j'aurais dû l'être (mais il est libanais, lui). À la dernière question, pourtant, sa voix a très légèrement déraillé. Le moustachu s'en est-il rendu compte ? Saurait-il que la pharmacie Farhi est juive ? A-t-il repéré la discrète mezouzah qui orne son chambranle ? Entre-temps, les deux malabars sont descendus de voiture et ont encadré Ralph à petits pas, l'air de rien. Mon ami est en train de changer de statut. Le moustachu empoche ses papiers. Il ne nous reste qu'à monter en voiture pour repartir dans l'autre sens.

Mon stratagème est à l'eau, mais nous sommes deux à présent. Une fois au deuxième sous-sol, on nous sépare : mon camarade disparaît dans le dédale des murs de cartons. Il est la nouvelle attraction.

Un quart d'heure passe et j'entends des clameurs venues du « bureau » d'à côté. Les interrogateurs reviennent vers moi, furieux – ils sont maintenant cinq ou six. J'ai à peine le temps de me lever, l'un d'eux me prend au collet et me colle au mur.

– Tu ne nous as pas dit que ton ami est juif ! me crie-t-il au visage. C'est lui, le Juif avec qui tu travailles ! C'est à lui que tu refiles des informations !

– Qu'est-ce que vous racontez ? Je ne travaille absolument pas avec lui !

– Tu t'es assez moqué de nous ! Maintenant, ça suffit !

Et les coups se mettent à pleuvoir. C'est très étrange. Je vois bien qu'ils sont deux à me donner des coups de poing et c'est clair que je me protège de mes bras, mais toute la scène me semble irréelle, comme si quelqu'un d'autre avait pris ma place à la dernière seconde. Tout simplement : je ne suis plus là. Pourtant mon corps s'accroupit très lentement, comme au ralenti, et se retrouve pelotonné contre le mur, offrant un minimum de prise. J'entends leurs cris de colère et de triomphe. Cette fois, semble-t-il, ils ont vraiment débusqué le complot ourdi contre leur Abou Zaïm chéri. Un coup m'atteint à la tempe, ça sonne dans mon oreille et mon crâne – je secoue la tête, incapable de calmer le vertige ni de freiner la colère qui monte. Je me relève d'un coup, hors de moi :

– Non seulement mon ami est juif, mais je suis juif moi-même !

– À d'autres ! réplique le moustachu. On ne nous la fait pas !

Ils recommencent à frapper et je m'accroupis de nouveau. Soudain, d'autres cris me parviennent depuis l'entrée, une bousculade, peut-être une bagarre. Je risque un œil : quatre hommes viennent de faire irruption. Parmi eux... Rocco !

– Arrêtez tout de suite ! Vous êtes devenus fous ou quoi ?

Je me relève avec difficulté. Rocco est accompagné de l'homme qui m'avait introduit dans le bureau d'Abou Jihad le jour de l'interview, sans doute son bras droit. Le type à la moustache tout comme son chef rondouillard lui font face, extrêmement contrariés.

– Nous avons arrêté cet homme parce que nous avons découvert...

– Rien du tout ! Il est journaliste, nous le connaissons de longue date et lui faisons toute confiance.

Puis, se tournant vers moi :

– Veuillez les excuser, ils ne savent pas ce qu'ils font. Et maintenant, venez, vous êtes libre.

Ralph, qui était confiné dans la pièce voisine, montre le bout de son nez et s'avance vers nous, les mains dans les poches.

– Qu'est-ce que tu fous là ? lui demande Rocco, interloqué.

Et Ralph, en réponse, lui fait un salut gracieux :

– Comme tu vois... Je rends visite.

En quelques mots, Rocco explique qui est Ralph et quel rôle il joue au camp de Chatila. Entendant cela, l'homme d'Abou Jihad ne se retient plus :

– Mais... vous êtes vraiment des imbéciles ! Je vous assure que ça ne se passera pas comme ça ! L'affaire va remonter jusqu'à Abou Ammar ! En attendant, allez dire à Abou Zaïm que s'il a peur pour sa vie, il n'a qu'à vivre en sous-sol comme nous tous – plutôt que d'occuper son luxueux duplex au cœur de Beyrouth !

C'est un jour gris qui nous accueille en surface, un air matinal chargé d'une fine poussière. Au sous-sol, on m'a fait vider mes poches. Et mon carnet, mon stylo ainsi que les deux mille francs qui s'y trouvaient ne m'ont pas été rendus. Me tournant vers l'homme qui vient de nous faire libérer, je lui raconte l'histoire. Il s'adresse aussitôt aux deux gardes qui l'accompagnent :

– Allez avec lui, et récupérez ce qu'on lui a volé.

Alors que nous redesendons vers la tanière d'Abou Zaïm, je me retourne et vois les deux hommes qui m'escortent trembler de peur.

– Qu'est-ce qui se passe ?

– Vous ne vous rendez pas compte. Ce sont *les Jordaniens* et nous sommes le Fatah ! On ne les aime pas et ils ne nous aiment pas… On se fait la guerre !

Je commence à comprendre le vrai visage du maquis palestinien, cet assemblage de groupes plus ou moins concurrents que seule l'autorité d'Arafat parvient à faire tenir ensemble. Mais ce n'est pas mon problème.

– Je m'en fous, je veux récupérer mon argent et mon stylo.

Ils sont bien obligés de descendre avec moi. En nous revoyant, les gens d'Abou Zaïm paraissent stupéfaits.

– Je suis venu reprendre mes affaires, dis-je d'une voix ferme.

Les deux hommes qui m'accompagnent me serrent de près. Une seconde de grande tension nous suspend tous. Puis :

– Très bien, dit le moustachu, blême de colère.

Il se dirige vers le coin où nous étions assis pendant la nuit, ouvre un tiroir, en sort mon stylo, mon carnet et mon argent et les jette d'un geste brutal sur le bureau. Je n'en crois pas mes yeux : j'ai gagné !

C'est déjà le soir. Étonnamment, l'appartement est plein de monde : Ralph, Rocco, Fouad, Jocelyne qui filme – et d'autres, sur le balcon, dans la cuisine. Rocco m'annonce que la rue Bliss, c'est fini. Le propriétaire de la maison est arrivé à Beyrouth depuis Paris, c'est un ami, il est très reconnaissant qu'on ait protégé sa maison et insiste pour qu'on continue d'y vivre... avec lui. Mais c'est un maniaque de l'ordre, la cohabitation tournerait vite au cauchemar.

– Vous n'avez qu'à habiter ici ! dis-je.

– Je n'en attendais pas moins de toi.

– À dire vrai, intervient Fouad, je viendrais bien moi aussi.

– Tu veux partir de chez toi ?

– Pour quelques jours seulement... Ça me changera, ça me fera du bien.

– Moi aussi ! dit Jocelyne.

En quelques minutes, toute l'ancienne bande a décidé de venir vivre ici. J'ai l'impression d'être *vengé* – sans bien savoir de quoi. Nous allons recréer notre bon vieux kibboutz, dit Rocco, et tout le monde rit.

Aux sons de « *Nhamdullah 'al salameh !* », « La prison est faite pour les hommes ! », « Myriam la Vierge t'a protégé ! », l'entrée de ma voisine Miza est tonitruante. Surtout, elle apporte deux bouteilles de Black Label qu'elle tient contre son sein – un trésor.

L'immeuble tout entier est apparemment au courant de ma mésaventure. Même Shadi et ses camarades reparus sur leur barrage m'ont salué ce matin au passage.

La première bouteille de whisky est prestement ouverte. Nous levons nos verres mais on frappe de nouveau : les jumeaux, Daoud et Semaane, essoufflés d'avoir grimpé d'un trait mes huit étages. C'est surtout pour Ralph qu'ils sont venus. Écœurés, ulcérés, honteux qu'un groupe palestinien rival ait osé l'arrêter, ils le prennent dans leurs bras. Embrassades, retrouvailles, étreintes, toast sur toast… En moins d'une demi-heure, la première bouteille est vidée. Je m'aperçois qu'il y a là une maronite, un chiite, deux Juifs et deux sunnites – palestiniens de surcroît. Sans compter les autres que je ne connais pas. Un petit Liban quasiment au complet. Et voilà qu'on frappe de nouveau, j'ouvre sans méfiance. Cette fois, c'est Jana.

Elle me serre longuement dans ses bras sans se soucier des regards. Elle s'écarte, me dévisage avec émotion, me caresse la joue, me serre de nouveau. Mon érection inopinée me gêne énormément. Par bonheur, Mounir et Anne arrivent au même moment et déplacent l'attention. L'électricité se rétablit soudain et toute la maison brille d'un coup. Nos « aahhh » de contentement sont vite couverts par la musique : la chaîne stéréo s'est remise automatiquement en marche. Gagnés par l'euphorie, nous levons nos verres et les vidons, puis les remplissons de nouveau pendant que Semaane fouille dans les cassettes. Sans surprise, *I Will Survive* est le premier titre à retentir, volume poussé à faire trembler les enceintes. Les deux frères se lancent sur la piste, vite rejoints par Ralph, tous trois danseurs. Voici Mme Miza qui se lève avec une improbable légèreté et vient en riant vers moi. Elle me prend par la main et m'entraîne – ce que voyant, Rocco invite Jana à danser, et Anne se joint à eux. Seul Mounir reste assis à nous regarder en souriant vaguement.

Les rideaux ouverts sur la baie vitrée ne cachent rien de notre fête indécente – la guerre est finie. En sueur, le nez dans la glorieuse poitrine de Mme Miza, je danse comme jamais. Notre groupe fait corps et renoue avec des mouvements oubliés, c'est un rêve de sentir à nouveau le sang circuler. Mon regard croise celui de Jana qui ondule magiquement dans les bras de Daoud. Elle se détache de lui et vient vers moi pendant que Semaane lance une musique propice aux étreintes.

Nous dansons. L'alcool nous tourne la tête et les sons ne nous parviennent plus qu'étouffés. Je sombre dans son cou parfumé – combien de temps ? Je relève les yeux, la porte de la salle de bains est entrouverte. À peine visibles dans le rai de l'embrasure, je devine des yeux qui nous observent : Hyam !

Je vais tout de suite vers elle alors qu'elle recule. Je la prends contre moi, le corps encore chaud de celui de Jana. Elle a les larmes aux yeux. À pleine bouche, elle m'embrasse. Je recule d'un pas. La tête me tourne, je me mets à rire. Elle rit aussi, *baiser volé.*

– Et ton père ?

– Un camion de farine est arrivé à la boulangerie, il doit aider à le décharger. J'ai fermé la salle de bains à clé en laissant ma petite radio allumée. Il croira que je prends un bain… l'eau est revenue avec l'électricité ! Pas besoin d'avoir peur…

– Viens, je vais te présenter.

Elle prend aussitôt une grande inspiration et, serrant fort ma main, me suit dans le salon. Je l'entraîne jusqu'à la chaîne stéréo et presse le bouton arrêt.

– C'est Hyam, ma voisine… Depuis qu'elle est à Beyrouth, son père l'enferme. Mais elle a trouvé le moyen de s'échapper !

On l'applaudit, on l'entoure, on la célèbre alors que la musique reprend. Pervers pépère, Rocco lui saisit la main et lui parle à l'oreille. Elle glousse, se refuse, se mêle aux autres avec un geste de flirt pour chacun. Les deux frères palestiniens restent en retrait, les yeux brillants. Mme Miza attend son tour pour ouvrir les bras à la jeune fille et la serrer contre sa formidable poitrine.

À l'exception de Mounir, tout le monde s'est assis par terre, entourant Hyam qui danse. Jocelyne la filme. Elle a fait glisser le col de son T-shirt de façon à découvrir ses épaules et noué une écharpe autour de ses hanches. Son pas, son mouvement sont calqués sur ceux de Samia Gamal, la célèbre diva égyptienne que j'avais admirée adolescent au cinéma Rivoli dans *Ali Baba et les 40 voleurs* de Jacques Becker, avec Fernandel. C'étaient pour moi *Les Mille et Une Nuits*, une féerie qui nouait la gorge. Les membres de la danseuse semblaient indépendants les uns des autres, ils ondulaient ensemble dans une harmonie quasi reptilienne, épaules, hanches, longue jambe qui surgit soudain sous le voile la recouvrant à peine, ventre plat, nombril agrémenté d'un bijou rouge en forme de cœur… En comparaison, la maigrichonne Hyam est pathétique, elle n'en est que plus poignante. D'autant que ses mouvements révèlent par moments sous le tissu les cicatrices qui marquent son corps. La performance se termine sur une ovation unanime – au ravissement de la jeune fille.

– C'est le plus beau jour de ma vie, dit-elle quelques instants plus tard, les yeux humides.

Des coups tambourinés à la porte me tirent d'un profond sommeil. Le mal de tête cogne à mes tempes, je me redresse endolori et jette un coup d'œil circulaire sur l'appartement dévasté. L'électricité de nouveau coupée a plongé le salon dans une grisaille de mauvais aloi, les verres et les cendriers débordent de mégots, je reconnais vaguement Rocco, Ralph et Fouad dormant sur des canapés, tout respire la fin de fête. Les coups reprennent de plus belle et redoublent de force, ils résonnent affreusement dans ma tête. Je me lève et me traîne jusqu'à la porte d'entrée sans réfléchir. Le père de Hyam apparaît devant moi, Anouar el-Ali en personne, les vêtements en désordre, les yeux injectés de sang, hors de lui.

– Ma fille, ma fille Hyam, est-ce que vous l'avez vue ?

– Hyam… non… Où est-elle ?

– C'est ce que je vous demande ! Vous n'auriez pas croisé dans l'escalier des gens qui l'emmenaient ? Elle a été enlevée !

Je m'adosse au chambranle, ferme les yeux et tente de respirer un grand coup.

– Enlevée ? Qu'est-ce que vous racontez ? Quelle heure est-il ?

– Ce matin, reprend-il, j'étais sur le point de sortir quand des miliciens en armes ont frappé à ma porte. J'en connaissais un, je l'avais croisé au barrage d'en bas – mais lui n'avait pas l'air de me reconnaître. Ce qu'ils voulaient, c'est que je les accompagne sur-le-champ à leur permanence. Pas de problème, les Mourabitoun, sunnites comme moi, je leur fais confiance – c'est ce que je leur ai dit, mais leurs visages restaient fermés. À la pointe de leurs kalachnikovs, ils m'ont entraîné sans même me laisser le temps de fermer ma porte à clé.

Du coup, je me réveille tout à fait :

– Vous voulez dire... Vous avez claqué votre porte et vous êtes parti ?

– Exactement. Et à mon retour, Hyam avait disparu ! Qu'est-ce qui vous fait rire ?

– Excusez-moi, c'est nerveux... Mais pourquoi dites-vous qu'elle a été enlevée ? Qu'est-ce que vous en savez ?

– Les voyous ne se sont pas contentés de la kidnapper, il ont aussi volé le peu d'argent liquide que je gardais à la maison.

– Peut-être... qu'elle s'est enfuie ?

– Enfuie ? Qu'est-ce que vous racontez ? Elle ne connaît personne dans cette ville, elle n'a que moi. Où irait-elle ?

– Chez sa mère peut-être ?

– C'est sûr qu'elle a été enlevée, ressasse-t-il en se tordant les mains. Elle était si contente ici ! Par Dieu, pourquoi serait-elle partie ?

– Mais si elle a été enlevée, il faut aller à la police ! Votre fille est peut-être en danger !

– Vous croyez ? répond-il effrayé. Mais la police ne peut rien, elle n'existe plus, plus rien n'existe dans ce pays. C'est la guerre !

– Je ne vous le fais pas dire ! Essayez quand même. Le commissariat de Ramlet El-Beida est toujours ouvert – même si les policiers s'y font rares.

– Vous avez raison. Je vais y aller, qu'est-ce que je perds ? J'avertirai aussi les amis qui m'ont aidé à m'installer ici... Ils ont le bras long, ils sauront comment la trouver.

Il s'apprête à partir, je le retiens.

– Une dernière chose... Les miliciens qui vous ont embarqué, qu'est-ce qu'ils voulaient ?

– C’est ça que je ne comprends pas. Ils ne voulaient rien ! Ils m’ont simplement emmené à leur permanence où l’on m’a fait attendre plus de deux heures... Personne ne m’a parlé, personne ne m’a posé la moindre question. Après, ils m’ont dit que je pouvais rentrer chez moi, tout simplement !

Shadi m’accueille sur son barrage avec un sourire amusé, je le lui rends bien.

– C’est génial, non ? dit Shadi.

– Où est-elle maintenant ?

Ses yeux deviennent des fentes :

– Ne t’en fais pas pour elle. Elle est capable de se débrouiller, elle a tout ce qu’il faut : c’est une fille de la guerre.

La guerre marque le pas. Des jours passent sans bombardement, le journal me laisse tranquille – et je n’ai aucune nouvelle de Hyam. Mes amis semblent tout comme moi désœuvrés et légèrement déprimés – au point que Ralph commence à découcher. La trêve s’éternise, on est tout simplement *en manque*. Avant, je prenais de la drogue pour me donner du courage, j’en prends maintenant pour lutter contre l’ennui. Un jour Shadi m’arrête alors que je sors de chez moi :

– Hyam veut te voir.

– Où ça ? Et quand ?

– Elle a dit... au jardin public... à sept heures ce soir.

Le soir venu, j’arrive très en avance au rendez-vous. Le jardin public de Beyrouth m’est particulièrement cher, c’est ici que mon oncle Victor m’a appris à faire de la bicyclette. Depuis, les milliers de réfugiés du Sud qui y campent l’ont rendu méconnaissable, ses pelouses dévastées par le piétinement d’enfants déguenillés, ses bosquets jadis si bien taillés arrachés pour faire place aux couvertures posées à même le sol, aux matelas de fortune. Le grand bassin circulaire, toujours à sec, est colonisé par des tentes, des lampes à pétrole, des ustensiles de cuisine et des réchauds autour desquels s'activent une multitude d'hommes et de femmes venus chercher un minimum de sécurité dans ce paysage de désastre sur lequel flotte la trop reconnaissable odeur de la misère. Je vois arriver la petite Hyam, et c'est un choc. Elle est habillée et maquillée comme une *artiste* de mon quartier d'enfance et couverte de bijoux clinquants. Je la serre contre moi avec un plaisir qui m'étonne moi-même.

– On ne va pas rester là, lui dis-je, ce jardin n'est plus très agréable. On parlera en marchant.

C'est un beau soir d'été, Hyam est littéralement ravie. Je vois sa jubilation, et les mots se bousculent dans sa bouche tant elle veut tout me raconter, ce qui lui est arrivé depuis une semaine, et comment elle respire pour la première fois, et comment c'est formidable d'être libre…

– Mais au fait, tu dors où ? dis-je, interrompant son babil.

Elle fait soudain sa coquette.

– Oh… chez des amis… Je m'en suis fait beaucoup depuis que je suis partie.

– Quels amis ?

– Je suis Hyam el-Ali ! Rappelle-toi !

– Tout va bien alors ?

– Ben, oui !

– Et *toi*… tu vas bien ?

– Quoi bien ? Je n'ai jamais été aussi contente de ma vie, répond-elle, les yeux brillants. Allons par là ! dit-elle, m'indiquant la direction d'un quartier derrière Hamra.

Nous continuons d'avancer côte à côte, silencieux. Puis elle s'arrête.

– Tu n'aimerais pas prendre un café ?

– Avec plaisir.

– Je connais un endroit, ça ne doit pas être très loin d'ici… L'hôtel Commodore…

– L'hôtel des journalistes ? Je le déteste, je n'y vais jamais !

– J'ai très envie de voir comment c'est à l'intérieur. On m'a dit qu'il y avait de l'électricité et de l'eau courante en permanence. Viens, allons-y !

– Tu veux vraiment ?

– S'il te plaît... pour me faire plaisir.

L'hôtel Commodore accueille la plupart des journalistes américains présents en ville. Plus généralement, il est considéré comme l'antre de la presse mondiale. Le mot PRESS est peint en lettres géantes sur son toit et sa protection globale est assurée par le Fatah – même si l'organisation palestinienne fait en sorte de n'être pas trop visible. C'est donc habillés en civil et sans la moindre kalachnikov en vue que deux gorilles nous arrêtent à l'entrée – et s'écartent après avoir dûment vérifié ma carte de presse.

Nous sommes dans la place, Hyam ne se tient plus de joie. Le lobby est transformé en véritable salle de presse avec une douzaine de télex alignés crépitant dans tous les sens et des journalistes de tous bords, pleins de leur importance, s'agitant à qui mieux mieux. Beaucoup sont agglutinés autour du bar, devisant et se refilant des tuyaux (en général crevés), un verre à la main. Le Commodore est l'un de seuls endroits de la ville assiégée où l'alcool coule à flots, et au prix fort.

– Nous sommes proches du dénouement, prédit mon collègue du *Washington Post.* Les Palestiniens ont accepté le plan américain et les Israéliens font la gueule. De sorte que tout est joué mais rien n'est joué. Comme toujours dans les derniers mètres, ça risque d'exploser à nouveau, et très fort !

On l'écoute d'une oreille distraite, il n'est pas le premier à annoncer un temps exécrable quand le ciel est radieux. Plusieurs confrères viennent vers moi avec empressement. Non que je sois particulièrement populaire, mais je peux être une source d'information *spéciale* sur les Palestiniens. De même, les photographes demandent souvent à me suivre sur le terrain. Cette fois, c'est tout autre chose qui les intéresse : la toute jeune fille qui m'accompagne – et que je suis bien obligé de leur présenter.

Ils vrombissent autour d'elle comme mouches autour d'un pot

de miel, multipliant les compliments et l'écoutant complaisamment – même si la plupart ne comprennent pas l'arabe. Métamorphosée, Hyam leur fait encore une fois son numéro de comédie musicale égyptienne, frôlant l'un, souriant à l'autre, adressant une œillade appuyée au troisième. Elle est charmante, et son trop visible succès lui rosit les joues. Je lui rappelle que nous sommes ici pour prendre un café, elle tourne vers moi une épaule boudeuse et, avec un battement des cils :

– Je préférerais... un whisky.

Ses nombreux prétendants s'activent aussitôt pour la servir. Mais comment le prend-elle, son whisky ? Elle laisse tomber d'une voix à la Marilyn :

– *On the rocks !*

Je comprends alors qu'elle s'est jouée de moi et que je n'y peux rien.

Le corps bondit avant même que l'esprit comprenne quoi que ce soit. Le corps, mon corps, couché dans le noir, entièrement nu parce que c'est le début d'août et qu'il fait très chaud. Saute d'instinct hors du lit comme sous le coup d'une décharge électrique, saute hors du lit et se retrouve couché par terre, à plat ventre, nez dans la poussière, bouche ouverte, souffle court. Le roulement ininterrompu des explosions menace de crever les tympans, et ça monte encore et encore, et les mains pressées contre les oreilles ne le font pas baisser un instant. Les sifflements stridents qui accompagnent les obus me dressent les cheveux sur la tête, étoiles filantes, musique de film qui pousse la tension jusqu'à des sommets intolérables – à part que ce n'est pas du cinéma. Seconde après seconde, l'épouvante refuse de se dissiper, le cauchemar est plus long que la nuit. L'esprit met du temps à l'admettre et quand il l'admet enfin, la terreur l'envahit. L'esprit, mon esprit. Il lui faut se rendre à l'évidence. C'est dans *ça* que je me réveille pour de vrai, cette fin du monde imminente, cette nuit traversée de feux d'artifice. Je crie :

– Les amis ! Vous êtes là ?

– Oui ! répond la voix terrorisée de Fouad.

– Où diable veux-tu qu'on soit ? crie Rocco depuis sa chambre.

Les aiguilles phosphorescentes de ma montre indiquent quatre heures du matin. Je me souviens que Ralph n'est pas là – il assure cette nuit la permanence au dispensaire. Nous sommes donc tous les trois sous le déluge de feu. Je sais d'expérience que le lieu le moins dangereux de l'appartement est le cagibi où sont rangés l'aspirateur, la planche à repasser et les produits de nettoyage. Pour y arriver, il me faut traverser le salon… Mais la grande baie vitrée, si elle explosait, enverrait des éclats qui déchiquetteraient tout sur leur passage. Je crie de nouveau :

– À la première accalmie, au cagibi !

– Tu vois une accalmie, toi ? répond Fouad.

En effet. Les bombardements ne reprennent jamais leur souffle. Ils frappent comme des sourds à coups renouvelés et il me faut encaisser sans bouger, nu, cloué au sol. Les portes du ciel se sont ouvertes et elles larguent tout ce qu'elles peuvent, feu, missiles, obus, dans le ruissellement de dizaines de milliers de vitres s'abattant sur les chaussées. Je serre les mâchoires pour qu'elles arrêtent de claquer l'une contre l'autre, je me dis courage ! mais je ne sais plus très bien ce que ce mot veut dire. Maintenant que l'esprit a compris, le corps essaye de réagir, reprendre de l'avance, regarder, s'assurer que les objets familiers sont encore là, que l'appartement est indemne… Il l'est.

Si seulement il y avait un répit ! Mais non. Il faut l'accepter, vider son esprit, calmer son souffle, longues inspirations, longues expirations. Les tirs d'artillerie émettent des sons amples et profonds, ceux des chars sont plus secs, nerveux et secs, les bombes provoquent comme des tremblements qui ébranlent les immeubles, les missiles tirés depuis les bateaux s'entendent comme d'un autre monde. Ils jouent tous ensemble. Les distinguer les uns des autres mobilise l'oreille, et le cœur emballé en profite pour essayer de s'apaiser un peu. Peine perdue. Je me caresse furtivement le corps, je me prends dans mes bras, je me convaincs de mon existence. Ça va. Je suis encore là, intouché, couché de tout mon long, avec tous mes organes à l'intérieur de moi. Respire. Écoute. Fais abstraction des explosions qui vrillent tes tympans, tiens-les à distance, souffle. Un avion de chasse passe en rase-mottes et traverse le mur du son dans ma tête. La sueur qui me couvre le corps se glace, tout se brouille de nouveau dans mon cerveau, *vacarme* est un mot d'origine néerlandaise qui signifiait au départ : « Malheur à moi ! »

Certaines minutes durent une éternité, d'autres disent *je suis la dernière* – et il faut serrer les dents. C'est assourdissant. L'envie de vomir me prend, mes membres se mettent à trembler comme s'ils allaient se détacher. Tant pis. Je crie :

– J'y vais !

Advienne que pourra. Prenant appui sur mes coudes, je commence à ramper en direction de la porte de ma chambre. Je lève un bras au passage et pique le paquet de poudre et le petit transistor posés sur ma table. Les piles sont à plat, je sais, mais peut-être reste-t-il assez de jus pour que je comprenne ce qui se passe – car il se passe à l'évidence quelque chose de pas normal. Un bombardement pareil, ça ne s'est jamais vu, jamais entendu. Dernier temps d'arrêt au moment de sortir de ma chambre. En face, le salon baigne dans une lumière lugubre, on dirait une aube blafarde. Mais non. Ce sont les fusées éclairantes lancées par l'armée israélienne. Comme suspendues en l'air, elles m'observent de tous leurs yeux, je n'en ai jamais vu autant. Vers l'horizon, un début de lueur se devine, une lointaine promesse de jour. Y arriverai-je ?

J'ai dix mètres devant moi. Cette fois, j'y vais vraiment. Jouant une nouvelle fois des coudes, mais beaucoup plus vite, je m'élance tel un reptile, serpent ondulant sur le sol. Dernier effort, je touche au but. J'y suis ! Je me pelotonne aussitôt au fond du cagibi, chat recroquevillé, cherchant en vain à se fondre dans les murs. Je crie :

– J'y suis !

Fouad :

– On y va ?

Pas de réponse. Il appelle une nouvelle fois – une voix d'outre-tombe lui répond :

– Après toi, Fouad ! Sans façon !

– Je n'irai pas sans toi !

– Alors on compte jusqu'à trois.

À trois, Rocco s'élance tête baissée et traverse le salon comme s'il courait sous la mitraille. À l'arrivée, il se jette à plat ventre comme on se jette à l'eau – il a toujours aimé les films de guerre. Fouad le suit – mais lui préfère ma stratégie reptilienne. Nous voilà enfin réunis tous les trois. Pour célébrer, j'ouvre mon petit paquet plié en quatre. L'héroïne, beige, de mauvaise qualité, il n'en reste pas beaucoup. À condition qu'on se rationne, elle tiendra un jour ou deux – mais comment se rationner sous les bombes ? Fouad n'y touchant jamais, je fais deux lignes généreuses. À peine ai-je sniffé la mienne qu'une ouate miséricordieuse amortit dans ma tête le fracas des bombes. Cette fois, l'effet n'est pas aussi net : la panique qui me noue le ventre est encore bien présente.

J'allume mon transistor : « Après deux mois de quasi-immobilisme, crachote-t-elle, les forces israéliennes sont passées à l'attaque à Beyrouth-Ouest. L'offensive se déroule le long de trois axes, le port, le Musée, la galerie Semaane, accompagnée d'un feu d'artillerie sans précédent qui écrase sous les bombes le centre de la ville. » C'est donc ça : le général Sharon a décidé de jouer son va-tout. Depuis le début du siège, son armée se bornait principalement à bombarder la banlieue sud et les camps palestiniens. Tous les civils qui s'y trouvaient s'étaient enfuis pour se réfugier au centre de Beyrouth. Et voilà qu'il pilonne ce centre même, avec tous ses habitants. Nous. Et personne pour l'arrêter. Et ça tombe, ça n'arrête pas de tomber. Là, c'est le ciment lui-même qui semble éclater de l'intérieur, les pierres qui se rebellent, les maisons tout entières qui se soulèvent, impossible d'échapper. Nous sommes la cible. Notre tour est venu, enfin.

Une heure passe et rien ne change. Bientôt deux. Une odeur particulière flotte autour de moi : celle de ma mort possible. Ça pourrait être moi, ça pourrait être l'un ou l'autre de mes camarades – je ne sais pourquoi j'imagine que ce sera Rocco. C'est lourd, un corps humain, soixante-dix kilos de chair et d'os, comment le transporter, comment lui faire descendre huit étages ? Et pour aller où ? Nulle ambulance, nul taxi ne viendra nous attendre au pied de l'immeuble. Et sans téléphone, comment les appeler ? Faits comme des rats, voilà ce que nous sommes.

La meilleure solution reste encore de ne pas se faire blesser. En dépit de la drogue qui rend un peu irréelle ma paranoïa, *je me vois*, moi qui ai grandi à Beyrouth dans un tout autre quartier, étendu par terre, une jambe arrachée, les intestins retenus à deux mains, à me vider de mon sang sans que quiconque puisse me venir en aide. *Je me vois*, de plus en plus pâle alors que les minutes passent, prisonnier de cet appartement, cet immeuble de merde, cette ville qui explose au ralenti, né à Beyrouth, mort à Beyrouth, incapable d'arrêter l'hémorragie.

Le téléphone sonne. Aussi incroyable que cela puisse paraître. Le vrai téléphone, blanc ivoire, posé sur la moquette du salon. Il sonne. Longuement. Je rampe jusqu'à lui et le rapporte à toute vitesse dans le cagibi. C'est Annie, la sténo du journal. Elle appelle depuis Paris pour que je lui dicte mon papier – quel papier ?

– Ça a l'air d'être l'enfer, dit-elle. On a la une.

On a la une. Quelle chance.

– Voilà une heure que j'essaye de t'appeler, poursuit-elle. C'est un miracle que ça ait marché. Envoie !

– Envoyer quoi ? Je n'ai rien écrit !

– Si je raccroche, c'est foutu. Je reste en ligne. Débrouille-toi.

Plus efficace que la drogue, le *quelque chose à faire* mobilise instantanément mon esprit. Sans réfléchir plus avant, je raconte à Annie notre situation dans l'appartement, et comment les bombardements nous ont jetés à terre au milieu de la nuit, et comment leur intensité nous interdit de bouger ou même de nous mettre debout.

– J'ai pris bonne note, dit-elle. Mais qu'est-ce que tu vois autour de toi, là, tout de suite ?

– Tu entends les bombes ?

– Bien sûr que je les entends, je ne suis pas sourde. Il faut tout de même me dire ce que tu vois, que tu décrives un peu. Du concret. Sors tes pinceaux. On boucle dans une demi-heure.

Je rampe tant bien que mal vers l'une des fenêtres de derrière. Je raconte la rue déserte, la chaussée éventrée, les débris qui jonchent le sol, l'enseigne « Simon, salon de coiffure » de la boutique en face, la couleur de la lumière, l'angoisse sur la ville.

– Très bien, ça, coco ! On y est ! Dis-moi autre chose encore.

Je lui fais un résumé des nouvelles que je viens d'entendre à la radio, les Israéliens ont conquis les pistes de l'aéroport qui ne fonctionne plus depuis deux mois – à quoi ça leur sert ? Ils ont tenté sans succès de débarquer sur la côte de l'ex-station balnéaire Summerland ; leur progression sur le « front » du Musée est évaluée à six cents mètres. Presque rien. Mais qu'est-ce qui leur a pris ? Ils bombardent, font manœuvrer leurs chars, leurs avions, leurs bateaux et dépensent une énergie folle pour gagner six cents mètres ? Pourquoi donc ? J'improvise une réponse. En passant à l'attaque, Sharon veut terroriser la ville pour réaliser *in extremis* son rêve d'origine : écraser Arafat et l'empêcher de s'extraire du guêpier en levant les doigts en un symbolique V de victoire.

Mais même un général israélien est obligé à un moment de mettre fin à son coup de sang. À quatre heures de l'après-midi, le pilonnage s'arrête enfin. Douze heures de bombardements sans interruption aucune ! Le silence qui s'abat aussitôt est presque douloureux. La tête toute bourdonnante et le corps courbaturé, nous nous relevons, hagards, fourbus, et chacun touche son corps pour s'assurer qu'il est entier. Ça siffle encore dans les oreilles et on ne sait quoi dire. Nous tournons en rond dans l'appartement, nous sortons sur le balcon. Rien n'a de sens, rien n'a de goût.

À un moment, je ne sais plus quand, quelqu'un tambourine à la porte. J'en suis très surpris : comme si le monde extérieur nous signalait qu'il a recommencé à vivre. J'ouvre, c'est Semaane. Pâle, les yeux exorbités, les mains tremblantes, un malheur est évidemment arrivé. Je crie :

– Qui ? Ralph ?

Il hoche la tête pour dire oui, incapable de parler.

– Blessé ?

Il hoche la tête pour dire non, et fond en larmes. Je le tire à l'intérieur et le prends dans mes bras. Il sanglote dans mon cou. Mais j'ai besoin de savoir.

– Les bombardements ?

Sa voix est comme des rochers qui frottent l'un contre l'autre :

– Je ne sais pas comment te dire ça, Youssef... Les bombardements, il s'en est sorti sain et sauf...

Je hurle :

– Alors quoi ?

– Il a voulu profiter de la trêve, il a pris sa voiture pour venir ici. Il est sorti de Chatila... Trente mètres plus loin, même pas trente mètres, une voiture a doublé la sienne... Je l'ai vue ! Deux types à l'avant, l'un qui conduit, l'autre avec un flingue. Arrivés à sa hauteur, ils lui ont tiré dessus par la vitre ouverte... Deux balles dans la tête... Mort sur le coup.

Onze précisément. Devant le dispensaire de Chatila, nous ne sommes que onze sous le soleil indécent. Hallucinés, K-O debout, entourant la table dans la cour sur laquelle est couché le corps de notre ami. Le pilonnage insensé qui s'est arrêté deux heures plus tôt peut reprendre à tout moment. Dans le camp palestinien qui a subi le même sort, combien de veillées mortuaires express, combien de deuils en petits comités au même moment ? Nous sommes confrontés à la banalité de la mort. Le sentiment de danger imminent coexiste avec l'effroi devant l'assassinat – et la gravité que l'on doit à celui qui vient de partir. Onze, avertis *in extremis*, sitôt accourus : Abou Fadi, le responsable du Fatah, Daoud et Semaane, Jocelyne qui n'a pas pris sa caméra, Rocco, Fouad, Mounir, Anne, Jana et moi – plus une jeune fille que je ne connais pas, dévastée. La couverture grossière dans laquelle a été enveloppé le corps de Ralph bâille du côté des pieds et laisse entrevoir son jean. Ce seul détail rend réelle sa disparition brutale. Il est vraiment mort. Je me surprends à regarder le ciel comme pour m'assurer qu'il ne va pas recommencer à pleuvoir du plomb.

– Que Dieu prenne en pitié notre cher Raouf étendu ici devant nous, dit Abou Fadi, joignant les paumes ouvertes devant lui comme s'il devait lire en lui-même. C'était un homme... bon... joyeux qui...

Il n'arrive pas à finir et se met à sangloter comme un enfant. Nous nous resserrons autour de lui, autour de nous-mêmes. Daoud et Semaane, qui en ont connu d'autres, semblent cette fois pétrifiés, liés l'un à l'autre comme s'ils étaient un seul être à deux têtes. Personne ne peut plus prononcer un seul mot. On pleure.

– Il faut dire une prière pour lui, reprend Abou Fadi, les yeux rougis. Je pourrais réciter la Fatiha, mais il n'était pas musulman. Et nous n'avons pas de rabbin sous la main.

À ma stupéfaction, je m'entends dire :

– Je connais la prière des morts pour les Juifs… Je l'ai apprise à l'école.

Tous les regards se tournent vers moi.

– *Yitgaddal veyitkaddash chémé rabba, bealma di vera khirouté…*

Ponctuées régulièrement par des amen dits par Rocco et repris par les autres, les phrases du kaddish parviennent peut-être à traduire le sentiment indicible de deuil, de rage et de cruelle douleur. Un mystère répond à un autre, la boucle est bouclée : le charabia sacré venu de la nuit des temps donne à la mort inconcevable une conclusion qui nous dénoue. Et tout est dit.

– On va garder son corps à la morgue de l'hôpital Tahhadi, pas loin d'ici, déclare Abou Fadi, en attendant qu'on puisse l'enterrer comme il se doit au cimetière juif de Beyrouth, à Furn el-Choubbak. Que le reste s'ajoute à votre vie, et que Dieu vous protège !

Rocco, Fouad, Mounir, Anne, Jana et moi sommes remontés à mon huitième étage. Il reste un fond de gaz dans la bonbonne et de l'eau minérale dans les bouteilles : Rocco nous prépare un café noir et amer. Je le regarde aller et venir tête baissée, sans un mot, lui qui crâne si bien en toute circonstance. D'un geste absent, il finit par poser la *rakoué* sur la table basse et s'assied parmi nous.

– Rocco ? demande Jana.

Il sursaute et lève une tête inquiète, les yeux perdus.

– Oui… oui, finit-il par dire.

Il se lève de nouveau et sert le café, tasse après tasse, avec beaucoup d'attention. Selon la radio, les derniers bombardements ont fait près de cinq cents morts. Le chiffre me semble presque bas. Il faut être directement touché pour se rendre compte. La mort est un taureau d'une aveugle brutalité qu'il faut esquiver avec grâce – et nul n'était plus gracieux que Ralph. Une bombe, une voiture piégée explosent ? Le corps se cambre, la cape virevolte – *Passez muscade !* Parce qu'on sait que la mort rôde, on se sent plus vivant. Plus on l'accepte en soi et plus les petits égoïsmes, ce qui est à moi et ce qui est à toi, perdent de leur importance. Humour noir et appétit pour la vie. Le regard de certains combattants, et même de Beyrouthins ordinaires, montre qu'ils ne sont déjà plus là. Pour rien au monde ils ne reprendraient leur vie d'avant. On ose à peine l'avouer, ceux qui ne connaissent pas ça pourraient se fâcher, mais marcher sur le fil du rasoir est une jouissance.

Et parfois, on tombe. Ce qui était aérien comme papillon devient soudain lourd comme du plomb. La magie s'évanouit et l'on se retrouve dans le monde réel où règne la loi du plus fort. Le jeu prend alors un goût amer et tragique : l'un ou l'autre des danseurs n'a pas esquivé assez vite.

– Ralph, c'est autre chose, dit Mounir. Il n'est pas mort sous les bombes, il est mort assassiné. Ce n'est pas la faute à pas de chance. Quelqu'un a voulu sa mort et l'a ordonnée. Quand on saura qui c'est…

– Mais est-ce qu'on saura ? demande Semaane.

Rocco relève doucement la tête. Sa voix est si grave et basse qu'il me faut tendre l'oreille.

– Vous ne voyez pas ce qui se passe ? Ce fou furieux est capable d'enfoncer les défenses de Beyrouth et de venir nous chercher rue après rue. Tant que la ville tenait, on pouvait lui rire au nez et se moquer du danger. Mais là, il a les mains libres – c'est clair. Il peut faire ce qu'il veut, nous écraser, nous défoncer la gueule à coups de botte, personne ne viendra l'arrêter. C'est fini, on a perdu.

– Si c'est comme ça que tu vois les choses, dit Jana avec force, il ne faut pas rester une seconde de plus dans cet immeuble. Il est très exposé et vous êtes au huitième. Si vous ne vous sentez plus en sécurité, il faut partir sur-le-champ.

– Pour aller où ? demande Rocco avec lassitude. C'est partout pareil. Où que nous allions, il pourra écrouler nos maisons sur nos têtes.

– Ce n'est pas vrai ! crie-t-elle. Je connais un endroit ! L'Université américaine ! Un professeur de biologie, un ami à moi, repart en catastrophe aux États-Unis après la nuit infernale qu'il a vécue ici ! Je peux lui demander la clé de son appartement. Dans l'enceinte de l'université, les Israéliens ne bombarderont jamais.

Jocelyne, qui n'a pas l'habitude de parler :

– Partez si vous voulez, murmure-t-elle, moi je préfère rester. On a profité de cette ville tant qu'elle résistait, on ne peut pas la lâcher quand elle s'écroule…

Le soir même, l'Agence France-Presse reçoit un communiqué signé d'une mystérieuse Organisation des opprimés sur Terre revendiquant l'assassinat de Ralph. Émanation probable du Hezbollah, elle déclare qu'elle a seulement exécuté « le jugement de Dieu » en mettant hors d'état de nuire « un agent du Mossad responsable d'un réseau d'espionnage israélien au Liban ». Un Juif, quoi ! « L'exécution de l'espion Ralph Farhi, écrit-elle, est la réponse des musulmans aux opérations terroristes menées par Israël au Liban. »

– Mais maman…

– Il n'y a pas de « mais maman » ! Tu sais ce qui t'arrive ? L'ivresse des profondeurs !

– L'ivresse… Mais pourquoi diable tu dis ça ?

– Deux mois dans cette ville assiégée et tu… tu avoues toi-même que tu es dans un état second, que le fait d'être en danger de mort (à Dieu ne plaise !) te procure des sensations extraordinaires. Tout ça dans ton article de ce matin – comment tu l'as appelé déjà ? « La camarde », c'est tout dire ! Tu crois vraiment que tu es dans ton état normal ?

– Maman, ça suffit ! Je ne suis pas d'humeur. J'ai un ami qui s'est fait assassiner il y a une semaine et…

– Assassiné ? Il ne me manquait plus que ça ! Tu vois ? Cette guerre n'est pas une plaisanterie. La mort existe.

– Tu sais quoi ? Je vais raccrocher !

– Et moi je vais appeler ton rédacteur en chef pour qu'il te rapatrie immédiatement ! Ça suffit comme ça ! Comme il s'appelle déjà ? Il paraît qu'une nouvelle offensive israélienne se prépare, je ne te laisserai pas rester là-bas plus longtemps.

– Une offensive ? Mais ce n'est qu'une rumeur… S'il te plaît, ne te mêle pas ! Je ne bougerai pas d'ici.

Elle se tait d'un coup, et moi aussi. Au bout d'un long silence, j'entends qu'elle respire fort comme si elle s'empêchait de pleurer.

– Écoute, maman… Je te jure, je suis en sécurité maintenant, j'habite à l'Université américaine…

Elle renifle et ne dit rien.

– Bon. Dis-moi plutôt ce qui se passe à Paris. Parle-moi de papa.

– Ton père ? Ne m'en parle pas… Tout ce qu'il avait gagné, il l'a perdu… Avec les joueurs, c'est toujours comme ça. Il a même eu le culot de me demander le manteau de fourrure qu'il m'avait offert, il voulait le mettre au clou, le *mont-de-piété* comme on dit ici. Il s'est fait charmant, il m'a dit que je n'en avais pas besoin pour l'instant – c'est l'été – et qu'il le récupérera dès qu'il se sera refait.

– Et ?

– Tu me prends pour une idiote ? Pour une fois qu'il m'avait fait un cadeau !

– Tu as très bien fait.

Nouveau silence, plus apaisé. Elle s'est un peu calmée.

– Et… tu continues de lire mes articles tous les jours ?

– Évidemment. Le meilleur de tous, de loin, c'est celui de ce matin. « La camarde ». Je ne savais même pas ce que ça voulait dire, j'ai cherché le mot dans le dictionnaire.

C'est drôle de disposer d'un téléphone qui marche. Il suffit de soulever le combiné, on a la ligne. Drôle aussi d'avoir l'eau courante, un four à micro-ondes, de l'électricité vingt-quatre heures sur vingt-quatre, une télé par satellite avec cinquante chaînes à la clé. L'appartement est spacieux et bien éclairé, il donne sur les jardins. Il y a même une femme de ménage qui passe une fois par semaine, le mardi, elle vient avec l'appartement. Avant qu'elle arrive, on se sent obligés de faire nos lits, passer un coup d'éponge, ranger un peu… On veut faire bonne impression. On n'est pas des sauvages, tout est tellement propre ici !

Quand Jana est venue nous donner la clé, on était ravis tous les trois – elle aussi d'ailleurs. Mounir et Anne ne craignent rien :

ils ont un garage au deuxième sous-sol, ils s'y sentent en sécurité. Jana était très heureuse de nous aider – et ça se voyait. Le tour du propriétaire, on l'a fait derrière elle en caressant les meubles. Elle nous a montré la climatisation, les gadgets, le vide-ordures, l'aspirateur avec branchement direct dans les murs, les robots de la cuisine… « Faites comme chez vous », nous a-t-elle dit. Il fallait faire attention au frigo – au congélateur plus précisément. Elle l'a ouvert pour nous montrer la trentaine de petits flacons scellés qui y sont rangés.

– C'est l'expérience de biologie que dirige mon collègue, c'est très fragile. Ces flacons doivent impérativement rester à moins vingt degrés. N'ouvrez la porte qu'en cas de nécessité, et fermez-la juste après.

Elle nous a embrassés tous les trois, Rocco, Fouad, moi. À peine est-elle sortie, nous nous sommes regardés. Puis, sans nous concerter, nous avons poussé à fond l'air conditionné, sauté sur les lits, allumé toutes les lumières, la radio, la télévision, fait couler un bain chaud où nous nous sommes plongés l'un après l'autre.

Nous étions sauvés. La guerre ? Nous lui avions miraculeusement échappé.

La pêche aux informations ne me prend pas plus de trois ou quatre heures par jour. Je fais donc de rapides incursions dans la ville en guerre et reviens aussi vite que possible dans notre clair paradis. On n'y voit pas le moindre bâtiment détruit ou endommagé, même l'air qu'on respire y est différent. À Beyrouth-Ouest, il est empli d'une vibration de danger qui ne s'arrête jamais, un picotement invisible qui pèse sur les épaules et met sur un qui-vive permanent. Nulle part où s'enfuir, nulle part où se cacher – la menace vient du ciel. Et cette tension effrayante, excitante, se dénoue à la seconde où l'on franchit la ligne. *American University of Beirut*, lieu irréel, jardin d'Occident peuplé de jeunes gens propres sur eux qui vont souvent par deux, leurs cahiers sous le bras. Le passage d'un monde à l'autre est si brutal qu'il donne le vertige. C'est violent. Mais après une douche chaude, couché dans un transat à l'ombre des grands arbres, on se console assez vite – en tout cas jusque-là.

Je suis le plus actif de la bande puisque je suis obligé d'aller au front tous les jours. Fouad sort le temps d'acheter œufs, fruits ou légumes, tout ce qu'il peut trouver – sauf qu'il ne trouve pas grand-chose, et pas souvent. Nos voisins profs d'université ont sans doute des circuits pour s'approvisionner en produits frais – mais nous n'y sommes pas connectés. Fouad rend aussi de brèves visites à sa famille pour prendre des nouvelles de sa mère et de son père aveugle. Il en revient remué, rongé par la mauvaise conscience mais incapable de réintégrer sa maison d'origine – il ne la supporte plus. Zeid et lui ne se parlent quasiment plus. Rocco a abandonné toute prétention à jouer un rôle dans l'aventure de la guerre, de sorte qu'il n'a guère plus de raison de bouger. Quand on revient de l'extérieur (j'allais dire de l'étranger), on le retrouve invariablement à traîner dans l'appartement en sous-vêtements, regardant la télé, fumant des joints et sniffant des lignes d'héro. L'atmosphère générale s'en ressent, bien évidemment. Le bordel s'étend chaque jour davantage, lits défaits, vaisselle sale sur les tables basses, plantes vertes qui se dessèchent faute d'être arrosées. Il faut vraiment la menace de l'arrivée de la femme de ménage pour nous décider à réagir. Avant, notre moral était d'acier, nous relevions tous les défis. Hors de danger, nous vivons en exil. En écrivant pour un journal, je croyais contribuer à la résistance de Beyrouth face à l'agression – à présent, c'est juste un boulot. Je le fais quand même du mieux que je peux, autrement pourquoi resterais-je ? Mais je cherche à m'en acquitter au plus vite, à l'expédier comme une corvée.

Aujourd'hui, le journal m'a demandé d'enquêter sur le Hezbollah, j'ai accepté avec plaisir – nous avons un compte à régler, lui et moi. Je suis un peu moins vaillant en me présentant à l'entrée de la mosquée Bir el-Abed, dans la banlieue sud. La foule considérable rassemblée sur le parvis pousse tant qu'elle peut – mais c'est complet, la mosquée ne peut accueillir plus de deux mille fidèles. Les retardataires en sont réduits à écouter via des haut-parleurs le sermon du cheikh. Pas très rassuré, je me mêle aux barbus serrés épaule contre épaule, tendant l'oreille, retenant leur souffle, scandant avec une formidable violence, au signal d'un meneur de jeu : « Dieu est le plus grand ! » « Khomeiny est notre guide ! » « La révolution islamique ira rampant jusqu'à Jérusalem ! »

À peine aperçoivent-ils le magnétophone que je tiens, la mer des fidèles s'ouvre devant moi et une multitude de mains amicales me poussent aussitôt jusqu'à l'intérieur. Debout sur son *minbar* avec deux gardes du corps derrière lui, le cheikh Fadlallah, barbe poivre et sel, turban noir des *sayyed* indiquant qu'il est de la lignée du Prophète, harangue la foule d'une voix grave et chaude :

– … et ils ont tous échoué ! Tout simplement parce qu'ils n'étaient pas inspirés par l'islam ! Ils ne pouvaient imaginer que la foi réveille en l'homme une force intérieure qui lui permet de faire des prodiges !

– Il n'est d'autre dieu que Dieu, crie la foule en retour, l'islam est notre voie !

– Une mère peut repousser de ses mains nues le lion qui menace son enfant, poursuit le tribun. Le musulman qui défend sa foi est capable de se jeter sans hésiter sur un blindé israélien, le corps entouré d'une ceinture d'explosifs. L'Occident ne peut comprendre cette force intérieure parce qu'elle est incommensurable, et…

Quelqu'un me tape sur l'épaule, je me retourne. Il y a là quatre hommes à la mine peu avenante qui se sont frayé un chemin jusqu'à moi.

– Qui êtes-vous et pour qui enregistrez-vous ? me demande en arabe le premier d'un ton particulièrement sévère.

– Je vais vous expliquer, je suis…

– Arrêtez votre magnétophone et suivez-nous !

Ils m'encadrent et m'entraînent aussitôt hors de la foule. Une fois à l'écart sous une petite arcade de la mosquée, ils me demandent mes papiers.

– Je suis journaliste, je travaille pour la presse étrangère, dis-je en leur mettant sous le nez ma carte professionnelle agrémentée de son fameux bandeau bleu-blanc-rouge.

Loin d'être impressionnés, ils me semblent plus méfiants encore.

– C'est quoi cette carte ? Vous êtes journaliste et vous n'êtes pas venu nous voir avant de commencer à enregistrer ?

– Vous avez vu la foule ? Comment aurais-je pu vous trouver ? C'est la première fois que je viens dans cette mosquée…

– C'est tout ce que vous avez comme papiers ?

Je sors alors mon passeport couleur bordeaux marqué République islamique d'Iran. Leurs visages s'illuminent, ils sont au-dessus du sol et me contemplent comme si j'étais l'envoyé du Mehdi, l'imam caché dont les chiites attendent le retour depuis la nuit des temps.

– Frère, pourquoi ne l'as-tu pas dit plus tôt ? Tu es iranien et tu t'apprêtes à parler de notre combat dans la presse française ? Que Dieu te protège et te soutienne ! Viens ! Dis-nous ce dont tu as besoin et nous ferons notre possible, avec la permission de Dieu, pour t'aider de notre mieux !

Je n'en attendais pas tant. Mais puisqu'ils sont si bien disposés :

– J'aimerais rencontrer un jeune combattant, qu'il me parle de sa vie et de son engagement. Ce sera plus éloquent que n'importe quel discours.

– Quelle bonne idée ! Qu'à cela ne tienne. Attends-nous ici.

Un peu plus tard, ils reviennent avec un jeune homme d'une vingtaine d'années, lequel, au premier regard, me paraît complètement paumé. Je l'entraîne vers un terrain vague derrière la mosquée. Nous sommes à une cinquantaine de mètres de l'endroit où une voiture piégée qui visait le cheikh Fadlallah a fait vingt-trois morts et cent dix-huit blessés une semaine plus tôt. Il s'adosse à une carcasse de voiture et se déclare prêt à répondre à toutes mes questions – « n'importe laquelle, au nom de Dieu clément et miséricordieux ». Visage mangé par une barbe noire, regard buté, il porte un blouson élimé recouvrant plus ou moins le pistolet glissé dans la ceinture de son jean.

– Nous autres musulmans ne pensons pas notre vie en tant qu'individus mais en tant qu'*Oumma*. C'est parce que je suis un infime atome du corps collectif que je n'hésiterai pas, s'il le faut, à disparaître dans l'éblouissement du martyre.

Je dois avouer que « l'éblouissement du martyre » est bien trouvé. Il me parle de ventre à ventre.

– Je me ferai volontiers exploser sans hésiter pour la cause de Dieu, mais auparavant, il me faut une *fatwa* ou un *taklif* juridique qui m'autorise à le faire, car le suicide est interdit dans l'islam.

Sans attendre que je le lui demande, le voilà qui me raconte sa vie tout d'un souffle, sa naissance dans un village perdu de la plaine de la Bekaa, la famille de neuf enfants, pauvre mais très croyante, dans laquelle il a grandi, leur arrivée à Beyrouth dans le camp de Tell el-Zaatar, aussitôt assiégé par les miliciens phalangistes parce qu'il constituait une enclave en « pays chrétien ».

– Les phalangistes ont tué sous mes yeux mon père et deux de mes frères, poursuit-il, mais ce n'était pas une grande catastrophe. Chez nous, le martyre pour la cause de Dieu est une source de joie, pas de pleurs ! « Quelle chance il a, dit-on, Dieu veuille que nous soyons martyrs comme lui ! »

– Tu t'es donc engagé un jour, comme beaucoup, dans la résistance nationale…

Je le vois sursauter à ces mots.

– Le mot *national* n'est pas de chez nous, nous sommes la résistance *islamique* ! Les *nationaux* qui se disent *de gauche* ont fui comme des lièvres devant Israël ! Maintenant, c'est à nous ! Comment pourrais-je coopérer avec un chrétien qui se dit *national* mais qui, hier encore, travaillait avec l'ennemi sioniste ?

– Ce n'est pas parce qu'un homme est chrétien qu'il a obligatoirement travaillé avec Israël…

– Peut-être, concède-t-il mollement, il y a partout des gens de parole. Mais combien sont-ils ? Dix mille, cent mille ? Nous autres, musulmans, sommes plus d'un milliard – et nous nous mobilisons chaque jour davantage !

– Tu crois vraiment que les sunnites, qui sont l'écrasante majorité des musulmans dans le monde, vont rallier une révolution dirigée par les chiites ?

– La division des musulmans est un danger, à Dieu ne plaise, mais nous résoudrons les problèmes en avançant. Il nous faut d'abord chasser Israël de notre terre, mais ce n'est pas tout. Après le Liban, il y a Jérusalem, et ensuite, si Dieu le permet, l'Amérique, la France, la Russie ! Je n'espère pas seulement que mon pays soit une république islamique, mais la Terre entière ! Rendez-vous compte : le monde est livré à la corruption, l'alcool, la drogue, le vol et le pillage. L'islam interdit tout cela. Comme l'a dit l'ayatollah Khomeiny – que Dieu le garde –, notre guerre se poursuivra jusqu'à l'apparition du Mehdi !

Je vois revenir vers nous les quatre hommes qui m'avaient intercepté dans la mosquée. À leur air soucieux, et même suspicieux, je devine que quelque chose ne tourne pas rond. De toute évidence, ça sent le roussi.

– Excusez-nous de vous interrompre, dit celui qui conduit le groupe. Mais... pourrions-nous revoir votre passeport ?

Je le sors de ma poche et le leur donne. Pendant qu'il l'examine, j'en profite pour ranger mon magnéto dans ma sacoche.

– Vous ne nous dérangez pas du tout, nous venons de finir, dis-je d'une voix qui se veut assurée, tendant la main pour récupérer mon passeport. Il me reste à vous remercier pour votre aide... Maintenant, il faut que je m'en aille.

Il feuillette mon passeport, le tourne et le retourne entre ses mains, le feuillette de nouveau. Que peuvent-ils faire ? Le document est vrai, plus vrai que vrai, authentiquement islamique. Avec un soupir, il me le rend d'un geste hésitant. Je salue de la tête le petit groupe avant de tourner les talons, m'efforçant de marcher le plus calmement possible. Au bout d'une vingtaine de pas, un coup d'œil en arrière m'apprend qu'ils sont toujours là, à l'endroit où je les ai laissés, visiblement perplexes. Tant pis, je presse le pas – en tâchant de ne pas courir. J'arrive au coin de la mosquée, je tourne, ça y est, je suis hors de vue. Regardant de nouveau devant moi, je tombe nez à nez avec... Abou Riché, le clochard de Beyrouth. Il est partout ! Je vais pour le dépasser, il me barre la route, se contorsionne, rit, ses pieds nus crasseux esquissent un pas de danse sur le macadam, il lance vers le ciel des onomatopées incompréhensibles. Ça ne m'est pas destiné, il n'a rien contre moi, mais ma tension est telle que j'ai envie de l'étrangler. Un jeune homme s'est immobilisé dans la foule, à quelques mètres, et me regarde intensément. Je mets quelques secondes avant de le reconnaître : Zeid ! Il est autant stupéfait que moi. Lui aussi porte un pistolet dans la ceinture de son jean, lui aussi une calotte sur la tête, lui aussi a les yeux fiévreux. Une bouffée de chaleur me monte au visage. Les types que j'ai quittés sont à moins de cent mètres. Il suffirait qu'il leur dise *qui je suis*. Je suis cuit. Mais, passé sa surprise, il détourne les yeux et poursuis son chemin comme s'il ne me connaissait pas, comme s'il ne m'avait jamais connu.

Mes pérégrinations m'ont conduit aujourd'hui dans mon ancien quartier, aux trois quarts démoli. Je longe la baie Saint-Georges où je pêchais à la ligne, l'avenue des Français où mon père jouait au poker et pousse jusqu'à la limite de Beyrouth-Ouest. Les lignes de front sont maintenant ailleurs, cette frontière est désaffectée depuis des années – mais elle doit tout de même être tenue. De fiers guerriers à la retraite montent la garde au pied des monticules de terre marquant la limite du domaine à défendre. Hommes d'âge mûr bedonnants et chauves, ils ont vieilli en même temps que la guerre – l'enthousiasme qu'ils manifestent à mon arrivée n'en est que plus touchant. D'emblée, ils insistent pour me faire faire le tour du propriétaire. Au sommet du monticule, je découvre leur jardin potager. Au fil des ans, ils ont perdu de leur humeur belliqueuse et remplacé leurs kalachnikovs par des bêches et des râteaux. M'entraînant d'un coin à un autre, ils me font admirer leurs carottes, leurs tomates et leurs aubergines, ainsi que leurs carrés de menthe, persil, coriandre et pissenlits. Je les félicite chaleureusement et leur demande, avant de prendre congé, des nouvelles de « l'ennemi » auquel ils font face malgré tout.

– Ces graines de fascistes nous ont copiés et ont planté un potager pareil au nôtre ! Mais celui-ci est dix fois plus beau !

Sur le chemin du retour, je longe la succession d'immeubles au bord de l'eau qui abritaient jadis les cabarets où officiaient les fameuses *artistes* de mon enfance. Les bâtiments sont en piteux état, tout le coin fleure l'abandon. Une certaine animation se distingue pourtant devant ce qui était de mon temps le cabaret Kit-Kat, fermé depuis le début de la guerre. Aurait-il repris du service ? Cinq ou six jeunes femmes se tiennent devant la porte et, parmi elles... Hyam el-Ali ! Elle se jette dans mes bras avant que j'aie fini de la reconnaître.

– Youssef ! crie-t-elle, les yeux humides, comme je suis contente ! Je suis allée du côté de notre immeuble, là-bas, pour essayer de te revoir. Shadi m'a dit que tu avais déménagé ! Sans laisser d'adresse ! J'ai cru que je ne te reverrais jamais !

J'ai du mal à me montrer aussi enthousiaste qu'elle, mais sa brusque apparition m'émeut. Elle est outrageusement maquillée, les yeux cernés de noir, court vêtue. Se tournant vers ses camarades :

– Les filles ! Youssef dont je vous ai parlé ! C'est lui qui m'a appris la liberté !

Je salue la compagnie tant bien que mal.

– Je veux que tu fasses connaissance de ma petite protégée, dit-elle en me poussant vers une toute jeune fille bouleversante d'innocence. Elle s'appelle Sara.

– Bonjour Sara, dis-je piteusement.

– Bonjour monsieur, répond-elle, baissant les yeux.

Avec des gestes de chef d'orchestre, Hyam poursuit :

– Venez, les filles, crie-t-elle, on va faire visiter notre royaume à mon ami !

Elle me prend par la main et me tire à l'intérieur du Kit-Kat – sa devanture à moitié brûlée ne laisse pas soupçonner qu'il est en état de fonctionner. L'intérieur, en revanche, est étonnant. Les murs ont été repeints à la chaux, des rideaux rouges sont pendus ici et là, quelques bouteilles sont alignées sur une étagère derrière le bar, il y a même une scène en bonne et due forme. Quant à la salle, de simples tables rondes y ont été disposées et, vers le fond, des niches tapissées de faux velours sont sans doute destinées à de plus discrètes rencontres. Quelques détails sans importance, chaises bancales, tissus déchirés, cartons empilés dans un coin, trahissent la misère sous la surface – mais pour l'essentiel, on dirait un vrai cabaret. L'endroit est désert pour l'instant. Hyam m'entraîne jusqu'au bar, monte sur un haut tabouret, m'installe à côté d'elle et commande au barman deux whiskies bien tassés, un luxe ! Un homme sort à ce moment des coulisses et se dirige vers nous. Un homme ? Plutôt un monstre de quelque cent cinquante kilos, le ventre débordant très largement au-dessus de son invisible ceinture. Son corps énorme remue de gauche et de droite à chaque pas.

– C'est le propriétaire des lieux, me dit Hyam.

Le mollusque géant me tend la main. Puis, sans un mot, s'éloigne en se balançant.

– Tu crois que je fais la pute, pas vrai ? attaque Hyam sans attendre.

– Euh… Non ?

Elle me fait un clin d'œil qu'elle accompagne d'un grand sourire malin.

– C'est vrai que j'ai commencé par vendre mon cul, répond-elle sans gêne, mais j'ai vite appris que je pouvais me débrouiller autrement. C'est la guerre – et peu de jeunes filles, parfois de bonne famille, disent non si on leur propose quelque chose…

– Tu les trouves où ?

– Dans la rue, au bord de la mer, à Hamra, n'importe où. Je prends les plus belles : « Bonjour mademoiselle, ça vous dirait de gagner cent dollars d'ici demain matin ? » J'en refuse ! Sara est ma dernière recrue. Je suis devenue *une jeune maquerelle*, et je commence à être connue. Il y a parfois des bagarres terribles entre maquereaux, des coups de couteau, mais je sais me défendre.

– Tu es sûre, Hyam, c'est ça que tu veux faire ?

– Quoi d'autre ? Tu connais un meilleur moyen de gagner sa vie pour une fille comme moi ? Crois-moi, je la gagne bien.

– J'en suis sûr.

– Dis-moi… La petite Sara, elle te plaît ? Parce que, si tu veux… c'est cadeau pour toi.

– Non, merci, sans façon.

– Tu as tort. Elle est si jolie.

Elle voit que je suis sur le point de partir.

– Tu n'as pas fini ton verre…

– Excuse-moi, je n'ai pas soif.

– Maintenant que tu m'as retrouvée, on va se revoir, non ? Où tu habites ? Je pourrais te rendre visite.

– C'est un endroit où on n'entre pas si facilement.

– Ça va, je n'ai rien dit.

– Hyam, c'est à l'université…

– N'en parlons plus ! C'est toi qui viendras me voir, tu sais où me trouver maintenant.

– Oui, je viendrai, dis-je, le cœur serré.

– Ne t'en fais surtout pas pour moi, me crie-t-elle alors que je m'éloigne. Je n'ai jamais été aussi heureuse de ma vie ! Et je suis libre !

Je suis déjà à la porte quand elle me rappelle d'une voix étranglée :

– Youssef !

Je me retourne, elle est sur moi. Avec une certaine brutalité, elle me pousse vers la sortie. Puis, sur le trottoir, dans un murmure :

– Ne me laisse pas là. Je ne suis pas bien.

– Mais qu'est-ce qu'il y a ?

– Je suis en danger.

– De quoi ?

– Le tenancier… Tu l'as vu. Mais il n'y a pas que lui. Il y a des menaces, des vengeances, des filles qu'on se vole. Tu pourrais… m'aider à aller à Paris !

– Quoi ?

– Je ferai ce que tu veux, sors-moi d'ici !

– Hyam… Qu'est-ce que tu ferais là-bas, tu ne parles pas un mot de français. Tu ne connais personne. Tu habiterais où ?

– Chez toi ! Donne-moi juste un mois là-bas, un seul ! Je ne t'embêterai pas, je te jure… Je saurai me débrouiller… Crois-moi… Je suis Hyam el-Ali !

« Aujourd'hui à dix heures du matin, le cabinet israélien a annoncé son acceptation définitive du plan américain prévoyant l'évacuation de quinze mille combattants de l'OLP hors du Liban. »

La nouvelle fait le vide en moi. Ça y est, la guerre est finie. Virtuellement finie. Dans quelques jours, quelques semaines. Le dénouement que j'attendais depuis si longtemps me surprend en slip. Je m'habille à toute vitesse, sors, claque la porte, traverse les jardins de l'université au pas de course, franchis le portail et me jette dans ce que j'imagine être un chaudron d'huile bouillante : Beyrouth !

Mais non. La rue Bliss est tout à fait tranquille. Calme plat. Banale journée d'été. Silence que nulle voix humaine ne perturbe. Je marche comme saisi de panique, de plus en plus vite. Sans y penser, je me dirige vers les quartiers populaires, la banlieue sud, les camps palestiniens, ces lieux blessés et vivants où les sentiments humains existent encore. Je croise en chemin des passants hagards, errant eux aussi sans savoir s'il faut rire ou pleurer. J'imagine que viendra bientôt le jour où le siège prendra fin, barrages levés, vie *normale.* Ça fait peur. D'une certaine façon, on était si bien !

Le camp de Chatila semble désert et ouvert à tous vents. J'avance dans ses allées tortueuses, paysage d'apocalypse, barres de fer arrachées au béton armé, ruines fraîches. L'ordinaire. Mais cette fois, la terre a été retournée au point que je ne reconnais rien. L'homme à qui je demande mon chemin veut savoir ce que je fais là – simple curiosité.

– Vous voulez donc écrire sur notre départ, constate-t-il sobrement, c'est un départ que je prépare depuis que je suis né.

Je m'arrête un moment, il continue :

– Je suis né dans un village proche de Naplouse en Cisjordanie, je suis arrivé ici en 1970. En principe, seuls les Palestiniens qui sont venus entre 1948 et 1967 ont le droit de rester au Liban – je dois donc poursuivre ma route.

Aucune émotion dans sa voix. Grand, la peau sombre, dur à cuire légèrement flegmatique, il n'est pas du genre qu'on rencontre lorsqu'on est accompagné par le bureau d'information de l'OLP. Aucune déclaration sur la résistance héroïque du camp, l'inhumanité des Israéliens ou la « révolution jusqu'à la victoire ».

– Donc, tout simplement, vous partez !

– Les Jordaniens, les chrétiens libanais, maintenant les chiites... nous dérangeons tout le monde. Dans le jeu des chaises musicales, c'est toujours nous qui restons debout.

– Votre cause est pourtant populaire.

– Populaire, oui, mais dans la moitié droite du cerveau seulement. Dans l'autre, nous sommes les emmerdeurs. Nos armes nous donnent des arguments indiscutables – et grâce à la « justesse de notre cause », nous nous croyons tout permis... Nous bousculons les régimes en place, nous déséquilibrons les sociétés, nous attirons le feu israélien... La cause, c'est bien – mais vivre tranquille c'est mieux.

– Dans quel pays partez-vous ?

– Je n'en sais rien. Ma valise n'est pas encore bouclée mais ce sera vite fait. Et quand on me donnera l'ordre, j'obéirai.

Il me considère sans ciller, prêt à répondre à mes questions. Puis, ne voyant rien venir :

– Venez, il y a des gens par là. Vous allez pouvoir leur parler.

Il m'entraîne dans un lacis de ruelles défoncées jusqu'à une petite place où une bombe lancée la veille par un avion a crevé une canalisation d'eau. Le cratère s'est rempli jusqu'à devenir une mare. Des femmes accroupies y lavent leur linge, avant de repartir une grande bassine en fer-blanc posée en équilibre sur la tête. D'autres utilisent un tuyau qui dépasse sur le côté pour remplir des bouteilles d'eau potable. De jeunes combattants se déshabillent et plongent en slip dans la mare.

– Moi je suis né dans le camp de Bourj el-Brajné, à deux pas d'ici. Mes parents y sont arrivés en 1948, je peux donc rester au Liban.

– Moi je suis originaire de la banlieue d'Amman. En 1970, j'ai fui la répression du roi Hussein. Comment va-t-il accueillir notre retour ? Je n'en sais rien. Mais je vais retrouver ma famille et les lieux où j'ai grandi.

– J'appartiens à l'ALP, l'armée palestinienne régulière. J'ai été enrôlé au moment de mon service militaire, c'était en Syrie. Je suis né et j'ai grandi dans un camp de réfugiés à l'est de Damas – c'est là-bas que je vais.

Kalachnikov à l'épaule, un jeune homme arrive, portant un carton de fruits :

– Bachir Gemayel n'est pas encore président, les produits israéliens nous envahissent déjà ! Ces pommes, c'est écrit en hébreu sur les cartons, il y en a toute une cargaison !

Une vieille femme s'approche, plonge sa main dans le carton et en sort une pomme qu'elle porte à son nez :

– Ce sont des fruits de Palestine. Je sens leur odeur, je les reconnais : elles viennent de mon village de Telchicha.

L'un part au Caire, l'autre à Tunis, le troisième à Sanaa. Ils ne disent pas seulement adieu au Liban, ils se disent adieu entre eux. Encore une fois la valise. Quand j'étais petit, pendant le dîner du *seder* qui ouvre la fête de Pessah, les membres de ma famille réunis autour de la grande table du grand-père se passaient de main en main un paquet de pain azyme enroulé dans un tissu brodé qu'on devait jeter sur son épaule gauche. Après une petite prière en hébreu dont je me rappelle les premières syllabes : « *Mich'arotam serurot...* », l'assistance demandait avec bonne humeur en arabe :

– D'où viens-tu ?

– D'Égypte, répondait-on.

– Et où vas-tu ?

– À Jérusalem.

– À la grâce de Dieu !

Une ombre m'attend rue Bliss, à la porte de l'université, silhouette immobile qui se tord les mains. Arrivé à un mètre, je reconnais son visage. Zeid !

– Il faut que tu partes, me dit-il, le souffle court, et tout de suite !

– Qu'est-ce qui se passe ?

Il jette des regards angoissés, il craint d'être aperçu avec moi.

– Je ne peux pas dire... C'est sérieux.

– Zeid, ce n'est pas si facile de...

Pour un peu, il me prendrait par les épaules et me secouerait. Sa patience est à bout.

– Si tu restes... Tu as écrit un article sur nous... le Hezbollah... et il y a des gens qui... Qu'est-ce que tu avais besoin ?... Trouve-toi un bateau... n'importe quoi... si tu ne veux pas finir enlevé.

Ses yeux sont deux trous noirs, tellement tourmentés ! Il a déjà disparu, fondu dans la nuit.

Les gens qui sont debout dans l'enceinte du stade municipal n'ont pas l'air d'être ensemble. Beaucoup de femmes, beaucoup de familles, une foule qui curieusement ne fait pas foule. Chacun erre dans sa solitude, regards angoissés, esprits enfermés dans une distraction douloureuse, chacun comprend ce qui se passe et en même temps ne le comprend pas. Pas un sourire, rien que des mines graves, bouleversées. Deuil et colère. Une expression arabe dit « Dieu leur a crié au visage » pour décrire un état d'hébétude. On se dirait dans une coulisse qui attend que le rideau se lève et que l'action enfin commence.

Elle commence en effet. Les portes du stade s'ouvrent pour laisser entrer le premier camion militaire surmonté de dizaines de combattants, masse compacte hérissée de canons de kalachnikovs. La fusillade éclate aussitôt, milliers de balles tirées vers la solitude du ciel en un roulement ininterrompu, accompagnées de clameurs, de cris de colère et de sanglots hurlés. Les tirs partant du camion et d'autres du stade, les deux se fondant en un même feu d'artifice. La rage et la tristesse qui formaient une boule dure dans la gorge sont violemment recrachés – et la foule prend corps d'un coup. Les vagues successives qui la traversent la couchent et la relèvent comme saoule, criant des mots qu'il faut lire sur les lèvres tant le vacarme est assourdissant. Aux tympans, la pression de l'air haché par les rafales est insoutenable, l'odeur de poudre envahit les narines, les douilles expulsées par les kalachnikovs s'abattent sur des dos indifférents. De nouvelles salves accueillent l'apparition du deuxième puis du troisième camion. Ils s'immobilisent, les hommes sautent à terre et se répandent parmi la foule. Les Palestiniens, on ne les voit jamais rassemblés en si grand nombre, on ne les voit pas non plus entourés de leurs familles – mères, sœurs, femmes et enfants. On dirait un départ pour le front, hommes harnachés, armés jusqu'aux dents, barda sur l'épaule. Ils portent aussi des valises en similicuir difficilement fermées par des ficelles, des sèche-cheveux, des grille-pains, des cafetières, toutes sortes d'objets domestiques qui les rendent soudain plus banals – et plus humains. Une jeune fille serre contre elle un homme – frère ? fiancé ? petit ami ? – en s'efforçant de ne pas pleurer. Deux combattants qui partent sont figés face à l'appareil photo d'un cousin qui reste. Ils ont le regard fixe, la main de l'un posée sur l'épaule de l'autre, sérieux comme des enfants. Une mère glisse dans un sac à dos deux canettes de Pepsi-Cola achetées à l'entrée du stade, une cartouche de cigarettes, un paquet de biscuits. Une autre murmure à l'oreille de son fils : « À Amman, tu diras à la tante Soha que Walid et Mahmoud sont prisonniers des Israéliens. Qu'elle voie ce qu'elle peut faire de son côté... Tu diras qu'ici, on est en bonne santé... Fais attention à toi... Et que Dieu te protège ! »

Debout sur un petit monticule, j'aperçois Daoud et Semaane serrés l'un contre l'autre. Je cours vers eux, ils se jettent dans mes bras.

– Vous partez ? Vous partez vous aussi ?

– Non, répond Semaane, kalachnikov à l'épaule, criant pour couvrir le vacarme. Ce n'est pas pour tout de suite !

– Quand, alors, et pour où ?

– On n'en sait rien ! Abou Fadi nous a promis de nous emmener avec lui – et de nous garder ensemble quoi qu'il arrive !

La fusillade et les clameurs se calment un peu, chacun sent que le moment approche de se dire adieu.

– Oh Youssef ! me dit Daoud, la voix cassée d'avoir trop crié. Tout est perdu maintenant.

– Tu n'as pas le droit de dire ça, réplique Semaane. C'est une étape qui s'achève et une autre qui commence !

– On est entre nous, Semaane, pas besoin de se raconter d'histoires. Nous avons perdu, c'est tout. Nous avons tenu soixante-dix-neuf jours, plus que n'importe qui, attendant que le monde arabe vienne à notre secours. Peine perdue. L'armée israélienne tient toujours Beyrouth à la gorge et Gemayel est élu président. C'est fini. Nous partons. Les soldats américains et français viennent protéger notre évacuation, mais que deviendront les centaines de milliers de civils désarmés que nous laissons derrière nous ?

– Daoud, nous sommes impossibles à faire disparaître ! Quoi qu'il arrive, nous existons ; quoi qu'il arrive, nous resterons ce peuple fantôme qui hante les nuits des Israéliens, même s'ils ne se l'avouent pas ! Nous serons toujours l'arête dans leur gorge, impossible à avaler, impossible à recracher…

– Ça nous avance à quoi, Semaane ?!

– Ça nous avance ! Nous n'avons pas de territoire, rien qui nous appartienne, aucun gage qu'ils puissent nous prendre pour nous obliger à capituler. Ils n'ont même pas de place pour nous *en tant que vaincus.* Pour qu'ils puissent vivre en paix, il faudrait que nous n'ayons jamais existé – ou alors seulement en tant qu'« Arabes » indistincts – ce que nous ne sommes pas ! Tu verras. Les derniers seront un jour les premiers !

– *Un jour ?* Mais rappelle-toi : « Nous reviendrons *un jour* dans notre quartier », cette chanson de Feyrouz nous a bercés depuis que nous sommes nés ! J'en ai par-dessus la tête de ce *un jour* qui ne vient jamais ! J'ai vingt-cinq ans et je veux vivre aujourd'hui !

– Moi aussi, imagine-toi ! Et je n'ai pas un métier comme toi ! Pharmacien, tu peux gagner ton pain n'importe où ! Je suis soldat. À quoi diable me servira ma kalachnikov demain ?

Les tirs reprennent, plus forts que jamais. Les hommes remontent dans les camions. Ils sont pare-chocs contre pare-chocs, une bonne douzaine, prêts à partir. Les voilà qui s'ébranlent et la foule s'ouvre devant eux, se referme derrière eux, les poussant vers la sortie comme un fleuve humain qui accouche d'eux – et des youyous stridents se mêlent au vacarme insensé de la fusillade. « *Allah Maakone !* » « *Allah yihfazkone !* » « *M'a salaamé !* » (« Que Dieu soit avec vous ! » « Que Dieu vous protège ! » « Partez en paix ! ») hurlent les femmes, la voix cassée, les yeux rouges, le visage déformé par des grimaces de douleur. À quelques mètres, un homme regarde la scène d'un air absent pendant qu'il agite distraitement la main en signe d'adieu. Un autre se frappe la tête contre le capot d'une voiture.

Le convoi franchit les portes du stade. Devant lui : Beyrouth. De part et d'autre de la chaussée, hommes, femmes et enfants sont rassemblés. Eux aussi lèvent les doigts au-dessus de leurs têtes en un V dérisoire, eux aussi hurlent un pathétique « Révolution, révolution – jusqu'à la victoire ». Rue après rue, la fusillade devient plus forte encore. Ce ne sont plus les seules kalachnikovs qui parlent mais les mitrailleuses lourdes, les lance-roquettes. Les consignes de l'OLP pour un départ digne et silencieux ont volé en éclats, les digues ont cédé, des centaines de milliers de balles de tous calibres sont tirées. Munis de sacs plastique, des enfants courent de part et d'autre du convoi pour ramasser les douilles tombées à terre – qu'ils revendront au prix du cuivre.

Voici le quartier palestinien de Fakahani, à moitié détruit, aux trois quarts désert. Il se trouve pourtant des femmes sur les balcons pour bombarder les camions à pleines poignées de riz, et des hommes sur les trottoirs pour faire une dernière haie aux combattants. Et bien sûr, pieds nus en tête du cortège, Abou Riché danse, son chapeau à plume sur la tête. Quartier sunnite de Mazraa tenu par les nassériens, quartier de Mar Elias à majorité catholique, Karakol el-druze contrôlé par la milice de Joumblatt, Wadi Abou-Jmil, l'ancien quartier juif désormais habité par une forte communauté kurde… Partout, des calicots : « Beyrouth est fière de vous ! » « Sharon égale Néron. » « Tous les chemins mènent à Jérusalem ! » Le convoi descend à présent vers le bord de mer, Zeitouné, les grands hôtels dont les carcasses se tiennent droites contre le ciel… Mon quartier ! Debout à l'arrière d'un camion, un combattant crie d'une voix inhumaine :

– Je ne suis plus arabe, seulement palestinien ! Et les Palestiniens sont les alliés du diable !

Au photographe qui s'approche, l'homme tourne le dos et baisse son froc :

– Tu veux me photographier ? Photographie mon cul !

La foule est si dense le long de la mer que le convoi est forcé de s'arrêter à plusieurs reprises. De l'autre côté de la rue, j'aperçois le Kit-Kat et un groupe debout devant sa porte. Je reconnais le tenancier monstrueux ainsi que la plupart des filles rencontrées dans la boîte – en particulier la jeune et rougissante Sara, la protégée de Hyam. Mais pas de Hyam. Pour demander de ses nouvelles, j'essaye de fendre le fleuve humain et traverser la rue – mais la foule compacte se remet en mouvement et m'entraîne avec elle. Je crie et fais des signaux pour attirer l'attention de Sara qui ne me voit pas. La procession est sur le point d'arriver aux barrières du port où les camions sont seuls autorisés à pénétrer. Ça va être le moment de l'ultime adieu – mais mon cœur reste en arrière, étrangement inquiet.

La nuit est tombée. Je traverse le parc silencieux parmi les senteurs de pin, le chant solitaire du grillon. Après les émotions et les tensions terribles, cette quiétude brûle la poitrine. Une voix me dit : « Vole au-dessus du sol, respire, laisse-toi aller ! » Et une autre : « Tu n'as pas honte ? » – mais de quoi ?

Pour arriver plus vite, je coupe par le hall de la *Library*, un lieu très beau aux lumières tamisées qui sent le bois et les livres. Au milieu, il y a l'habituelle fontaine si particulière aux Américains avec sa pédale qui libère un jet d'eau fraîche en parabole. Un groupe de professeurs bavarde tranquillement devant elle. Parmi eux, Jana.

Longtemps que je ne l'ai pas vue, mais ce n'est pas le moment. Elle n'est pas seule et je suis trop tourmenté pour faire semblant. Pas lavé ni rasé depuis trois jours, j'appartiens à un autre monde. Je tourne la tête vers le mur opposé et avance – mais elle m'aperçoit. La voilà qui lève le bras, ouvre et ferme la main, comme font les enfants, pour m'inviter à approcher.

– Youssef ! crie-t-elle en faisant un pas vers moi, bras ouverts. Quelle mine tu as ! Qu'est-ce qui se passe ? Comment tu vas ?

– Mal, dis-je d'une voix caverneuse. Et toi, ma salope, ça va pour toi ?

« Ma salope » sort de ma bouche et je n'en crois pas mes oreilles. J'ai dit ça comme on dit affectueusement « mon salaud » à un ami. Mais au féminin, adressé à elle… Je m'en rends compte en voyant la stupéfaction dans ses yeux comme dans ceux des personnes alentour. Je veux me reprendre, m'excuser, lui dire que c'était censé être drôle mais que ça ne l'est pas… Au lieu de ça, je l'abreuve d'injures dans le même élan – toujours avec un petit sourire. Je la vois blêmir. Stupéfait, je réalise que je ne plaisante pas du tout. Sous les yeux effarés de ses collègues, je n'arrive plus à m'arrêter, je l'invective à flot continu, fou de rage, aussi peu capable de me retenir que si j'étais en train de vomir.

– Mais enfin, Youssef… Tu n'es pas bien… Qu'est-ce qui t'arrive ? finit-elle par articuler.

– Ce qui m'arrive ? Je ne suis pas bien, comme tu dis ! Je ne supporte plus ! Ni l'hypocrisie ni la trahison, tu m'entends ? Tu fais comme si de rien n'était, tu incarnes l'Université américaine, prête à servir, prête à aider ! Tu fais le bien ! Mais en vérité tu triches, tu corromps, tu fais mal ! Je ne suis pas l'un de tes insectes couchés dans le formol ! Je ne suis pas l'objet de tes expérimentations ! Cesse de me faire chier !

Je m'arrête enfin, à bout de souffle, les yeux exorbités, incapable de comprendre ce qui ce passe ni ce que j'ai fait. L'un des collègues de Jana s'avance vers moi, indigné, et fait le geste de me prendre au collet. Mais elle s'interpose et retient son bras :

– Laisse, laisse… Je le connais !

Le collègue n'y comprend plus rien. Il nous regarde alternativement, elle et moi. Et je reviens sur terre. Devant le désastre, je n'ai plus qu'à filer sans demander mon reste. Mais Jana court derrière moi et me rattrape par le poignet. Sous l'œil incrédule de ses camarades restés en arrière, elle me prend dans ses bras et me serre très fort contre elle en murmurant je ne sais quoi dans mon cou. C'en est trop pour moi. Je la repousse brutalement et, sans un mot, m'enfuis en courant.

Essoufflé, hagard, je fais irruption dans notre appartement. Cosy un mois plus tôt, dévasté à présent, déserté par la femme de ménage qui a fini par prendre la fuite. Les Américains ont tous une batte de base-ball dans un coin. Je me saisis de celle du professeur et l'abats sur la table basse en verre, qui résiste. Enragé, je frappe une deuxième fois puis une troisième jusqu'à ce qu'elle vole en éclats. Je regarde autour de moi, ne sachant où tourner ma fureur. J'avise le frigo et me précipite, ouvre le congélateur et balaie de ma batte les précieux flacons de l'expérience biologique. En me retournant, j'aperçois Rocco et Fouad qui me regardent stupéfaits. J'attrape Rocco par le bras.

– Tu en as ?

– Presque plus, répond-il. De quoi faire deux ou trois lignes tout au plus.

– Fais-m'en une tout de suite, j'en rachèterai demain.

– Mais qu'est-ce qui se passe ? Pourquoi tu saccages tout ?

– Fais-moi une ligne, je t'expliquerai après.

Voyant dans quel état je suis, il s'exécute sans discuter. Cette drogue n'a aucun effet euphorique mais elle dénoue le corps en le rendant absent. Si je n'avais pas été en manque, peut-être n'aurais-je pas agressé Jana… mais ça n'a plus d'importance. Je m'assieds, vide mes poumons, ferme longuement les yeux. Quand je les rouvre, Semaane est devant moi, sanglé dans son uniforme kaki, sans sa kalachnikov. Je me demande comment les gardes de l'université l'ont laissé entrer.

– Voilà ce qui se passe, me dit-il, dissimulant à grand-peine son excitation. C'est encore un secret : Arafat prend le bateau demain matin en compagnie d'une partie de la direction de l'OLP. Abou Fadi part avec lui et nous emmène, Daoud et moi. Il lui est interdit d'embarquer des journalistes… sauf ceux qui ont des gueules d'Arabes et qu'on peut faire passer pour des combattants. Tu es du nombre. Donc tu pars avec nous. Rendez-vous à quatre heures du matin au bureau de Labadi, c'est lui qui m'a demandé de venir te trouver.

Le ciel me tombe sur la tête. L'idée de quitter Beyrouth après trois mois d'enfermement provoque comme une décharge électrique. Panique – à peine amortie par l'effet anesthésiant de la drogue. Je pars dans cinq heures à peine, sans avertir quiconque, sans pensées, sans adieux. J'ai peur. Comme quelqu'un qui serait brusquement menacé d'être arraché à ce qu'il aime. Car elle a beau être en guerre, cette ville, à moitié détruite, couverte d'immondices, privée de tout, je l'aime. J'entends dans le lointain la voix de Fouad :

– Youssef, c'est formidable ! Tu pars avec Arafat, l'Histoire en direct, l'article de ta vie !

Il a raison, il a sûrement raison. Quitter Beyrouth avec le chef de l'OLP, sortir d'ici, oublier l'Université américaine, mettre fin à la schizophrénie… L'excitation tarde à venir, je la stimule tant que je peux – dans quelques heures en mer, dans les embruns, libéré, en route pour le monde des vivants ! Semaane rit, me serre contre lui en me recommandant de ne pas être en retard, et embrasse sur les joues Rocco et Fouad avant de filer.

Je me tourne vers mes amis. Fouad est visiblement ravi pour moi, mais Rocco a l'air furieux.

– Tu casses tout, tu démolis l'appartement, tu vogues vers la gloire et tu nous laisses dans la merde. Tes articles ont rendu compte de *l'âme blessée* de la ville, sa *résistance héroïque*. Accueilli en héros, les filles te tomberont dans les bras… Tout bénef pour toi, et personne ne te demandera *qui* il y avait derrière tes articles, qui t'a aidé, qui t'a introduit ou inspiré…

– Tu voulais quoi ? Signer mes articles avec moi ?

– Tu sais que ton amie Hyam n'est plus parmi nous ? Elle s'est suicidée. Ses camarades l'ont retrouvée pendue sur la scène du Kit-Kat il y a une semaine.

– Quoi ?! !

Je vacille. Elle n'est plus là. Elle m'a appelé au secours et j'ai regardé ailleurs. Fouad me saisit par le bras.

– Tu es un vrai dégueulasse, Rocco !

C'en est trop. Je lui saute à la gorge. Il essaye d'esquiver mais glisse et tombe, je suis sur lui. Fouad m'attrape par-dessous les aisselles et essaye de m'arracher à lui. Je me retiens à deux mains à sa chemise, la déchirant, faisant sauter ses boutons. Il se relève aussi vite qu'il peut, blanc de rage, torse nu, le souffle court.

– Au moins tu réagis, me crie-t-il, au moins il te reste du sang dans les veines ! Alors ouvre tes oreilles et écoute ! Que va-t-il se passer à présent ? Une fois Arafat disparu, l'armée israélienne n'est pas censée envahir la ville ni la prendre d'assaut. Qu'arrivera-t-il si elle change d'avis ? Tu seras simplement parti au bon moment pendant qu'on sera en train de se faire enculer.

Se coiffer du keffieh, croiser ses deux bords sous le menton puis l'enrouler autour de la tête, coincer ses extrémités dans la profondeur du tissu, se regarder dans le miroir : seule subsiste la fente du regard. Se déshabiller, enfiler le pantalon kaki trop large puis la chemise d'uniforme munie d'épaulettes, lacer les lourdes bottes, boucler le ceinturon, se regarder de nouveau : ça y est, je suis de l'autre côté. On ne me confie pas de kalachnikov, heureusement, je me serais pris les pieds dans la lanière. Trois autres fantômes masqués se tiennent à mes côtés, personne ne devinera leur identité. Jocelyne, et deux frères photographes libanais que je connais. Nous sommes désormais quatre militaires anonymes, quatre combattants secrets poussés dans une voiture noire aux vitres teintées qui avale les rues désertes de Beyrouth au petit matin – et les immeubles criblés de balles se penchent vers nous pour un lointain adieu.

S'arrêter au dernier barrage. Devant nous, des barrières dessinent une vaste enceinte autour du quai où l'*Atlantis* est amarré. Nous descendons de voiture, une meute de journalistes, photographes et cameramen se précipitent, accourus du monde entier. Arafat s'en va ce matin – la nouvelle s'est répandue comme une traînée de poudre – mais, pour l'heure, nos quatre silhouettes masquées font l'événement, les accords stipulant que les combattants doivent embarquer à visage découvert. Plutôt que de nous assurer l'anonymat, notre déguisement braque sur nous l'attention et provoque une seconde métamorphose : nous voici terroristes internationaux contraints de quitter Beyrouth incognito, Allemands de la Fraction armée rouge peut-être, Japonais de la Brigade internationale anti-impérialiste, quoi d'autre encore ? Roulement de flashes ininterrompu, lumière stroboscopique qui hache nos mouvements et les met comme au ralenti, notre supercherie installe entre nos confrères et nous un jeu de miroirs répliquant notre image à l'infini.

Dépasser le barrage. Arriver dans l'aire où seuls les combattants sont autorisés. Dénouer son keffieh, visage au vent. De part et d'autre, des sentinelles américaines. Les Marines sont chargés de monter la garde au port, les paras français de convoyer les soixante-cinq combattants et cadres sélectionnés pour le voyage historique. Au pied de la passerelle du navire, deux ou trois soldats libanais sont debout, un registre à la main. L'armée libanaise existe donc encore ! Faire la queue le long du navire derrière les combattants qui avancent pas à pas, leur barda sur l'épaule. Attendre son tour, arriver enfin. Le soldat libanais, jovial, ne me demande pas mes papiers, seulement un nom et un prénom quelconques, aussi fantaisistes qu'ils puissent être – c'est convenu comme ça. Il inscrit celui que je lui donne sur son registre avant de me souhaiter bon voyage. Troisième métamorphose de la matinée.

Labadi nous attend au haut de la passerelle, soulagé. Il a voulu des journalistes à bord, il les a. L'un des gardes qui l'accompagnent nous prend nos passeports et nous conduit tous les quatre à nos cabines respectives – nous devons y rester jusqu'au départ. Mais c'est trop me demander. À peine est-il sorti, je pars à la découverte de l'étrange navire. L'*Atlantis* est un bateau de croisière grec – avec gadgets, jeux, piscines, toboggans, machines à sous et toutes les vulgarités qu'on peut imaginer. Mais le long de ses coursives lambrissées décorées façon *La croisière s'amuse*, des combattants errent, le regard perdu, la kalachnikov à la bretelle. La collusion incongrue de la guerre et du divertissement fait qu'on ne sait plus très bien dans quelle histoire on est. Au bas de quatre marches menant à un niveau inférieur, les passeports des passagers sont alignés sur une large table en une douzaine de piles rangées suivant les nationalités – syrienne, jordanienne, égyptienne, irakienne, libyenne, yéménite, etc. –, toutes arabes puisqu'il n'existe pas de passeport palestinien. Et la treizième pile compte un document unique, mon passeport de la République islamique d'Iran, seul dans son coin.

– On a finalement compris pourquoi on t'a aimé depuis le début, dit une voix derrière moi.

Je me retourne, c'est Labadi accompagné d'un membre de la garde rapprochée d'Arafat.

– Qu'est-ce que tu veux dire ?

– C'est simple, répond-il, on pensait que tu étais chrétien libanais. Francophone, de gauche, travaillant pour un journal français, ça collait – et ton nom est des trois religions. Ce n'est que maintenant qu'on a découvert la vérité.

Ils viennent seulement de comprendre que je suis juif – et ça représente apparemment un plus pour eux. Nous brisons là, car un branle-bas de combat annonce l'arrivée imminente d'Arafat, monté à bord quelques minutes plus tôt dans une voiture blindée.

Le plafond du salon d'apparat est si bas que les têtes le touchent presque. Arafat s'avance entouré de ses aides. Au même moment : sueurs froides, douleurs dans les muscles, frissons – premiers effets du manque. Je m'y attendais, étant parti sans la moindre ligne d'héro, mais ça ne pouvait tomber plus mal. Nausée. Le malaise provoqué par l'air surchauffé se confond avec celui qui m'assaille. Je serre les dents pour résister. Bouffée de chaleur. À quelques mètres, le Premier ministre libanais entouré d'une nombreuse délégation s'avance vers Arafat pour lui faire ses adieux. Il y a là les chefs de la gauche libanaise, le mufti de la République, l'ambassadeur de France, l'attaché militaire, l'ambassadeur de Grèce, d'autres diplomates, d'autres officiels, groupe bourdonnant serré dans un espace trop étroit. Dans une suite de transe collective, les discours se succèdent, invoquent Dieu, le Coran, la cause sacrée, le destin commun, l'aube nouvelle qui se lève… Chacun essaye de se hisser au niveau de l'événement : les Palestiniens en armes quittent le Liban – après l'avoir terriblement fait souffrir de 1969 à 1982, treize ans durant ! Ça, tout le monde le sait mais personne n'en parle.

– Nous partons le cœur serré ! disent les uns.

– Vous êtes nos frères ! répondent les autres.

Les spots brûlants, l'éclairage violent, la sueur qui perle aux tempes, les paroles historiques : il y a là tout ce qu'il faut pour que le théâtre s'impose. D'une certaine façon c'est faux, d'une certaine façon c'est vrai, allez savoir !

Et le bateau part.

L'événement historique est censé se dérouler de l'autre côté de la porte de ma cabine et je m'en fous, je suis trop malade. Pour arranger les choses, la mer est forte, mon mal de cœur monte et descend. Pour avoir été en manque à maintes reprises, je sais qu'il faut subir et attendre que ça passe, attendre que le corps expulse par tous ses pores larmes, sueur, pisse, les toxines accumulées – la guerre tout entière. Ralph m'avait averti : le « médicament » devient vite la maladie elle-même.

Je suis à plat. On frappe à ma porte. Je rouvre les yeux, en nage. Je dors depuis combien de temps ? On frappe de nouveau. Je fais le mort, je ne répondrai pas. Mais on insiste, on m'appelle, une voix de femme, celle de Jocelyne :

– Youssef !

Quelle heure est-il ? Boum, boum, boum ! Encore ! Je me traîne jusqu'à la porte. Je l'ouvre de quelques centimètres seulement. Elle a récupéré sa caméra 16 mm, elle semble surexcitée :

– Qu'est-ce que tu fous ? Viens ! *Le Vieux* nous donne une interview. C'est tout de suite !

Je cligne des yeux, je ne suis pas sûr… Elle pousse la porte d'autorité et entre.

– Lave-toi le visage, change de T-shirt, prends ton magnéto et viens ! Nous sommes montés à bord pour ça, rappelle-toi ! Allez, je t'aide !

Je me laisse faire comme un enfant. Pas besoin de me cacher, elle sait depuis longtemps que je me drogue. Elle m'apprend qu'une longue nuit est passée, que la mer est calme et qu'il est dix heures du matin. Elle a l'air petite et frêle comme ça, mais quelle énergie dans ses bras ! Le T-shirt qu'elle m'aide à enlever est trempé, la chaleur est étouffante. Nos cabines sont des cabines de première avec douche individuelle. Tant pis, je me déshabille en vitesse et j'y vais – *le Vieux* attendra !

La lumière violente du pont m'assaille, quarante degrés à l'ombre. Quatre navires de guerre de différentes nationalités nous escortent, la France devant, les États-Unis à bâbord, la Grèce à l'arrière – si proches que leurs longues silhouettes couleur mine de crayon sont à portée de voix. Il y a aussi des chasseurs américains qui passent et repassent au-dessus de nos têtes. Le but est de protéger la sortie d'Arafat de Beyrouth, mais aussi de lui permettre de sauver la face. Les combattants que nous croisons dans les coursives veulent croire que cette protection est déjà une reconnaissance, fût-elle implicite – ils rêvent ! D'autres s'adossent au bastingage pour se faire photographier devant le navire de la 6e Flotte américaine – comme si la photo devait témoigner de la réalité de leur existence. Un audacieux a troqué sa tenue militaire contre un maillot de bain pour piquer une tête dans la piscine. Nous accédons au pont arrière, réputé le plus chic, au sol recouvert d'une fausse pelouse en plastique vert sur laquelle trône une table de ping-pong. Derrière cette table, un homme aux cheveux blancs plutôt corpulent se prosterne à plusieurs reprises en direction de La Mecque.

– C'est Abou Zaïm, dit Labadi sur un ton de mépris. Il a su que des journalistes étaient à bord, il essaye d'attirer l'attention pour qu'on le filme.

À l'ombre de la cheminée du bateau, j'aperçois Arafat et ses aides allongés sur des transats – tout le monde fait comme si de rien n'était. Barbe mal rasée, nez crochu, bouche lippue, le chef de l'OLP ressemble à s'y méprendre à la caricature du Juif errant tel que représenté par les journaux antisémites. Il se lève pour nous accueillir, ceux qui l'entourent aussi. Quelques minutes plus tard, Jocelyne met sa caméra à l'épaule et ouvre le bal :

– Abou Ammar, quel est votre signe du zodiaque ?

Il marque quelques secondes d'hésitation avant de se reprendre et de répondre « Lion » avec un grand sourire (Vierge en réalité, à un jour près, mais bon). Jocelyne ne le lâche pas :

– Pourriez-vous échanger quelques balles de ping-pong avec l'un de vos aides pendant que je vous filme ?

– Je regrette, Jocelyne, je ne peux pas faire ça. Pendant le siège, on m'a photographié jouant aux échecs, c'était un message que j'envoyais à l'ennemi. Mais aujourd'hui, quel serait le message ? Arafat est en croisière et n'a pas de soucis ?

J'essaye de prendre le relais :

– C'était votre première nuit après le siège, avez-vous bien dormi ?

– Pas du tout ! J'ai un terrible torticolis. Au moment du départ, une femme s'est pendue à mon cou et m'a serré aussi fort qu'elle a pu, elle ne voulait plus me lâcher. Mes gardes ont été obligés d'intervenir pour me libérer, mais voilà le résultat !

Il passe rapidement aux choses sérieuses : une bataille s'achève mais il n'est pas défait. Il part, certes, mais la tête haute. Quoi qu'en dise Sharon, il quitte Beyrouth avec les honneurs militaires. La tentative de l'armée israélienne d'envahir la ville s'est soldée par un échec. Il n'a pas seulement tenu tête aux Israéliens mais aux États-Unis qui les arment et les soutiennent. La résistance de Beyrouth marquera un tournant pour l'ensemble du monde arabe.

– Alors, gagné ou perdu ?

Il évite de me répondre précisément, sinon par un proverbe : « Montagne, ce n'est pas ce coup de vent qui va t'ébranler », et un vers d'une chanson d'Oum Kalsoum, *Les Ruines*, qui parle de marcher « d'un pas assuré, tel celui d'un roi ». Quant aux régimes arabes, s'ils s'avisent de laisser une fois encore le problème palestinien sans solution, un *bourkane* les emportera – et il insiste à plusieurs reprises :

– *Bourkane ! Bourkane !*

Mais moi, *bourkane*, je ne sais pas ce que ce que ça veut dire – et c'est Jocelyne, pourtant aussi nulle que moi en arabe, qui m'apprendra plus tard que le mot signifie « volcan ».

Deux heures plus tard, j'envoie cette « première interview d'Arafat en exil » par la radio du bord. Crachant fièrement dans le micro du capitaine, j'ai l'impression que les mots du *Vieux* partent d'un navire improbable et voyagent dans les airs jusqu'à rejoindre par des voies mystérieuses Annie, la sténo du journal, laquelle me recommande – moi qui pensais émettre depuis la mythique Atlantide – d'articuler plus distinctement mon texte. Et, surtout, de bien épeler les noms propres, de façon qu'elle puisse y comprendre quelque chose.

Les navires de guerre américains et français nous ont quittés, il ne reste plus que les grecs. Il fait beau, notre bateau longe des îles désertes et chacun, au fond de soi, espère secrètement que ce périple pacifique durera toujours. Le Pirée apparaît au loin, première terre ferme couchée sur l'horizon. À mesure que nous nous en approchons, je distingue sur le quai de petits soldats de plomb tout de blanc vêtus, les cuivres étincelants. Les éclats de soleil renvoyés par les baïonnettes au canon laissent deviner la garde d'honneur qui nous attend.

À bord, tout le monde s'est fait beau. Hommes rasés de près, engoncés dans leurs uniformes trop neufs, pistolet à la ceinture. Il ne manque que leurs keffiehs quadrillés noir et blanc sur lesquels les marins grecs ont fait main basse durant la traversée et gardés comme souvenirs. À l'entrée du port, drapeaux grecs et palestiniens flottent côte à côte. Rien n'a été négligé pour donner à cette arrivée les apparences d'une visite officielle. En grand uniforme lui aussi, Labadi vient demander aux quatre privilégiés que nous sommes de débarquer en premier afin de filmer depuis le quai les premiers pas d'Arafat sur le sol grec. Il nous indique nos places et nous parle comme un metteur en scène : le spectacle est destiné à des millions d'êtres humains sur les cinq continents, et aussi à l'Histoire. « Regardez-nous, regardez notre chef accueilli avec tous les honneurs, ce n'est pas un mirage, nous existons ! »

Sur le quai couvert d'un tapis rouge, Arafat et le Premier ministre grec Papandreou s'étreignent interminablement, se regardent dans les yeux, s'étreignent encore. Suit une série d'accolades avec tous ceux venus accueillir le chef de l'OLP, certaines purement formelles, d'autres manifestement bouleversées, avec larmes aux yeux. En un lointain écho, une petite foule tenue à distance laisse entendre des slogans proclamant encore et toujours : « Révolution, révolution... jusqu'à la victoire ! » On dirait une cérémonie de deuil.

Arafat est poussé dans la voiture officielle où Papandreou a déjà pris place. Démarrage en trombe. D'autres voitures s'alignent que la suite d'Arafat prend d'assaut – nous sommes censés faire partie du cortège nous aussi. Au moment de monter en voiture, une voix m'appelle :

– Youssef !

Retenus derrière les barrières à une vingtaine de mètres, Daoud et Semaane s'époumonent pour attirer mon attention. Il m'a été impossible de leur parler pendant la traversée – ils étaient en seconde et nous en première. Je fais quelques pas vers eux, perturbant le ballet bien réglé des voitures.

– Nous allons à Tunis ! me crie Semaane, et son frère répète comme en écho la même phrase.

Je leur crie en retour :

– Je viendrai vous voir !

Ils hurlent encore quelque chose, mais je ne les entends pas bien.

Nous traversons à une vitesse folle les avenues d'Athènes fermées à la circulation. De droite et de gauche défilent de petites maisons blanches intactes, sans le moindre trou d'obus ni la moindre trace de mitraille ; des chaussées propres, nettes, sans un gravat qui traîne ; des passants en maillot de bain, en short, en bikini qui regardent en souriant notre rutilant cortège. Au-dessus de ma tête passent et repassent des avions de chasse sans que le vrombissent de leur moteur annonce d'effroyables déflagrations. J'ai du mal à y croire : la guerre est derrière moi. Je l'ai traversée, j'ai survécu.

Au téléphone depuis Beyrouth, la voix de Rocco, brisée, fantomatique :

– Je ne sais pas comment te raconter ça, Youssef. Un massacre abominable…

Je n'ose rien dire, le moindre mot pourrait le fêler.

– À peine votre bateau parti, Bachir Gemayel s'est fait assassiner… Une énorme explosion a secoué le bâtiment où il se trouvait… Déclenchée par les membres d'un parti pro-syrien… Pendant plusieurs heures, on n'a pas su s'il était mort ou vivant – ses partisans en pleurs priaient pour un miracle… qui n'a pas eu lieu. Au milieu des décombres, on a fini par trouver un corps méconnaissable – et l'un de ses assistants a reconnu l'alliance octogonale que portait le cadavre.

J'entends son souffle un peu saccadé, et derrière lui la rumeur de la ville si tranquille que je la devine sous le choc.

– J'étais chez Mounir et Anne quand la nouvelle est tombée. On s'est regardés. Un sentiment de triomphe nous a emplis – en même temps un terrible effroi. Gemayel s'apprêtait à signer la paix avec les Israéliens, il allait être *leur* président de la République libanaise. Son assassinat ruinait à la dernière seconde leur éclatante victoire… Nous n'allions pas le pleurer. Je suis resté chez Mounir. Le lendemain, nous avons vu apparaître depuis le balcon les chars de combat israéliens et les soldats casqués avec leurs fusils pointés dans toutes les directions, au mépris des accords signés. Comme à la manœuvre, ils se plaquaient contre les immeubles et contrôlaient carrefour après carrefour… Sans risque : il n'y avait plus un seul combattant palestinien pour défendre la ville. Un peu plus tard, les gradés sont venus prendre possession des lieux. Et parmi eux, tu ne vas pas me croire. Abou Riché, le clochard, le bouffon, le « gars à la plume » qui a passé son temps à traîner dans les rues… Mais cette fois, rasé de près, sanglé dans son uniforme, il montrait son vrai visage : celui d'un officier du renseignement israélien.

Rocco se tait pendant une minute entière comme pour que je digère – et qu'il digère lui-même – ce qu'il vient de raconter. Puis il poursuit :

– Les miliciens chrétiens sont devenus fous, littéralement ! Ils avaient perdu leur chef, leur idole, quasiment leur dieu… et perdu en même temps la raison. Avec Mounir, on les *imaginait*. Les yeux qui s'égarent, les dents qui s'aiguisent, le sang qui bout et déborde, les dieux de la vengeance qui prennent possession des corps. Ce qui allait se passer était terrifiant, pas de doute – mais qu'est-ce que ce serait ? Où pouvaient-ils aller ? Où allaient-ils donner libre cours à l'instinct de meurtre animal qui les avait envahis ? La réponse n'a pas tardé : avec leurs armes, ils se sont dirigés en hordes vers Sabra et Chatila, les camps palestiniens de la banlieue de Beyrouth… dont l'armée israélienne venait de leur ouvrir l'accès.

Le nouveau silence est cette fois plus long que les précédents. Je comprends. Je l'entends ramasser toutes ses forces – car la suite à l'évidence est difficile à raconter.

– Tu vois, Youssef, ça dépasse de loin tout ce qu'on a connu. On aurait dit… je ne sais pas… une orgie sanglante. Il ne restait dans les camps que des femmes, des enfants et des vieillards. C'était… le massacre des innocents… Pendant une nuit, un jour et une nuit encore… les miliciens phalangistes ont eu les mains libres… À la lueur des fusées éclairantes lancées régulièrement par les Israéliens, ils ont massacré tout ce qu'ils ont pu.

Nouveau silence, interminable. Cette fois, c'est moi qui finis par le rompre :

– Je voulais te dire. Le journal m'a téléphoné pour me demander de prendre l'avion et repartir à Beyrouth… J'ai refusé.

– Ça ne m'étonne pas de toi.

Il m'a dit ça comme on renvoie une balle de ping-pong mais, après un temps, il se reprend :

– Au fond, tu as raison… Les Palestiniens ont perdu parce qu'ils ont été obligés de repartir en exil, les Israéliens parce que leur poulain s'est fait dégommer et qu'ils subissent une défaite morale terrible, les Libanais parce que rien n'est réglé et qu'ils vont continuer de s'entretuer. Il n'y a plus aucune place pour nous ici. Les communautés juives du monde arabe ont toutes été déracinées à cause d'Israël… Il ne restait que nous, derniers des Mohicans… derniers à partir.

– Qu'est-ce que tu vas faire ?

– Comme je t'ai dit. La guerre est perdue pour moi, pour toi, pour tous. Mais je resterai à Beyrouth. Comme individu. Je n'ai plus la force d'aller faire semblant ailleurs. Toi, apparemment, oui. Tu peux rejoindre le monde et faire de ton mieux pour y vivre. Tu te souviens de l'adage que tu m'as cité un jour : « Beyrouth te suivra pas à pas jusqu'à ton dernier souffle où que tu sois… C'est elle qui te fermera les yeux une dernière fois » ? Cet adage, il est pour moi. Toi, juif errant, va ton chemin !

REMERCIEMENTS

À Yolande Zauberman, Florence Aubenas, Olivier Cohen, Albert Dichy, feu Michel Butel et tous ceux, vivants ou morts, qui ont inspiré les personnages de ce livre.

TABLE

RÉALISATION : NORD COMPO À VILLENEUVE-D'ASCQ
IMPRESSION : CPI FRANCE
DÉPÔT LÉGAL : AOÛT 2022. N° 1764 (170609)
Imprimé en France